Ulrich Hinse

Das Jakobsweg-Komplott

Kriminalerzählung über das Gold der Templer

Impressum

Ulrich Hinse

Das Jakobsweg-Komplott

Kriminalerzählung über das Gold der Templer

ISBN 978-3-95655-745-3 (Buch)
ISBN 978-3-86394-354-7 (E-Book)

Titelbild: Ernst Franta

Satz: **MEDIENAGENTUR - Franta**, 93462 Lam, Siedlerweg 5
www.medienagentur-franta.de · mail@medienagentur-franta.de

Pekrul & Sohn GbR
Godern
Alte Dorfstraße 2 b

19065 Pinnow
Tel.: 03860-505 788
E-Mail: verlag@edition-digital.de
Internet: http://www.edition-digital.de

EDITION digital
Pekrul & Sohn GbR

Ankunft in Pamplona

Raschke stolperte. Um ein Haar wäre er beim Aussteigen aus dem Zug mitsamt seinem Rucksack lang auf den Bahnsteig in Pamplona geschlagen.

„Himmel, Arsch und Zwirn, das fängt ja gut an", fluchte er so laut, dass sich einige Reisende irritiert nach ihm umsahen, „das ist kein gutes Omen für eine Pilgerwanderung."

Gut fünf Stunden vorher hatte sein Flieger in Biarritz aufgesetzt. Bei der Landung war die Maschine ziemlich durchgeschüttelt worden, weil über den Pyrenäen und dem Badeort an der französisch-spanischen Grenze ein heftiges Gewitter tobte. Das Wetter lud nicht dazu ein, nach Saint Jean Pied de Port zu fahren, um dort mit der Pilgerwanderung zu beginnen, wie es viele seiner Mitreisenden taten. Aber das hatte er ohnehin nicht vorgehabt, sondern war mit der Bahn nach Pamplona gefahren.

Jahre hatte er den Traum gehabt, einmal den berühmten Pilgerweg zu wandern. Jetzt war es endlich so weit. Ein Buch war es gewesen, das ihn hatte träumen lassen. Nicht das von Shirley McLaine, Paulo Coelho oder gar von Hape Kerkeling. Nein, ein Buch über den geheimnisvollen Mönchsorden der Templer, der im Mittelalter von vielen Herrschern gefürchtet und wegen seiner ungeheuren Reichtümer beneidet wurde. Die Ritter hatten Burgen, Kirchen und eine Menge anderer Spuren hinterlassen, über die jeder zwangsläufig stolpern musste, der über den Camino de Santiago, wie man den Pilgerweg in Spanien nannte, zum Grab des Apostels

Jakobus nach Santiago de Compostela in Galizien, dem kühlen Nordosten Spaniens, wanderte.

Fast achthundert Kilometer zu laufen, erforderte eine gute Vorbereitung und vor allem Zeit. Und genau die hatte der siebenundfünfzigjährige Erste Kriminalhauptkommissar, Chef der Mordkommission in Rostock und vierfacher Großvater, bisher nicht gehabt. Der übliche dreiwöchige Urlaub hätte nicht gereicht, um so weit zu wandern. Sechs Wochen, so hatte er sich ausgerechnet, würde er brauchen. Mit seinen über hundert Kilogramm Lebendgewicht war er kein geübter Wanderer und schon während der Zeit seiner Ausbildung bei der Bereitschaftspolizei hatte er es verstanden, sich vor den dreißig Kilometer langen Pflichtmärschen zu drücken. Er, der zu Hause selbst die kürzesten Strecken mit dem Auto fuhr.

Gedankenverloren kraulte er seinen weißen Vollbart. Den hatte er sich extra wachsen lassen. Zu einem richtigen Pilger gehörte natürlich ein Vollbart, fand er.

Als er seiner Frau von dem Vorhaben erzählt hatte, konnte sie nur milde lächeln. Sie wusste aus mehr als dreißig Ehejahren wie sinnlos es war, ihren Mann von etwas abzuhalten, was er sich fest in den Kopf gesetzt hatte. Lediglich auf einem Handy hatte sie bestanden, um Verbindung halten zu können. Erst hatte er sich geweigert, eines mitzunehmen, dann aber zugestimmt, um sie zu beruhigen.

Ganz anders seine Kinder. Opa pilgert, hatten sie spöttisch bemerkt, als sie von seinem Plan erfuhren. Er möge seinen Urlaub besser mit Mutti an der See verbringen oder eine Wellness-Kur machen, als allein durch Nordspanien zu laufen.

Ruf uns an, wir holen dich ab, hatten seine Kollegen großzügig angeboten und hinter seinem Rücken Wetten abgeschlossen, ob er eine oder zwei Wochen durchhalten würde. Mehr würde er auf keinen Fall schaffen und die meiste Zeit sowieso mit dem Bus, einem Taxi oder per Anhalter unterwegs sein.

Aber Raschke hatte unbeirrt an seinem Plan gearbeitet. Immer wieder war er in Outdoor-Läden gewesen, hatte sich zu Wanderunterwäsche, Socken und Oberbekleidung beraten lassen, über die Notwendigkeit jedes einzelnen Ausrüstungsgegenstandes nachgedacht, Karten gekauft, Pilgerführer studiert und sehr umsichtig seine Ausrüstung zusammengestellt. So war er schließlich auf knapp acht Kilo Gepäck gekommen. Den orangefarbenen Rucksack hatte er wie alle anderen Pilger auf der Rückseite mit einer Jakobsmuschel verziert. So erkannte man sich untereinander und war zudem für jeden in Spanien als Pilger erkennbar. Seine knallrote Windjacke, ein breiter, heller Sonnenhut, ein so genannter Sombrero, gut eingelaufene Wanderstiefel, mit denen er ausgiebig an den Wochenenden trainiert hatte, zwei Wanderstöcke und, ganz wichtig, der Pilgerpass als Legitimation für die Herbergen und Dokumentation seiner Reise beim Pilgerbüro in Santiago komplettierten seine Ausrüstung.

Er hatte den Urlaub von zwei Jahren zusammengelegt, etliche Überstunden anwachsen lassen und als genug Zeit zusammengespart war, seinen Chef um den langen Urlaub gebeten. Der Direktionsleiter war nicht sonderlich begeistert gewesen, auf seinen Kommissariatsleiter so lange verzichten zu müssen, hatte aber dann doch knurrend den Antrag unterschrieben.

Jetzt war er angekommen und bereit, allen zu zeigen, dass er mit achtundfünfzig Jahren noch in der Lage war, eine solche Leistung zu bringen.

Die starke Erkältung, die er sich noch zu Hause eingefangen hatte, machte ihm das Atmen schwer, als er vom Bahnhof in Richtung Altstadt ging. Schon bei dem ersten kleinen Anstieg hinauf zur Stadtmauer rang er heftig nach Luft. Wenn er jetzt schon pustete wie ein altes Nilpferd, was sollte das nur werden, wenn die Wanderung losging? Außerdem schienen ihm acht Kilo auf dem Rücken noch immer zu schwer zu sein. Oben an der Stadtmauer ließ er sich wie ein Asthmatiker heftig nach Luft ringend in einem kleinen Park auf einer Bank nieder und blätterte in seinem Wanderführer, um eine Pension zu suchen, in der er sich einquartieren konnte. Ganz bewusst hatte er darauf verzichtet, von zu Hause aus eine Pension zu buchen. Er fühlte sich als Pilger und wollte sich sein Quartier vor Ort selbst suchen. Vor allem zentral sollte es liegen. Nach einigen Minuten intensiven Studierens glaubte er die richtige Pension gefunden zu haben. Sie sollte in einer Gasse mitten in der Altstadt nahe der Kathedrale liegen. Ruhig, weitab vom hektischen Autoverkehr, glaubte er. Er machte sich auf die Suche. Es war früher Nachmittag. Die Stadt war wie ausgestorben. Kaum ein Mensch war zu sehen. Lediglich einige andere Pilger, an ihrem Gepäck und dem suchenden Blick nach Schildern zu erkennen, streiften durch die leeren Gassen. Als er vor dem gesuchten Haus stand, kamen ihm Bedenken. Der wenig einladende, graue Altbau hatte mehrere Etagen, schmuddelige Fenster und nur auf der Klingelleiste einen kaum erkennbaren Hinweis auf Gästezimmer. Er kramte nach seinem Wanderführer, um nach einem anderen Quartier zu suchen. Noch bevor er etwas gefunden hatte, was seinen Vorstellungen entsprochen hätte, begann es zu regnen. Deshalb verstaute er seinen Guide wieder und drückte schweren Herzens auf den Klingelknopf. Innen im Haus klappte hörbar eine Tür und eine Frauenstimme rief etwas, das er nicht verstand.

Die ältere, wortkarge Spanierin, die ihm öffnete, verstärkte den trostlosen Eindruck. Sie musterte ihn von oben bis unten.

„Soy peregrino, buscando un habitation individual – Ich bin Pilger und suche ein Einzelzimmer."

„Veinte Euros – Ja, zwanzig Euros", war die kurze, fast unfreundliche Antwort. Mit einer Handbewegung wurde er aufgefordert einzutreten. In einem dunklen Treppenhaus, das nur mühsam von einer trüben Deckenfunzel beleuchtet wurde, führte sie ihn eine knarrende Holztreppe hinauf in den zweiten Stock. Schon auf dem dritten Treppenabsatz rang er wieder heftig nach Luft. Die Pensionswirtin schaute ihn mitleidig an. Es war ihr anzumerken, dass sie ihm nicht zutraute, lange weiterzulaufen. Sie wies ihm ein kleines Zimmer direkt neben der Toilette zu. Aus dem Fenster schaute man in einen engen Innenhof, in dem der Regen laut auf ein Wellblechdach pladderte. Sie kassierte ihre zwanzig Euro, gab ihm die Schlüssel und verschwand. Schweigsam stand er in dem kargen Raum mit dem altertümlichen Eisenbett. Nur die Euphorie der ersten Pilgerstunden verhinderte, dass er auf dem Absatz kehrtmachte, um die üble Absteige wieder zu verlassen. Raschke kramte seine Sachen aus dem Rucksack, verstaute sie in dem wackeligen Spind, der den Kleiderschrank ersetzte, und verließ schnell das wenig einladende Quartier, um trotz des unablässig fallenden Regens durch die Stadt zu schlendern. So allein durch die regennassen Gassen zu laufen, machte nicht wirklich Spaß. Und so entschloss er sich, als er vor dem steinernen Oval der Stierkampfarena stand, einem imposanten Stadion, das ihn ein wenig an das Kolosseum in Rom erinnerte, die Straße hinunter zum Rio Arga zu gehen, der die Altstadt von Pamplona in einem weiten Bogen umfloss. Dort befand sich laut Wanderführer die Casa Paderborn.

Der Bischofssitz war Partnerstadt von Pamplona und deshalb betrieb die Jakobsgesellschaft hier eine Herberge zur Betreuung der Pilger. Das alte, hübsch renovierte Sandsteingebäude lag unterhalb der Stadtmauer in einem kleinen Park direkt am Ufer des Rio Arga. Dessen schmutzige Fluten waren durch das Hochwasser bedrohlich nahe an die Grundmauern des Hauses herangekommen. Noch einige Zentimeter höher und die Herbergsbewohner mussten mit nassen Füßen rechnen. Aber die hatten sie ohnehin schon, was an den vielen Wanderstiefeln zu erkennen war, die zum Trocknen auf einer überdachten Bank neben der Herberge aufgereiht standen. Neugierig betrat Raschke das Haus. Das war also die erste Pilgerherberge, die er kennenlernte, und sein Eindruck war nicht schlecht. Gepflegt, sauber und freundlich sah sie aus. Ganz anders als seine Pension. Und schon ärgerte er sich über sich selbst, dass er sich nur wegen eines Einzelzimmers dort eingemietet hatte.

Eine freundliche, junge Pilgerin, die gerade mit einem Arm voll Wäsche im Flur stand, zeigte ihm das Büro. Er kramte umständlich seinen Pilgerpass hervor, klopfte und trat ein. Lächelnd blickten ihm zwei Frauen in mittleren Jahren entgegen.

„Hallo, herzlich willkommen. Wir sind die Hospitaleras. Ich heiße Marlene. Willst du hier bei uns übernachten?“, begrüßte ihn die Frau hinter dem Schreibtisch. Ihre Kollegin, die gerade eine Kanne mit dampfendem Kaffee aus der Maschine zog, stellte sich als Gerda vor. Raschke schüttelte den Kopf.

„Raschke“, nannte der Kriminalbeamte auf Pilgerschaft seinen Namen. Er hatte noch nicht verinnerlicht, dass sich die Pilger nur mit dem Vornamen ansprechen, „eigentlich nicht. Ich habe bereits eine Pension in der Innenstadt. Ich möchte nur einen Stempel in meinen Pilgerpass haben.“

Damit legte er sein noch jungfräuliches Dokument so vorsichtig auf den Tisch, als sei es zerbrechlich. Marlene grinste.

„Das ist auch gut so, denn wir sind komplett belegt, können aber mit einem Kaffee dienen. Möchtest du einen? Es ist Filterkaffee.“

Raschke wollte. Da offenbar alle Pilger versorgt waren, hatten die Hospitaleras Zeit, mit ihm zu plaudern. So bekam er nicht nur hilfreiche Tipps für den bevorstehenden Weg, sondern auch noch ein Paket Papiertaschentücher.

„Du solltest noch einige Tage mit der Wanderung warten, sonst kommst du bei deiner Erkältung nicht weit. Vielleicht hilft dir der Hustensaft, den ein anderer Pilger hier stehen gelassen hat“, riet Gerda, holte aus einem Regal eine große Flasche hervor und gab sie ihm, „wenn du sie nicht mehr brauchst, gib sie bitte in der nächsten Herberge wieder ab.“

Raschke bedankte sich artig, nahm einen großen Schluck und stopfte die Flasche in die Tasche seines leuchtend roten Anoraks. Dann drehte sich das Gespräch um das schlechte Wetter. Mit so viel Regen habe er in Spanien nicht gerechnet, eher mit zu viel Sonne. Die Hospitaleras lachten.

„Ja, da täuscht man sich. Hier im Norden regnet es häufig und in Galizien noch viel mehr. Aber in diesem Jahr ist es wirklich ungewöhnlich viel. Wir sind in den vergangenen Jahren schon mehrfach über den Jakobsweg gelaufen und haben so etwas auch noch nicht erlebt. Aber als Pilger muss man eben auch damit fertig werden. Ich gebe dir noch den guten Rat, nicht direkt hinter Pamplona über den Pass Perdon zu laufen“, erklärte Marlene, „durch den vielen Regen ist der Weg fast unpassierbar geworden. Wir haben gehört, dass es dort einen kleinen Bergrutsch gegeben haben soll. Es wäre besser, mit dem Bus durch den Tunnel zu fahren und auf der anderen Seite in Legarda mit der Wanderung nach Eunate zu beginnen.“

In diesem Moment klopfte es von außen gegen die Fensterscheibe. Ein drahtiger, energisch aussehender Mann, Mitte bis Ende fünfzig, in einer ebenso auffälligen, roten Regenjacke, wie Raschke sie besaß, winkte hinein. Als er sah, dass die Hospitaleras Besuch hatten, zuckte er bedauernd mit den Schultern und verschwand zwischen den Bäumen des angrenzenden Parks. Raschke machte eine flapsige Bemerkung über die gleichartige Jacke, auf die von den Damen aber nicht eingegangen wurde.

„Das war Wolfgang. Er ist bereits heute Vormittag angekommen. Wir hatten deshalb reichlich Gelegenheit zu plaudern. Er kennt sich mit der Geschichte der Templer in Spanien gut aus, und wollte mehrere Tage bei uns bleiben, weil übermorgen die Templerfiesta stattfindet. Aber das geht natürlich nicht. Wir sind schließlich eine Pilgerherberge. Eine Nacht kann jeder bei uns wohnen. Wer länger bleiben will, muss sich eine Pension suchen."

Raschke hatte interessiert zugehört.

„Oh, mit dem sollte ich mich unterhalten. Die Geschichte der Templer hat mich motiviert, den Jakobsweg zu laufen. Vielleicht treffe ich ihn ja unterwegs."

„Dann solltest du heute Abend noch mal wieder kommen. Wir haben uns mit ihm hier im Büro zum Plausch bei einer Flasche Wein verabredet, weil wir ihn genau deshalb schon gefragt haben. Uns interessiert das auch. Nach unserem ersten Eindruck ist er ein guter Unterhalter. Das wird bestimmt ein interessanter Abend. Aber um zehn Uhr ist Schluss. Dann haben wir Zapfenstreich. Dann gehen die Pilger ins Bett und die Gäste nach Hause."

In diesem Moment klopfte es an der Tür und eine ältere Pilgerin mit auffallend schlohweißen, kurzen Haaren bat die Hospitaleras um Hilfe. Die Australierin suchte einen Stadtplan und ließ sich von den Hospitaleras umständlich den Weg zu einem Hotel beschreiben, in dem sie irgendjemanden treffen wollte. Raschke angelte seinen Pilgerpass vom Schreibtisch und ärgerte sich ein wenig, weil Marlene ihn noch nicht abgestempelt hatte, verabschiedete sich und ging langsam den steilen Anstieg hinauf in die Altstadt.

Nachdem er eine Weile ziellos durch die schmalen Gassen der Stadt gestreift war, die sich langsam mit Passanten füllten, trank er in einer kleinen Bar in Erinnerung an Ernest Hemingway, der Pamplona und das Stiertreiben weltweit bekannt gemacht hatte, dessen Lieblingsgetränk, einen Martini auf Eis mit einem kleinen Schuss Campari. Bevor er am frühen Abend zurück zur Casa Paderborn ging, kaufte er eine Flasche guten Rotwein aus dem Rioja.

Vor der Herberge angekommen, schaute er durch das kleine, erleuchtete Fenster. Dort saßen im Büro Gerda, Marlene, Wolfgang und die weißhaarige Australierin an einem kleinen, runden Tisch. Eine Kerze brannte, und jeder hatte vor sich ein Glas Wein. Einen Moment überlegte Raschke, ob er das Idyll stören sollte. Doch dann klopfte er und steckte vorsichtig den Kopf durch die Tür.

„Nur Mut, junger Mann“, winkte Marlene ihm zu, „komm und trink ein Glas mit uns.“

„Ich habe Nachschub mitgebracht“, ergänzte Raschke und stellte die Flasche auf den Tisch. Die Australierin lächelte ihm zu und verabschiedete sich. Obwohl die anderen protestierten, blieb sie dabei. In einer Runde allein unter Deutschen, ohne die Sprache zu verstehen, fühle sie sich nicht wohl. Raschke konnte das verstehen. Umgekehrt wäre es ihm ähnlich gegangen. Er setzte sich auf den frei gewordenen Stuhl. Gerda machte ihn mit Wolfgang bekannt, der Raschke ein wenig distanziert ohne große Neugier oder Interesse musterte.

„Ich weiß, dass ich mit deiner Nachbarin nicht konkurrieren kann“, versuchte es Raschke mit einem Scherz, der aber nicht gut ankam.

„Sehr richtig“, brummte Wolfgang, „deine Haare sind zu kurz und dein Bart zu lang. Du bist kein Ersatz für Heather. Aber so ist das Leben, voller Enttäuschungen.“

„Es kommt immer auf den Standpunkt oder die Erwartungshaltung an.“

Wolfgang zog verwundert die Augenbrauen hoch. Nach einigen Sekunden rang er sich zu einem Lächeln durch.

„Pilgerphilosophie. Aber wenn der Wein gut ist, sei herzlich willkommen.“

Raschke stellte die Flasche auf den Tisch, setzte sich auf den Stuhl, den die Australierin frei gemacht hatte und erhielt von einer der Hospitaleras ein sauberes Glas.

„Marlene hat mir erzählt, du befasst dich mit den Templern. Ein Buch über diese faszinierenden Mönche hat mich dazu gebracht, den Pilgerweg laufen zu wollen.“

„Welches?“

Raschke nannte Titel und Autor.

„Ziemlich oberflächlich“, nörgelte Wolfgang.

„Nun ja, wie man´s nimmt. Es hat jedenfalls gereicht, mich neugierig zu machen. Ich würde gerne noch mehr über den Orden erfahren.“

Wolfgang drohte spaßeshalber mit dem Zeigefinger zu den Hospitaleras hinüber.

„Na, da habt ihr wohl geplaudert?“

„Ja, so ist das auf dem Camino. Man soll nicht nur laufen, sondern auch noch was lernen. Und über die Templer würden wir gerne auch noch etwas hören. Das ist doch gerade in. Nach Dan Browns *Sakrileg*.“

„Ja, ja. Der gute Dan Brown“, seufzte Wolfgang, „haarsträubende Thesen. Die Geschichte der Templer, insbesondere ihr Untergang in Frankreich, ist recht gut erforscht.

Merkwürdigerweise hat die Wissenschaft die Templer auf der Iberischen Halbinsel sträflich vernachlässigt. Da gibt es noch so manches Geheimnis zu lüften."

„Du machst mich neugierig. Ich würde gern etwas zu den Templern hier in Spanien hören."

„Uns interessiert das auch. Lass dich nicht länger bitten. Wir haben nicht unendlich Zeit", ergänzte Gerda und entspannte die Situation, in dem sie die Flasche Wein entkorkte, die Raschke mitgebracht hatte.

Seinem Gesichtsausdruck nach, fühlte Wolfgang sich gebauchpinselt.

„Auch auf die Gefahr, ins Dozieren zu kommen, sage ich gerne etwas dazu. Wenn ihr Fragen habt, unterbrecht mich."

Raschke lehnte sich auf seinem Stuhl zurück, verschränkte die Arme und beobachtete den etwa gleichaltrigen Mitpilger von der Seite. Mit seinem bleichen Teint ein typischer Bürohengst oder Bücherwurm. Die leicht rötlichen Haare trug er Voniseila. Vorne nichts, Seiten lang. Wahrscheinlich kämmte er morgens die Haare von der Seite nach oben, um die Platte zu bedecken. Für sein Alter hatte er kaum Falten. Durch die glatte Rasur und die fehlenden Augenbrauen verliehen ihm seine kleinen Augen etwas Schweinchenhaftes.

Gerda goss die Gläser voll, während Marlene schon fast zu andächtig an den schmalen Lippen von Wolfgang hing.

„Also, in aller Kürze. Der Orden der Tempelritter war während der Kreuzzüge von französischen Rittern in Palästina gegründet worden. Er stellte im Mittelalter die schlagkräftigste Armee der Christen und war hier in Spanien wesentlich an der Zurückdrängung der muslimischen Omaijaden beteiligt. Das tat er natürlich nicht umsonst. Neben Privilegien erhielten die Mönche Einfluss, Macht und Vermögen. Durch geschickten Umgang mit den Ressourcen entstand ein europaweit agierender, mittelalterlicher Finanzkonzern, der millionenschwere Geschäfte machte. So etwas weckt natürlich Begehrlichkeiten. Nachdem die Templer gut zweihundert Jahre unbehelligt agieren durften, hob im Jahre 1312 ein Komplott des französischen Königs und des Papstes die Templer aus dem Sattel. Man warf den Rittern Ketzerei, Amtsmissbrauch und Homosexualität vor. In Wahrheit ging es nur um Geld. Am Freitag, dem 13. Oktober 1307, fanden die Verhaftungen statt. Seit dieser Zeit wird übrigens Freitag der 13. als Unglückstag bezeichnet.

In Paris wurde ihnen der Prozess gemacht, der mit der Auflösung des Ordens und dem Tod seines Großmeisters Jacques de Molay auf dem Scheiterhaufen endete. Die Akten mit den Vernehmungsprotokollen wurden in den Vatikan geschafft und dort bis heute unter Verschluss gehalten."

„Das wird wohl seine Gründe haben", warf Raschke ein.

„Du kannst davon ausgehen, der Vatikan macht nichts ohne Grund. Jacques de Molay war als Beichtvater der Königin über die bevorstehende Aktion unterrichtet. Er suchte zwölf Ritter und einen Komtur aus, um das Vermögen zu retten. Ein Teil des Vermögens sollte von sechs Rittern nach Schottland, während von den anderen sechs die in Südfrankreich deponierten Wertgegenstände über San Bartolome nach Ponferrada und weiter nach Portugal gebracht werden sollten."

„Was ist Legende und was Wahrheit?"

„Tja, wenn man das so genau wüsste. Dann wäre die Wissenschaft schon einen großen Schritt weiter. Natürlich lebt die Legende im Wesentlichen von ihrem Mythos. Sie hat aber, wie bei vielen anderen auch, einen wahren Kern. Fakt ist, es hat Gold und Juwelen gegeben, die bisher nicht gefunden wurden und nach denen immer noch gesucht wird. Hinzu kommt eines: Das Schicksal der Templer in Spanien gestaltete sich anders als in Frankreich oder Italien. Unter den Templern Europas spielten die Brüder in Spanien eine besondere Rolle. Die Komtureien in den Königreichen Aragon und Kastilien widersetzten sich aktiv dem Komplott des französischen Königs und des Papstes. Sie beschützten den Jakobsweg und besaßen in Ponferrada eine mächtige Burg mit schwer bewaffneter und durch die Reconquista kampferprobter Besatzung. Diese Streitmacht wollte erst einmal besiegt sein. Bis zu ihrer endgültigen Niederwerfung, die nur unter schweren Verlusten erreicht wurde, vergingen sage und schreibe fünfzehn Monate. Der Komtur Raimund Sa Guardia, der bereits einen Teil des Templervermögens gerettet hatte, erkannte sehr schnell, dass die Vernichtung des Ordens auch in den spanischen Königreichen nicht aufgehalten werden konnte. Waren schon die Immobilien nicht zu retten, so sollte zumindest das bewegliche Vermögen versteckt oder außer Landes nach Portugal gebracht werden, war seine Auffassung."

„Die Portugiesen machten nicht mit?"

„Jein. Portugal war 1100 unabhängig geworden und hatte mit Hilfe der Templer die Muslime aus dem jungen Staat vertrieben. Deshalb nahm der König von Portugal den Orden aktiv in Schutz. Nicht wenige der in anderen Ländern verfolgten Brüder setzten sich nach Portugal ab. Sie nagelten lediglich ein neues Namensschild an die Tür. Damit war das gewaltige Vermögen zum Vorteil Portugals im Lande geblieben, und die Ritter wurden wieder das, was sie gewesen waren: Der mächtigste Ritterorden der Christenheit. Ja, sie mauserten sich sogar zur staatstragenden Macht, die bis 1789 hielt. Heinrich der Seefahrer, Bartholomeo Dias, Vasco da Gama und andere gehörten diesem Orden an. Der so arrogant war, auf den Segeln seiner Schiffe das vom Papst verbotene Templerkreuz offen zur Schau zu stellen. Nicht zuletzt deshalb schlug sich der Vatikan, bei der Verteilung der Neuen Welt von Portugal und Spanien als Schiedsrichter angerufen, auf die Seite Spaniens. Im Ergebnis blieb Portugal nur Brasilien als Einflusssphäre erhalten."

„Was ist denn mit dem Schatz der Templer, über den seit Dan Brown die ganze Welt redet", wollte Gerda wissen.

Wolfgang schüttelte unwirsch den Kopf.

„Das Vermögen der Templer befand sich im Mittelalter in Palästina. Von dort hatte es der letzte Großmeister kurz vor der Auflösung des Ordens nach Südfrankreich geschafft. Dort verliert sich die Spur."

„Und was ist mit dem Gral?"

„Ich denke, es ist ein Hirngespinst. Nichts, was mit wissenschaftlichen Mitteln erforscht werden könnte. Eine Sage, aus der immer neue spannende Geschichten entstehen. Ich halte mich an die Fakten. An die Kirchen, die Burgen, die Denkmale und an die Artefakte, die sich noch in den Museen befinden. Und natürlich an die schriftlichen Unterlagen. Aber die sind im Vatikan und an die kommt eben niemand heran."

„Muss der Vatikan nicht selbst ein Interesse daran haben, die Hintergründe aufzuklären?“

„Oh, das hat er ganz bestimmt. Und deshalb wurden die Templer ja auch inzwischen rehabilitiert. Aber wenn in den Unterlagen etwas über den Verbleib des Vermögens oder Hintergründe zum Gral stände, würde das mit Sicherheit nicht öffentlich zugänglich gemacht.“

„Ja, da magst du Recht haben“, sinnierte Raschke und wollte noch eine Frage los werden. Aber Gerda winkte ab.

„Schluss jetzt. Gleich ist Zapfenstreich. Vielleicht trefft ihr euch ja auch noch mal unterwegs. Es sind ja noch über siebenhundert Kilometer bis zum Ziel.“

Raschke stand auf, bedankte sich artig und verabschiedete sich von den Hospitaleras und von Wolfgang.

„Vielleicht treffen wir uns auf dem Camino noch einmal wieder. Es war hochinteressant, Dir zuzuhören und unterwegs tauchen bestimmt neue Fragen auf. Ich würde mich freuen, wenn wir darüber sprechen könnten.“

„Ja, vielleicht. Der Camino hat seine eigene Gesetzmäßigkeit. Man kann es nicht erzwingen.“

Nachdenklich ging Raschke in seine Pension. Während er auf seinem viel zu kurzen Bett mit Wollsocken an den Füßen schniefend vor sich hindämmerte, kamen neue Gäste in der Pension an. Auf dem Flur war ein ständiges Gerenne. Alle Zimmer schienen belegt und nun wurde es im Bad neben seinem Zimmer unruhig. Es begann ein Dauerduschen. Der Druck in seiner Blase wurde unerträglich und so blieb ihm nichts anderes übrig, als in eine leere Wasserflasche zu pinkeln. Irgendwann schlief er endlich ein.

Der Zeuge

Er wurde sehr früh von den abmarschierenden Pilgern durch lautes Gepolter auf dem Flur geweckt. Gleich mehrere Gäste stolperten über ein kleines Holzschränkchen, das direkt an der Wand neben seiner Zimmertür stand. Aber jetzt war endlich das Bad frei. Mit seiner zweckentfremdeten Wasserflasche unter dem Arm ging er in das kleine Bad und duschte ausgiebig. Er fühlte sich wie gerädert. Dann suchte er sich in der Innenstadt eine kleine Bar, um dort zu frühstücken. Nicht wie er es von zu Hause gewohnt war mit Brötchen, Wurst und Ei, sondern mit einem typisch spanischen Frühstück. Einem süßen Hörnchen und Marmelade.

In einem kleinen Souvenirladen unter den Bogengängen an der Plaza del Castillo, dem zentralen Platz mitten in der Altstadt, kaufte er eine kleine, silberne Jakobsmuschel, die er an seine Halskette neben einen silbernen Elefanten, den ihm seine Frau zum Abschied geschenkt hatte, hängte.

Vor einem Schaufenster, in dem Taschen aller Art und Größen ausgestellt waren, fiel ihm ein, dass er unbedingt eine wasserdichte Umhängetasche brauchte, wollte er nicht wegen jeder Kleinigkeit, die er gerade brauchte, seinen Rucksack abnehmen. Er fand das zwar albern, als gestandener Mann mit einer Umhängetasche herumzulaufen, aber sie erwies sich als ungemein praktisches Utensil.

Obwohl es wieder leicht regnete und mit elf Grad für Anfang Mai rattenkalt war, besichtigte er einige Kirchen, störte durch sein Husten eine Hochzeitsfeier und spazierte, nachdem ihn der Brautvater mit einem strengen Blick aus der Kirche vertrieben hatte, über die alte Zitadelle in den

Park de Taconera mit seinem kleinen Zoo. Doch er ärgerte sich, weil er nicht schon auf dem Camino Richtung Santiago de Compostela wanderte.

Gerade als er an der Stadtmauer nahe der Plaza Virgen de la O eintraf, kam ein kräftiger Schauer vom Himmel. Raschke stellte sich in einem alten Torwächterhäuschen oben auf der Mauer unter. Einige Einheimische mit Schirm hasteten an ihm vorbei über die kleine Brücke durch das Stadttor, ohne ihn eines Blickes zu würdigen, obwohl er in dem Häuschen stand wie ein Wachtposten aus vergangenen Zeiten. Durch eine große, glaslose Fensteröffnung hatte er einen schönen Blick hinunter zum Rio Arga, dessen lehmig gelbe Fluten gut dreißig Meter unter ihm zwischen den Bögen der Puente de la Rochapea in wilden Wirbeln hindurchschossen.

Sein Blick blieb an zwei Personen hängen, die etwa hundert Meter entfernt mitten auf der Brücke heftig gestikulierend diskutierten. Der große, schlanke Mann, der ihm den Rücken zudrehte, trug eine leuchtend rote Jacke, die seiner eigenen zum Verwechseln ähnlich sah. Ein schwarzes Basecap mit großem Schirm verdeckte sein Haar. Der zweite Mann, er war etwas kleiner und deutlich rundlicher als sein Gegenüber, hatte Jeans und eine helle Sommerjacke an, aus der er umständlich ein kleines Päckchen herauszog, um es seinem Gegenüber zögernd zu übergeben. Als der danach griff, zog der Rundliche es wieder zurück. Es entstand eine Rangelei, weil keiner der beiden den Gegenstand loslassen wollte. In diesem Moment fuhr ein großer Lkw mit Anhänger über die Brücke und verdeckte Raschke die Sicht. Als er nach wenigen Sekunden vorbeigefahren war, stand der große Schlanke mit der roten Jacke und dem Basecap allein auf der Brücke und starrte über das Geländer auf das gurgelnde Wasser. Der Mann in der hellen Sommerjacke war verschwunden. Raschke spürte plötzlich einen Kloß im Hals. Der Rundliche musste über das relativ niedrige Geländer in den Fluss gestürzt sein. Eine andere Erklärung für die Situation gab es nicht. Wäre der Mann weggelaufen, müsste er noch irgendwo zu sehen sein. In der kurzen Zeit hätte er weder in der einen wie in der anderen Richtung die Brücke ungesehen verlassen können. Außerdem hätte es für den Schlanken keinen Grund gegeben, suchend in den Fluss zu blicken. Der nach einigen Sekunden des regungslosen Verharrens vom Geländer zurücktrat, das schmale Päckchen in seiner Jacke verstaute und sich suchend umsah. Er schien sich vergewissern zu wollen, dass ihn niemand beobachtet hatte. Dabei fiel sein Blick auf den von der Stadtmauer fassungslos herunterschauenden Pilger, dessen auffällige, rote Regenjacke mit der davor an einer Lederschnur baumelnden großen Jakobsmuschel selbst einem flüchtigen Blick nicht verborgen bleiben konnte. Außerdem trug Raschke noch immer den breiten, hellen Sombrero, weil er ja mit Sonne und nicht mit Regen gerechnet hatte. Der Schlanke fixierte den auf ihn hinunterstarrenden Deutschen. Er schien sicher zu sein, dass sein Gesicht unter dem Schirm des Basecap nicht zu erkennen war, wandte sich ab und ging ohne Eile in Richtung Stadtmauer, wo er zwischen den Bäumen des darunter liegenden Parks verschwand. Raschke schaute auf die schmutzigen Fluten des Rio Arga, um vielleicht noch etwas von dem Gestürzten zu erkennen. Aber das dreckige, mit Ästen, kleinen Baumstämmen und allerlei Müll durchsetzte Wasser strömte zu schnell und zu wild, als dass er große Hoffnungen haben könnte, noch etwas zu erkennen. Nach wenigen Metern wurde die Sicht auf den Flusslauf zudem von hohen Bäumen verdeckt. Raschke starrte noch einige Minuten reglos auf das Wasser. Er konnte nicht glauben, was er gesehen hatte.

Der Regenschauer hatte inzwischen aufgehört und langsam gewann der deutsche Kriminalbeamte seine Fassung wieder. Natürlich hatte er andauernd im Dienst mit Gewaltopfern, Verunglückten und Leichen zu tun. Aber noch nie war er selbst Zeuge eines Verbrechens geworden. Und dass es sich hier um ein Verbrechen gehandelt hatte, daran bestand für ihn keinerlei Zweifel. Er musste zur Polizei und den Vorfall melden. Aber was sollte er sagen?

Das zu erzählen, was er gesehen hatte, erschien ihm absurd. Wahrscheinlich würden ihn die spanischen Kollegen ansehen, als ob er seiner Sinne nicht mächtig sei. Auf einem kleinen Zettel notierte er sich die Uhrzeit und einige Stichpunkte zur Kleidung des schlanken Mannes sowie seines Opfers. Dann suchte er in seinem Wanderführer den Hinweis auf die Polizei und machte sich auf den Weg über den Plaza del Castillo, am Palast des Gouverneurs von Navarra vorbei und die Pasea de Sarasate entlang zum Gebäude der Policia National. Immer wieder überlegte er, was er den spanischen Kollegen erzählen wollte.

Als er schnaufend und schwitzend in die schwer gesicherte Eingangshalle des Polizeipräsidiums trat, wurde er von dem hinter einer schusssicheren Scheibe sitzenden uniformierten Diensthabenden neugierig gemustert. Raschke versuchte vergeblich, sich auf Spanisch verständlich zu machen. Seine Kenntnisse reichten nicht aus. Erst als der Uniformierte verstand, dass der aufgeregte Pilger vor der Trennscheibe ein deutscher Kriminalbeamter sein musste, offenbar hatte das Wort Kommissar das bewirkt, bequemte er sich zu einer Reaktion. Er telefonierte mehrmals und machte Raschke dann wort- und gestenreich klar, dass gleich ein Deutsch sprechender Kollege käme.

Es dauerte tatsächlich nur einige Minuten, dann kam ein etwa vierzigjähriger, sportlich schlanker, schwarzhaariger Mann mit gegelten Haaren in einem hellen Sommeranzug auf ihn zu, der ihn neugierig musterte.

„José Lopez Castela, was kann ich für Sie tun?“, stellte er sich knapp in akzentfreiem Deutsch vor. Raschke schüttelte die dargebotene Rechte.

„Mein Name ist Raschke. Ich bin deutscher Kriminalhauptkommissar, leite in Rostock die Mordkommission und pilgere zurzeit auf dem Jakobsweg. Ich habe einen Mord beobachtet.“ Castela hob die Augenbrauen.

„Na, Senor Raschke. Ich denke, Sie können sich ausweisen, und dann kommen Sie mal mit in mein Büro.“

Nachdem Raschke ihm die Kopie seines Dienstausweises gezeigt hatte, die sich für Notfälle neben anderen Papieren und dem Bargeld in seiner Dokumententasche befand, winkte der Spanier dem Uniformierten kurz zu, dann wurde die elektronisch gesicherte Innentür geöffnet. Mit dem Fahrstuhl ging es in den dritten Stock. Auf den Fluren wuselten Uniformierte und zivil gekleidete Polizisten geschäftig hin und her. Nicht anders als in einer deutschen Dienststelle, dachte Raschke. Durch ein Vorzimmer, in dem eine junge Spanierin sie neugierig musterte, kamen sie in ein geräumiges, offenbar nach dem persönlichen Geschmack des Beamten eingerichtetes Büro. *Comisario José Lopez Castela* entzifferte Raschke im Vorbeigehen auf einem Schild neben der Bürotür.

Der Spanier nahm hinter seinem Schreibtisch Platz und bot Raschke einen Stuhl an. Dann bat er noch einmal um die Dienstausweiskopie und den Personalausweis, notierte die Angaben auf einem Zettel und gab die Papiere zurück.

„Darf ich Ihnen einen Kaffee anbieten?“

Raschke nickte. Irgendwie fühlte er sich plötzlich unwohl in seiner Haut. Die Rolle war für ihn ungewohnt. Außerdem war ihm selber klar, dass seine Angaben ziemlich dürftig waren. Aber er musste seine Beobachtung loswerden. Der Rest war Sache der Spanier. Er wurde durch Lopez Castela aus seinen Gedanken gerissen.

„Senor Raschke, dann erzählen Sie einmal, was Sie auf dem Herzen haben.“

Raschke nippte vorsichtig an dem Kaffee, den die Vorzimmerdame inzwischen hereingebracht hatte.

„Senor Castela“, begann der Deutsche, wurde aber sofort unterbrochen.

„Lopez Castela“, berichtigte sein Gegenüber reserviert.

„Senor Lopez Castela. Vor zwei Stunden befand ich mich auf einem Spaziergang durch die Stadt. Oben von der Stadtmauer beobachtete ich, wie sich auf der Puente de la Rochapea zwei Männer stritten. Es gab eine Rangelei und einer der beiden muss in den Rio Arga gestürzt sein. Er ging unter und tauchte nicht mehr auf. Sein Gegenüber war deutlich größer, ich schätze fast ein Meter neunzig und hatte eine ähnlich rote Jacke an wie ich. Er trug ein schwarzes Basecap. Deshalb habe ich seine Haare und sein

Gesicht nicht erkennen können. An den Füßen hatte er dicke Wanderstiefel. Insgesamt sah er aus wie ein Pilger. Nur ohne Rucksack."

Raschke gab noch die Personenbeschreibung des Opfers ab. Dann machte er eine Pause, um die Wirkung seiner Worte zu beobachten. Sein Gegenüber verzog weder eine Miene noch machte er Anstalten, sich etwas zu notieren.

„Haben Sie gesehen, wie der kleine Dicke über das Geländer gestoßen wurde?"

„Äh, nein. Genau in dem Moment verdeckte ein Lkw die Sicht. Es ist nur eine Vermutung. Aber es gibt keine andere Möglichkeit."

„Ein deutscher Kriminalbeamter hat im Urlaub keine Vermutungen zu haben."

Raschke überhörte geflissentlich die ironische Bemerkung des Spaniers, der für seinen Geschmack etwas zu belehrend fortfuhr.

„Doch. Es gibt andere Möglichkeiten. Er hätte ebenso gut selbst springen oder unglücklich fallen können. Der heftige Winddruck des Lastwagens könnte ihn von der Brücke geweht oder ein Herzinfarkt dahingerafft haben."

Raschke merkte, wie ihm die Röte ins Gesicht schoss. Ihm war nicht klar, ob vor Zorn oder weil er sich wie ein Anfänger hatte aufs Glatteis führen lassen. Aber der Spanier hatte Recht. Genau die gleichen Zweifel hätte er in ähnlicher Situation auch geäußert. Lopez Castela rieb sich nachdenklich das Kinn.

„Ist das alles?"

Raschke schluckte. Er hatte die Frage befürchtet.

„Ja, das ist im Prinzip alles“, antwortete er.

Der Spanier sah den deutschen Kriminalbeamten nachdenklich, und wie Raschke glaubte, etwas mitleidig an. Nur die Höflichkeit dem deutschen Kollegen gegenüber verbot ihm offenbar, ihn so einfach hinauszukomplimentieren.

„Ich weiß, dass meine Angaben ziemlich dürftig sind“, ergänzte Raschke nach einer peinlich langen Pause des Schweigens. Der Spanier nickte.

„Ja, sehr dürftige Angaben. Damit können wir nicht viel anfangen. Es fehlt eine Leiche. Es fehlt ein Motiv. Warum sollte ein Pilger hier in Pamplona so mir nichts dir nichts jemanden in den Rio Arga stürzen? Für den Vorfall sind Sie bisher zumindest der einzige Zeuge.“

Raschke sah peinlich berührt aus dem Fenster, nur um Lopez Castela nicht ansehen zu müssen. Seine Stimmung war ebenso trübe wie das Wetter draußen. Welchen Eindruck musste der Spanier von ihm haben? Klar, zu Hause in Rostock hätte er genau so reagiert, wenn ihm dort ein Spanier mit einer solchen Geschichte gekommen wäre. Unprofessioneller Oberverdachtschöpfer wäre sein Urteil über einen solchen Zeugen gewesen.

Nach einigen Minuten des Nachdenkens griff Lopez Castela zum Telefon und führte einige Gespräche. Raschke glaubte heraushören zu können, dass verschiedene Polizeidienststellen angerufen wurden. Soviel verstand Raschke, Lopez Castela fragte, ob Hinweise zu einem Vorkommnis auf der Rochapeabrücke vorlägen. Die Antworten fielen unterschiedlich lang aus. Offenbar ohne Ergebnis. Jedenfalls blieb die Miene des Spaniers regungslos. Nachdem er den

Hörer nachdenklich auf seinen Telefonapparat zurückgelegt hatte, wandte er sich wieder dem deutschen Kollegen zu.

„Senor Raschke, ich danke Ihnen. Selbstverständlich nehmen wir Ihre Beobachtung sehr ernst und werden der Sache intensiv nachgehen. Aber Sie werden verstehen, ohne Leiche wird es schwierig werden. Sollte ich noch Fragen haben, werde ich Sie zu finden wissen. Als Pilger haben Sie ja einen festgelegten Weg vor sich. Und hier in Spanien nehmen wir die Anmeldepflicht in den Herbergen, Hostals und Pensionen noch ernst. Jetzt entschuldigen Sie mich bitte, ich habe noch wichtige Termine."

Er stand auf und begleitete Raschke zur Tür, wo er seine Vorzimmerdame bat, den deutschen Kollegen hinauszubegleiten. Vor der Tür angekommen, fluchte Raschke über sich selbst. Peinlich. Einfach nur peinlich war sein Auftritt bei dem spanischen Kollegen gewesen. Unprofessionell hoch drei. Mit einem Hinauswurf als Finale.

Während er wieder in Richtung Plaza del Castillo spazierte, entschloss er sich, den Vorfall so schnell wie möglich zu vergessen. Auf der Plaza fand eine spanische Demonstration statt. Sie ähnelte eher einer Fiesta. Musiker spielten, Erwachsene unterhielten sich zwanglos, Kinder liefen kreischend und lachend umher. Alles viel lockerer als derartige Veranstaltungen in Deutschland, vor allem ganz ohne großes Polizeiaufgebot, fand Raschke und suchte sich einen freien Tisch in einem Straßencafé, um von dort neugierig die Veranstaltung zu beobachten. Während er wieder seinen Martini mit Eis und Campari schlürfte, sah er aus dem Augenwinkel, wie einige Meter entfernt Wolfgang an einem anderen Tisch saß. Eine kleine Gruppe der Demonstranten hatte sich zwischen sie gesetzt und verdeckte die Sicht. Raschke musste sich etwas zurücklehnen, um Wolfgang zu sehen, der vor sich einen Kaffee stehen hatte und intensiv in einem kleinen Büchlein schrieb. Eigentlich hatte er seine erste Pilgerbekanntschaft ansprechen wollen, um das interessante Gespräch von gestern wieder aufzunehmen. Dann aber ließ er es, weil er Wolfgang bei seinen Schreibarbeiten nicht stören wollte. So beobachtete er das geschäftige Treiben auf dem Plaza.

Genau in Raschkes Blickrichtung kam ein merkwürdig gekleideter Mann aus der Tiefgarage. In seinem Trenchcoat und dem Hut sah er aus wie eine Karikatur des Schauspielers Humphrey Bogart. Raschke musste grinsen. Vermutlich hatte es der große, schlanke Mann genau auf diesen Effekt abgesehen, denn er zog die Blicke fast aller Cafébesucher auf sich. Die Bogart-Kopie blieb direkt vor seinem Café stehen und musterte seinerseits die Gäste. So als suche er nach jemandem. Raschke wusste nicht warum, aber instinktiv zog der die Schultern ein, drehte sich zur Seite und rührte eifrig in seinem Kaffee. Aus den Augenwinkeln versuchte er, den unangenehmen Zeitgenossen zu beobachten. Der hatte scheinbar nicht gefunden, was oder wen er suchte und war langsam weitergegangen. Als die lebende Karikatur in der Menschenmenge verschwand, schaute Raschke wieder zu Wolfgang hinüber. Aber der war fort.

Eunate

Am Sonntagmorgen war Raschkes Erkältung vorbei. Endlich konnte er mit der Pilgerwanderung beginnen. Fast andächtig setzte er die ersten Schritte und verließ die verschlafene Stadt. Nur wenige Pilger waren vor ihm auf dem Weg. Fast mechanisch folgte er den gelben Pfeilen, die den Verlauf des Camino de Santiago an Häuserwänden, Laternen, Bäumen und auf dem Straßenpflaster kennzeichneten. Nach fast zehn Kilometern stapfte er mühsam den steilen, durch Regen aufgeweichten Anstieg zum Pass Perdon mit seinen unzähligen Windmühlen hinauf, wo er auf ein französisches Pilgerpaar traf, das dort Pause machte. Auch er gönnte sich eine kurze Rast. Während er von der Passhöhe auf die Dörfer Obanos und Muruzabal blickte, ging ihm das Erlebte nicht aus dem Sinn.

„Es war Mord“, murmelte er immer wieder vor sich hin, „ich bleibe dabei, es war Mord und kein Unfall. Vielleicht wird die Leiche von dem Unbekannten ja doch noch gefunden. Sie kann nicht einfach verschwinden. Irgendwann wird sie irgendwo angeschwemmt.“

Die beiden Franzosen blickten zu ihm herüber. Hoffentlich haben sie mich nicht verstanden, dachte Raschke. Aber die beiden lächelten verständnisvoll.

Gegen Mittag sah er sein erstes Tagesziel vor sich. In einem weiten Tal lag die kleine Templerkirche Eunate. Der kalte Wind, der eher an Mecklenburg-Vorpommern und nicht an Spanien erinnerte, blies kräftig von hinten und der Himmel sah nach Regen aus. Als er in Muruzabal in den Weg nach Eunate einbog, fand es eine kleine Straßenkötermischung interessant, ihn zu begleiten. Ob es daran lag, dass er heute Morgen nicht geduscht hatte oder jeder Pilger die Ehre der kläffenden Begleitung bekam, war nicht klar. Der Hund reagierte weder auf Rufen noch auf Pfeifen seines Herrchens, dem nichts anderes übrig blieb, als im Auto hinter dem ungleichen Pärchen herzufahren, um so seinen Hund wieder einzufangen.

Die letzten zwei Kilometer vor der Kirche Eunate Santa Maria, die durch neu gepflanzte Weinfelder führten, waren topfeben. Eine Pappelreihe an einem Hochwasser führenden Bach verbarg den Blick auf die Kirche. Raschke war allein auf dem Weg. Kein anderer Pilger war vor oder hinter ihm zu sehen. Auf der kleinen Brücke blieb er stehen. Er glaubte, seinen Augen nicht zu trauen. Einige Meter unterhalb hatte ein quer im Bachbett liegender Baumstamm das schmutziggelbe Wasser aufgestaut, so dass sich dahinter ein kleiner Wasserfall bildete. In diesem Strudel drehte sich ein menschlicher Körper. Der Kleidung nach eine Frau. Dort wo der Kopf war, verfärbte Blut das lehmige Wasser, verwirbelte und vermischte sich mit der gelben Brühe. Nur Sekunden brauchte der erfahrene Kriminalbeamte, um zu erkennen, dass er der Frau nicht mehr helfen konnte. Sie war tot. Der Kriminalbeamte war sofort in seinem Element. Er musterte das Ufer links und rechts von der Toten. Die Lehmschicht, die das Hochwasser der letzten Tage hinterlassen hatte, war jungfräulich. An der Stelle, wo sie sich jetzt befand, war sie nicht ins Wasser gekommen. Vermutlich war sie von der Brücke gefallen.

„Schon wieder eine Brücke als möglicher Tatort", brummelte Raschke und sah sich das Geländer genauer an. Einige kleinere Kratzspuren waren in dem dünnen Flechtenbewuchs auf der steinernen Brüstung zu erkennen. Nichts Signifikantes. Auf dem Pflaster war nichts zu sehen. Kein Blut, keine Schleifspuren. Raschke sah sich um. Niemand war zu sehen. Weder jemand, der Täter sein, noch jemand, der bei der Bergung der Frau helfen könnte. Raschke brauchte aber Hilfe. Allein war es ihm nicht möglich, die Tote aus dem Wasser zu ziehen. Und eines wollte er auf keinen Fall, dass die Leiche vom schnell fließenden Wasser weiter flussabwärts getrieben wurde. So schnell er mit seinem Rucksack konnte, lief Raschke in der Hoffnung los, andere Pilger an der Kirche anzutreffen. Aber dort war niemand. Von der Kirche zur benachbarten Pilgerherberge waren es nur wenige Meter. Atemlos kam er am Refugio an und rüttelte heftig an der Tür. Während er ungeduldig wartete, sah er sich nach einer Stange, einem Besen oder einem anderen Gegenstand um, mit dem die Tote aus dem Wasser gezogen werden konnte. Aber es lag nichts dergleichen herum. Nach einigen Minuten, die ihm wie eine Ewigkeit vorkamen, wurde geöffnet. Fragend sah ihn der Hospitalero an. Raschke versuchte mit seinen bescheidenen Spanischkenntnissen und einer theatralischen Gestik dem Spanier zu erklären, was geschehen war.

„Senor, en el Rio es una muerta – im Fluss ist eine Tote“, radebrechte er. Der Hospitalero folgte etwas zögernd dem Deutschen, der zur Brücke zurücklief. Dort angekommen, sah der Spanier entsetzt auf das Bild, das sich ihm bot. Dann aber wurde er schnell. Er rannte zurück, um sofort mit einer Stange und einer Zeltplane zurückzukommen. Gemeinsam drückten und zogen sie die Tote ans Ufer und drehten sie auf den Rücken. Das Gesicht der Frau war unkenntlich. Der

Hospitalero wechselte wie ein Chamäleon die Farbe. Er verdrehte die Augen und würgte, während sich Raschke die Tote ansah. Das Gesicht war mit Sicherheit post mortem deformiert worden. Das erkannte er sofort. Vermutlich an einem Stein oder an dem Baumstamm. Sonst war nichts zu erkennen. Raschke hütete sich auch, mehr zu unternehmen. Das war Sache der spanischen Kollegen und die mussten so schnell wie möglich informiert werden. Der Hospitalero hatte inzwischen die Fassung wiedergewonnen. Mit abgewandtem Gesicht half er Raschke mit der Plane die Leiche zuzudecken. Dem Hospitalero schien die Tote bekannt zu sein. Auf dem Weg zurück zur Herberge stammelte er immer wieder einen Namen, den Raschke aber nicht verstand. Plötzlich blieb der Spanier auf dem Platz zwischen Kirche und Herberge stehen. Er sah sich suchend um.

„Donde son dos senores – wo sind die zwei Männer?“, verstand Raschke. Automatisch folgte Raschke dem suchenden Blick des Spaniers. Auf einem kleinen Hügel, über den der Jakobsweg in Richtung der Stadt Puente la Reina weiterführte, glaubte Raschke eine rote Jacke zu erkennen. Sofort legte er seinen Rucksack ab und rannte den Hügel empor. Völlig atemlos kam er oben an und sah ... nichts. Auf dem Camino war niemand zu sehen. In den umliegenden Feldern, in denen das Getreide gerade knöchelhoch stand, konnte sich niemand verstecken. Sollte er sich so getäuscht haben? Hatten ihm seine Sinne einen Streich gespielt? Langsam ging Raschke zur Kirche zurück und holte sein Gepäck.

Der Hospitalero telefonierte derweil mit der örtlichen Polizei, während Raschke über sein Handy direkt Lopez Castela anrief. Er bekam ihn sofort an den Apparat und bemühte sich um eine sachliche Schilderung.

„Sie können bei uns als Leichenspürhund anfangen", versuchte es der Spanier mit einem Scherz, nachdem Raschke seinen Bericht beendet hatte. Der war nicht zum Scherzen aufgelegt, zu sehr hatte ihn die Sache mitgenommen. Lopez Castela erklärte, in dreißig Minuten vor Ort zu sein, und bat so lange zu warten.

„Natürlich warte ich. Glauben Sie wirklich, ich würde mir nichts dir nichts weiterwandern, als ob nichts gewesen wäre?", reagierte er fast schon beleidigt.

Raschke fand es passend, in die Kirche zu gehen. Diffuses Licht fiel aus einem schmalen Fenster auf die kleine Madonna, die hinter dem Altar auf einem Podest stand. Mitten im Gang blieb er zwischen den hölzernen Sitzbänken stehen. Eine leise, kaum wahrnehmbare Musik erklang aus versteckten Lautsprechern. Das Ave Maria. Eines der schönsten klassischen Marienlieder, wenn nicht gar das Schönste. Vor einem halben Jahr hatte er seine alte Mutter beerdigt und am Grab wurde genau dieses Lied gespielt, als sich der Sarg in die Gruft senkte. Tränen rannen seine Wangen hinab.

Da stand er nun, ein ausgewachsener Kriminalbeamter in einer romanischen Templerkirche und heulte. Er verlor das Zeitgefühl und wusste nicht, wie lange er mitten in der Kirche gestanden hatte. Umständlich wischte er sich seine Tränen ab und ging näher an den Altar heran, um eine Kerze anzuzünden. Da erkannte er in der Apsis der achteckigen Kirche neben der Madonna eine Lücke in der Wand. Der Stein, der dort gesessen hatte, lag zusammen mit einigen Mörtelresten neben dem Altar. Da die Kirche sehr sauber und gepflegt aussah, konnte der Stein dort noch nicht lange liegen. Gerade, als ihn Raschke aufheben und die Lücke in der Kirchenmauer näher untersuchen wollte, kam eine deutsche Pilgergruppe mit ihrem Pastor, um eine Messe zu feiern. Es war schließlich Sonntag. Raschke setzte sich in die erste Reihe, um langsam seine Fassung zurückzugewinnen. Mit Inbrunst sangen die Gläubigen ihre Lieder. Nach dem Kyrie hatte sich Raschke endlich gefasst und verließ die Kirche, von den neugierigen Blicken der Anwesenden verfolgt, um auf der Balustrade des Bogengangs, der rund um das Gebäude verlief, auf Lopez Castela zu warten. Es hatte wirklich nur eine halbe Stunde gedauert, die Pilgergruppe war Sekunden vorher erst in ihren Bus gestiegen, da gab es den großen Tatortauftrieb, der hier in Spanien nicht anders war als in Deutschland.

Lopez Castela steuerte sofort auf seinen deutschen Kollegen zu, während sich die Tatortgruppe um das Opfer kümmerte. Nach der knappen Begrüßung begann Raschke noch einmal mit seiner Schilderung. Lopez Castela übersetzte für einen Mitarbeiter, der alles auf Band aufnahm. Da Raschke nichts zu einem Täter gesagt hatte, fragte Lopez Castela ihn direkt.

„Dieses Mal habe ich niemanden gesehen. Aber hier ist wenigstens die Leiche, sonst wäre ich Gefahr gelaufen, dass Sie mich wegen Pilgertrauma oder so einsperren."

Lopez Castela blieb ruhig.

„No, no, Senor Raschke. Wir haben im Rio Arga gestern noch eine Leiche gefunden. Ihre Personenbeschreibung passte auf ihn. Er war Mitarbeiter des Historischen Instituts der Universität Pamplona."

„Na, da bin ich aber beruhigt und froh, dass Sie mir glauben."

„Falsch. Etwa zur gleichen Zeit, als Sie bei mir waren, hat ein anderer Pilger dem Polizeiposten am Bahnhof den Vorgang genauso geschildert. Die Beschreibung des Täters passt exakt auf Sie."

Raschke bekam einen Schluckauf und hatte das Gefühl, knallrot anzulaufen. Seine Hände begannen unwillkürlich leicht zu zittern. Schweiß trat auf seine Stirn und seine Stimme klang leicht belegt.

„Natürlich. Er hat gesehen, dass ich ihn beobachtet hatte und ist in die Offensive gegangen."

„Oder Sie."

„Warum sollte ich so etwas tun? Ich habe doch gar kein Motiv."

„Das hat der andere Pilger, ein Franzose, auch nicht. Wem soll ich jetzt glauben? Und jetzt stehen Sie schon wieder bei einer Leiche. Ist doch merkwürdig, oder?"

Raschke überhörte geflissentlich die Fragen des Spaniers und versuchte mit einer sachlichen Bemerkung der Situation eine andere Wendung zu geben.

„Übrigens kannte der Hospitalero die Tote. Sie war offenbar in Begleitung zur Kirche gekommen, denn er hat sofort nach zwei Männern gefragt. Hab ich jedenfalls so verstanden."

Der deutsche Hauptkommissar hatte noch nicht ganz ausgesprochen, da drehte sich Lopez Castela auf dem Absatz um und lief zu seinem Kollegen, der gerade den Hospitalero vernahm. Nach einigen Minuten kam er zurück.

„Das ist wirklich interessant. Die Frau war tatsächlich in Begleitung von zwei Männern hier. Einer sah aus wie ein Pilger, der andere hatte einen Trenchcoat an. Haben Sie die beiden gesehen?“

„Nein. Ich habe niemanden gesehen.“

Die rote Jacke verschwieg Raschke. Er wollte sich nicht ein zweites Mal blamieren. Lopez Castela sah ihn mit zusammengekniffenen Augen an.

„Haben Sie noch was?“

Raschke schüttelte den Kopf.

„Nein, nichts was für die Sache hier von Bedeutung wäre.“

„Nun gut, Sie können weiterwandern, wenn Sie wollen. Oder sollen wir Sie ein Stück fahren? Man findet nicht jeden Tag eine Leiche. Da kann man schon wackelige Knie bekommen.“

Raschke winkte ab.

„Sie wissen doch, Pilger wandern. Ich gehe. Beim Laufen kann ich das hier alles besser verarbeiten. Außerdem sind mir Leichenfunde nicht fremd. Wenn ich derartige Dinge nicht verarbeiten könnte, wäre ich in meinem Beruf falsch. Wenn mir noch etwas einfällt, melde ich mich. Ich will heute noch über Puente la Reina und Maneru nach Lorca.“

Lopez Castela nickte respektvoll, während sein Blick eher etwas mitleidig die massige Gestalt seines deutschen Kollegen fixierte.

„Da haben Sie sich aber noch was vorgenommen. Passen Sie auf den steilen Anstieg nach Maneru auf. Der ist sehr glitschig, wenn es geregnet hat. Und in den letzten Wochen hat es reichlich geregnet.“

„Ich will die Alternative über die alte Landstraße laufen. Das ist besser. Adios."

„Buen Camino. Wenn Ihnen wieder eine Leiche über den Weg läuft, rufen Sie mich sofort an. Etiende?"

„Vale – ich habe verstanden."

Raschke nahm seinen Rucksack und machte sich auf den Weg. Von der kleinen Anhöhe, auf der er vor einer Stunde schon einmal gestanden hatte, blickte er zurück. Fast friedlich lag die kleine Kirche mitten in den Feldern. Eine Lerche erhob sich vom Feldrand und trällerte ihr unverwechselbares Lied. Irgendwie unwirklich, fand der einsame Pilger und schritt rüstig aus. So, als wollte er schnell den Ort des schrecklichen Geschehens hinter sich lassen.

In Puente la Reina, dort, wo der französische Weg sich mit dem aragonischen vereinigte, traf er wieder auf Pilger. Wie Ameisen kamen sie den Weg von Obanos herunter und marschierten hintereinander durch die sirga peregrinal, die Pilgerstraße, über die berühmte Brücke über den Rio Arga. An einem kleinen Supermercado, der trotz der mittäglichen Siesta geöffnet hatte, scherte Raschke aus, um sich ein paar Bananen als Marschverpflegung zu kaufen.

„Kennen wir uns nicht?"

Überrascht blickte sich Raschke um. Ein etwa gleichaltriger, drahtiger Pilger mit leichtem Gepäck stand hinter ihm. Raschke musterte ihn. Dann schüttelte er mit dem Kopf.

„Tut mir leid. Ich wüsste nicht woher."

„Kommst du nicht aus Oppenheim?"

„Nein. Oppenheim kenne ich nur in Verbindung mit Wein. Ich komme aus Meck-Pomm.“

„Mmh, ich hätte schwören können, dich schon einmal gesehen zu haben. Gehen wir ein Stück gemeinsam? Ich will heute noch bis nach Estella.“

„Oh, das sind ja noch zwanzig Kilometer. So weit wollte ich nicht mehr. Außerdem kann ich mir vorstellen, dass du nicht so langsam gehst wie ich.“

„Na, dann nicht“, antwortete der verhinderte Pilgerfreund sichtlich enttäuscht, wünschte noch einen guten Weg und vor allem ein gesundes Ankommen. Dann verschwand er leichtfüßig in einem Hohlweg auf der anderen Seite des Flusses.

Auf der Brücke blieb Raschke noch einmal stehen und starrte auf das noch immer schmutziggelbe Wasser. Warum hatte ihm der Fremde ein gutes Ankommen gewünscht? Sollte das einen besonderen Grund haben? Er schüttelte den Gedanken wieder ab. Jetzt fing er an zu spinnen und bei allem und jedem einen Hintergrund zu vermuten.

„Reiß dich zusammen, Raschke. Du bist im Urlaub“, murmelte er und setzte seinen Weg fort. Gleichwohl war er nicht richtig bei der Sache. Eigentlich hatte er entlang der alten Nationalstraße nach Maneru laufen wollen, aber er lief auf dem Camino weiter, vor dem alle gewarnt hatten. Seinen Fehler bemerkte er erst, als er nach mehr als vier Kilometern vor dem steilen, aus glitschigem Lehm bestehenden Anstieg stand. Die Landarbeiter, die auf dem benachbarten Feld gerade Spargel stachen, schauten verwundert zu ihm herüber, als er sich anschickte, den Hang hinaufzusteigen, weil er zu faul war, die vier Kilometer wieder zurückzulaufen.

Gut dreihundert Meter über ihm war oben im Hang die Trasse der alten Nationalstraße zu erkennen, an der er eigentlich hatte entlang gehen wollen. Der Weg entpuppte sich tatsächlich als schmal und rutschig. Vorsichtig setzte er einen Fuß vor den anderen. Bloß keinen Fehltritt riskieren. Rechts von ihm fiel der mit großen Felsbrocken und niedrigem Gebüsch durchsetzte Hang steil zu einem Bach ab, der sich tief eingegraben hatte und neben den Spargelfeldern in den Rio Arga mündete. Links ging es ebenso steil in die Höhe. Das Gepäck drückte. Er war froh, zwei Wanderstöcke zu haben, auf die er sich stützen konnte, das gab zumindest ein wenig Halt und Sicherheit. Ausgerechnet jetzt war die Sonne durch die Wolken gekommen. Genau im falschen Moment.

„Die hätte auch noch eine Stunde warten können nach vier Wochen Abstinenz", mäkelte er halblaut vor sich hin. Tröstlich erschien, dass vor ihm doch wohl noch andere den Weg gegangen waren. Die Abdrücke der Stiefel und die tiefen Einstiche der Wanderstöcke in dem roten, weichen Lehm waren deutlich zu erkennen. Raschke schnaufte wie eine alte Dampflok. Der Schweiß lief ihm in Strömen von der Stirn unter die Brille. Er sah nichts mehr. Er blieb stehen, um seine Brille sicher zu verstauen und sich die brennenden Augen auszuwischen. Wie hoch musste er eigentlich noch hinauf? Er blickte Hilfe suchend den Hang empor und ein Adrenalinstoß schoss durch seinen Körper. Von oben rollten und hüpften mehrere Betonröhren auf ihn zu, die sich aus einem Stapel an der Böschung unterhalb der Nationalstraße gelöst hatten. Unfähig, sich zu bewegen, starrte er den immer schneller werdenden Röhren entgegen. Noch zwanzig Meter und seine Pilgerwanderung hatte hier an einem Hang unterhalb des Dorfes Maneru in Navarra sein Ende genommen. Wer würde seiner Frau und den Kindern die traurige Nachricht überbringen? Vielleicht würde man ja ihm zu Ehren ein Kreuz aufrichten, um vorbeiziehende Pilger später an seinen Unfalltod zu erinnern.

„Santiago hilf", war alles, was er stammeln konnte.

In diesem Moment krachte die erste Röhre nach einem großen Hüpfer auf einen vom Regen ausgewaschenen Felsbrocken, drehte sich und rutschte hässlich knirschend alles unter sich zermahlend etwa drei bis vier Meter an Raschke vorbei hinunter in die Bachsenke. Die zweite Röhre wurde von dem gleichen Brocken gestoppt. Sie zerbrach, als sie von den folgenden Röhren getroffen wurde. Sirrend pfiffen Trümmerstücke durch die Luft. Einige kleine Betonsplitter trafen seine Jacke. Er starrte den langsam den Hang hinabrutschenden Röhren nach. Dann war es still. Tränen standen ihm in den Augen. Er spürte einen dicken Kloß in seinem Hals. Die Kehle war staubtrocken. Langsam nahm er seinen Rucksack ab und setzte sich auf den feuchten Hang. Seine Knie zitterten. Er konnte so nicht weitergehen. Musste sich erst sammeln, um den Schreck zu überwinden. Während er saß und die letzten Reste aus der Wasserflasche trank, blickte er vorsichtig nach oben. So, als hätte er Angst, dort die Ursache für die rollenden Röhren zu sehen. Aber er war zu weit unterhalb der Straße, um etwas sehen zu können. Fast eine halbe Stunde blieb er sitzen, dann riss er sich zusammen, um den Hügel weiter hinaufzusteigen.

War das ein Unfall? War das gezielt gegen ihn gerichtet? Wenn ja, wer konnte das gewesen sein? Hatte der merkwürdige Pilger in Puente la Reina etwas damit zu tun, dem er so bekannt vorgekommen war und der ihm ungewöhnlich ahnungsvoll ein gutes Ankommen gewünscht hatte? Oder steckte gar der Mörder von Pamplona dahinter, der sich auf diese Weise des Zeugen entledigen wollte? Er nahm sich vor, Lopez Castela von dem Vorfall zu unterrichten. Vielleicht war ja festzustellen, ob sich die Röhren von alleine gelöst oder ob jemand nachgeholfen hatte.

Endlich hatte er die Hügelkuppe erreicht. Vor ihm lag friedlich im Sonnenschein das Dörfchen Maneru. Heute wollte er nicht mehr weiterwandern. Obwohl im Wanderführer für Maneru keine Herberge und kein Privatquartier verzeichnet war, gab es doch eine Unterkunft. *Casa rural Isabel* stand auf einem Schild neben dem Camino am Ortseingang.

Eine junge Frau hielt erschreckt ihren Wagen an, als Raschke ihr unvermittelt vor den Kühler sprang.

„Perdone, senora, donde este la Casa rural, por favor – wo finde ich die *Casa rural*, bitte?"

Sie zeigte auf eine schmale Gasse, die hinter den ersten Häusern des Dorfes zu erkennen war.

„Veinti metros en el calle isquierda y enfrente – Zwanzig Meter links in die Gasse und dann laufen Sie direkt drauf zu", war die freundliche Antwort.

Mit schleppendem Schritt ging Raschke durch die genannte Gasse. Und tatsächlich, da war sie. Ein schönes, frisch renoviertes Sandsteinhaus im navarrischen Stil mit Brunnen, Garten, schattigem Patio lag vor ihm. Wie ein kleines Paradies. Pure Gemütlichkeit und Erholung versprechend. Santiago hatte tatsächlich geholfen.

Das Knirschen der Eisenräder des Schiebetors rief die Hausherrin auf den Plan. Sie schaute aus dem ersten Stock interessiert auf den Pilger, der unten im Garten stand.

„Hola, senora Isabel. Hay usted un habitation individual para un cansare peregrino? – Haben Sie ein Einzelzimmer für einen müden Pilger?“

„Si senor, entrada.“

Die freundliche Antwort ließ Raschke hoffen. Nach wenigen Momenten öffnete die sympathische Spanierin die Tür und führte ihn durch eine große Wohnküche in ein dahinter liegendes geräumiges Zimmer. Noch während er sich mühsam seines Gepäcks entledigte, entwickelte die Wirtin hektische Aktivitäten. Es wurde das Bett frisch bezogen und ohne zu fragen das Badewasser in die Wanne gelassen. Während Raschke sich in dem warmen Wasser entspannte, hatte sie schon seine durchgeschwitzten Hemden, Hosen und Socken in die Waschmaschine gesteckt und ein Pilgermenü mit Zwiebelsuppe, Brot, Wasser, Wein, gebratenem Schinken und einem großen ensalada mixta, frisch aus dem Garten, angerichtet. Während des Essens redete Donna Isabel ununterbrochen auf ihren Gast ein. Der wurde mit seinen spärlichen Spanischkenntnissen richtig gefordert. Die Wirtin war begeistert, endlich einen Gast zu haben, den sie verwöhnen konnte. Und Raschke war begeistert, so unvermutet verwöhnt zu werden. Nach dem Essen zog Raschke sich mit einer Flasche Wein in den Garten zurück. Jetzt fand er Gelegenheit, Lopez Castela anzurufen. Der spanische Beamte kannte das Quartier und beglückwünschte den Deutschen zu seiner guten Wahl. Donna Isabel sei eine ganz bekannte Köchin, die ihr Handwerk von der Mutter gelernt habe, die als Wirtschafterin lange Zeit für einen spanischen Adeligen in Puente la Reina gearbeitet habe.

Nachdem Raschke sein Erlebnis mit den Betonröhren losgeworden war, bat ihn der Spanier bis zum nächsten Abend zu warten. Er werde nach Maneru kommen.

Der deutsche Kriminalbeamte genoss den Abend. Die hohen Feldsteinmauern in dem Garten schützten vor dem kalten Wind, der seit Wochen Spaniens Norden ein Norwegengefühl vermittelte. Er blinzelte in die Sonne, schrieb seiner Frau die abendliche SMS, lauschte begeistert dem Schlagen der Nachtigallen und schlürfte genüsslich den bereitgestellten Wein. Als es dunkel wurde, zog er sich auf sein Zimmer zurück und schlief zehn Stunden.

Maneru

Zum typisch spanischen Frühstück mit getoasteten Bocadillos, etwas Marmelade und Olivenöl statt Butter gab es einen starken Café con Leche und den guten Rat, statt der Butter das Olivenöl auf das Brot zu träufeln. Dies sei besser für das Herz. Kaum hatte er das Frühstück beendet, als Lopez Castela anrief. Er komme bereits gegen sechzehn Uhr, teilte er mit, und er habe Neuigkeiten, die er am Telefon aber nicht bereden wolle. Donna Isabel möge doch ein Abendessen vorbereiten. Als Raschke seiner Wirtin umständlich erklärte, dass am Abend der Chef der Kripo Pamplona zu Besuch käme, und sie fragte, ob es möglich sei, ein Abendessen herzurichten, strahlte sie vor stolzer Freude.

Raschke wollte noch zur Bank. Seine Wirtin erklärte ihm, die sei in Chirauqui, dem nächsten Dorf. Auf dem Camino waren das drei Kilometer. Wenn er schon dort sei, möge er bitte aus der Tienda, dem kleinen Laden gegenüber der Bank, Bohnen mitbringen. Zunächst sah sich Raschke Maneru, ein kleines, verträumtes und sehr sauberes Örtchen, an. Das hatte er gestern versäumt. An der Kirche traf er auf eine orientierungslos wirkende Mittfünfzigerin, die sich suchend umblickte. Raschke bot selbstlos seine Hilfe an.

„Ich muss unbedingt einen Kaffee trinken und einen Bocadillo dazu essen und suche eine Bar. Gibt es hier so etwas?“

Die kleine Bar lag tatsächlich etwas versteckt und er hatte sie bei seiner Ortsbesichtigung rein zufällig entdeckt.

Großzügig lud er die ihm sehr sympathische Pilgerin ein. Sie kam aus Kaledonien, der französischen Überseeprovinz im Pazifik nordöstlich von Australien, war als Kind in Deutschland aufgewachsen und nutzte einen Besuch in Europa bei Verwandten, um sich auf dem Camino selbst zu beweisen, zu was sie noch im Stande sei. Trotz des schlechten Wetters habe sie in Saint Jean Pied de Port mit der Wanderung begonnen und sei jetzt auf ihrer vierten Tagesetappe. Das sei ihr nicht leicht gefallen, aber was sei auf dem Camino schon leicht. Auch unangenehme Erfahrungen habe sie gemacht. So sei ihr in einem Refugio ein Hemd gestohlen worden und einer anderen Pilgerin die Sandalen. In vierunddreißig Tagen wolle sie den Weg geschafft haben.

Raschke musste zugeben, dass ihn die Frau beeindruckte. Da fuhr eine Frau in den besten Jahren um die halbe Welt, um sich auf dem Camino zu beweisen. Anstatt mit dem Bus zu fahren, kaufte sie sich für das lädierte Knie in einer Farmacia Salbe zum Einreiben und lief klaglos weiter. Raschke staunte, hatte er doch nach dem ersten richtig schweren Anstieg gleich einen Ruhetag eingelegt. Sie wanderten gemeinsam nach Chirauqui. Dabei hatte er reichlich Gelegenheit, seine Begleiterin zu mustern. Die braungefärbten Haare trug sie kurz. Sie waren bereits von der Sonne ausgeblichen. Um die Augen hatten sich feine Fältchen eingegraben, die vor allem im hellen Sonnenlicht sichtbar wurden. Sie war drahtig, braun gebrannt, wodurch ihre grau-blauen Augen noch heller wirkten. Trotz ihrer Freundlichkeit umgab sie ein Hauch von Unnahbarkeit.

In Chirauqui verabschiedeten sie sich. Raschke holte in der Bank sein Geld, besorgte die Bohnen und wanderte allein wieder zurück. Es war schon ein eigenartiges Gefühl, als ihm die Pilger entgegenkamen. In der knappen Stunde, die er für den Weg zurück brauchte, begegneten ihm dreißig Pilger, davon nur sechs Männer. Auf halbem Wege stockte ihm der Atem. Neben einem uralten Wegkreuz, halb von einer Mauer aus Natursteinen verdeckt, hockte in einem orangefarbigen T-Shirt Wolfgang. Er war intensiv damit beschäftigt, die Steine im Sockel des Kreuzes zu vermessen. Seine Umgebung nahm er nicht wahr. Raschke wollte nicht stören, zumal er in entgegengesetzter Richtung auf dem Jakobsweg unterwegs war und in diesem Augenblick eine kleine Pilgergruppe auf dem Hohlweg an der Mauer erschien. Deshalb ging er weiter, drückte sich an den verwundert blickenden Pilgern vorbei und war wenig später wieder in Maneru.

Donna Isabel brachte ihm einen Kaffee in den Garten und setzte sich zu ihm auf die Bank, um auf die Bohnen zu warten, die ihr Gast mitbringen wollte. Mühsam radebrechte er, dass deutlich mehr Frauen als Männer auf dem Jakobsweg unterwegs gewesen seien. Sie lachte.

„Si, el camino de Santiago esta un camino de mujeres, no de hombres – der Jakobsweg ist ein Weg der Frauen, nicht der Männer“, bestätigte sie.

Die weitere Erklärung, wie immer sehr schnell vorgetragen, ging für Raschke verloren. Dann gab er seiner Wirtin die Bohnen. Entgeistert sah ihn Donna Isabel an.

„Para campo, senor. No parà la sopa!”, lachte sie.

Jetzt begriff Raschke. Sie hatte Saatbohnen haben wollen und keine für den Kochtopf. Sein Spanisch war doch noch sehr unvollständig.

Pünktlich um vier Uhr nachmittags kam Lopez Castela. Er war allein. Seinem Fahrer, einem uniformierten jungen Beamten, hatte er angewiesen, am Ortseingang auf ihn zu warten und vorher den Lagerplatz der Betonröhren daraufhin zu untersuchen, ob Spuren einer vorsätzlichen Lockerung erkennbar seien. Sie setzten sich an den Tisch neben dem Brunnen und Donna Isabel brachte unaufgefordert eine Flasche Wein und zwei Gläser. Neugierig musterte sie den neu angekommenen Gast, der sich ihr freundlich vorstellte. Lopez Castela unterhielt sich kurz mit ihr, die sich daraufhin mit strahlendem Gesicht in ihre Küche zurückzog.

„Ein Lob zur richtigen Zeit wirkt Wunder“, kommentierte der Spanier den fragenden Blick seines deutschen Kollegen, „aber jetzt erzählen Sie bitte Ihr Erlebnis vom gestrigen Nachmittag.“

Ohne zu unterbrechen, hörte er sich die Schilderungen an.

„In der Tat, ich muss zugeben, dass das zu viele Zufälligkeiten sind. Mein junger Kollege sucht bereits nach Spuren an dem Röhrenstapel.“

Raschke bedankte sich.

„Senor Lopez Castela, ich habe eine Frage, die mir schon seit Pamplona auf der Seele brennt. Wieso sprechen Sie ein so gutes Deutsch?“

Der Spanier lachte laut auf.

„Auf die Frage habe ich schon gewartet. Meine Eltern sind vor etwas mehr als vierzig Jahren als Gastarbeiter nach Hannover gezogen, wo mein Vater bei Hanomag Arbeit bekam. Ich wurde dort geboren und bin nach dem Abitur allein nach Spanien zurückgegangen. Nach dem Jurastudium in Madrid habe ich mich bei der Polizei beworben, wurde vor zwei Jahren nach Pamplona versetzt und Chef der Brigada de Investigacion, der Kriminalpolizei der Provinz Navarra."

„Das erklärt einiges."

„Ja, aber lassen Sie uns jetzt über die letzten Tage weiterreden. Zunächst war ich mir gar nicht sicher, ob Sie Zeuge oder Täter waren, der in die Offensive gegangen war. Aber es gibt eine interessante Verbindung zwischen dem Toten aus dem Rio Arga und der Toten von Eunate. Beide sind aus dem gleichen Institut der Uni und haben sich mit dem Wirken der Templer in Spanien beschäftigt. In dem Institut arbeitet eine Arbeitsgruppe an alten Dokumenten. Die Ergebnisse sind bei den beiden Toten zusammengelaufen. Es gibt aber noch weitere Forschungen in den Universitäten von Leon, Burgos und Santiago. Alle Universitäten unterhalten enge Kontakte nach Frankreich, Deutschland, England und zum Vatikan. Zu welchen Personen die Toten Kontakte unterhielten, konnte uns leider keiner der Mitarbeiter sagen. Das haben die beiden für sich behalten. Wir haben sofort die Telefonprotokolle ausgewertet. Das führte aber immer nur in die Telefonzentralen der Institute. Wichtige Gespräche wurden vermutlich über Handy geführt. Aber bei den Toten wurden keine Handys gefunden. Dieser Zusammenhang schließt Sie, verehrter Kollege für mich als Täter aus. Außerdem gab es keinen Grund, warum Sie als Täter in Pamplona die zweite Leiche finden und melden sollten."

Raschke rutschte in seinem Sessel unruhig hin und her. Ihm brannte etwas auf der Seele. Das merkte auch Lopez Castela, der seinen kleinen Vortrag unterbrach und den Deutschen fragend ansah.

„Da habe ich mir auch wenig Gedanken gemacht. Mir war klar, dass Sie schnell zu diesem Ergebnis kommen mussten. Aber Sie werden verstehen, Senor, mich interessiert besonders, was der Tatort hergegeben hat. Ob die Tote durch einen Unfall, Suizid oder Fremdverschulden umgekommen ist."

Lopez Castela nickte ernst.

„Natürlich kann ich das verstehen. Die Spurenlage war, wie Sie sich denken können, wegen des Regens und des Hochwassers katastrophal. Aber wir haben auf der anderen Seite der Brücke, ganz in der Nähe hinter den Pappeln Fußabdrücke von derben Wanderstiefeln gefunden. Sie waren zufällig nicht hinter den Bäumen?"

Raschke schüttelte den Kopf.

„Das hätte ich Ihnen gesagt. Aber was war die Ursache für den Tod der Frau? Steht das fest?"

„Suizid scheidet aus. Auch hat kein Kampf stattgefunden. Unter den Fingernägeln waren keine Hautpartikel festgestellt worden. Sie hat sich nicht wehren können und starb schnell und unvermutet durch einen Schlag mit der Handkante oder durch einen schmalen Gegenstand, möglicherweise einen Totschläger oder ein dünnes Rohr, gegen den Hals. Der Täter war ein Profi. Die Gesichtsverletzung ist mit Sicherheit von dem Baumstamm verursacht worden, als sich die Leiche im Wasserfall drehte."

„Das hatte ich bereits vermutet", brummte Raschke.

In diesem Moment wurde das Gespräch gestört. Der uniformierte Beamte kam mit wichtiger Miene in den Garten, wartete in angemessener Entfernung, bis Lopez Castela ihn heranwinkte, und redete dann leise auf seinen

Vorgesetzten ein. Der erteilte einige Anweisungen, dann wandte er sich wieder Raschke zu, während der junge Beamte eilig verschwand.

„Der junge Kollege hat mir gerade berichtet, dass die Betonrohre mit einer Stange aus ihrer Befestigung gedrückt worden seien. Ich habe sofort veranlasst, dass er das Gelände absperrt und die Spurensicherung informiert. Wenn sich seine Feststellung bestätigt, dann sind Sie, Herr Raschke, tatsächlich gefährdet. Dann war das ein Anschlag auf Sie. Da will offensichtlich jemand einen unliebsamen Zeugen beseitigen. Sie sollten darauf verzichten, den auffälligen Hut und die rote Jacke zu tragen. Damit bieten Sie ein unverwechselbares Ziel."

Obwohl Raschke insgeheim mit einer derartigen Nachricht gerechnet hatte, traf ihn die Feststellung des Spaniers wie ein Keulenschlag. Der Wein schmeckte plötzlich bitter. Lopez Castela sah seinen deutschen Kollegen nachdenklich an und unterbrach nicht, als dieser nach einigen Minuten beharrlichen Schweigens, in denen die Zeit tropfte wie zäher Honig, langsam begann, seine Gedanken leise auszusprechen.

„Es gibt immer zwei Möglichkeiten. In meinem Fall wäre die erste auch die einfachste. Ich schnüre mein Bündel, fahre mit Ihnen nach Pamplona, nehme den Zug nach Irun und von Biarritz den Flieger nach Deutschland."

Lopez Castela nickte leicht mit dem Kopf, schwieg aber.

„Die zweite Möglichkeit ist, ich wandere weiter, als sei nichts geschehen. In diesem Fall gibt es wieder zwei Möglichkeiten."

Raschke dachte nach. Um die Pause zu verlängern, schenkte er bedächtig Wein in sein Glas nach. Das sonst leise Plätschern kam ihm in der abendlichen Stille, in der sogar die Nachtigallen ihr Schlagen eingestellt hatten, vor wie das Rauschen eines Wasserfalls.

„Die erste Möglichkeit ist, ich bleibe fürderhin unbehelligt. Das wäre gut. Bei der zweiten stehe ich weiter im Zielspektrum eines Unbekannten, der mir nach dem Leben trachtet, das wäre schlecht."

Wieder nickte Lopez Castela schweigend, während Raschke einen Schluck Wein trank und diesen auf der Zunge zergehen ließ. Hinter seinem Rücken war wohl Donna Isabel aus der Tür getreten. Der Spanier blickte zu ihr hinüber, schüttelte mit dem Kopf und wandte sich wieder seinem deutschen Kollegen zu. Der nahm seinen Gedankenfaden wieder auf.

„Nach Hause zu fahren, kommt für mich nicht in Frage. Das schließe ich kategorisch aus. Ich laufe nicht nach einer Woche davon. Dafür habe ich mich zu intensiv vorbereitet. Wenn ich aber weitergehe, kann ich nach dem gestrigen Erlebnis nicht davon ausgehen, unbehelligt zu bleiben. Das heißt im Klartext: Ich kann mich nicht nur auf den Camino konzentrieren, sondern muss jederzeit wachsam sein, um rechtzeitig einer Gefahr ausweichen zu können. Einer Gefahr, die sich bisher an keiner Person festmacht. Aber wer sagt mir, dass ich da richtig liege. Theoretisch kann es ein Mitpilger oder auch jemand anders sein."

Sein Gegenüber schwieg weiterhin, ohne eine Miene zu verziehen. Durch nichts wollte er den Deutschen in seiner

Entscheidungsfindung beeinflussen. Gelegentlich nippte er an seinem Wein.

„Also, Senor Lopez Castela, ich laufe weiter. Der Entschluss steht fest. Ich denke, Sie gehen ebenso wie ich nicht davon aus, dass ich unbehelligt bleibe. Ich gehe mal davon aus, dass die Tat auf der Brücke in Pamplona kein Unfall, sondern ein Totschlag war. Wenn das so ist, dann hat mich der Täter mit an Sicherheit grenzender Wahrscheinlichkeit erkannt, als ich auf der Stadtmauer stand. Jedenfalls bin ich davon überzeugt. Möglicherweise hat er nicht internalisiert, dass ich den genauen Tathergang gar nicht gesehen habe, und glaubt, ich könnte ihn als Täter identifizieren."

„Es wäre immerhin auch denkbar, dass es sich um Zufälle handelt oder um Leute, die Ihnen aus Deutschland gefolgt sind und die Gelegenheit nutzen wollen, sich an Ihnen zu rächen. Ich denke, da gibt es reichlich Kandidaten."

„Natürlich. Theoretisch habe ich mich bei etlichen Ganoven unbeliebt gemacht, die wegen mir oft viele Jahre hinter Gittern verbringen mussten. Aber das ist in Deutschland. Wer sollte wissen, dass ich gerade jetzt und hier in Spanien durch die Gegend laufe. Nein, hier muss ein Zusammenhang bestehen. Nur, wenn ich als Zeuge nutzlos wäre, bräuchte man mich auch nicht mehr ausschalten. Genau das will man aber. Vielleicht haben wir es gar nicht mit einem Einzeltäter zu tun, sondern mit einer Gruppe."

Lopez Castela atmete hörbar aus.

„Langsam, langsam. Jetzt ist es nicht nur einer, sondern es sind schon mehrere, die hier mordend durch die Gegend ziehen. Herr Kollege, Spanien ist ein zivilisiertes, europäisches Land, keine Bananenrepublik."

„So habe ich das doch auch nicht gemeint“, beschwichtigte Raschke, „ich kann mir aber vorstellen, dass hier eine ganze Gruppe arbeitsteilig zusammenarbeitet und jeden aus dem Weg räumt, der ihnen, in welcher Form auch immer, gefährlich werden kann. Ich zum Beispiel könnte vielleicht irgendwann der Zeuge sein, der einen entscheidenden Hinweis auf den Täter gibt. Das schließt zwar nicht aus, dass er bei einer ähnlichen Tat wieder von einem Unbeteiligten beobachtet wird. Der kann aber die Zusammenhänge nicht herstellen. Für den bliebe es eine Einzeltat. Ich würde das ganz anders bewerten.“

„Sicher. Da haben Sie schon Recht. Das würde aber auch bedeuten, der Täter bewegt sich wie Sie auf dem Camino und Sie bleiben dem Täter auf den Fersen. Aber der Jakobsweg ist lang. Deshalb ist es ziemlich unwahrscheinlich, dass Sie immer zur richtigen Zeit am richtigen Platz sind.“

„Stimmt. Das ist unwahrscheinlich. Aber ich könnte bei bestimmten Vorkommnissen Schlüsse ziehen, die ein anderer Zeuge so nicht zieht.“

„Herr Raschke, Sie sind nicht im Dienst. Sie sind auf Pilgerfahrt“, mahnte Lopez Castela.

„Ich bitte Sie, Herr Kollege. Ein Polizeibeamter ist immer im Dienst, selbst im Urlaub.“

„Vielleicht in Deutschland. Aber nicht als Deutscher in Spanien. Hier sind Sie Tourist, bestenfalls Pilger.“

Lopez Castela nutzte die kleine Pause, die entstand, als Raschke einen tiefen Schluck aus dem Weinglas nahm, so als wolle er damit seine Entscheidung begießen weiterzulaufen.

„Auch wenn die Pilger unter dem besonderen Schutz des heiligen Jakobus stehen, so wird der sie nicht vor physischem Ungemach schützen können. Vor allem, was ist nachts? In den Herbergen? Sie können nicht in jeder Minute wachsam sein. Das halten Sie nicht lange durch. Wenn Sie weitermachen, dann hätten Sie zweifellos die Rolle als Lockvogel. Was damit verbunden ist, wissen Sie sicher. Das muss ich doch Ihnen nicht erklären. Oder?"

Raschke lachte laut auf.

„Nein, Herr Kollege, das müssen Sie nicht. Mir sind die Gefahren, die sich damit verbinden, durchaus bewusst. Auch wenn ich sie zu Hause immer heruntergespielt habe, um die Zeugen zum Mitmachen zu überreden. Überreden müssen Sie mich nicht. Es gilt, einen möglichen Serienmörder zu fassen. Da steigt kein professioneller Polizeibeamter aus und fährt ängstlich um sein Leben besorgt wieder nach Hause. Ich habe mich für eine Zusammenarbeit entschieden."

Der Spanier wehrte ab.

„Ihre Bereitschaft in allen Ehren. Ich habe ihre Entscheidung so erwartet, obwohl ein positiver Ausgang nicht vorprogrammiert ist. Sie sind eben Profi und deswegen extrem neugierig. Aber haben Sie keine Angst?"

„Natürlich habe ich Angst. Nur dumme Menschen haben keine Angst. Man darf nur die Angst nicht verdrängen, sonst kommt sie nachts wieder, wenn man träumt. Man muss die Angst bewältigen. Sich mit ihr bewusst auseinandersetzen."

Der Spanier nickte nachdenklich.

„Da haben Sie sicherlich Recht. Aber ich sage Ihnen in aller Deutlichkeit, zu einer offiziellen Zusammenarbeit kann es und wird es nicht kommen. Wenn Sie mitmachen, dann nur auf freiwilliger Basis. Wenn ich meinem Chef, dem Comisario Principal, mit einer offiziellen Zusammenarbeit komme, wird er die mir schlicht untersagen. Die sich daraus ergebenden Rechtsfragen hier und in Deutschland, diplomatische Verwicklungen, sollte etwas passieren und so weiter und so weiter, werden ihn abschrecken. Das ist mit Arbeit verbunden, die er selbst erledigen muss, nicht delegieren kann. Und in der Tat, es ist ein langwieriger Prozess. Ich habe das vor drei Jahren schon einmal mitgemacht. Das können wir nicht hier in Maneru mal eben so nebenbei bei einem Gläschen Wein entscheiden. Das braucht Zeit. Und genau die haben wir nicht. Wenn wir etwas zusammen machen, dann geht das nur in Absprache zwischen uns beiden. Haben Sie das verstanden?“

Raschke sah ihn fast beleidigt an.

„Oh ja, das kann ich alles gut nachvollziehen. Mir ist das nur recht, wenn die Sache zwischen uns allein abgemacht wird. Ich will schließlich von Ihnen kein Geld oder andere Vergünstigungen. Ich will weiter pilgern und mich mit Ihnen unterhalten, sollte etwas passieren, was mir verdächtig vorkommt. Damit kann ich nicht mitten auf dem Land bei einer immer wieder neu zuständigen Policia local antanzen. Die kennen keine Hintergründe und wissen doch gar nicht, um was es sich handelt. Und jetzt sollten wir etwas essen. Donna Isabel tritt schon unruhig von einem Fuß auf den anderen.“

Lopez Castelà lachte herzhaft, weil sich die ernste Situation so plötzlich entspannte.

Das Essen war vorzüglich. Einem Spitzenrestaurant durchaus angemessen. Beide Männer sparten nicht mit Lob und Donna Isabel schwebte vor Stolz durch den Garten.

„Na, habe ich Ihnen zu viel versprochen? Die Bohnensuppe ist einfach unschlagbar. Aber nicht nur die“, schwadronierte der Kripochef von Pamplona, „Donna Isabel ist ein Geheimtipp. Wird auch immer einer bleiben, da sie nur zwei Zimmer für Gäste hat und sich deshalb so intensiv persönlich um sie kümmern kann.“

„Ja. Das kann ich bestätigen. Sie hat mich mit ihrem schnell gesprochenen Spanisch stundenlang zugetextet. Ich hatte bei meinen bescheidenen Touristenkenntnissen Mühe, überhaupt einen Teil zu verstehen. Deshalb ist mir auch eine peinliche Sache passiert.“

Lopez Castela blickte erstaunt auf und Rasche erzählte ihm die Sache mit den Bohnen. Dem Spanier wäre vor Lachen fast der Löffel aus der Hand gefallen.

„Jetzt verstehe ich, warum es heute Bohnensuppe gibt.“

Die entspannende Plauderei ging noch eine Weile weiter. Sie wurde unterbrochen, als ein verspätetes Pilgerpärchen um ein Quartier nachsuchte. Es waren die beiden Franzosen, die Raschke am Pass *Person* getroffen hatte. Donna Isabel nahm sie in Empfang und verschwand mit ihnen im Haus.

Kurz bevor Lopez Castela sich verabschiedete, besprachen sie noch einmal die Strategie der nächsten Tage. Eigentlich gab es keine. Raschke würde seine Pilgerwanderung fortsetzen und sich immer dann, wenn ihm etwas auffiel, mit Lopez Castela in Verbindung setzen. Zur Not auch auf jeder Polizeidienststelle, um sich dort mit dem Comisario in Pamplona verbinden zu lassen.

„Aber Sie müssen schon sehr gut auf sich aufpassen, ich kann Ihnen keine Waffe zur Selbstverteidigung überlassen."

„Die brauche ich auch nicht. Sie ist zu schwer, um sie mitzuschleppen. Auf die muss man zusätzlich aufpassen. Ein anderer Pilger könnte sie zufällig sehen und die Polizei rufen, gegen einen hinterhältigen Anschlag hilft sie auch nicht und ein Duellschießen ist nicht zu erwarten. Ich habe für alle Fälle mein Pfefferspray, das muss reichen."

„Pfefferspray? Na ja, das hilft vielleicht gegen aggressive Straßenköter, aber nicht wirklich in extremen Notfällen. Aber wenn es Sie beruhigt."

Es war inzwischen dunkel geworden und die abendliche Kühle, Maneru lag immerhin gut fünfhundert Meter über Meereshöhe, war auch im Schutz der Wärme speichernden Sandsteinmauern empfindlich zu spüren. Lopez Castela wollte sich gerade verabschieden, als das Handy summte. Kommentarlos hörte er eine Weile zu. Raschke blinzelte neugierig zu ihm hinüber.

„Das war der Leiter meiner Tatortgruppe. Es ist so, wie wir befürchtet haben. Die Röhren wurden mit einer Eisenstange aus ihrer Lage gedrückt. Nach Lage der Dinge hätte das ein kräftiger Täter machen können. Zwei wären nicht unbedingt nötig gewesen. Verwertbare Spuren wurden leider nicht gefunden. Das ist nicht überragend, aber jetzt haben wir Gewissheit. Es war ein Anschlag, wenn man einen dummen Jungenstreich außer Acht lässt. Bleibt es bei Ihrer Entscheidung?"

Der deutsche Kriminalhauptkommissar nickte. Wieder hatte er von einer Sekunde auf die andere einen Kloß im Hals, der ihn am Sprechen hinderte. Ihm war klar, das Risiko lag einzig und allein bei ihm. Er war der Gejagte. Aber andererseits auch der Jäger. Sozusagen ein Beutetier, das den Jäger jagt. Es versprach, wenngleich auf seine Kosten, spannend zu werden. Aber was brachte den Täter dazu, andere Menschen zu töten? Geld? Eher nicht. Zumindest der Dicke auf der Brücke sah nicht nach Geld aus. Aber es könnte natürlich in dem Päckchen gewesen sein, um das gerungen wurde. Die junge Frau an der Kirche in Eunate sah ebenfalls nicht nach viel Geld aus. Der berufliche Zusammenhang der beiden Toten ließ einen ganz anderen Hintergrund wahrscheinlicher sein. Ruhm und Ehre. Wegen Ruhm und im Namen der Ehre sind in der unendlich langen Menschheitsgeschichte bereits Hunderttausende umgebracht worden. Also immerhin möglich. Oder waren es Erkenntnisse, die Fundamentales in der Welt verändern würden? Vielleicht.

So richtig eindeutig ließ sich aber kein Motiv erkennen. Handelte der Täter selbstständig oder steckte noch jemand anderes dahinter? Hatte die Templerkirche von Eunate eine besondere Bedeutung? Einiges sprach dafür. Die Getöteten waren als Historiker beruflich mit den Templern befasst. Siedend heiß fiel ihm jetzt der aus der Wand entfernte Stein in der Apsis der Kirche wieder ein. Er hatte vergessen, Lopez Castela noch am Tatort davon zu erzählen. Vielleicht war es ja auch nicht relevant.

Während Raschke seinen Gedanken nachhing, war Lopez Castela im Haus verschwunden, um sich von Donna Isabel zu verabschieden. Raschke kämpfte den letzten Rest Wein nieder. Plötzlich merkte er, wie er müde war. Die Anspannung der letzten zwei Tage forderte Tribut.

Bevor Lopez Castela die Casa rural verließ, drückte er Raschke noch einmal lange die Hand und sah ihm fest in die Augen.

„Ich wünsche Ihnen alles Gute. Vor allem, bleiben Sie gesund und passen Sie auf sich auf. Buen camino, va usted con dios. Gehen Sie mit Gott."

„Santiago wird mir schon helfen."

„Nicht Santiago hilft, sondern der heilige Christophorus, bei dem es heißt: *Zieh deines Weges ohne Gefahr.*"

Raschke schloss hinter ihm das Rolltor, dann zog er sich auf sein Zimmer zurück.

Torres del Rio

Raschke hatte schon um sechs Uhr seinen Rucksack gepackt und war direkt nach dem Frühstück aufgebrochen. Die Franzosen waren noch auf ihrem Zimmer. Bezahlen musste er weder für die Übernachtungen noch fürs Essen. Das hatte Lopez Castela am Abend zuvor schon erledigt. Sein Ziel war Estella, vielleicht das Kloster von Irache. Der Abschied fiel ihm nicht leicht, zu idyllisch war der Aufenthalt gewesen. Aber er wollte keinen Urlaub machen, sondern nach Santiago pilgern.

Die morgendliche Kühle ließ ihn frösteln, obwohl sich der erste wolkenlose Tag andeutete. Mutterseelenallein wanderte er auf dem von Natursteinmauern gesäumten schlammigen Weg zwischen Feldern hindurch. Seine Gedanken schweiften wieder ab. Er dachte über das Gespräch nach, das er am Vorabend mit dem Kripochef von Pamplona geführt hatte. Als er zum zweiten Mal über einen Feldstein gestolpert und fast in den rötlichen Matsch gefallen war, rief er sich zur Ordnung.

Hinter Chirauqui führte der Camino über die holprigen Reste einer Römerstraße und eine ebenso alte Brücke, die sich über ein schmales Rinnsal spannte. Von hinten holte ein anderer Pilger auf. Raschke tat so, als wolle er die Brücke fotografieren, um den eiligen Wanderer vorbeiziehen zu lassen, aber der kam auf die gleiche Idee. Also schulterte er seinen Rucksack wieder und quälte sich den steilen Anstieg auf der anderen Talseite hinauf, während der junge, sportliche Mann, dem Gruß nach ein Brite, mit seinem Militärrucksack leichten Schrittes an ihm vorbeizog.

Es blieb einsam und ging stetig auf und ab, wechselnd zwischen Feldern und Ödland mit niedrigen Büschen und vereinzelten Ölbäumen hindurch. Wenige Kilometer vor Lorca hatten irgendwelche Spaßvögel an einer Weggabelung das Hinweisschild für den Camino entfernt und einen Steinpfeil ausgelegt, der einen steilen Hügel hinaufwies. Als Raschke seufzend, den Blick auf den steinigen Weg vor seinen Füßen gerichtet, den Anstieg in Angriff nehmen wollte, hörte er von oben jemanden rufen. Gut hundert Meter über sich sah er den jungen Briten, der bereits kehrtgemacht hatte und nach unten auf eine Unterführung zeigte, die unter der Nationalstraße nach Estella hindurchführte. Raschke bedankte sich mit einem Handzeichen. Am Brunnen von Lorca füllte er seine Wasserflasche auf und kühlte danach seine Füße in dem kalten Wasser. Ein brasilianisches Pärchen verzichtete daraufhin aufs Wassertanken und zog mit säuerlichem Gesicht weiter.

In Villatuerta, fünf Kilometer vor Estella, trafen sie alle wieder zusammen. Der Brite hatte es sich an einem Tisch einer Bar am Rio Ega bequem gemacht, wo er sich angeregt mit einer mondän aussehenden Pilgerin, Mitte vierzig, ganz in schwarzem Outdooroutfit und einem weißen Seidenschal, den sie dekorativ gegen die Sonne um den Kopf geschlungen hatte, unterhielt. Am Nebentisch saßen die Brasilianer vor einer großen Tasse Kaffee und zwei Spanierinnen ordneten gerade ihre Wandersachen. Just in dem Moment, als Raschke freundlich winkend vorbeilief, rutschte seine Hose. Die Hosenträger hatten sich gelöst. Bedächtig, um den Schaden in Grenzen zu halten, stieg er die Treppen zur Kirche hinauf, vor der auf einem kleinen Platz ein Brunnen plätscherte. Dahinter, wie er glaubte, vor unbefugten Blicken ausreichend geschützt, entledigte er sich seines Gepäcks, zog Anorak, Hemd und Hose aus, um die Hosenträger wieder richtig zu befestigen. Kaum stand er mit der Hose in der Hand auf dem Kirchplatz, bekam er Besuch. Die beiden Spanierinnen wollten am Brunnen ihren Wasservorrat ergänzen, stutzten einen Augenblick und kommentierten unverschämt grinsend seine Bemühungen. Er verstand davon nur: „y mucho diversion sin pantalones – und viel Spaß ohne Hosen“.

Raschke fiel keine Antwort ein.

Auf den nächsten Kilometern holte er die lustigen Spanierinnen nicht mehr ein. Auf dem Marktplatz in Estella gönnte er sich eine Pause, unterhielt sich mit einer jungen, dänischen Fahrradpilgerin, um dann trotz der inzwischen gnadenlos vom Himmel brennenden Sonne seinen Weg zum Kloster Irache fortzusetzen, wo am Pilgerbrunnen der Wein lockte. Bis dahin waren es drei schweißtreibende Kilometer bergauf. Kurz vor dem Ende der Steigung befand sich, hinter einem schmiedeeisernen Gatter, der berühmte Weinbrunnen. Die blank geputzten Stahlplatten, aus denen die Kräne für Wein und Wasser hervorsahen, waren schon von Weitem zu sehen. Fast andächtig steuerte Raschke den kleinen Innenhof an, kramte seine leere Wasserflasche hervor und hielt sie unter den glänzenden Kran. Dann zog er den Hebel.

Die Enttäuschung war groß. Der Weinbrunnen war trocken. Offenbar hatten Buspilger, die neben zwei Reisebussen standen und lustig sangen, so kräftig den kostenlosen Wein getankt, dass ihnen der Hahn abgedreht worden war. Es gab nur noch Wasser. Raschke fluchte leise vor sich und verwünschte die Bequemlinge, die sich in weichen Bussitzen auf dem Camino vergnügten.

Hinter einem schönen, Schatten spendenden Steineichenwald sah er kurz darauf sein Tagesziel, den kleinen Ort Villamayor mit seinem prägnanten Bergkegel. Er bekam in einer kleinen, privaten Herberge, die von Holländern geführt wurde, noch Platz. Er war der einzige Deutsche. Alles andere waren junge Leute aus verschiedenen Nationen, mit denen er nicht ins Gespräch kam. So suchte er sich im Dorf ein schönes Plätzchen vor einer Bar und entspannte sich. Er hatte noch nicht lange gesessen, als zwei Pilger auf ihn zukamen. Dem Dialekt nach waren es Hessen.

„Erbarmen, die Hessen kommen“, grinste Raschke.

Die beiden lachten und ergänzten den Spruch.

„Man muss Gott für alles danken, auch für Schwaben und für Franken. Niemanden wird er vergessen, selbst nicht Sachsen oder Hessen. Und wo kommst du her?“

„Aus Meck-Pomm. Dem schönen Nordosten unserer Republik.“

„Ach, wirklich? Ist das nicht da, wo laut Bismarck alles fünfzig Jahre später kommt? Wie hast du denn die Ausreisebewilligung bekommen?“

„Das ging nur über gute Beziehungen. Ich habe an den hessischen Ministerpräsidenten geschrieben und der hat mir unter der Bedingung geholfen, dass ich zwei Landsleute von ihm in Villamayor herzlich von ihm grüße. Jetzt sitze ich hier seit Wochen und warte auf euch.“

„Na, das müssen wir aber feiern.“

Es wurde ein lustiger, kurzweiliger Abend mit den beiden hessischen Geschäftsleuten, die nicht so viel Zeit hatten, den ganzen Weg auf einmal zu laufen, von Burgos wieder nach Offenbach zurückfahren wollten und Raschke auf andere Gedanken kommen ließen.

Die Nacht in der Herberge war eine Katastrophe. Die vielen Leute in einem Schlafraum war Raschke seit der Zeit der Ferienlager vor fast fünfundvierzig Jahren nicht mehr gewohnt. So fing er schon um halb sechs Uhr an, seine Sachen zu packen und machte sich ohne Frühstück auf den Weg. Ziemlich verschlafen stapfte er über eine breite Staubstraße durch die Felder, an einigen Weinbergen vorbei und registrierte nur nebenbei die traurigen Reste eines Waldes, die sich auf den Hügelkuppen befanden. Gelegentlich roch es nach Thymian.

Nach einem steilen Anstieg lag Los Arcos vor ihm. Die lange Hauptstraße führte direkt auf einen Platz mit einer Bar, an der schon andere Pilger saßen. Er setzte sich an einen freien Tisch, holte sich einen Milchkaffee und ein belegtes Brötchen und hielt nach Leuten Ausschau, die er kannte oder mit denen er sich unterhalten konnte. Es kam aber keiner. So wanderte er nach kurzer Zeit auf der noch immer breiten Staubstraße weiter Richtung Viana. Mit jedem Schritt verblassten die Erlebnisse der letzten Tage. Jetzt war er Pilger. Nicht der Zeuge eines Verbrechens und schon gar nicht mehr der Lockvogel. Der Kopf wurde langsam frei, so wie er sich das vorgestellt hatte, auch wenn der Sonnenhut oben drauf saß.

Gegen Mittag, die Sonne strahlte von einem fast wolkenlosen Himmel und die Hitze wurde langsam unerträglich, traf er in Torres del Rio ein. Hinter Sansol war es steil hinunter gegangen, um sofort wieder ebenso steil nach oben zu gehen. Er war fertig, sein Hemd und die Weste nass vom Schweiß. Die Füße taten weh. Die Lunge pfiff. Unter einer

Platane setzte er sich in den Schatten. Die Schuhe, die ziemlich drückten, weil die Füße aufgequollen waren, wollte er nicht ausziehen aus Angst, hinterher nicht mehr hineinzukommen. Sein Blick fiel auf die Kirche. Ein Achteck, offensichtlich ein Zwilling der Kirche von Eunate. Blitzartig standen die Bilder von Eunate wieder vor seinen Augen. Wenn seine Theorie stimmte, die er mit Lopez Castela in Maneru diskutiert hatte, und die Templerkirchen bei den Vorgängen eine besondere Rolle spielten, dann könnte hier etwas zu finden sein. Mit einem Schlag war er wieder hellwach, alle Schmerzen vergessend.

Die Tür der Kirche war offen. Vorsichtig trat er ein. Es war angenehm kühl. Seine Augen mussten sich nach der gleißenden Helligkeit erst an das Dämmerlicht gewöhnen. Dort, wo in Eunate die Marienfigur auf einem Podest gestanden hatte, befand sich in dieser Kirche ein wunderschönes, gotisches Kreuz. Es war der einzige Schmuck in dem Raum und zog die Blicke magisch an. In ihrer Schlichtheit glich diese Kirche der in Eunate fast auf den Mauerstein genau. Und so musste Raschke nicht lange suchen, um das zu finden, was er suchte. Genau genommen hatte jemand anders es bereits gefunden.

Vorne am Altar stand ein Pilgerpaar. Die Frau hielt etwas unschlüssig einen Stein in der Hand. Sie unterhielt sich flüsternd mit ihrem Begleiter. Als Raschke sich räusperte, ließ die Frau vor Schreck fast den Stein fallen, legte ihn dann aber fast behutsam wieder auf den Boden zwischen die Mörtelreste, die neben dem Altar verstreut herumlagen. Mit fast entschuldigendem Blick zogen sich die beiden zurück, jeden Meter, dem sie der Tür näher kamen, wurden sie schneller. Er sah sich um. Niemand war mehr in dem Raum.

Langsam, so als wollte er wie bei einem Tatort vermeiden Spuren zu vernichten, ging der deutsche Kriminalbeamte auf die Lücke zu, die sich kaum erkennbar im Mauerwerk der Apsis zeigte. Den Stein hatte er wieder aufgehoben. Er passte. Mit der Hand tastete er vorsichtig, so als habe er Angst, ein Skorpion könne unvermittelt zustechen, in das Loch. Es war leer. Noch nicht einmal Staub. Nur ein paar Mörtelkrümel dort, wo vorher der Stein gesessen hatte. Hinter dem Stein hatte sich ein Hohlraum befunden. Nicht sehr groß. Nur wenige Zentimeter. Mehr auf keinen Fall. Raschke bückte sich, um hineinzusehen. Es war aber zu dunkel. Die Taschenlampe befand sich natürlich im Rucksack. Der stand aber hinten auf der letzten Bank. Langsam schob Raschke den Stein so in die Mauer, dass die Außenfläche mit den umgebenden Steinen abschloss. Dann ging er gemächlich zurück. Keinen Moment zu früh, denn eine Gruppe italienischer Fahrradpilger drängte mit lautem Hallo in die Kirche. Sie kam von der Herberge, die sich nur einige Schritte oberhalb der Kirche befand, genau dort, wo Raschke unterkommen wollte. *Completo* – belegt, bedeutete ihm der Hospitalero und zog bedauernd die Schultern hoch.

„Es va hoy un autobus al Viana – fährt heute noch ein Bus nach Viana?“

Der Hospitalero sah auf die Uhr.

„Si, en trenta minutos cerca. En la direccion – in etwa dreißig Minuten”, dabei zeigte er die Gasse hinab zur Hauptstraße. Raschke ging ohne Eile die Straße hinunter und musste nicht lange suchen. An der Haltestelle standen neben einigen Spaniern eine ganze Reihe Pilger, die sich auf diese Weise die letzten Kilometer nach Viana oder sogar bis Logrono ersparen wollten. Er löste beim Busfahrer eine

Fahrkarte bis Viana und war der Einzige, der dort ausstieg. Alle anderen fuhren bis Logrono weiter. Über mehrere Steintreppen gelangte er in die lang gezogene Altstadt, die voller Pilger war. Mit etwas Mühe fand er in einer Nebengasse eine kleine, private Herberge, wo er sich ein Doppelzimmer mit Patrik, einem gleichaltrigen Iren, teilen musste.

Kaum hatte Patrik das Zimmer verlassen, rief Raschke in Pamplona an, um Lopez Castela von seiner Beobachtung in der Kirche in Torres del Rio zu erzählen. Aber dessen Handy war ständig besetzt. So ließ er es, schaltete sein Telefongerät aus und bummelte durch die Stadt. Die Leute von Viana schienen Humor zu haben. Nicht weil sie Guinness Bier an irische Pilger verkauften, um sie von der Wanderung abzuhalten, sondern wegen des Grabes von Cesare Borgias. Der Sohn von Papst Alexander dem VI., erst Kardinal und Liebhaber seiner Schwester Lucretia Borgia, dann Söldnerführer des Königs von Navarra, wurde vor der Stadt erschlagen. Man beerdigte ihn in der Kirche, wie es einem Kardinal zukam. Später buddelten ihn die Bürger von Viana wieder aus und legten ihn direkt vor den Haupteingang. Nun muss jeder Kirchgänger über ihn drübersteigen, bevor er zum Gebet in die Kirche kann. Raschke zollte den Bürgern von Viana Respekt. Das hatte was. Hintergründiger konnte man keinen beerdigen.

In einem kleinen Restaurant, in dem sich etliche Pilger zusammengefunden hatten, um das Pilgermenü zu essen, ein Dreigängemenü mit einer Flasche Wein zu einem sehr akzeptablen Preis, traf er wieder auf die mondäne Dame. Sie war trotz der Hitze noch immer ganz in Schwarz mit dem weißen Schal und noch immer mit dem drahtigen, durchtrainierten jungen Briten unterwegs, der in seinen tarnfarbenen Klamotten und den Springerstiefeln wie ein Legionär aussah. Sie lächelte zu ihm herüber und winkte ihn an den Tisch.

„Willst du nicht bei uns Platz nehmen? Viele Stühle sind nicht mehr frei und wir sind uns ja auch schon mehrfach über den Weg gelaufen. Jetzt wird es Zeit, uns richtig kennenzulernen. Ich heiße Ulla."

Den Namen, mit dem sich der Brite vorstellte, verstand Raschke nicht. Der junge Mann hob etwas linkisch seinen knackigen Hintern kurz vom Stuhl und musterte den Deutschen. Offenbar hatte er Bedenken, dass Ulla einen potenziellen Konkurrenten an den Tisch geholt hatte. Völlig unnötig, wenn Raschke den kurzen, interessierten Blick von Ulla auf das Hinterteil ihres Begleiters richtig gedeutet hatte.

„Raschke", stellte er sich vor.

Für Ullas Geschmack etwas zu förmlich.

„Falls du es noch nicht gemerkt haben solltest, auf dem Camino reden sich alle nur mit dem Vornamen an. Alles andere wie Titel, Beruf, Alter ist ohne Bedeutung."

„Raschke, nennt mich einfach nur Raschke. Das bin ich gewohnt. Klar habe ich einen Vornamen, den kennt aber niemand. Selbst meine Frau nennt mich so. Deshalb sagt einfach nur Raschke."

Amüsiert beobachtete er, wie der Brite Mund und Kieferübungen machte, um den Namen richtig auszusprechen. Es wollte ihm nur sehr unvollkommen gelingen. Ulla lächelte undurchdringlich, aber freundlich.

„Na klar, jeder wie er möchte."

Während des Essens plauderten sie zwanglos über dies und das. Es war ein sehr angenehmer Abend, nicht so lustig wie mit den Hessen, aber sehr locker. So erfuhr er, dass Ulla schon von der Schweiz aus den Camino lief. Zeit schien bei ihr eine untergeordnete Rolle zu spielen. Sie war unkompliziert. Das hellblonde Haar war streng nach hinten gekämmt und, wie bei fast allen Frauen, hochgesteckt. Ein leichtes Make-up und ein feiner Lidstrich betonten ihre strahlenden Augen, die durch das immerwährende Lächeln noch unterstrichen wurden. Eine lebende Madonna, schoss es Raschke durch den Kopf.

Sie wusste viel zu erzählen. Irgendwann trollte sich grußlos der Brite, da die Unterhaltung in Deutsch geführt wurde, das er nicht oder nur schlecht verstand. Als Raschke zurück zu seiner Pension ging, fiel ihm ein, dass er zum ersten Mal nichts Persönliches über seine Tischgenossen erfahren hatte. Sie waren darin ebenso verschlossen geblieben wie er selbst. Aber, wie schon Ulla gesagt hatte: Auf dem Camino gilt: Jeder macht es so, wie er möchte. Der Ire kam spät und obwohl Raschke sich Wachsstöpsel in die Ohren gesteckt hatte, machte er wegen des Schnarchkonzertes kaum ein Auge zu.

Nach dem Aufstehen fühlte er sich wie gerädert. Nur schwer fand er seinen Wanderrhythmus. Auf einer kleinen Anhöhe mit einem Pinienwäldchen, dort, wo sich der Camino teilte, sah er in den Feldern die Kette der Pilger wie auf einer Ameisenstraße vor sich. Raschke entschied sich für das Wäldchen. Eigentlich war es kein richtiger Weg. Lediglich ein gelber Pfeil hier und da an einem Baum kennzeichnete die Strecke, die zu laufen war. Eine Entfernung zu schätzen, war unmöglich. Aber er genoss es, allein durch den lauschigen Wald zu gehen und die Stille auf sich einwirken zu lassen. Während er zwischen den Bäumen hindurchlief, fand er endlich Zeit nachzudenken. Über sich, über das Leben, über die vergangenen Jahre, über die Probleme, die ihn bedrückten. Das hatte er eigentlich von Anfang an wollen, war aber deutlich zu kurz gekommen. Daran waren die Ereignisse der letzten Woche, aber auch der schwere, ungewohnte Weg nicht ganz unschuldig.

*

Lopez Castela blätterte in einigen Akten, die ihm die Kollegen aus der Mordkommission auf den Tisch gelegt hatten, als das Telefon klingelte. Er zögerte, weil er seine Vorzimmerdame angewiesen hatte, keine Gespräche durchzustellen. Aber dann nahm er doch ab, denn es musste schon wichtig sein, wenn sie gegen seine Anweisung verstieß.

„Dolores, was gibt's?", knurrte er unfreundlich in den Hörer.

„Senor Comisario, Inspektor Martinez aus Viana ist am Telefon. Es wurde eine Pilgerleiche auf dem Camino gefunden. Zwei Kilometer hinter Viana. In dem kleinen Pinienwald."

„Stellen Sie durch."

„Aqui Lopez Castela. Hola, Martinez. Wer ist es?"

„Das wissen wir noch nicht. Der Pilger hatte nichts bei sich. Kein Geld, keine Papiere, kein Gepäck. Nur seine Wanderstöcke liegen neben ihm. Er ist kräftig, etwa 50 Jahre, vielleicht etwas älter."

„Hat er einen Vollbart?"

„Ja."

„Ist die Tatortbereitschaft schon alarmiert?“

„Ich habe zuerst Sie angerufen. Hätte ich das tun sollen?“

„Danke, das ist schon in Ordnung. Ich werde alles Weitere veranlassen und komme selbst. Gibt es Zeugen?“

„Ja. Drei deutsche Pilger. Sie warten bei mir.“

„Sehr gut. Bleiben Sie am Tatort. Bis ich komme. Adios.“

Der Kripochef legte den Hörer auf die Gabel, um ihn im nächsten Moment wieder hochzureißen.

„Dolores, meinen Fahrer. Schnell. Und die Tatortgruppe soll sofort nach Viana fahren. Ich rufe den Leiter von unterwegs auf dem Handy an. Es eilt.“

Lopez Castela legte auf und wählte die Nummer von Raschkes Handy. Die freundliche Automatenstimme teilte mit, dass zurzeit keine Verbindung möglich sei. Fluchend legte er auf und wollte zu seinem Wagen laufen, als ihn Dolores aufhielt. Sie hatte gerade den Telefonhörer in der Hand.

„Alto, Senor Comisario. Halt, Herr Kommissar. El jefe superior, der Polizeichef will Sie unbedingt sprechen.“

„Am Telefon oder persönlich?“

Dolores hielt ihm den Telefonhörer hin. Genervt fragte Lopez Castela nach.

„Chef, Sie wollen mich dringend sprechen? Ich bin gerade auf dem Weg zu einem Tatort.“

„Lopez Castela, seit wann machen Sie die Tatortarbeit? Dafür haben Sie doch Ihre Leute. Kommen Sie sofort zu mir, ich habe mit Ihnen zu reden.“

Lopez Castela gab seiner Vorzimmerdame den Telefonhörer zurück. Es war ihm anzusehen, dass er ungehalten war. Knurrig lief er aus dem Vorzimmer, um ein Stockwerk höher zum Polizeichef zu gehen. Die beiden uniformierten Beamten, die in dem Vorzimmer des Polizeichefs an ihren Schreibtischen saßen, sprangen auf und nahmen Haltung an, als Lopez Castela voller Eile in das Zimmer kam. Ohne sie zu beachten, stürmte der Kripochef ohne anzuklopfen durch die offen stehende Tür in das Büro seines Vorgesetzten. Der ältere, füllige Herr mit dem noch vollen, schwarzen Haar, den buschigen Augenbrauen, in der Uniform eines Generals, blickte überrascht auf. Er schob das Papier, in dem er gelesen hatte, langsam auf die Seite.

„Buenos dias, Lopez Castela. Das ging ja sehr schnell. Bin ich von Ihnen gar nicht gewohnt. Wohl in Eile, wie?"

„Buenos dias. Auf dem Camino bei Viana wurde ein Pilger tot aufgefunden. Da wollte ich mich persönlich drum kümmern."

Der Polizeichef sah seinen Untergebenen irritiert an.

„Seit wann kümmert sich mein Kripochef persönlich um tote Pilger? Gibt es nichts Wichtigeres für Sie? Oder gibt es etwas, das Sie mir bisher verheimlicht haben, was ich wissen sollte?"

Lopez Castela trat unruhig von einem Bein aufs andere.

„Nun hüpfen Sie doch nicht so nervös vor meinem Schreibtisch hin und her. Setzen Sie sich."

Lopez Castela ergab sich in sein Schicksal, angelte einen Stuhl vom Besprechungstisch und setzte sich direkt vor den Schreibtisch.

„Chef, wir ermitteln in einer Mordserie, in denen Pilger betroffen sind. Bisher sind die Erkenntnisse noch nicht so, dass ich es für angemessen gehalten habe, Sie zu unterrichten."

„Jedenfalls hat Sie das nicht davon abgehalten, Lopez Castela, sich an mir vorbei mit der Zentrale in Madrid in Verbindung zu setzen, um in einem provinzübergreifenden Verfahren die Ermittlungsführung zu bekommen. Ich hätte eigentlich erwartet, dass Sie so etwas vorher mit mir absprechen. Ich stand schön dumm da, als mich mein Amtsbruder aus Madrid anrief, um zu fragen, ob das wirklich nötig sei. Ich möchte zukünftig nicht mehr in eine derart peinliche Situation gebracht werden. Haben Sie mich verstanden?"

Lopez Castela hatte den Anschiss sehr wohl verstanden. Er nickte.

„Und jetzt holen Sie die Information unverzüglich nach", verlangte der Polizeichef.

Schweren Herzens, zwischendurch immer wieder auf seine Uhr schielend, berichtete der Kripochef in aller Kürze über die bisherigen Ermittlungen, wobei er auch die Absprachen mit dem deutschen Beamten nicht vergaß.

„Sind Sie des Wahnsinns, Lopez Castela? Sie binden hier ohne meine ausdrückliche Genehmigung einen Ausländer in unsere Ermittlungen ein. Mir ist wegen Ihrer Herkunft ja bekannt, welche Affinität Sie zu den Alemanes haben, aber sind Sie sich der Konsequenzen eigentlich bewusst, wenn dem Mann etwas passiert? Was glauben Sie, was das für juristische und diplomatische Verwicklungen geben kann, wenn Sie deutsche Polizisten für sich arbeiten lassen?

Außerdem sind wir als spanische Polizei sehr wohl in der Lage, eigenständig zu arbeiten. Wir benötigen im eigenen Land nicht die Hilfe der Deutschen."

„Natürlich bin ich mir der Konsequenzen bewusst. Deshalb bin ich ja auch in Eile und so nervös. Der tote Pilger in Viana könnte theoretisch der deutsche Beamte sein."

Dem Polizeichef entgleisten sämtliche Gesichtszüge.

„Dann sehen Sie mal zu, wie Sie aus dieser Situation wieder herauskommen. Halten Sie mich auf jeden Fall auf dem Laufenden. Wenn Sie wieder zurück sind, kommen Sie sofort zu mir. Ich denke, wir werden dann ein längeres Gespräch führen müssen."

Lopez Castela verabschiedete sich wortlos und stürmte davon. Noch auf der Treppe klingelte sein Handy. Er blieb stehen.

„Senor Comisario. Wir kennen die Identität des Toten. Haben seine Papiere und sein Gepäck gefunden. Lag alles in der Nähe im Pinienwald in einer kleinen Senke. Es scheint nichts zu fehlen."

„Nun spannen Sie mich nicht auf die Folter. Wer ist der Pilger?"

„Es ist ein Niederländer. Scheint an einem Herzinfarkt gestorben zu sein. Das hat der Notarzt eben festgestellt. Wollen Sie trotzdem noch kommen?"

Lopez Castela atmete hörbar aus. Ein großer Stein schien von ihm abzufallen. Einen Moment dachte er nach, bevor er antwortete.

„Nein, ich komme nicht mehr und rufe auch die Tatortbereitschaft zurück. Regeln Sie den Rest von Ihrer Station aus und faxen Sie mir den Bericht zu."

Während der Kripochef langsam die Treppe wieder hoch ging, um seinen Vorgesetzten zu informieren, telefonierte er mit dem Leiter seiner Tatortgruppe, die sich bereits auf dem Weg befand, und blies den Einsatz ab.

Als Lopez Castela zwei Stunden später in sein Büro zurückging, war er erleichtert. Es hatte zwar lange gedauert und ihn seine ganze Überredungskunst gekostet, aber dann konnte er sich der vollen Unterstützung seines Vorgesetzten sicher sein.

*

Die Zeit des Nachdenkens im Pinienwäldchen dauerte für Raschke nicht lange, denn der Weg endete ziemlich abrupt an der sehr stark von Lastwagen befahrenen Schnellstraße von Pamplona nach Logrono. Auf der anderen Seite der Straße zeigte ein gelber Pfeil, dass es dort weiterging. Während er ungeduldig auf eine Lücke zwischen den vorbeirasenden Fahrzeugen wartete, um einigermaßen ungefährdet auf die andere Seite wechseln zu können, lief Ulla zu ihm auf. Allein, ohne den Briten im Schlepp. Dafür, dass sie schon seit der Schweiz zu Fuß pilgerte, hatte sie verdammt wenig Gepäck dabei, registrierte Raschke verwundert. Aber man bewegte sich ja in einem zivilisierten Land, wo es alles zu kaufen gab, war nicht irgendwo in der Wildnis.

Gerade in diesem Moment tat sich eine Lücke zwischen den Autos auf. Da ihm nicht nach einer Unterhaltung war, wartete er nicht, sondern sprintete, so gut es ihm sein Gepäck zuließ, auf die andere Straßenseite. Keine Sekunde zu früh, da rauschte laut hupend der nächste Lastwagen in voller Fahrt an ihm vorbei. Der Winddruck warf ihn in den Straßengraben. Nach Atem ringend, richtete er sich wieder auf und nahm dankend Ullas Hand, die ihm dabei half. Sie hatte hinter dem Lkw die größere Verkehrslücke genutzt, um ohne hektische Eile auf die andere Seite zu kommen. Wie immer lächelte sie gewinnend.

„Raschke, du hast noch sechshundert Kilometer vor dir. Jetzt zu laufen, bringt wenig Nutzen. Außerdem, ein Pilger schreitet. Er läuft nicht. Oder bist du vor mir weggelaufen?"

Er fluchte in sich hinein. Sieh an, sieh an, sie hat mich durchschaut. War vielleicht auch nicht so schwierig. Er entschloss sich, wahrheitsgemäß zu antworten. Schnaufte aber noch einige Male durch, um Zeit zu gewinnen.

„Liebe Ulla, ich bin in der Tat vor dir weggelaufen. Nicht, dass mir deine Begleitung unangenehm wäre, ganz im Gegenteil. Aber ich laufe lieber allein und nutze dabei die Gelegenheit, meine Gedanken zu ordnen und über vieles nachzudenken. Zum ersten Mal auf meiner Pilgerwanderung ist mir das in dem Pinienwäldchen gelungen. Deshalb war mir das nicht angenehm, als du auf mich aufliefst."

„Holla, das ist aber ehrlich."

„Ja, du siehst aber, es hat nichts mit dir zu tun, sondern eher mit mir. Aber jetzt ist es egal. Der Weg führt direkt neben der Schnellstraße her. Es ist viel zu unruhig um aufzuarbeiten."

„Ja, die Mehrzahl der Pilger läuft deshalb durch das wesentlich ruhigere Naturschutzgebiet Las Canas auf der anderen Seite der Nationalstraße. Ich sah dich im Wäldchen verschwinden, dein Sombrero hebt dich ja unverwechselbar aus der Menge der anderen Pilger hervor, und dachte mir, du könntest Gesellschaft gebrauchen. Seit Villatuerta, wo wir uns erstmals begegneten, habe ich dich als Einzelgänger kennengelernt."

Der laute Verkehrslärm lähmte die Unterhaltung. Erst als es ruhiger wurde, knüpfte Raschke an das Gespräch an.

„Da hast du Recht. Richtige Kontakte habe ich bisher noch nicht knüpfen können. Aber noch vermisse ich sie nicht. Ich habe Zeit, meinen eigenen Gedanken nachzuhängen, und bin vor allem unabhängig. Muss auf nichts und niemanden Rücksicht nehmen, kann so schnell oder so langsam laufen, wie ich will, und die Wege nehmen, für die ich mich selbst entscheide. Kontakte ergeben sich dann am Tagesziel, wenn ich das möchte. Ich muss ja nur zu den Herbergen oder in die Lokale gehen, in denen oder vor denen sich die Pilger aufhalten."

„Ach, du gehst nicht in die Herbergen zum Übernachten?"

„Das kommt darauf an. Grundsätzlich schließe ich das nicht aus. Aber die Erfahrungen, die ich bisher damit gemacht habe, haben meinen Appetit auf mehr nicht angeregt. Einmal abgesehen davon, dass viele schon besetzt sind, wenn ich ankomme."

„Ja, das kenne ich. Aber bisher habe ich immer ein Quartier in den Refugios bekommen. Und wenn es eine Notliege war. Außerdem lernt man immer wieder nette Pilger kennen, mit denen man sich gut versteht und einen Teil des Weges und der Abende gemeinsam verbringen kann. Hin und wieder ist sogar ein besonders netter dabei und man findet ein gemeinsames Zimmer."

Raschke durchzuckte es. Es sah so aus, als ob seine Comperegrina einen Feldversuch über das Sexualverhalten von Jakobspilgern unternahm, schoss es ihm durch den Kopf.

„Bewahre. Ich kann in den Schlafsälen ohnehin nicht richtig schlafen und wenn dann noch eine Notliege dazukäme, könnte ich morgens vor Rückenschmerzen nicht mehr laufen."

„Dagegen würde Akupunktur recht gut helfen."

„Vielleicht. Ganz sicher hilft bei mir ein vernünftiges Bett mit einer guten Matratze. Das habe ich erprobt. Von der Piekserei mit den Nadeln halte ich nichts. Hinterher habe ich möglicherweise keine Rückenschmerzen mehr, dafür plage ich mich mit einer Infektion herum, weil sich die Einstichstelle entzündet hat. Nein, das ist nichts für mich."

„Es war nur ein Hinweis. Ich will dich nicht missionieren. Was macht du eigentlich beruflich?"

„Spielt das hier auf dem Camino eine Rolle? Hier ist doch jeder Pilger gleich, seine Profession unerheblich. Hast du gestern selber gesagt, wenn ich mich richtig erinnere."

„Ja, habe ich. Es war auch nur so eine Frage. Rein persönliches Interesse."

Raschke wurde eine Spur verschlossener.

„Ich bin frühverrentet, verheiratet und auf dem Camino, um Probleme zu lösen. Nicht um mir neue zu schaffen."

Bei seinen eigenen Worten musste er innerlich lachen. Die neuen Probleme hatte er schon, aber das musste seine Mitpilgerin ja nicht unbedingt wissen.

„Ich glaube, jetzt hast du mich völlig missverstanden", antwortete Ulla erschrocken und erstmals hatte sie ihr ewiges Lächeln verloren. Sie wanderten eine Zeit lang schweigend nebeneinander her. Dabei registrierte Raschke, dass seine Begleiterin immer öfter auf ihre Uhr sah.

„Hast du noch irgendwelche Termine?"

„Wie kommst du denn darauf? Ich bin Pilgerin. Zeit spielt für mich eine sehr untergeordnete Rolle."

„Du siehst immer wieder auf deine Armbanduhr?"

„Ach, das ist reine Gewohnheit."

„Dann nimm die Uhr einfach ab und stecke sie unten ins Gepäck. Auch wenn du öfters auf die Uhr schaust, bist du deshalb nicht schneller in Santiago."

Jetzt lachte Ulla wieder.

„Gut gebrüllt, Löwe. Mir scheint, du bleibst nichts schuldig. Aber jetzt entschuldige mich bitte."

Raschke schaute verwundert auf. Sie passierten gerade eine kleine Ruine, die vor etlichen Jahren einmal ein Wohnhaus mit Stall gewesen sein dürfte. Jetzt war sie von Unkraut, kleinen Kakteen und niedrigem Gebüsch zugewuchert. Damenklo wurden diese Ruinen despektierlich von den Pilgern genannt, weil zahlreiche Pilgerinnen die Chance nutzten, dort für einige Minuten unbeobachtet zu verschwinden.

Während Ulla hinter den Mauerbrocken verschwand, wanderte Raschke weiter. Es wurde nicht gewartet. Niemand tat das. Er kümmerte sich nicht mehr um die Mitpilgerin. Ja, er zog sogar noch den Schritt an und versuchte auf den nächsten Kilometern gedanklich da anzuknüpfen, wo er vor der Störung aufgehört hatte. Aber es wollte nicht so recht gelingen.

Der Weg passierte die Provinzgrenze zwischen Navarra und Rioja. Ab da war er geteert und Raschke schwitzte sich fast zwei Kilometer einen lang gezogenen Anstieg über die Flanke des wie ein Wellenbrecher vor Logrono liegenden Höhenzugs Cantabria hinauf. Bevor es wieder hinunterging, blickte er sich noch einmal um, obwohl es unter Pilgern verpönt war, sich umzusehen. Was hinter einem lag, war vorbei. Unwiederbringlich. Unwiederholbar. Deshalb nur nach vorne sehen. In die Zukunft. Alles andere war Vergangenheit. Auf dem langen Weg war Ulla, die mit ihrem weißen Schal ebenso markant war wie er mit seinem Sombrero, nicht zu sehen, obwohl sie eigentlich nicht so weit hinter ihm hätte sein dürfen. Jetzt fand er die Regel bestätigt, wer beim Wandern auf dem Camino abreißen lässt, holt nicht mehr auf. Weit entfernt am Fuß des Höhenrückens, dort, wo der Weg aus einer Unterführung hervorkam, war die Reihe der durch das Naturschutzgebiet gewanderten Pilger zu erkennen.

Zufrieden drehte Raschke sich wieder um und stapfte weiter. Nach wenigen hundert Metern hatte er hinter einer kleinen Wegbiegung das Haus von Donna Felisa erreicht. Es war eine einfache Pilgerraststätte, wo er gegen eine Spende Brot, Wasser, Wein, Öl, Marmelade zur körperlichen Stärkung und den begehrten Stempel in den Pilgerpass erhielt. Aus Sorge, Ulla könnte doch noch kommen und ihn nerven, marschierte Raschke zügig weiter. Nicht ohne vorher einem älteren Italiener, der den Verlust seiner Sonnenkappe beklagte, seinen Sombrero geschenkt zu haben. Der Italiener wollte entrüstet ablehnen. Erst als Raschke aus seinem Rucksack eine zusammenklappbare Mütze hervorgezogen hatte, akzeptierte der Italiener das Geschenk.

Santo Domingo de la Calzada

Raschke hatte die laute Stadt Logrono, Hauptstadt der Weinprovinz Rioja am Ebro, hinter sich gelassen und war über den guten Wanderweg am Stausee Grajera vorbeigelaufen, an dem einige Angler ihr Glück versuchten und viele andere Pilger Rast machten. Ihm hatte die Idylle wegen der Mückenplage nicht behagt. Schnaufend hatte er sich einen steilen Anstieg empor gequält. Oben angekommen stand er schwitzend an einem Maschendrahtzaun, der den Camino von einer zur Autobahn abfallenden steilen Böschung abgrenzte. Von Pilgern waren mit abgebrochenen Ästchen oder Zweigen in den Zaun Tausende kleiner Kreuze geflochten worden. Raschke suchte im Gebüsch auf der anderen Wegeseite ebenfalls mehrere Zweige und flocht sein eigenes Kreuz. Dann wanderte er langsam weiter. An einer großen Werbetafel der Firma Osborne in Form eines schwarzen Stieres holte ihn ein Portugiese mit zügigem Schritt ein. Der Mann nannte sich Manuel und sprach gut Deutsch. Wie er freimütig erzählte, hatte er lange Zeit in der Schweiz gelebt und dort im Baugewerbe hart gearbeitet, um sich die Pilgerreise zu ermöglichen. Raschke musterte ihn verstohlen. Seinen feingliedrigen Händen nach zu urteilen, hatte der Portugiese mit Legosteinen gebaut, keinesfalls mit Zement. Er hatte keine Bauarbeiterhände. Die sahen anders aus. Grob und mit Schwielen.

Während sie gemeinsam weitergingen, wobei Raschke ziemlich ins Schwitzen kam, merkte er, dass der Portugiese offenbar ein Sprachgenie war. So wie er sich mit dem einen oder anderen Pilger unterhielt, den sie zwischendurch trafen, beherrschte er neben seiner Heimatsprache und

Spanisch fließend Deutsch, Italienisch, Französisch und ein wenig Englisch. Sicherlich wurden diese Sprachen auch in der Schweiz gesprochen und dort könnte er sie erlernt haben, aber als Bauarbeiter bestimmt nicht so perfekt. Der Mann machte ihm etwas vor. Raschke beschloss, zurückhaltend zu sein.

Am Ortseingang von Navarrete verabschiedeten sie sich, da der Portugiese noch bis Ventosa weiterlaufen wollte. Respekt. Da er bei Tagesanbruch in Torres del Rio gestartet war, wie er sagte, war das eine Tagesleistung von 41 Kilometern. Allein bei dem Gedanken daran bildete sich bei Raschke unter dem Fußballen eine große Marschblase und da er nicht in der Pilgerherberge, sondern in einem Hotel übernachten wollte, suchte er sich eines mit Einzelzimmer und entspannte ausgiebig in der Badewanne.

Ausgeruht trottete er ins Dorf. Es hatte Charme. Vor allem die Kirche war beeindruckend. Ein zwanzig Meter hoher und ebenso breiter Altar aus vergoldetem Silber schmückte das Gotteshaus. Überwältigt setzte er sich in eine Kirchenbank und ließ den Altar auf sich wirken. Eine ältere Pilgerin, die sich neben ihn in die Kirchenbank gesetzt hatte, staunte ebenfalls. Wie viele Indianer dafür wohl ihr Leben lassen mussten?, fragte er sich. Ein verstohlener Seitenblick auf die Nachbarin verriet ihm, dass sie über eine ähnliche Frage rätselte.

Sichtlich beeindruckt ging er in eine Bar an dem Platz vor der Kirche, um seinen abendlichen Drink zu genießen. Er saß noch nicht lange, als sich zwei Pilgerinnen, Ines und Ursel, Schulfreundinnen aus Stuttgart, die zusammen über den Camino liefen, zu ihm gesellten. Zusammen hatten sie einen vergnüglichen Abend und unterhielten sich zwanglos über dies und das bis hin zu den Grundstückspreisen in und um Stuttgart. Raschke fand den Werbespruch des Landes Baden-Württemberg bestätigt: Wir können alles, nur kein Hochdeutsch. Als sich die beiden verabschiedeten, um rechtzeitig vor dem Zapfenstreich in der Pilgerherberge zu sein, ging auch Raschke zu seinem Hotel zurück. Nach langer Zeit schlief Raschke endlich wieder einmal tief und fest, wurde auch nicht durch einen Anruf von Lopez Castela gestört.

Er genoss das ausgiebige Frühstück mit Saft, Brötchen, Ei, Schinken und frischen Erdbeeren, bevor er sich auf den Weg nach Najera machte. Nach einigen Kilometern wurde der Camino steinig, nein, eine Geröllhalde. Das hatte Hunderte anderer Pilger vor ihm animiert, aus den Steinen am Wegrand kleine Männchen aufzustapeln. Auch Raschke ließ es sich nicht nehmen, mit Inbrunst zwei neue hinzuzustellen. Dann quälte er sich den steinigen Pass hinauf. Oben, bei den Resten eines ehemaligen Klosters, von dem nur ein wilder Steinhaufen übriggeblieben war, machte er Pause. Er genoss die Ruhe und die schönen Wiesen mit Wildblumen und Kräutern. Niedrige Sträucher, unter denen zahlreiche Eidechsen emsig hin und her huschten, hatten sich breit gemacht. Ihre zartroten Blüten leuchteten. Ein leichter Duft nach Maiglöckchen lag in der Luft. Tief sog er ihn ein. Stundenlang hätte er sitzen und vor sich hin träumen können. So hatte er sich seine Wanderung vorgestellt. Er blieb aber nicht lange allein. Ines und Ursel holten ihn ein und gesellten sich zu ihm. Sie setzten sich auf eine Rastbank. Wieder wurde erzählt und die Zeit verplaudert. Schließlich wollte Raschke weiter und verabschiedete sich.

„Ich gehe schon mal, so schnell, wie ihr lauft, holt ihr mich sowieso bald wieder ein."

Die beiden winkten ihm nach. Vorsichtig, um auf dem holprigen, abschüssigen Weg nicht zu straucheln, setzte er einen Schritt vor den anderen, sich mit den Stöcken abstützend. Die beiden Frauen sahen ihm nach und amüsierten sich köstlich über seine ungelenke Wandertechnik.

„Komm, wir muntern ihn oin bisle auf", schlug Ursel vor und die beiden gingen los, als sie ein Biker in Sportkleidung und mit einem Sturzhelm ziemlich rüde auf die Seite scheuchte. Sie schimpften über die rücksichtslose Fahrweise auf diesem gefährlichen Wegstück. Wer hier stürzte, kam nicht ohne Blessuren davon. Der Biker fuhr direkt auf den vor ihnen laufenden Raschke zu, der die Gefahr offenbar nicht bemerkte.

„Wenn der so weiterfährt, dann gibt es einen Zusammenstoß", befürchtete Ines. Wenige Meter, bevor er Raschke erreichte, nahm der Biker die Füße von den Pedalen. Es sah aus, als wollte er die Balance nicht verlieren. Ines bewertete das anders.

„Schau mal, ich glaube, der will unserem Pilgerfreund die Stöcke wegtreten."

Sie reagierte sofort und schrie aus voller Kehle.

„Vorsicht, zur Seite. Schnell."

Instinktiv machte Raschke einen Schritt nach rechts. Im gleichen Moment sauste der Biker an ihm vorbei. Sein ausgestreckter Fuß verfehlte um Zentimeter die Wanderstöcke, auf die sich Raschke gestützt hatte. Wenige Augenblicke später verschwand der Radrüpel hinter einer Wegbiegung. Atemlos holten die beiden Freundinnen

Raschke ein, der noch immer am Wegrand stand und nicht so recht begriffen hatte, was passiert war.

„Hast du das nicht gemerkt? Der wollte dich absichtlich umfahren. So was habe ich ja noch nie gesehen."

Raschke schüttelte den Kopf.

„Nein, das ist mir nicht aufgefallen. Rücksichtslose Biker gab es auf dem Camino schon viele. Könnt ihr den Typen oder sein Rad beschreiben? Vielleicht sehen wir ihn ja in Najera wieder. Dann könnten wir ihn zur Rede stellen."

„Nein, das ging alles viel zu schnell. Aber Gott sei Dank ist ja nichts passiert. Wenn der dich getroffen hätte, wäre deine Wanderung sicher zu Ende gewesen."

Raschke sah nachdenklich auf den steinigen Weg und fixierte einige größere Felsbrocken, auf die er zeigte.

„Wenn ich auf denen da gelandet wäre, hätte es bei mir Bruch gegeben. Aber ihr wart meine Schutzengel. Danke."

Die beiden Frauen wehrten verlegen ab. Gemeinsam setzten sie dann den Weg nach Najera fort, wo sie sich verabschiedeten, weil sie noch bis Azofra weiter wollten. Unterwegs hatten sie aufmerksam jeden rastenden Pilger registriert und auf jedes Mountainbike geachtet, was sie sahen. Den Rüpel konnten sie aber nicht wiedererkennen.

Als seine beiden Begleiterinnen weitergezogen waren, suchte Raschke sich in der Nähe der Brücke über den Rio Najerilla ein Hotel, legte sich aufs Bett und war Sekunden später eingeschlafen. Eine Pilgergruppe, die mit viel Getöse ihre Zimmer bezog, weckte ihn. Es war später Nachmittag, die Geschäfte in der Stadt hatten wieder geöffnet und so bummelte Raschke zwanglos durch die Altstadt von Najera.

Beim Blick in einen Spiegel fand er, seine Haare seien zu lang. Fast zwei Zentimeter. Für ihn wallendes Haupthaar. Auf dem Camino unvorteilhaft. So steuerte Raschke eine Peluqueria an, setzte sich vertrauensvoll auf den Stuhl und erklärte dem gleichaltrigen Friseur auf Spanisch, was er wollte. Haare kurz, drei Millimeter. Den Vollbart wollte er allerdings behalten, da der sich zu einem stattlichen Pilgerbart entwickelt hatte, auf den er richtig stolz war. Fünfzehn Minuten später und genau so viele Euro leichter war er sowohl die Haare als auch seinen Bart los, was ihm zu der Überlegung Anlass gab, dass sein Spanisch keineswegs perfekt war.

Missmutig spazierte er weiter und sah aus, als habe er erst gestern seine Pilgerwanderung begonnen. Er war froh, dass ihm in diesem Moment keiner seiner bisherigen Mitpilger begegnete. Das Gelächter hätte er nicht ertragen.

Da er glaubte zu unterzuckern, steuerte er eine kleine Eisdiele an, gönnte sich einen lebensrettenden, großen Eiskaffee und dachte über den Biker nach. War das wieder ein Anschlag auf ihn? Er schüttelte den Gedanken ab, kam zu dem Ergebnis, dass es Zufall gewesen war, und hakte die Sache ab. An seinem Hut konnte man ihn nicht mehr erkennen, den hatte inzwischen ein kleiner Italiener und der leuchtend rote Anorak war im Rucksack gewesen. Nein, es musste Zufall gewesen sein. Jedenfalls sah er keinen Grund, Lopez Castela darüber zu informieren. So schlenderte er zum Ufer des Flusses, legte sich bei komfortablen fünfundzwanzig Grad nahe der Pilgerherberge am Ufer ins Gras und lauschte einem Gitarristen, der wenige Meter weiter für ein mehr oder weniger interessiertes Publikum spanische Heimatmelodien darbot. Raschke fand es stimmungsvoll, die vorbeischlendernden Einheimischen offenbar weniger, denn niemand blieb stehen und hörte zu. Nach einiger Zeit gesellte sich zu ihm ein älterer, sympathisch aussehender Schwabe mit einem gütigen, zufriedenen Gesicht, der sich als Matthias vorstellte. Der Mann war mit sich und der Welt im Reinen. Er strahlte eine Ruhe aus, die sich sofort auf Raschke übertrug. Die beiden plauderten leise, um den Musikanten nicht zu stören, über den Camino und das, was man so an spiritueller Erfahrung machen konnte. Das war bei Raschke weniger der Fall, aber offenbar bei Matthias, der mit einer Begeisterung seine Erlebnisse schilderte. Dabei wurde deutlich, dass er sehr religiös verwurzelt war und sehr freimütig darüber erzählte, was dem Mecklenburger Respekt abnötigte. Die Zeit verging wie im Fluge.

Am Morgen merkte er zum ersten Mal, wie es ihm leichter fiel, in Tritt zu kommen. Zwar waren die Anstiege wie der nach Azofra nicht ohne Probleme, aber die schmerzenden Füße der ersten Tage waren nicht mehr zu spüren. Es gelang ihm sogar erstmals, andere Pilger zu überholen. An einem Rastplatz, kurz nach dem steilen Anstieg zum Örtchen Ciruena, traf er auf zwei Katalanen, die aus gut gefüllten Ledersäcken jedem vorbeiziehenden Pilger Wein anboten und sich über die Weicheier aus Nordeuropa amüsierten, die den guten Wein verschmähten und sich lieber an Wasser hielten. Die dummen Sprüche zu verstehen, dazu reichten wiederum die Spanischkenntnisse.

Bei dem folgenden langen Anstieg war Raschke zum ersten Mal aufgefallen, dass er sich nicht mehr umdrehte. Alles, was hinter ihm lag, war plötzlich nicht mehr wichtig. Ohne Belang. Vorbei. Historie. Genieße den Augenblick und freue dich auf das, was kommt. Denke nicht mehr darüber nach, was geschehen war. Du kannst es nicht mehr ungeschehen machen. Wie beim Friseur. Der Bart bleibt ab. Verbessere dein Spanisch oder drücke dich deutlicher aus, wenn du eine andere Erfahrung machen willst. Oder aber die Morde. Denke nicht weiter darüber nach. Du bist kein spanischer Kriminalbeamter. Du musst sehen, wie du nach Santiago kommst, und nicht hier Fälle lösen. Etiende? Si, Senor Raschke. Er erwischte sich erstmals dabei, wie er mit sich selbst Spanisch sprach. Minimalkonversation, aber immerhin.

Während er noch darüber nachdachte, überholte ihn an einem Hopfenfeld eine Dreiergruppe Kölner Jungs, alle so um die fünfundsechzig Jahre alt. Der flotte Schritt der Gruppe nötigte ihm Respekt ab, bis er im Gespräch erfuhr, dass es sich um eine erfahrene Wandertruppe handelte, von denen einer sogar noch Halbmarathon lief. Die drei sportlichen Großväter waren ziemlich erstaunt, wie der übergewichtige Raschke mit ihrem zügigen Schritt mithalten konnte.

Bei ihrem Eintreffen in Santo Domingo wurde die pilgernde Vierergruppe durch Böllerschüsse begrüßt. Wenn die das bei jedem Pilger machen, kommentierte einer der Kölner, dann sollten sie besser mit einem Maschinengewehr schießen. Raschke hielt nichts von Maschinengewehren und dachte sich seinen Teil. Durch die Calle Mayor, die Hauptstraße, die mit Balkensperren für ein bevorstehendes Stiertreiben präpariert war, marschierten sie in die Stadt ein. Die Pilgerherbergen und Hotels waren wegen einer Fiesta zu Ehren des Stadtheiligen belegt. Raschke war froh, sein Quartier telefonisch reserviert zu haben. So verabschiedete er sich vor seinem Hotel von den rheinischen Schnellpilgern, denn die drei wollten noch weiter. Sie hatten sich vorgenommen, nicht unter 40 Kilometer pro Tag zu laufen, und wollten am kommenden Abend bereits in Burgos sein. Raschke wünschte ihnen einen guten Weg, wobei er sich fragte, ob diese Rennerei tatsächlich Sinn des Pilgerweges war. Er jedenfalls wollte sich Zeit lassen und so nutzte er die Siesta, um von einer Steinbank vor der Kirche aus das bunte Treiben zu beobachten.

In dem Gewühl auf der Plaza traf Raschke viele Bekannte wieder. Ines und Ursel waren die ersten, die ihm um den Hals fielen. Dann winkte ihm Ulla zu, die ihm kurz vor Logrono wegen Darmproblemen abhanden gekommen war. Wo Ulla auftauchte, war ihr sportlicher Begleiter nicht weit. Auch Jesus Maria, der portugiesische Bauarbeiter mit den zarten Händen, der eigentlich schon in San Juan de Ortega sein wollte, saß mit einigen gleichaltrigen, einheimischen Damen Wein trinkend an einem Tisch vor dem Meson del abuelo – der Gaststätte der Großväter. Selbst Patrik, den Iren, seinen Zimmergenossen aus Vian-Bier, die sie mit sicherem Instinkt gefunden hatten. In Santo Domingo, wer hätte das gedacht. Direkt daneben vor einer Pizzeria, wo sonst, traf er seinen Hut. Der Italiener war gerade erst mit zwei anderen Landsleuten eingetroffen, die ihre Rucksäcke neben den Tisch stellten. Mit einer theatralischen Geste und einem italienischen Wortschwall, in dem eccellentissimo gleich mehrmals vorkam, begrüßte ihn der Mann. Raschke radebrechte mit einem Kauderwelsch aus Spanisch und Englisch, ob sie sich am Abend auf ein Glas Wein sehen könnten, aber der Italiener bedauerte. Die drei wollten nach dem Essen noch weiterpilgern.

Zur abendlichen Pilgermesse fanden sich alle wieder in der Kirche ein. Pilger, Besucher und Einheimische. Selbst die Ungläubigen. Die Kirche war voll. Dicht gedrängt standen die Menschen in der Halle vor dem Grab des Heiligen Domingo und dem Hühnerkäfig. Sie alle wollten einen weißen Hahn, der zusammen mit seiner Henne in einem Käfig in der Kirche sein Dasein fristete, krähen hören.

Im Mittelalter soll ein solcher Hahn, der bereits fertig zum Verzehr angerichtet auf dem Teller eines Richters gelegen hatte, fortgeflogen sein, und so einem zu Unrecht zum Tode verurteilten jungen Mann das Leben gerettet haben. Wie dem auch gewesen sein mag, jedenfalls war das der Grund für die Gefangenschaft des Federviehs in der Kirche.

Auch Raschke drängelte sich in das Gotteshaus, um den Hahn zu hören. Galt es doch unter den Pilgern als Zeichen einer sicheren Ankunft in Santiago. Während abwechselnd ein Chor und die Gläubigen geistliche Lieder schmetterten, überlegte Raschke, ob der Pastor wohl selbst die Eier morgens aus dem Käfig holte. Nach dem dritten Lied hatte der Hahn die Faxen dicke und beschwerte sich ob des lauten Getöses mit einem lauten Krähen. Sofort wurde der Gesang eingestellt. Die versammelte Gemeinde bedankte sich mit einem lauten Ole und begeistertem Klatschen, was dem Tier offensichtlich imponierte und so wiederholte sich das Schauspiel noch einmal. Dann strömten die meisten Leute zufrieden aus der Kirche, während der Pfarrer mit einigen älteren Frauen, die in den Bänken zurückgeblieben waren, den Rosenkranz betete.

Raschke ließ sich Richtung Ausgang schieben. Plötzlich spürte er einen Stich in der linken Schulter. Instinktiv bückte er sich. Es entstand Unruhe. Er wurde aber weiter geschoben und sah keine Möglichkeit, zur Seite auszuweichen. Ein kleiner, mausgesichtiger Pilger drängte sich an ihm vorbei, um im nächsten Augenblick in der feiernden Menschenmenge auf dem Platz vor der Kirche zu verschwinden. Raschke drängelte sich an die Seite, wo das Geschiebe nicht so heftig war. Die Schulter tat nicht sehr weh, aber er merkte, dass die Wunde blutete, weil sein Wanderhemd am Rücken klebte. Endlich war er vor der Tür angelangt und lehnte sich an die Kirchenmauer. Er schloss für einen Moment die Augen und atmete schwer durch. Ein deutsch sprechender Geistlicher mit wallenden Haaren und gütigen Augen, um dessen lange, schwarze Soutane eine rote Bauchbinde gebunden war, sprach ihn an.

„Ist dir schlecht, Pilgerbruder? Kann ich dir helfen?“, fragte er besorgt.

Raschke schüttelte den Kopf.

„Irgendetwas ist an meiner Schulter. Ich habe einen Stich verspürt und glaube, es blutet.“

„Das schaue ich mir einmal an, dreh dich bitte um“, bat ihn der barmherzige Samariter.

Raschke drehte sich und der Priester drückte vorsichtig auf die Stelle am Rücken, die leicht blutete. Unter dem leichten Druck der Finger zuckte er zusammen. Es tat nicht sehr weh, aber einen leichten Stich verspürte er doch.

„Komm“, sagte der Priester mit weicher, beruhigender Stimme, „du musst das Hemd ausziehen. Die Wunde blutet noch. Vielleicht müssen wir doch noch zu einem Arzt.“

Sie gingen zu einer Nische an der Kirche, wo Raschke, ohne Aufsehen zu erregen, sein Hemd von der Schulter zog. Der Geistliche begutachtete die Verletzung, zog ein Papiertaschentuch aus seiner Jackentasche, mit dem er das Blut abtupfte.

„Ich glaube, es reicht ein Pflaster. Es ist nur ein ganz kleiner Schnitt. Oberflächlich. Nicht tief. Du bist bestimmt an irgendetwas Scharfkantigem hängengeblieben. Oder willst du doch noch zu einem Doktor?"

„Wenn das mit einem Pflaster zu machen ist, regeln wir das ohne Arzt. Ich habe Pflaster in meiner Umhängetasche."

Er kramte umständlich in den unergründlichen Tiefen seiner Wandertasche, bevor er ein Päckchen mit Pflastern herauszog.

„Ein Pilger muss Vorsorge treffen", grinste er und gab das Päckchen an den barmherzigen Samariter weiter. Der klebte ihm die Wunde ab und Raschke zog sich das Hemd wieder über die Schulter. Als er fertig war, lud er seinen Helfer zu einem Glas Wein ein, was der aber dankend ablehnte.

„Ich muss mich wieder um meine Pilgergruppe kümmern. Ich wünsche dir noch einen guten Weg. Pax tecum, Friede sei mit dir", sagte er, legte noch einmal wie segnend die Hand auf die Wunde und verschwand im Gewühl vor der Kirche.

Auf dem Weg zum Hotel kam Raschke am Centro de salud vorbei und ging doch noch hinein. Der Diensthabende Arzt sah erst den Pilgerausweis, dann die Verletzung an. Es ist kein Schnitt, sondern ein Stich, wunderte er sich. Wie von einer langen Nadel oder einer Spritze. Aber in der Tat nicht sehr tief und keinesfalls Besorgnis erregend. Wo er sich verletzt habe, wollte er wissen. Als Raschke ihm sagte, dass dies in der Kirche im Gedränge passiert sei, schüttelte der Doktor ungläubig den Kopf, enthielt sich aber eines Kommentars, säuberte die Wunde, desinfizierte sie und setzte ein neues, größeres Pflaster darüber. Danach war der Pilger wieder entlassen. Ohne bezahlen zu müssen. Para peregrinos es el trato gratis – Für Pilger ist die Behandlung umsonst, hatte der Arzt lapidar erklärt.

Raschke ging, wie aus einem unbekannten Antrieb heraus, noch einmal in die Kirche. Er setzte sich so an einen Pfeiler, dass er sich den Rücken freihielt, und ließ seinen Gedanken freien Lauf. So war er völlig überrascht, als plötzlich der Geistliche wieder mit seinem strahlenden Lächeln neben ihm stand. Er wusste nicht, wie lange der Priester schon neben ihm gestanden hatte. Warum war der Mann wieder zu ihm gekommen? Es war viel Platz in der fast leeren Kirche. Trotzdem stellte er sich wieder neben ihn. Sagte nichts, lächelte nur. Raschke fühlte sich plötzlich beengt, obwohl er der Samariter gewesen war, der ihm geholfen hatte und nur freundlich war. Wo war die Pilgergruppe, zu der er vor einer Stunde unbedingt hatte so eilig zurückgehen wollen, dass er sogar ein gratis Glas Wein verschmähte? Der deutsche Kriminalbeamte drängte sich vorsichtig aus der Bank, während sein Nachbar mit geschlossenen Augen, wie im Gebet versunken, sitzen blieb. Draußen vor der Kirche atmete Raschke erleichtert auf. Er konnte es nicht konkretisieren, hatte aber das Gefühl, einer großen Gefahr entronnen zu sein.

„Ich sehe Gespenster“, schimpfte er leise mit sich selbst, während er sein Hotel ansteuerte, „jetzt halte ich schon einen Priester, der mir geholfen hat, für einen potenziellen Attentäter. Und dann noch ein Priester. Nimm dich endlich zusammen und sieh nicht in jedem Mitpilger, vor allem wenn er so freundlich hilft, gleich einen Bösewicht.“

Belorado

Die Nacht war wieder einmal unruhig. Es war Fiesta in Santo Domingo. Raschkes Zimmer lag genau über der Gasse und Fiestas in Spanien sind nun einmal laut. Selbst das geschlossene Fenster hielt die Geräusche nicht zurück und die in der Nacht heimkehrenden Hotelgäste taten das Übrige. Also stand er früh auf, verzichtete auf das angebotene, karge Frühstück und machte sich auf den Weg nach Belorado, wo er sich telefonisch in einem aus dem Wanderführer herausgesuchten Hotel ein Zimmer reservieren ließ. Lopez Castela hatte er weder erreicht, noch hatte er sich gemeldet.

Die Schotterpiste war ohne Probleme zu laufen, wenn man einmal davon absah, dass sie direkt an der viel befahrenen Nationalstraße entlang immer leicht bergauf führte. Die Wunde an der Schulter begann zu schmerzen, weil der Rucksack bei jedem Schritt scheuerte. Dafür machten die Füße keine Probleme. Heute knechtete der Camino den Geist. Mechanisch, ohne zu denken, setzte er einen Schritt vor den anderen. Die Gedanken begannen Sprünge zu machen. Momentaufnahmen aus der Kindheit, Jugendzeit und den ersten Berufsjahren tauchten auf, um im Bruchteil von Sekunden wieder im Nebel der Erinnerungen zu verschwinden.

Entlang des Weges lagen in regelmäßigen Abständen kleine Orte oben auf den Hügeln. So ging es hinauf, durch den Ort und wieder hinunter. Auf jeder Bodenwelle erwartete der Wanderer sehnsüchtig den nächsten Ort, um doch nur die nächste Bodenwelle vor sich zu sehen. Irgendwann wurde hinter Granon die Grenze nach Kastilien überschritten. Die große Tafel mitten im Feld direkt am Jakobsweg war nicht zu übersehen. Das Weinland Riojà lag hinter ihm. Die schattenlose Piste blieb und die Sonne brannte heute vom wolkenlosen Himmel. Raschke sehnte sich nach seinem Sombrero zurück. Der kleine Italiener wird sich freuen, dachte er.

Gerade bog Raschke auf eine kleine Asphaltstraße ab, die hinauf nach Viloria führte, als er in der Einfahrt zu einem Feldweg einen silberfarbenen Peugeot bemerkte. Er fiel Raschke nur deshalb auf, weil er bis vor Kurzem ein gleichartiges Fahrzeug gefahren hatte. Der Fahrer, ein junger Mann in Freizeitkleidung, stand neben dem Wagen und rauchte hektisch eine Zigarette. Für einen Moment glaubte Raschke, in ihm den Fahrer von Lopez Castela zu erkennen, verwarf den Gedanken aber wieder. Der Fahrer des spanischen Kripochefs hatte immer die Uniform der Guardia civil getragen. Da war eine Verwechselung durchaus möglich.

In Viloria, dem Ort, in dem vor gut tausend Jahren der heilige Domingo geboren sein soll, machte Raschke Pause. Auf dem Rastplatz neben der Kirche lärmte eine Gruppe spanischer Pilger, die ihm bisher noch nicht aufgefallen war. Bis auf einen etwa vierzigjährigen, ziemlich korpulenten Mann, offenbar ihr Anführer, waren es ausnahmslos junge, durchtrainierte Männer, die sich offensichtlich Witze erzählten und die anderen Pilger nicht beachteten. Als Raschke ging, um den steilen Abstieg zur Nationalstraße hinter sich zu bringen, lärmte die Gruppe weiter, musste aber kurz nach ihm aufgebrochen sein. Auf den nächsten Kilometern hörte er ihre Stimmen. Merkwürdig war, dass die durchtrainierten, jungen Leute ihn, den relativ langsam vor sich hin pilgernden, nicht einholten. Sie kamen nicht näher. Wurde er an einer Steigung langsamer, wurden sie es auch. Wurde er auf den abschüssigen Wegabschnitten schneller, erhöhte auch die Gruppe ihr Tempo.

In Villamayor, dem nächsten kleinen Ort, gab es einen einladenden Brunnen, an dem sich Raschke Zeit ließ mit seiner Erfrischung. Vom Camino war der Brunnen auf dem Dorfplatz nicht einzusehen und so lief die Jungmännertruppe zu ihm auf. Im Gegensatz zu allen anderen Pilgern, welche die Chance nutzten, sich ebenfalls zu erfrischen, rannte ein Teil der Gruppe an dem Brunnen vorbei. Ein anderer Teil stoppte und wartete auf ihren Chef, dem sich genau in diesem Moment der Verschluss des Brustgurtes seines Rucksacks öffnete. Verlegen grinsend nahm er den Rucksack ab, stellte ihn neben den Brunnen und füllte sich umständlich seine Wasserflaschen. Raschke grinste freundlich zurück, wünschte „buen camino“ und wanderte weiter auf Belorado zu. Auf der langgezogenen Piste sah er nun einen Teil der lauten Gruppe vor sich, während ihm der zweite Teil in angemessenem Abstand folgte.

„Ich wette eine Tortilla gegen eine Portion Tintenfischringe, dass die Truppe zu Lopez Castela gehört“, murmelte Raschke vor sich hin und musste grinsen. Was würden die wohl machen, wenn er jetzt stolperte und hinfiel? Aber er verwarf den Gedanken wieder. Eigentlich sollte er den spanischen Kollegen dankbar sein für so viel Aufmerksamkeit.

Kaum in Belorado angekommen, steuerte Raschke zuerst sein Hotel an, das sich direkt an einer Kreuzung neben der Nationalstraße befand. Er bekam ein Zimmer mit Blick auf die Straße. Na prima, das kann ja eine tolle Nacht werden.

Da wäre er vielleicht doch besser in die Pilgerherberge in der Stadtmitte gegangen. Von seinen Begleitern war nichts mehr zu sehen. Er legte sich aufs Bett und war sofort eingeschlafen. Am späten Nachmittag wurde er wach. Seine Füße, die gegen den Marsch über die kilometerlangen Schotterpisten mit schmerzhaften Druckstellen protestiert hatten, erholten sich zusehends. Seine Schulter schmerzte. Deshalb suchte er das Centro de salud auf, um sich die Wunde noch einmal versorgen zu lassen. Der Arzt gab ihm den Rat, am nächsten Tag auf das Gepäcktragen zu verzichten und entweder einen Ruhetag einzulegen oder mit dem Bus nach Burgos zu fahren. So könnte er die Wunde schonen und eine Entzündung vermeiden. Das wäre sinnvoll, wolle er nicht die ganze Pilgerreise in Frage stellen. Raschke bedankte sich artig und versprach, es sich zu überlegen.

Auf der Plaza vor der Kirche, einem weiten Rund mit Bogengängen und einem Pavillon in der Mitte, gab es einige Bars und Cafés, in denen sich von Minute zu Minute mehr Pilger einfanden. Die beiden Iren waren natürlich auch schon da und stemmten bereits ein großes Bier. Er sah Ulla, die sich mit Matthias und dem Priester, der ihm gestern ein barmherziger Samariter gewesen war, unterhielt, und einige aus der lauten, spanischen Jungmännertruppe, die ihn aber nicht beachteten. Raschke ging in eine Bar, bestellte sich am Tresen seinen Lieblingsdrink, einen Martini mit einem Schuss Campari auf Eis. Es dauerte eine Weile, bis die Bedienung den Drink fertig hatte, weil sie zuerst umständlich die Gläser aus der Spülmaschine nahm, um sie in ein Regal einzuräumen, und dann auch noch das alte Kaffeemehl aus der Maschine entfernte.

Seine Zunge klebte bereits am Gaumen und er überlegte, ob es nicht besser gewesen wäre, es den Iren nachzumachen und ein Bier bestellt zu haben. Endlich wurde ihm sein Drink zugeschoben und er spazierte damit nach draußen, um sich an den zahlreichen Tischen nach einem freien Platz umzusehen. Zu seiner freudigen Überraschung traf er die Hessen, die sich in der Zwischenzeit an dem einzigen freien Tisch niedergelassen hatten. Er gesellte sich dazu und wieder wurde es ein entspannender, heiterer small talk am Nachmittag.

Nachdem sich die lustigen Hessen verabschiedet hatten, setzte er sich zu Matthias, der inzwischen mit einem anderen Pilger, den er als Dieter vorstellte, heftig diskutierte. Matthias unterbrach sein Gespräch und erkundigte sich zuerst nach der Verletzung und freute sich, dass sie nur wenig Probleme machte. Raschke war überrascht, woher Matthias von seiner Verletzung erfahren hatte. Aber das konnte natürlich der Priester ausgeplaudert haben, als der sich mit Ulla und Matthias unterhalten hatte. Auf dem Camino wurde ja jederzeit und immer wieder über den einen oder anderen Mitpilger getratscht. Matthias setzte seinen Dialog mit Dieter fort. Es ging um religiöse Fragen, den Sinn des Lebens, Taufe, Demut und alles das, was man auf dem Jakobsweg lernen kann. Raschke hörte zu, beteiligte sich aber nicht. Probleme dieser Art waren für ihn keine. Dafür musste man schon fest im Glauben verankert sein und über eine gehörige Portion Basiswissen verfügen. Aber es war interessant zuzuhören.

So ging es wohl auch einem kleinen Mann mit wachen Knopfaugen ähnlich denen einer Spitzmaus, der am Nebentisch bei der Bedienung in Französisch eine Bestellung aufgegeben hatte. Obwohl er unbeteiligt tat, war ihm anzumerken, wie er zuhörte. Als in der Diskussion die Brüder von Taize erwähnt wurden, merkte er auf. Besonders als Dieter erzählte, wie der Gründer, Frere Roger, vor zwei Jahren während eines Gottesdienstes von hinten erstochen worden war. Er sei ganz in der Nähe gewesen und habe das Geschehen praktisch aus der ersten Reihe verfolgen können, was er recht plastisch schilderte.

Die Spitzmaus versteht also Deutsch, stellte Raschke fest und nahm sich vor, den Mitpilger bei einer sich bietenden Gelegenheit unverfänglich anzusprechen. Dann schoss es ihm plötzlich durch den Kopf. So stelle ich mir einen Fremdenlegionär vor. Klein, drahtig, wachsam, durchtrainiert. Dazu passten auch sehr gut die Springerstiefel, mit denen er auf Wanderschaft war. Jetzt fiel es ihm wieder ein. Der Mann hatte in der Kirche von Santo Domingo hinter ihm gestanden. Als er sich nach dem Stich instinktiv gebückt hatte, waren ihm die Springerstiefel aufgefallen. Damit wanderten nur ganz wenige Pilger. Der Legionär hatte ähnliche an den Füßen gehabt. Raschke strich seinen Plan, den Mann anzusprechen und nahm sich vor, wachsam zu sein oder seine Beschützer, wenn es denn wirklich welche waren, auf den Typ aufmerksam zu machen. Sein Kriminalistengefühl sagte ihm plötzlich, dass mit dem Mann etwas nicht in Ordnung war. Er verabschiedete sich von Matthias und Dieter, um zu seinem Hotel zu gehen.

„Allo, Monsieur le commissaire. Comment allez-vouz?“

Verdutzt drehte sich Raschke zu der Dame um, die ihn auf Französisch und mit seinem Titel angesprochen hatte. Mit breitem Lachen standen die beiden Franzosen, die mit ihm den Pass Person mit dem Taxi umfahren hatten, vor ihm.

Sie waren angeblich Bruder und Schwester, obwohl sie sich so ähnlich sahen wie eine Boulekugel und ein Golfschläger. Sie suchten das Centro de salud, weil der rundliche Bruder, mit einer deutlich stattlicheren Leibesfülle bedacht als der ebenfalls recht stattliche Raschke, inzwischen Probleme mit seinem Knie bekommen hatte. Er streifte die Hose hoch und tatsächlich war das Knie deutlich angeschwollen. Raschke wiegte bedenklich den Kopf. Er war sicher, dass die Verletzung das Aus für die Pilgerwanderung war. Er brachte die beiden zum Ärztehaus, das er ja aus eigenem Erleben kannte. Von wem sie denn erfahren hätten, welchen Beruf er ausübe, wollte er noch wissen, bevor er sich verabschiedete.

„Donna Isabel han dicho nosotros en confianca. Estamos buscando para el coche de policia estar al la puerta – Donna Isabel hat es uns im Vertrauen erzählt. Wir hatten gefragt wegen des Polizeiautos vor der Tür“, erklärte die Französin auf Spanisch, bevor sie ihrem Bruder in die Arztpraxis folgte.

Diese elende Plaudertasche, verfluchte Raschke die eigentlich ganz nette Donna Isabel nachträglich. Die taffe Spanierin hatte offensichtlich richtige Schlüsse gezogen. Man konnte nicht vorsichtig genug sein.

Burgos

Wider Erwarten schlief er gut und traumlos, was vermutlich daran lag, dass der kommende Tag ein Sonntag war und in der Nacht keine Lkw über die Hauptstraße unter seinem Fenster entlang fuhren. Deshalb verschlief er und kam erst kurz vor acht Uhr wieder zum Pilgern. Das Wetter sah nach Regen aus. Er war allein. Offenbar hatten sich alle anderen Mitpilger bereits auf den Weg gemacht. Auch seine spanische Begleitergruppe vom Vortag war nirgendwo auszumachen. Es war eine herrliche Stille, obwohl ihm ein starker, kalter Wind ins Gesicht blies. Vorbei an zahlreichen Haselnusssträuchern, Kirsch- und Mirabellenbäumen ging es immer leicht bergauf bis zum Ort Tosantos mit seinen roten Sandsteinfelsen. Zum ersten Mal fühlte sich Raschke heute als einsamer Pilger. Weder vor noch hinter ihm war irgendjemand zu sehen. Auf einer Hügelkuppe direkt hinter dem Pueblo Espinosa sah er erstmals die Oca-Berge vor sich. Der Anblick stimmte ihn nicht heiter. Dunkle, bedrohlich wirkende Wolken schoben sich über die Berge und ließen miserables Wetter erwarten. Lustlos wanderte er weiter. Kaum hatte er die Kirchenruine von San Felices passiert, begann es zu regnen. Er erhöhte sein Marschtempo und erreichte in dem Moment die kleine Bar, als sich der Landregen in einen Sturzregen verwandelte. Er war der einzige Gast in der kleinen Wirtschaft. Während er missmutig an seinem Bocadillo kaute, den er mit einem Schluck Milchkaffee hinunterspülte, starrte er auf den Fernseher, der in einer Ecke lief. Die privaten Probleme der Sängerin Isabel Pandoja interessierten ihn ebenso wenig wie der Wahlwerbespot für die bevorstehenden Regionalwahlen.

Erst der Wetterbericht ließ ihn aufmerksam werden. Das, was er dort sah, beschleunigte seinen Entschluss, den Rest der Strecke nach Burgos mit dem Bus zu fahren. Für den Bereich, der vor ihm lag, wurde Regen, Sturm und Unwetter vorhergesagt.

Beim Wirt, dessen Gesicht mit dem Wetter korrespondierte, erkundigte sich Raschke, ob denn heute, am Sonntag, überhaupt ein Bus nach Burgos fahre.

„Si, senor, en proxima minutos. La parada es enfrente. Ja, er fährt in den nächsten Minuten. Die Haltestelle ist direkt gegenüber."

Raschke zahlte schnell, schob seine Wanderstöcke ineinander, schnallte sie am Rucksack fest und eilte nach draußen. Keine Minute zu früh. Er war der einzige Passagier an der Haltestelle und erst im letzten Moment erkannte der Busfahrer, dass der Pilger sich dort nicht vor dem Regen untergestellt hatte, sondern mitfahren wollte. Er zahlte einen Spottpreis für die Fahrt nach Burgos und fiel in einen der wenigen freien Sitze, weil der Fahrer schon wieder losfuhr.

Der Bus war gut gefüllt. Fast ausschließlich Pilger. In der letzten Reihe erkannte er die beiden Franzosen, die ihm freundlich zuwinkten. In der Reihe hinter ihm unterhielten sich drei deutsche Pilgerinnen, die sich gegenseitig ihr Leid klagten und begründeten, warum sie ausgerechnet heute mit dem Bus fahren mussten. Das große Wort führte eine etwa 25-jährige Studentin, welche die beiden anderen Damen, zusammen deutlich über Hundert, offenbar an Lebenserfahrung weit übertraf. Beeindruckend, was sie alles schon erlebt hatte und von was sie alles glaubte Ahnung zu haben. Vermutlich hat sie an der Uni das Fach Lebenserfahrung belegt.

Während sich der Bus im Schneeregen über den Pass Pedraja quälte, versuchte er sich an den mausgesichtigen Mitpilger zu erinnern. Ein undurchsichtiger Mensch, der offensichtlich seine Nähe suchte, aber den direkten Kontakt vermied. Zweimal war ihm der Mann bisher aufgefallen. In Belorado und in Santo Domingo. Nein, dreimal. Jetzt erinnerte er sich. Während er kurz nach dem Vorfall mit dem Biker zusammen mit Ursel und Ines nach Najera gewandert war, hatte der Pilger auf einer Bank am Wegesrand gesessen und sie aus seinen Mausaugen beobachtet. Sie hatten ihn nicht weiter beachtet, weil sie häufiger an rastenden Pilgern vorbeigelaufen waren. Bei nächster Gelegenheit werde er mit Lopez Castela darüber sprechen. Dabei fiel ihm siedendheiß ein, dass er sein Handy ausgeschaltet hatte. Es war im Rucksack und der lag jetzt im Transportraum.

In Burgos angekommen, verabschiedete Raschke sich von den Franzosen, die weiter zum Bahnhof wollten. Für sie war tatsächlich die Pilgerreise zu Ende. Er bedauerte die beiden, die ein wenig traurig waren. Sie wünschten ihm noch buen camino, dann trennten sich ihre Wege. Während das Damentrio gemeinsam in Richtung der Pilgerherberge marschierte, ging er allein vom Busbahnhof zu dem Hotel, das er sich aus dem Reiseführer herausgesucht hatte. Es lag in der Innenstadt ziemlich genau zwischen der Kathedrale und dem kleinen Park am Ufer des Rio Arlanzon. Er bezog sein Zimmer, legte sich aufs Bett und dachte nach.

Er war dem Regen und Sturm in den Oca-Bergen entkommen, fühlte sich aber nicht recht wohl in seiner Haut, die Pilgerwanderung der Bequemlichkeit willen mit dem Bus verkürzt zu haben. Immerhin hatte er einen Tag gewonnen, sein Pilgergewissen aber belastet. Er schüttelte die trüben Gedanken ab, kramte sein Handy aus dem Rucksack und schaltete es wieder ein. Seit Viana hatte er es nicht mehr benutzt. Zuerst wollte Raschke seiner Frau mitteilen, dass er bei prächtiger Gesundheit und inzwischen in Burgos eingetroffen sei. Noch bevor er wählen konnte, meldete sich die Mailbox. Lopez Castela hatte mehrfach versucht, ihn zu erreichen. Das schien dringend zu sein, also wählte er zuerst die Nummer des Kripochefs von Pamplona. Der meldete sich so schnell, als hätte er mit dem Telefon in der Hand auf den Anruf gewartet.

„Hola, da fällt mir ein Stein vom Herzen, dass Sie sich melden. Ich habe mir ernsthaft Sorgen gemacht, hombre. Donde esta usted sombrero?"

Raschke verstand die Frage nicht. Deshalb wiederholte sich Lopez Castela.

„Wo ist Ihr schöner, weithin leuchtender Sonnenhut?"

„Den trägt jetzt ein Italiener. Ich habe ihn in Logrono verschenkt. Er war mir zu unpraktisch."

„Gut für Sie, schlecht für den Italiener."

„Das verstehe ich nicht. Das müssen Sie mir erklären."

„Gerne, aber nicht am Telefon. Wo sind Sie jetzt?"

„Ich bin in Burgos. Bin am Paso Puerto de la Pedraja kurz hinter Villafranca Montes de Oca vor dem gruseligen Wetter geflüchtet, mit dem Bus gefahren und hier im Hotel Espana untergekommen."

„Na ja, nicht das erste Haus am Platze, aber Sie sind ja Pilger. Jetzt ist es kurz nach vierzehn Uhr. Ich bin um siebzehn Uhr bei Ihnen, muss dringend mit Ihnen reden."

„Was ist denn so wichtig?"

Lopez Castela ging nicht auf die Frage ein.

„Adios, bis siebzehn Uhr."

Raschke wollte die Zeit nutzen, in Burgos einen Bummel zu machen. Vor allem wollte er sich die Besichtigung der Kathedrale mit dem angegliederten Museum nicht entgehen lassen. An dem beeindruckenden Denkmal des spanischen Volkshelden El Cid, der eigentlich Rodrigo Diaz hieß, blieb er stehen. Warum wurden eigentlich immer Kriegsherren oder Totschläger zu Volkshelden? Selbst der heilige Jakob wurde nicht zuletzt deswegen verehrt, weil er angeblich das christliche Heer im Krieg gegen die muslimischen Omaijaden auf der Verliererstraße dadurch unterstützte, dass er vierhundert Mauren getötet haben soll und so maßgeblich zum christlichen Sieg beitrug. Die Reihe dieser fragwürdigen Helden ließ sich beliebig fortsetzen. Aber vielleicht stimmte das ja auch gar nicht, war nur in den Köpfen der Menschen, um die herausragende Persönlichkeit zu unterstreichen. Er kletterte den Hügel zum Castillo hinauf, das leider geschlossen war, aber von seinem Vorplatz, auf dem sinnigerweise ein roter Eisenbahnwaggon stand, einen großartigen Überblick über die Stadt bot.

Die Kathedrale, nach Sevilla und Toledo die drittgrößte in Spanien, war schon beeindruckend und die Besichtigung für Pilger sogar kostenlos. Mit ihren vielen Kapellen hatte sie ebenso eine überwältigende Dimension wie die Schätze, die im Dommuseum angesammelt worden waren. Dafür, dass es Sonntagnachmittag war, bestand ein geringes Publikumsinteresse. Lediglich einige Pilger wandelten durch die Gänge und staunten. Als Raschke in den Kreuzgang einbog, in dem sich ein halbes Dutzend Grabmale aus dem 11. Jahrhundert befanden, sah er Wolfgang, der hinter der Verzierung eines Grabmals herumfingerte. So, als suche er irgendetwas. Nach gut einer Minute des Tastens wurde die Suche ohne erkennbares Ergebnis abgebrochen und Wolfgang verschwand mit enttäuschtem Gesicht in Richtung Ausgang. Raschke, der seinen deutschen Mitpilger schon freudig hatte ansprechen wollen, blieb wie gelähmt stehen. Blitzartig war ihm eingefallen, wie er vor Tagen Wolfgang nahe Maneru an einem Wegkreuz herumfingern gesehen hatte. Raschke wartete einige Minuten, die ihm wie eine Ewigkeit vorkamen. Erst als er sicher war, dass Wolfgang nicht zurückkam, ging er zu dem Monument, an dem sich der Mitpilger zu schaffen gemacht hatte.

Sepulcro romanico de Donna Godo – romanisches Grab von Frau Godo war auf dem Stein zu lesen. Er sah sich um. Niemand war zu sehen. Er lauschte auf Schritte oder Gespräche von Besuchern. Nichts war zu hören. So nahm er sich ein Herz und tastete die Stelle ab, an der Wolfgang gesucht hatte. Er fühlte nur den nackten Stein. Keine Besonderheit war festzustellen.

In diesem Moment hörte er Schritte und Hüsteln. Wie ein ertappter Sünder fuhr er zurück und drehte sich um. Ihn traf fast der Schlag. Wenige Meter hinter ihm grinste der Pilger mit dem Spitzmausgesicht. Er sagte nichts, er tat nichts, er grinste nur. Raschke bekam einen roten Kopf, versuchte erst gar nicht, sich zu rechtfertigen, sondern verließ das Museum.

Wie ein Rettungsanker kamen ihm in diesem Moment die beiden Stuttgarterinnen Ines und Ursel vor, die mit zwei anderen Pilgern in dem Café gegenüber der Kathedrale saßen und sich in der gerade scheinenden Sonne aalten. Er setzte sich dazu. Es wurden Tapas bestellt, wobei bei einem der Pilger die Bestellung voll daneben ging. Eigentlich hatte er einen Bocadillo con Jamon, mit Schinken, bestellen wollen. Sein Spanisch war auch nicht perfekt und so bekam er zur Erheiterung aller anderen nur zehn Scheiben eines Spezialschinkens ohne Brot und Extras. Dafür sollte er auch noch sechzehn Euro hinblättern. Zum Schaden hatte er auch noch den Spott der Mitpilger.

Das Mausgesicht hatte sich nicht blicken lassen, obwohl Raschke das eigentlich erwartet hatte. Gerade, als er zu seinem Hotel gehen wollte, um sich mit Lopez Castela zu treffen, fuhr ein Wagen der Policia local vor dem Museum vor. Die beiden Polizisten liefen eilig durch den Eingang. Nach wenigen Minuten kamen sie unverrichteter Dinge wieder heraus, diskutierten noch kurz mit einem Museumsoffiziellen und fuhren wieder ab. Einige Neugierige, die auf eine Sensation gewartet hatten, verliefen sich enttäuscht.

Fast hätte er sich zum Treffen mit Lopez Castela verspätet. An der Rezeption lag eine Nachricht für ihn. Lopez Castela bat ihn, zum Restaurant Mejillonero, einem Haus für Muschelgerichte aller Art, zu kommen. Angeblich gab es in dem Hotel keinen Raum, in dem man ungestört miteinander reden konnte. Raschke grinste in sich hinein. Lopez Castela nutzte offenbar seine dienstlichen Termine, um kleine kulinarische Besonderheiten der Region zu genießen.

„Ich freue mich, Sie gesund zu sehen“, strahlte ihn der Kripochef an.

Raschke, der sein schlechtes Gewissen wegen des lange ausgeschalteten Handys schwer verbergen konnte, tat überrascht.

„Ist das nur eine Höflichkeitsfloskel oder gibt es einen bestimmten Grund für Ihre Freude? Oder hat mein Hut etwas damit zu tun?“

Lopez Castela winkte ab.

„Der Hut war schon einmalig. Vom Hubschrauber hätten wir Sie aus der Reihe der Pilger ohne Probleme herausgefunden. Allerdings waren Sie mit dem Wagenrad auch eine erstklassige Zielscheibe. Er war schon sehr auffällig. Was hat Sie bewogen, sich von dem Exemplar zu trennen?“

Raschke erzählte ihm die Geschichte bei Donna Felisa in Logrono. Sein Gesprächspartner wurde ernst.

„Das hat Ihnen vermutlich das Leben gerettet.“

„Wie bitte? Hat der Italiener etwas angestellt?“

Lopez Castela ging auf die flapsige Bemerkung nicht ein.

„Der Italiener ist tot. Er wurde in den Oca–Bergen erschossen. Ich habe das nur durch Zufall mitbekommen, weil das ja schon in der Provinz Kastilien und Leon war und nicht mehr in meinem Zuständigkeitsbereich. Ich habe mich aber sofort mit den Kollegen hier in Burgos kurz geschlossen und mir eine Personenbeschreibung des Toten geben lassen, auch wenn seine Papiere ihn als Italiener auswiesen. Ich war mir einfach nicht sicher. Zumal Sie über Handy nicht erreichbar waren. Da habe ich mir Sorgen gemacht. Deshalb bin ich froh, Sie gesund zu sehen.“

Raschke war erschüttert. Mit vielem hatte er gerechnet. Aber nicht damit, dass möglicherweise der Italiener erschossen wurde, weil er mit ihm verwechselt worden war.

„Wann war das denn?"

„Am Samstag."

„Ich traf den Italiener am Freitag noch in Santo Domingo. Er wollte noch weiter nach Belorado und ich blieb in der Stadt. Er hatte also einen Tag Vorsprung. Weiß man schon was über den Täter?"

Lopez Castela schüttelte den Kopf.

„Es sollte offenbar wie ein Jagdunfall aussehen. Aber ich habe da meine Zweifel. Auch wenn er gerade im Gebüsch gehockt hat, um seine Notdurft zu verrichten. Der Schuss war gezielt gegen den Mann gerichtet. Einige Pilger in der Nähe haben die Tat akustisch mitbekommen, aber niemanden gesehen und den Toten erst nach längerem Suchen in den Büschen gefunden. Verwertbare Spuren waren wegen des Regens und der Herumtrampelei der anderen Pilger nicht zu sichern. Keine Patronenhülse, keine Fußspuren. Nichts. Eine professionelle Arbeit, kein Zweifel. Der Täter hatte schon den richtigen Ort gewählt, zumal in den Oca-Bergen viel gewildert wird."

„Und Sie meinen, ich hätte eigentlich das Ziel sein sollen?"

„Davon gehe ich aus. Der Italiener ist ein einfacher Angestellter in einem Großmarkt in Pisa. Läuft hier zusammen mit einigen anderen aus seiner Stadt auf dem Camino. Sie hatten sich wegen des Wetters aus den Augen verloren und wollten in der Herberge von San Juan de Ortega wieder zusammentreffen. Es ist kein Motiv zu erkennen, warum er sterben musste. Einen Jagdunfall schließe ich aus, obwohl die Kollegen von Burgos das anders sehen und allein in diese Richtung ermitteln. Einmischen kann ich mich nicht. Das würden sie sich verbitten, da ich keinen vernünftigen Grund nennen könnte, ohne unsere eigenen Ermittlungen zu gefährden. Aber ich habe den Kollegen meine Leute zur Verfügung gestellt, die zufällig in der Nähe waren. Ich werde mein weiteres Vorgehen mit der Zentrale der Guardia Zivil in Madrid absprechen müssen, um Rückendeckung zu erhalten. Das haben wir beim letzten Treffen so vereinbart. Leider geht es nicht ohne. Es sind mehrere Provinzen betroffen. Die Zuständigkeiten sind hier nicht anders geregelt als bei Ihnen in Deutschland."

Raschke war noch immer sprachlos. Ihm tat der Italiener leid und er gab sich eine Mitschuld am Tod dieses Mannes. Schließlich hatte er gewusst, dass er Zielscheibe sein konnte. Das hatten Lopez Castela und er in Maneru ja ausgiebig diskutiert. Auch über seinen Hut als wesentlicher Wiedererkennungsfaktor. War er zu leichtfertig gewesen, als er ihn einfach verschenkte? Lopez Castela versuchte, ihn von einer Mitschuld freizusprechen. Schließlich sei das alles ja nur eine Vermutung gewesen und auch jetzt sei die Verwechselung nur eine Vermutung. Es gäbe keinen Grund, sich zu grämen. Die Meinung des Spaniers beruhigte Raschke wenig, aber ändern konnte er nichts mehr, nahm sich aber vor, vorsichtiger zu sein.

„Senor Lopez Castela, Sie sagten, Ihre Leute seien ganz in der Nähe gewesen. Ich traf auf eine Gruppe junger Männer, die mich bis Belorado in einigem Abstand begleitet hatten. Waren das Ihre Männer?"

Raschke beschrieb den Mann, den er für den Chef der Gruppe gehalten hatte. Lopez Castela nickte.

„Ja. Das waren meine Männer."

„Halten Sie mich ohne mein Wissen unter Beobachtung?"

„Senor Raschke, wenn Sie über Ihr Handy nicht zu erreichen sind, mache ich mir natürlich Sorgen. Das werden Sie sicher verstehen. Aber ich kann Sie beruhigen. Die Leute sind nicht nur wegen Ihnen gelaufen. Das Wandern auf dem Camino hält die Einsatzkräfte fit. Außerdem haben wir in den letzten Jahren leider feststellen müssen, dass Kriminelle zwischen Pamplona und Santiago Pilger ausrauben oder bestehlen. Deshalb haben die vier betroffenen Provinzen vereinbart, mit als Pilgern getarnten Polizeibeamten für mehr Sicherheit zu sorgen. Das ist vorbei. Die Leute sind durch das aktuelle Ereignis gebunden. Aber, wenn ich aus Madrid Unterstützung bekomme, werden wieder Beamte in Ihrer Nähe laufen. Ob Sie das gut finden oder nicht."

Raschke nickte. Er wusste, er konnte Lopez Castela nicht umstimmen. Eigentlich war er froh darüber. Wer konnte schon wissen, ob nicht doch einmal die Hilfe benötigt würde. Außerdem gab ihm das etwas mehr Sicherheit.

Der Kellner nahm die Bestellung auf, die Raschke vertrauensvoll seinem spanischen Kollegen überließ. Kaum war er wieder gegangen, steckten die beiden Kriminalisten die Köpfe zusammen, um alle Ereignisse der letzten Tage noch einmal Revue passieren zu lassen.

„Also eines scheint sich deutlich herauszukristallisieren", begann Lopez Castela, während Raschke gespannt zu hörte, „es geht um das Gold der Templer in Spanien. Der Orden insgesamt war zwar reich, aber die einzelnen Ritter hatten kein Vermögen. Gleichwohl patrouillierten sie ständig über den Jakobsweg. Das ging auch im Mittelalter nicht ohne

Geld. Vor allem, weil die Templer Adelige waren und von daher recht hohe Ansprüche an ihren Lebensstil hatten. Um es kurz zu machen. Die Universitäten vermuten, dass die Templer auf oder an dem Jakobsweg Depots anlegten, aus denen sie sich mit Geld versorgen konnten. Diese Depots wurden bisher nicht gefunden. Alle haben nur den großen, den ultimativen Schatz gesucht. Nicht irgendwelche kleine Depots. Schlüssel zu den Depots sind offenbar alte Templerkirchen und zwar die als Abbild der Grabeskirche errichteten Gebäude in oktogonaler Form. Vermutlich nur in diesen Kirchen finden sich Hinweise. Nun sind aber viele Kirchen nicht mehr in ihrer ursprünglichen Verfassung. Viele wurden renoviert und alles, was bei den Renovierungsarbeiten gefunden wurde und von historischem Wert schien, wurde in den Museen der Provinzen oder Kathedralen gesammelt. Vieles wurde bis heute nicht ausgewertet, weil man damit nichts anfangen oder es nicht zuordnen konnte. Inzwischen wird daran gearbeitet, weil eine Stiftung die finanziellen Mittel zur Verfügung gestellt hat. Natürlich völlig selbstlos. Allein im Dienst der Wissenschaft. Die Stiftung hat ihren Sitz in Liechtenstein. Deshalb ist an die Hintermänner nicht heranzukommen."

Raschke sah den Spanier ratlos an. Lopez Castela sah Raschke amüsiert in die Augen.

„In den letzten Tagen haben meine Leute richtig schnell gearbeitet. Sie haben alle in Frage kommenden Institute der spanischen Universitäten abgeklappert. Die Stiftung hat an eine Reihe spanischer Universitäten gut dotierte Forschungsaufträge vergeben. Stand der Forschung ist, dass in gewissen Abständen die Depots durch Kuriere des Komturs von Ponferrada aufgefüllt wurden. Um Missbrauch auszuschließen, wurden allerdings die Depots immer mal wieder verändert. Wer diese Depots findet, ist ein reicher Mann. So, jetzt kennen Sie alle Hintergründe. Mehr, denke ich, ist dazu als Erläuterung nicht notwendig."

„Wenn deshalb Menschen umgebracht werden, dann kann das nur bedeuten, die Depots wurden gefunden, werden geplündert und lästige Mitwisser müssen beseitigt werden."

„Richtig. Aber der Täter wird nicht allein die Depots leeren. Dafür benötigt er Helfer. Das sind auch lästige Mitwisser. Es wurden bisher nur Mitarbeiter spanischer Institute umgebracht. Das muss eine Bedeutung haben."

„Sie vergessen den Italiener und die Anschläge auf mich."

„Nun ja, Sie sind lästiger Zeuge und der Italiener ist vermutlich einer Verwechslung zum Opfer gefallen. Das sind Kollateralschäden."

„Was bin ich? Ein Kollateralschaden?"

Raschke sah sein Gegenüber ziemlich giftig an.

„So habe ich das nicht gemeint."

„So haben Sie es aber gesagt."

„Senor Raschke, Sie wissen schon, wie ich das gemeint habe. Entschuldigen Sie, wenn ich Ihnen zu nahe getreten sein sollte. Aber die Anschläge gegen Sie sind wirklich nur Nebenkriegsschauplatz. Ich habe Madrid überzeugt, dass eine bisher unbekannte Gruppe ein Komplott gegen den spanischen Staat schmiedet, um ihm eine große Summe Geldes vorzuenthalten. Deshalb seien schon mehrere Spanier umgebracht worden. Dieser Hinweis hat gereicht, Madrid hellhörig zu machen. Deshalb muss ich morgen in die Hauptstadt."

„Ich nehme an, es wird eine Sonderkommission unter Ihrer Leitung geben?“

„Alles andere wäre unvertretbar. Aber lassen Sie uns noch einmal das bisherige Geschehen Revue passieren.“

Beide Kriminalisten beleuchteten noch einmal jede Einzelheit und sei sie auf den ersten Blick noch so unwichtig, ob sie mit dem Komplott in Zusammenhang gebracht werden konnte. Alle Personen, mit denen Raschke in den letzten Tagen Kontakt hatte, wurden analysiert. Auf den mausgesichtigen Pilger machte Raschke besonders aufmerksam.

„Ich kann mich zwar irren, aber mein Gefühl sagt mir, dieser Mann hat etwas mit dem Komplott zu tun. Ich habe den Mann vor gut einer Stunde im Museum getroffen. Er hat mich überrascht, wie ich an einem Grabmal herumgefummelt habe.“

„Warum fummeln Pilger an Grabmälern in Museen herum?“, wunderte sich Lopez Castela.

„Kurze Zeit vorher sah ich einen Mitpilger, den ich bereits in Pamplona kennen lernte, an diesem Grabstein an gleicher Stelle herumgrapschen.“

„Natürlich, wie konnte ich vergessen. Die berufliche Neugier ist mit Ihnen durchgegangen“, spottete der Spanier, „aber o.k., ich werde den Stein genauestens untersuchen lassen.“

„Ja. Und dann tauchte der Mausgesichtige auf. Er muss nichts mit den bisherigen Vorgängen zu tun haben. Schließlich besichtigen viele Pilger das Museum. Aber seine Nähe bei dem Stich in den Rücken hat mir zu denken gegeben.“

Sie gingen den Vorfall in der Kirche von Santo Domingo noch einmal durch und kamen zu keinem Ergebnis, obwohl Lopez Castela ihn kritisch bewertete. Sicher konnte der Stich von einem Messer stammen, aber dafür war er nicht tief genug. Einem echten Profi wäre es in dem Gedränge nicht schwer gefallen, richtig zuzustechen, hätte es nicht bei einem Kratzer bewenden lassen. Die Sache blieb rätselhaft.

„Jedenfalls traue ich keiner Camino-Bekanntschaft eine solche Tat zu, außer dem Mausgesicht", stellte Raschke fest.

Lopez Castela schlug vor, für die nächsten Tage das Gepäck zu transportieren. Ohne Rucksack sei er beweglicher und könne schneller reagieren, sollte es zu einer kritischen Situation kommen. Außerdem würde das sehr zur Heilung der Wunde an der Schulter beitragen. Raschke widersprach.

„Ohne Gepäck falle ich noch mehr auf. Mein Hut ist nicht mehr da und meine rote Jacke habe ich nach Deutschland geschickt. Ohne Rucksack ist man auf dem Camino kein ernst genommener Pilger."

Lopez Castela überhörte den Einwand.

„Mit Gepäck sind Sie bald ein toter Pilger. Vor allem möchte ich Sie bitten, Ihr Handy immer empfangsbereit zu lassen. So können wir uns gegenseitig unterrichten, wenn es etwas Neues gibt. Außerdem kann ich Sie orten und weiß, wo Sie sich gerade befinden."

In diesem Moment entdeckte Raschke vor dem Café das Mausgesicht, der an einem Tisch ein Glas Wein trank und den Platz beobachtete. Er machte Lopez Castela auf den Mann aufmerksam. Der Spanier griff zu seinem Handy und erteilte einige Befehle.

„Unterhalten wir uns ganz normal weiter und warten auf das, was kommt“, schlug er grinsend vor.

Eine Zeitlang passierte nichts. Erst als sich das Mausgesicht erhob, um in einen gegenüberliegenden Supermercado zu gehen, lösten sich aus einer nach ganz normalen Pilgern aussehenden Gruppe mehrere Männer, die ihm folgten. Kaum waren alle in dem Supermarkt verschwunden, schlenderten wie zufällig zwei uniformierte Polizisten der Policia local heran. Neben dem Eingang blieben sie stehen und unterhielten sich angeregt. Plötzlich Scheppern und Geschrei. Zwei Männer schimpften. Der Geschäftsführer wegen einer kaputten Flasche Wein. Und das Mausgesicht, dem die Flasche aus der Hand gefallen war, beschwerte sich bei dem Geschäftsführer, dass zwei Männer ihn angestoßen hätten. Das Palaver wurde lauter. Um die Streitenden bildete sich eine Gruppe von Kunden, die interessiert zusahen. Nun griffen die Uniformierten ein, verlangten energisch Ruhe, ließen sich erst von dem Geschäftsführer, dann von den beiden Männern und schließlich von dem Mausgesicht schildern, was vorgefallen war. Die Erklärung des letzten war ihnen offenbar nicht schlüssig oder er konnte sich in Spanisch nicht richtig verständigen. Jedenfalls nahmen sie ihn in die Mitte und brachten ihn zu ihrem Fahrzeug. Als er sich sträubte, einzusteigen, wurden die Polizisten energisch, drückten ihn mit Gewalt auf den Rücksitz und fuhren davon.

Lopez Castela grinste. Er schien mit dem Ergebnis zufrieden.

„Na, wie haben wir das gemacht?“

„Beeindruckend“, lobte der Deutsche, „und was passiert jetzt mit ihm?“

„Nicht viel. Die Kollegen werden ihn zu einer Dienststelle am Stadtrand fahren, dort seine Personalien aufschreiben und ihn so lange festhalten, bis sie überprüft sind. Dann wird er wieder entlassen. Wir wissen jetzt jedenfalls, wer er ist. Und da er uns nicht gesehen hat, dürfte er Sie auch nicht mit dem Vorfall in Verbindung bringen. Ein unglücklicher Zwischenfall. Wie das Leben so spielt."

Nachdem sich Lopez Castela verabschiedet hatte, rief Raschke seine Frau an und bekam gehörig den Kopf gewaschen. Wozu er eigentlich ein Handy mitgenommen habe, wollte sie wissen. Sie sitze zu Hause und mache sich Sorgen, weil sie nichts von ihm höre.

„... oder sind die vielen Frauen auf dem Jakobsweg der Grund dafür, dass du nicht mehr an mich denkst? Bist wohl gut abgelenkt, du alter Schwerenöter. Was? Außerdem, willst du gar nicht wissen, wie es mir geht, so ganz ohne dich? Ich möchte ab sofort jeden Tag etwas von dir hören und ich will auf der Landkarte nachsehen können, wo du gerade bist", ordnete sie resolut an. Raschke legte die Ohren an, machte ein schuldbewusstes Gesicht, auch wenn sie es nicht sehen konnte. Er versuchte erst gar nicht, irgendwelche Erklärungen zu finden. Alles, was er sagen würde, wäre als Rechtfertigung ungeeignet. Vor allem würde er nichts über die Ereignisse erzählen, die ihn seit Pamplona verfolgt hatten. Wenn sie das erfuhr, würde sie auf einer sofortigen Rückkehr bestehen.

„Schatz, natürlich denke ich oft an dich. Und es wäre wirklich toll, wenn du bei mir sein könntest. Aber ich verspreche, dich ab sofort täglich anzurufen. Wie geht es dir denn?"

Das war die falsche Frage gewesen. Jetzt machte Frau Raschke ihrem Ärger richtig Luft und das Gewitter, welches gerade über Burgos hinwegzog, war eine Banalität gegen das, was seine Frau ihm am Telefon vorhielt.

Um nach dem Gespräch wieder einen freien Kopf zu bekommen, entschloss er sich, noch einen Spaziergang durch die Promenade direkt am Rio Arlanzon zu machen. Es war die sonntägliche Flaniermeile für die Einheimischen. Sehen und gesehen werden, war das Motto.

Fromista

Am nächsten Tag ließ Raschke sich Zeit. Die Geschäfte öffneten erst um halb elf Uhr und er wollte unbedingt für seine Frau ein Geschenk und für sich einen neuen Hosengürtel kaufen. Der alte hatte das Zeitliche gesegnet. Und seit dem Fiasko mit den Hosenträgern sicherte er lieber doppelt. Direkt hinter Burgos fand er den Jakobsweg durch etliche umgefallene Bäume blockiert. Ein Trupp Waldarbeiter war damit beschäftigt, die stattlichen Pappeln eines kleinen Wäldchens umzulegen. Sie hatten offenbar ihre Freude daran, die Pilger mit ihren Rucksäcken zum Hürdenlauf zu zwingen. Raschke drohte, als er die Hindernisse überquert hatte, den Männern mit den Motorsägen aus sicherer Entfernung mit der Faust. Was mit einem lauten Gelächter quittiert wurde.

Dass er durch seinen Einkauf zu spät auf den Camino gekommen war, merkte er daran, wie einsam er auf der Strecke bis Tardajos und Rabe de Calzadas war. Erst beim langen Anstieg auf die Hochfläche, einige Kilometer vor Hornillos, überholte er eine junge amerikanische Pilgerin, die am Feldrain saß und sich die Füße massierte. Er bot ihr Hilfe an, die aber ziemlich brüsk abgelehnt wurde. Dabei sah ihn die junge Frau an, als habe er ihr einen unsittlichen Antrag gemacht. Vielleicht hat sie keine gute Beziehung zu ihrem Vater, dachte Raschke und wanderte schulterzuckend weiter.

Kurz darauf kam ihm eine Gruppe Schulanfänger entgegen, die mit ihrer Lehrerin offenbar einen Wandertag auf dem Camino machten. Artig, so wie sie es gelernt hatten, wünschte jedes Kind dem einsamen Peregrino mit dem grauen Bart „Buen camino“ und erwartete natürlich ein ebenso artiges „Muchas gracias“. So häufig hatte sich Raschke auf einer Strecke von weniger als hundert Metern noch nie bedankt.

Oben auf der baum- und strauchlosen Hochfläche blies der Wind beachtlich von vorn. Etwa mit Stärke acht, schätzte der an der norddeutschen Küste aufgewachsene Kriminalbeamte. Die Sonne wurde noch immer von den schnell dahinjagenden Wolken verdeckt, aber es regnete Gott sei Dank nicht. Außer ein paar Steinpyramiden, die von Generationen von Pilgern aufgerichtet worden waren gab es nichts, an dem sich das Auge festhalten konnte. Gleichmäßig setzte er einen Fuß vor den anderen. Er verlor das Gefühl für Zeit. Es musste bereits früher Nachmittag sein, als sich plötzlich und unerwartet vor ihm ein breites Tal auftat, an dessen anderer Seite Hornillos zu erkennen war. Alles, was er mühsam während der letzten fünf Kilometer hinaufgewandert war, ging nun auf fünfhundert Metern wieder hinunter. Sein Knie schmerzte und so war Raschke froh, nach kurzer Zeit sein Ziel Hornillos erreicht und seine eingeplanten zwanzig Kilometer absolviert zu haben. Aber wie gesagt, er war spät losgelaufen. Zu spät, wie sich schnell herausstellte.

Hornillos hatte zu früheren Zeiten sicherlich schon lebhaftere Zeiten erfahren. Zurzeit brachten die Pilger das Geld in den Ort. Fast jede Familie stellte Zimmer zur Verfügung. Trotzdem waren alle Herbergen, Privatquartiere und Casa rurales belegt. Überall, wo er fragte, hörte er das Wort: completo. So blieb ihm nichts anderes übrig, als sich erneut auf den Weg zu machen. Es ging wieder hinauf auf die windige Einödhochfläche. Er sah in seinen Wanderführer.

Sechs Kilometer Steigung nach San Bol, einer kleinen Naturherberge mit Kaltwasser und Toilette in den Büschen lagen vor ihm. Zügig schritt er aus, immer in der bangen Hoffnung, dort ein Bett zu bekommen, weil die Primitivität dieser Herberge alle anderen Pilger abgeschreckt haben würde.

Als Raschke in einem sich plötzlich auftuenden Tal vom Camino abbog und die einige hundert Meter abseits in einem Pappelhain liegende Herberge, die mit ihrer kleinen Kuppel eher an eine Kirche erinnerte, ansteuerte, war bereits später Nachmittag geworden. Über der Herberge wehten im immer noch strammen Westwind die spärlichen Fetzen einer Regenbogenfahne der Friedensbewegung. „PAC ..." war zu lesen. Den Rest hatte der starke Wind über die Felder der Meseta verteilt, wo die Fäden vermutlich von den Vögeln für den Nestbau verwendet wurden. Eine sinnvolle Nutzung für Fahnen, fand Raschke.

Die friedensbewegten Berufsdemonstranten, alle im spät-naiven Alter bis dreiundzwanzig, hatten für einen über Fünfzigjährigen, der auch vom Outfit nicht so richtig zu ihnen passen wollte, kein Bett mehr frei. Großzügig bekam er von einer jungen Frau in Patchwork-Klamotten seinen Stempel in den Pilgerpass, dann musste er weiterziehen. Jetzt würde es sehr knapp, das war Raschke allzu klar. Bis zum nächsten Ort, Hontanas, waren es noch einmal gut sechs Kilometer im Gegenwind. Wenn es dort auch kein Quartier mehr geben sollte, war guter Rat teuer, denn von Hontanas nach Castrojeriz wären es noch einmal zehn Kilometer. Das konnte er nicht mehr schaffen. Selbst sein Telefon war unnütz geworden. Vor lauter Muschelessen mit

Lopez Castela hatte er am Abend zuvor vergessen, den Akku aufzuladen.

„Santiago hilf“, murmelte er verzweifelt bei jedem Schritt wie in einer Litanei. Ausgerechnet in diesem Moment passierte ihn eine Gruppe Frauen aus dem Südschwarzwald. Unverkennbar Buspilgerinnen. Erkennbar an der guten Laune und dem leichten Gepäck.

„He, schaut mal, da ist ja ein richtiger Pilger“, tönte ein Schlachtruf und gut zehn Fotoapparate klickten in das leicht säuerliche Gesicht eines verzweifelt auf Herbergssuche befindlichen Pilgers nach fast dreißig Kilometern Marsch im Gegenwind. Im Gegensatz zu ihm waren die Damen allesamt guter Dinge. Nachdem die Fotos im Kasten waren, wünschte ihm die Gruppe noch einen guten Weg und fiel wie ein Heuschreckenschwarm in der Herberge San Bol ein. Raschke war wieder allein mit sich und dem Wind in freier Feldflur. Die letzten sechs Kilometer fielen ihm arg schwer und als nach dem steilen Abstieg in den malerischen Ort Hontanas feststand, dass auch hier alle Quartiere gefüllt waren, stand der gestandene Kriminalist ziemlich fassungslos auf der Straße. Santiago hatte nicht geholfen. Mit einem tiefen Seufzer ließ er sich vor einem kleinen Supermercado auf eine Holzbank fallen, wobei er die auf der anderen Seite sitzende Dame einige Zentimeter in die Höhe katapultierte.

„Hoppla, das war heftig“, beklagte sie sich im unverwechselbaren Schwarzwälder Dialekt.

Raschke entschuldigte sich, klagte ihr sein Leid und zu seiner Überraschung hörte sie ihm zu. Ein leichtes Leuchten ging durch seine Augen. Endlich jemand, der von seinen Sorgen Notiz nahm. Das tat richtig gut. Dass die Dame aber vom heiligen Jakob geschickt worden sein musste, um den erschöpften Pilger vor dem Erfrierungstod in der kalten Meseta zu retten, erschloss sich ihm erst einige Sätze später. So schloss er seine Leidensgeschichte mit dem Satz:

„Jetzt sitze ich hier und denke darüber nach, wie ich nach Castrojeriz komme. Dort könnte es noch ein Zimmer für mich geben."

„Vielleicht nimmt Sie ja unser Bus mit. Ich muss halt nur einmal den Fahrer fragen."

Noch bevor Raschke begriff, was sie da gerade gesagt hatte, sprang sie auf und verschwand ohne auf Raschkes Antwort zu warten in einer Gasse, die aus dem Ort hinausführte. Der müde Pilger starrte ein wenig dümmlich hinter ihr her. Sein Denken war offenbar etwas träge geworden, weil er zu wenig getrunken hatte. Dann nahm er seinen Rucksack auf und schlurfte langsam hinter ihr her. Tatsächlich stand am Ortseingang ein Reisebus. Noch nie hatte Raschke einen schöneren Reisebus gesehen, glaubte er. Mit traurigen Augen, wie ein Dackel, blieb er in einiger Entfernung von dem Bus stehen, voller Hoffnung auf eine positive Reaktion. Die ließ nicht lange auf sich warten.

„Selbstverständlich lassen wir einen Pilger, zumal noch einen Landsmann, nicht in der Meseta erfrieren. Wir fahren nach Fromista und nehmen Sie bis dorthin mit", hörte er wie durch einen Nebel. Eine riesige Last schien von seinen Schultern abgefallen und mit einem Seufzer der Erleichterung fiel Raschke neben einer netten Dame in den Sitz und genoss die Fahrt im Bus über den Camino, vorbei an San Anton und Castrojeriz.

In Fromista hielt der Bus direkt vor der im Jahre 1066 gebauten Kirche San Martin, einer Perle der Romanik in Nordspanien, die seine Retterinnen besichtigen wollten, bevor sie nach Leon weiterfuhren. Raschke folgte den Frauen in die Kirche, um sich dort mit zwei Kerzen beim heiligen Jakob zu bedanken. Noch während einige Frauen auf dem Kirchenvorplatz Erinnerungsfotos mit ihm schossen, wurden einige der Schwarzwälderinnen, die bereits durch die Kirchentür in das Gotteshaus drängten, rüde von einem eilig auf die Straße stürzenden Mann auf die Seite gestoßen. Das Geschimpfe und Gezeter ließen ihn aufmerksam werden. Der Rüpel mit roter Jacke und Basecap verschwand mit eiligem Schritt in einer Seitenstraße hinter der Kirche. Raschke durchzuckte es wie ein Blitz. Das war der Mann von der Brücke in Pamplona. Gern wäre er ihm gefolgt. Aber sowohl die fotografierenden Frauen als auch seine schmerzenden Füße ließen das nicht zu. So entschied er sich dafür, hinter den Damen ins Gotteshaus zu gehen, wobei ihn ein ungutes Gefühl beschlich. Die Kirche passte in das Templerschema, schoss es ihm durch den Kopf. Er verwarf den Gedanken aber wieder. Die Kirche war zwar von den Templern gebaut, aber vor gut hundert Jahren vollständig restauriert worden, wobei sie von allen An- und Umbauten der vergangenen Jahrhunderte befreit worden war. Viele Steine waren ausgetauscht und durch neue ersetzt worden. Sollte hier etwas versteckt worden sein, so war es gefunden worden.

Aus der Kirche waren deutsche Kirchenlieder einer Pilgergruppe aus Wuppertal zu hören. Deutlich besser als vor zwei Wochen von den Bayern in Eunate. Raschke quetschte sich mit den letzten Damen durch die halboffene schmale

Holztür. Noch während er sich seinem Unmut zur Erheiterung seiner Begleiterinnen mit einem deftigen:

„Die Letzte macht die Tür richtig auf", Luft verschaffte, bemerkte er für einen Moment, wie eine Person über eine Absperrkette stieg und sich hinauszwängte. Der kleine, drahtige Mann hatte sich im Schatten eines Prospektregals aufgehalten, um die Frauen vorbeizulassen. Von der Statur her hätte es der mausgesichtige Legionär sein können, dachte Raschke, war sich aber nicht sicher.

Während sich die quirligen Schwarzwälderinnen von einer Fremdenführerin die Geschichte der Kirche mit ihrer Ornamentik und Symbolik erklären ließen, setzte er sich hinten in der Kirche auf eine Bank, um zur Besinnung zu kommen. Nach und nach verließen seine Retterinnen das Bauwerk. Die eine oder andere winkte ihm noch einmal zu, bevor sie verschwand, dann wurde es ruhig. Auf der anderen Seite des Mittelgangs saß in der letzten Bank allein eine Frau. Still und bewegungslos wie in Andacht versunken. Ihre Umhängetasche war auf den Boden gerutscht, ein Teil des Inhalts lag auf den Steinfliesen. So tief kann eine Andacht nicht sein, dass eine Frau nicht bemerken würde, wenn sich ihre Handtasche verselbständigt und den Inhalt für unbefugte Augen freigibt. Obwohl es in der Kirche kalt war, wurde es Raschke jetzt noch kälter. Er sah genauer zu ihr hinüber. Die Augen waren offen, ihr Mund unnatürlich geöffnet, so, als stoße sie einen unhörbaren Schrei aus. Die war tot. Das stand für den Kriminalisten zweifelsfrei fest. Auch auf die Entfernung hin konnte er das beurteilen. Hörte denn der Spuk nie auf?

Raschke stand auf und näherte sich der Toten vorsichtig. Die Frau war schätzungsweise Mitte dreißig und ihrer

Bekleidung nach keine Touristin. Ein blutunterlaufener Streifen rund um ihren Hals war ein deutliches Zeichen dafür, dass sie vermutlich mit einer dünnen Drahtschlinge erwürgt worden war.

Raschke ging zu der kleinen Kasse neben dem Eingang, wo sich die Kassiererin gerade mit der Fremdenführerin leise unterhielt. Sie hatten für die zwei einzigen Besucher, die Frau in der Bank und den Pilger, kein Auge mehr. Der Deutsche machte mit leichtem Hüsteln auf sich aufmerksam. Sichtlich ungehalten unterbrachen die Frauen ihr Gespräch. Sie sahen ihn fragend an.

„Perdon Senoras, la mujer esta muerte, die Frau ist tot", radebrechte er und zeigte auf die in der letzten Bank Sitzende.

Die beiden Frauen glaubten, nicht richtig gehört zu haben. Die Fremdenführerin, die gut deutsch sprach, fragte deshalb noch einmal nach.

„Mein Herr, Sie wissen, was Sie eben gesagt haben?"

„Ja, die Frau ist tot."

Die Fremdenführerin übersetzte noch einmal für die Kassiererin. Entgeistert wanderten ihre Blicke zwischen Raschke und der Frau in der letzten Bank hin und her. Dann fasste sich die Kassiererin ein Herz, kam aus ihrem Kabuff heraus, ging gemessenen Schrittes in die letzte Reihe und tippte der Person ungläubig an die Schulter. Ganz langsam, wie in Zeitlupe, neigte sich der Körper auf die Seite, verharrte einen Moment, dann rutschte er auf den Boden. Was folgte, war Hektik pur. Laut kreischend, mit sich überschlagender Stimme rannte die Kassiererin zurück. Die Fremdenführerin wurde kreidebleich. Sie rang nach Fassung. Mit zittrigen Fingern wählte sie auf ihrem Handy die Nummer der Polizei. Raschke versuchte, Lopez Castela anzurufen, aber der Akku war immer noch leer. Er bat die Fremdenführerin um ihr Handy. Mit angstvoll aufgerissenen Augen gab sie es ihm zögernd. So, als glaube sie, Raschke sei der Mörder.

Der Deutsche erreichte den Kripochef von Pamplona sofort und schilderte ihm in knappen Worten, wo er war und was er entdeckt hatte. Lopez Castela sagte zu, sich mit der zuständigen Polizei in Verbindung zu setzen, um ihm Unannehmlichkeiten zu ersparen. Er fahre sofort aus Madrid ab und werde in spätestens drei Stunden vor Ort sein.

In der Zwischenzeit hatte die Kassiererin die Kirche abgeschlossen. Auch Raschke kam nicht mehr hinaus. Die Fremdenführerin übersetzte den Wortschwall ihrer Kollegin.

„Wir müssen alle warten, bis die Policia hier ist. Vorher darf niemand gehen. Das hat der Polizist befohlen."

Raschke, der nichts anderes wollte, als nach dem anstrengenden Tag endlich in ein Hotel zu kommen und sich hinzulegen, fügte sich in sein Schicksal. Insgeheim befürchtete er, wieder kein Zimmer zu bekommen. Er bat die Fremdenführerin, ob sie ihm nicht telefonisch ein Zimmer bestellen könnte. Die Frau zögerte. Vermutlich denkt sie, das sei vergebliche Liebesmühe, weil mich sowieso die Polizei mitnimmt, dachte Raschke. Aber dann hatte es sich die Frau doch überlegt. Nach zwei Anrufen hatte sie etwas für ihn gefunden. Nicht weit von der Kirche entfernt hatte sie zu seiner Beruhigung für ihn ein Zimmer in der Casa rural San Telmo reserviert. Nach langen Minuten des schweigsamen Wartens pochte es heftig an der Tür.

„Abrir la puerta, Policia. Tür aufmachen, Polizei."

Hektisch dreht die Kassiererin den Schlüssel. Sofort drängten sich mehrere Uniformierte und einige Zivilisten in die Kirche.

„Esta el Senor?", fragte ein finster blickender Zivilist die Kassiererin. Sie nickte. Er winkte Raschke, mit nach draußen zu kommen. Vor der Tür bat er ziemlich herrisch um die Personalpapiere. Er riss dem Pilger den Ausweis fast aus der Hand. Dann verglich er die Daten mit einigen Notizen auf einem Zettel, den er aus der Tasche gezogen hatte. Seine Miene wurde sofort um einiges freundlicher.

„Aleman?", fragte er, obwohl sich das aus dem Ausweis eindeutig ergab. Raschke nickte wieder.

„Traeme la guia touristica, holen Sie die Fremdenführerin", befahl er dem uniformierten Beamten, der ihm nicht von der Seite gewichen war. Eilfertig erschien Sekunden später die Gerufene, um zu übersetzen.

„Senor Raschke. Der Chef der Kriminalpolizei Pamplona hat mich angerufen. Er wird in Kürze hier eintreffen. Sie haben wohl gute Beziehungen?"

„Wie man's nimmt."

„Erzählen Sie mir bitte, was Sie festgestellt haben."

Raschke erzählte ihm alle Details vom Betreten der Kirche bis zum Ansprechen der beiden Frauen. Nur den Langen mit dem Basecap und den Mausgesichtigen verschwieg er. Was die Fremdenführerin übersetzte, notierte sich der Uniformierte.

„Es todo, ist das alles?", fragte der Zivilist.

Raschke bestätigte.

„Ich würde jetzt gerne in mein Hotel gehen. Es war ein anstrengender Tag und er wird noch lang, wenn Lopez Castela kommt. Ich wohne in der Casa rural San Telmo."

Der Zivilist stimmte zu.

Raschke nahm seinen Rucksack auf und ging zum Hotel hinüber. Es war bereits dunkel geworden. Kaum hatte er seine Sachen gewaschen und geduscht, als es an der Tür klopfte. Es war Lopez Castela.

„Sie ziehen die Toten an wie Licht die Motten."

„Guten Abend, Senor Lopez Castela. Schön, Sie zu sehen. Danke der Nachfrage. Ich hoffe, es geht Ihnen besser als mir. Gehen Sie mit mir etwas essen? Ich habe Hunger."

Der Spanier stutze. Dann lachte er befreiend.

„Natürlich. Ich bleibe heute Nacht hier. Habe mir ein Zimmer genommen. Madrid hat mich mit den Ermittlungen in dieser Sache beauftragt und meine Leute sind ebenfalls vor Ort. Sie werden von den örtlichen Polizisten unterstützt. Wir haben also genug Zeit zum Reden, zum Essen, zum Trinken und zum Ausschlafen."

Sie gingen in das Restaurant, das nur wenige Meter von der Casa rural entfernt einen Blick auf die Kirche San Martin erlaubte. Kaum waren sie mit dem Essen fertig, als der Polizeibeamte erschien, der Raschkes Personalien notiert hatte. Es war ihm anzusehen, wie schwer es ihm fiel, einem fremden Polizeioffizier in Begleitung eines potenziell Tatverdächtigen Bericht zu erstatten. Lopez Castela lud ihn zu einem Glas Wein ein, das freundlich, aber bestimmt abgelehnt wurde. Kaum hatte er geendet, grüßte er knapp und entfernte sich wieder.

„Ja, Senor Raschke. Jetzt wissen wir es. Die Tote stammt aus Palencia. Meine Leute sind bereits auf dem Weg, um zu ermitteln, was die Frau hier wollte. Dann bekommen wir auch die ersten Ergebnisse der Obduktion und können was zur Todesursache sagen. Aber jetzt erzählen Sie mir doch mal, wie Sie so schnell nach Fromista gekommen sind. Sie dürften eigentlich erst in Hontanas, bestenfalls in Castrojeriz sein."

Raschke erzählte ihm die Geschichte von seiner Rettung aus Pilgernot. Lopez Castela grinste.

„Dann müsste ich Sie ja zurück nach Hontanas fahren, damit Sie die Strecke nachholen können."

Der Deutsche streckte abwehrend die Hände hoch.

„Das war ein Wink des Schicksals. Der heilige Jakob hat es so eingerichtet. Ich will ihm nicht ins Handwerk pfuschen. Wenn der Heilige der Ansicht war, ich müsste eine Strecke mit dem Bus fahren, dann wird das so schon seine Richtigkeit gehabt haben."

„Na ja, die Begründung ist zwar nicht sehr stichhaltig, aber jeder pilgert so, wie er möchte. Das ist der Grundsatz. Und was ich noch sagen wollte: Die Überprüfung des Mausgesichts, wie sie den Pilger in Burgos genannt haben, hat keine Erkenntnisse gebracht. Er hatte nur einen Pilgerpass bei sich und behauptet, aus Belgien zu sein. Wir haben aber in Belgien angefragt, ob die ihn kennen."

Die Bemerkung von Lopez Castela erinnerte Raschke an seine Beobachtungen vor dem Kathedralenmuseum, als direkt nach seiner Flucht vor dem Mausgesichtigen der Streifenwagen vorgefahren und zwei Polizisten in das Museum gelaufen waren. Deshalb fragte er, ob der Belgier von Museumsangestellten bei einer verbotenen Aktion beobachtet worden war.

Lopez Castela war davon nichts bekannt. Er griff zum Handy und telefonierte einige Minuten.

„Also. Möglicherweise war versucht worden, das Messbuch des San Pedro Carrera aus dem 10. Jahrhundert zu stehlen. Von der Vitrine wurde die Scheibe eingeschlagen und in dem Buch ist geblättert worden. Aber es wurde weder gestohlen noch beschädigt. Ein Täter konnte nicht festgestellt werden. Ausgerechnet an dem Tag war die Überwachungskamera defekt. Das waren nicht zufällig Sie?"

Raschke wehrte mit gespielter Empörung ab.

„Nein, um Gottes willen, nein. Ich habe nur an dem Monument gefummelt. Noch bin ich in der Lage, ein Grabmal von einem Messbuch zu unterscheiden. Aber das 10. Jahrhundert war doch die Zeit der Templer. Da fallen mir spontan Mitpilger Wolfgang und der Mausgesichtige ein. Ich vermag an einen Zufall nicht zu glauben."

„Nun lassen Sie mal die Kirche im Dorf, wie man bei Ihnen in Deutschland sagt. Sie wollen doch wohl nicht unterstellen, dass für den Schaden an der Vitrine Wolfgang oder der belgische Pilger infrage kommen. Das ist ja schon fast eine Manie von Ihnen."

Raschke hielt den Mund. Sein spanischer Kollege hatte wirklich Recht. Er konnte nicht für alles Unerklärliche wahllos andere Pilger aus seiner Umgebung verantwortlich machen. Das grenzte in der Tat an Verfolgungswahn.

Sie beendeten das Thema, versuchten sich wieder an kulinarischen Dingen und diskutierten über die bevorstehenden Regionalwahlen. Raschke hatte dazu keine Meinung.

Es war ihm auch egal. Ganz im Gegenteil von Lopez Castela, der offenbar seine Karriere von gewissen politischen Konstitutionen abhängig machte. Es wurde ein längerer Abend, bevor die beiden Kriminalisten ins Bett kamen.

Raschke erschien erst um neun Uhr im Frühstücksraum, in dem Lopez Castela bereits ungeduldig auf ihn wartete.

„Buenas dias, Senor Raschke, Sie hatten offenbar nach dem anstrengenden Marsch Schlaf nachzuholen."

„Buenas dias. Ich glaube eher, die letzte Flasche Wein war nicht in Ordnung. Außerdem hatte ich zu spät gegessen. Das lässt mich nur schwer einschlafen. Ich muss mir heute erst den Kopf wieder frei laufen."

„Ja, das können Sie problemlos machen. Ich fahre gleich nach Palencia. Wir treffen uns heute Abend um zwanzig Uhr wieder hier. Geht das in Ordnung?"

Raschke nickte, während er an seinem süßen Hörnchen kaute.

Nachdem der Spanier gefahren war, wanderte er langsam ziel- und planlos durch Fromista und die ländliche Umgebung, bestaunte die vielen Storchennester, in denen eifrig gebrütet oder die ersten Jungvögel gefüttert wurden. Er unterhielt sich mit einigen Pilgern, die von Boadilla gekommen waren und zusammen mit ihm die alte, kunstvoll mehrstufige Schleusenanlage des Kastilischen Kanals bewunderten.

Am frühen Nachmittag gönnte er sich in der kleinen Bar neben der Kirche seinen eisgekühlten Martini und hörte ohne große Anteilnahme dem Geschwafel von drei deutschen Pilgern zu, die am Nebentisch saßen. Aus der Unterhaltung war unschwer abzuleiten, dass es sich um

Bundeswehroffiziere handelte, welche offenbar die kleine Bar auf dem Camino mit einem Casino verwechselten. Sie hechelten andere Offizierskameraden durch und hatten wohl auch schon mit dem Militärischen Abschirmdienst ihre Erfahrungen gemacht, bei dessen Befragungen sie immer ein ungutes Gefühl gehabt hatten. Irgendwann ging Raschke das Gerede auf den Geist und er schlenderte zurück in die Casa rural, um dort im Garten die Sonne und die Stille zu genießen. Kaum hatte er es sich in einem Sessel bequem gemacht, als er gestört wurde.

Eine sehr seriös aussehende Dame, die seiner Schätzung nach die siebzig Lebensjahre schon erreicht hatte, sprach ihn auf Deutsch an. Sie gab vor, Pilgerin zu sein. Ihre Haare sprachen aber eine deutlich andere Sprache. Sie schien frisch vom Friseur gekommen und hatte noch Glanz im weißen Haar. So ganz anders als die Pilgerinnen, die ihm bisher auf dem Camino begegnet waren. Aber sie war freundlich und sah ein wenig hilflos aus. Er bot ihr einen Platz in dem zweiten Sessel an seinem Tisch an, den Sie dankend annahm.

„Ich heiße Marianne. Bist du mit dem Quartier zufrieden?"

Raschke schaute die Dame verwundert an. Mit fast allem hatte er gerechnet, aber nicht mit dieser Frage.

„Raschke, einfach nur Raschke", stellte er sich vor, „die Casa rural ist sehr empfehlenswert wie alle Casa rurales, die ich bisher kennen gelernt habe. Ich bin gut zufrieden."

„Das ist schön. Ich habe nämlich ein schreckliches Quartier in einem Hotel genau an der Hauptstraße. Das gefällt mir gar nicht."

„Dann solltest du umziehen. Hier ist es sehr angenehm."

„Nein, ich möchte mich nur einfach einmal erkundigen. Für die Zukunft. Morgen muss ich wieder weiter, um meine Gruppe zu erreichen. Wir sind seit Frankreich zusammen gelaufen. Nun sind sie bereits auf dem Weg nach Reliegos. Ich habe Probleme mit meinem Knie bekommen und bin für die anderen zu langsam geworden. Wahrscheinlich werde ich mit dem Taxi fahren müssen, um sie wieder zu erreichen. Willst du nicht mitkommen? Dann können wir uns die Kosten teilen. Bis Reliegos kostet es immerhin achtzig Euro."

Raschke wusste nicht, was er von dem Angebot halten sollte. Deshalb lehnte er höflich, aber bestimmt ab.

„Nein, ich fahre nicht mit dem Taxi. Ich laufe."

„Bis wohin willst du denn morgen gehen?"

Bei Raschke klingelten alle Alarmglocken. Was interessiert die alte Dame, wohin ich am kommenden Tag pilgern will. Das konnte ihr doch egal sein, wenn sie geplant hatte, mit dem Taxi zu fahren. Also wich er aus.

„Ach, weißt du, Marianne. Mir gefällt es hier so gut, da weiß ich noch gar nicht, ob ich morgen überhaupt laufe. Das entscheide ich ziemlich spontan. Nur eins ist sicher. Mit dem Taxi fahre ich nicht."

„Schade", bedauerte die alte Dame, „ich wäre gerne eine Zeit lang mit dir zusammen gepilgert. Es ist immer schön, wenn man nette Begleitung hat. Aber vielleicht sehen wir uns ja noch einmal wieder."

Marianne erhob sich lächelnd, verabschiedete sich, angelte noch einen Prospekt aus dem Regal an der Tür und verschwand so leise, wie sie gekommen war.

Merkwürdige Zeitgenossen laufen auf dem Jakobsweg, dachte Raschke, bevor er wieder zufrieden in die Sonne blinzelte.

Lopez Castela erschien pünktlich um zwanzig Uhr. Er war bester Laune.

„Hola, companero. Das Opfer passt in das bisherige Schema. Die Frau heißt Isabel Medrano. Das ist für Sie aber ohne Belang. Viel interessanter ist, was sie arbeitet."

Lopez Castela machte eine Kunstpause, in der Raschke in seinem Sessel unruhig hin- und herrutschte.

„Nun spannen Sie mich nicht auf die Folter."

„Sie ist Archivarin des Museums Palencia. Dort lagern Gegenstände, die bei der Renovierung der Iglesia San Martin gefunden wurden. Und siehe da, es fehlt tatsächlich etwas."

Raschke unterbrach ihn.

„Lassen Sie mich raten. Es sind kleine Steintafeln."

„Nein, es ist eine kleine Steintafel. Nach den Unterlagen des Museums wurde sie in einer Mauernische links neben dem Altar hinter einem Stein, etwa einen Meter vom Boden entfernt, gefunden. In ihrer Tasche in der Kirche war er nicht. Wir haben sofort bei ihr zu Hause gesucht. Er wurde aber nicht gefunden."

Raschke ging ein Licht auf. Deshalb waren also die Steine in den Kirchen von Eunate und Terradillos entfernt worden. Sie befanden sich an der gleichen Stelle, die Lopez Castela eben genannt hatte. In den Nischen, die er selbst gesehen und in denen er nichts gefunden hatte, waren vermutlich diese Steintafeln.

„Damit dürfte aber jetzt feststehen, was in den Kirchen gesucht wird. Gibt es eine Kopie?"

„Leider nicht", bedauerte Lopez Castela, „unsere Tote hat nicht damit gerechnet, bei der Anfrage eines seriösen Wissenschaftlers eine Sicherheitskopie zu fertigen. Sie war so vertrauensselig, dass sie noch nicht einmal ein Foto gemacht hat. Für mich ist klar, hier wird ein Komplott geschmiedet. Darüber bin ich mir mit dem General in Madrid einig. Er hat mich, wie erwartet, mit der Leitung einer Sonderkommission beauftragt. Ich werde sie «Complot Camino de Santiago – Jakobsweg-Komplott» nennen."

„Und was hat die Obduktion ergeben?"

„Ach ja, fast hätte ich es vergessen. Die Frau ist mit einer Art Garotte erwürgt worden. Einem dünnen Draht. Plötzlich und fest zugezogen, tötet er völlig geräuschlos. Das Opfer kann noch nicht einmal stöhnen. Die Methode war früher in der spanischen Fremdenlegion populär."

Raschke nickte verstehend.

„Als ich die dünne, blutunterlaufene Spur an ihrem Hals und den Schaumpilz am Mund sah, habe ich mir das gedacht."

Die beiden Kriminalisten fachsimpelten noch eine Weile, bevor sie sich verabschiedeten. Es dauerte lange, bis Raschke einschlief. Die Ereignisse der letzten zwei Tage hatten auch bei ihm Spuren hinterlassen. Erste leise Zweifel kamen ihm, ob es nicht doch besser sei, mit der Pilgerreise aufzuhören und im kommenden Jahr weiterzumachen.

In der Meseta

Die morgendliche Kühle biss empfindlich. Selbst die Armlinge, die er sich zum Schutz gegen die Kälte unter das Hemd gezogen hatte, hielten nur das Notwendigste ab. Trotzdem versprach es, ein warmer Tag zu werden. Der Wind hatte nachgelassen, Wolken waren nicht zu sehen. Der Camino führte über gute Wege entlang kleiner Kanäle und Flüsse durch das fruchtbare Umland von Fromista.

Kurz vor Poblacion de Campos entdeckte er Marianne, die langsam humpelnd mit viel zu viel Gepäck auf dem Rücken auf eine Bar zusteuerte und in ihr verschwand, bevor Raschke sie erreicht hatte. Mit dem schweren Gepäck war sie nie und nimmer vorher gelaufen. Schon gar nicht so weit, wie sie in Fromista hatte glauben machen wollen. Warum hatte die fremde, gut frisierte alte Dame wissen wollen, wann, wohin und wo er laufen wollte? War Marianne eine neue Figur im Spiel oder wirklich nur eine neugierige, mitfühlende Mitpilgerin? Jetzt lief er auf dem Jakobsweg und machte sich darüber Gedanken, wo er sich eigentlich vorgenommen hatte, etwas anderes aufzuarbeiten.

Von hinten schlossen im geübten Marschtritt die drei Bundeswehroffiziere auf, grüßten im Vorbeigehen militärisch knapp mit einer Mischung aus Spanisch und Englisch und beachteten ihn nicht weiter. Warum auch? Sie waren keine hundert Meter vor ihm, als ein Schuss fiel. Instinktiv ließ sich Raschke fallen. Er rutschte langsam die Böschung zu einem kleinen Flüsschen hinunter und zog den Kopf ein. Dann wartete er. Es dauerte einige Minuten, als er von einem der Offiziere auf Englisch angesprochen und energisch aufgefordert wurde aufzustehen. Vorsichtig hob er den Kopf und blickte in die unverschämt grinsenden Gesichter der drei Männer.

„Danke, ihr könnt Deutsch mit mir reden."

„Ach, sieh mal einer an. Da sitzt der liebe Mitpilger am Nachbartisch in der Bar in Fromista und tut so, als ob er kein Deutsch verstände. Und jetzt stellt sich heraus, es ist ein Landsmann. Du hast wohl gedient, wie? Für dein Alter warst du verdammt schnell in der Deckung. Respekt."

Die Ironie in der Stimme war Raschke nicht entgangen. Er wollte aber nicht weiter darauf eingehen. Auch hatte er keine Lust zu erklären, warum er für einen normalen Pilger so schnell in Deckung gegangen war.

„Man weiß ja nie, auf wen oder was hier geschossen wird", redete er sich mit einer wachsweichen Entschuldigung heraus, während er umständlich einige Grasstücke von seiner Hose abstreifte.

„Auf Wachteln wird geschossen, nicht auf Pilger", bekam er zur Antwort. Raschke blickte mit bedröppeltem Gesicht auf. Einer der Offiziere zeigte zu zwei Jägern, die wie unbeteiligt in einiger Entfernung in der Feldflur standen. Ein Jagdhund rannte gerade zu ihnen, um die erlegte Beute zu bringen.

„Außerdem sind die Jäger so weit weg, dass für uns Pilger keine Gefahr besteht. Also, Kamerad Pilger, mutig weiter."

Die drei verabschiedeten sich lachend auf Raschkes Kosten und der Kriminalist trottete beschämt weiter. Scheiße, wenn ich aufgepasst hätte, wäre mir die peinliche Einlage erspart geblieben, dachte er. Warum mache ich den ganzen Mist eigentlich noch mit? Ich sollte aussteigen, nach Bilbao fahren und von dort nach Hause fliegen. Den Rest des

Weges mache ich dann im nächsten Jahr. Aber zunächst musste man ja erst einmal zu einer Busstation kommen, um weiter nach Bilbao zu fahren. Bis Carrion de los Condes musste er auf jeden Fall weiterwandern. Also riss er sich zusammen und trabte mit lockerem Schritt hinter den drei Marschierern her, um den Abstand nicht zu vergrößern. Aber das schien denen egal, sie schauten sich nicht ein einziges Mal nach ihm um.

In Carrion de los Condes bekam er in einem Hostal das vorbestellte Zimmer und musste bei der Receptionista seinen Personalausweis hinterlegen. Dann hielt sie solange die Hand auf, bis fünfundzwanzig Euro darin lagen. Dafür bekam er den Schlüssel sowie die Fernbedienung für den Fernseher. Das Städtchen war ein kompakter Ort mit schönen Geschäften, einem alten Kloster, einem kleinen Museum und einem schönen Park am Ufer des Rio Carrion. Dorthin zog es Raschke. Er kühlte seine Füße im kalten, klaren Wasser des schnell fließenden Flusses, verfolgte den rasanten Flug unzähliger Schwalben und konnte seit langer Zeit richtig entspannen. An einem Eiswagen holte er sich ein Leckeis und schäkerte mit einem kleinen Mädchen, das an der Hand ihres Vaters staunte, wie ein abuelo, ein Großvater, an einem Eis leckte.

Während Raschke sich auf einer Bank entspannt zurücklehnte und über den vergangenen Tag nachdachte, schlenderte ein ungleiches Paar Händchen haltend an ihm vorbei. Der seriöse Mittsechziger im hellen Sommeranzug, mit Goldrandbrille, grauer Kurzhaarfrisur, grauem Bart, Kamera und Tagungsbutton am Revers, erklärte der ihn verliebt anhimmelnden und vermutlich schwerhörigen Endzwanzigerin lautstark in Deutsch, was für ein toller

Hecht er sei. Als Chef der spanischen Niederlassung eines weltweit agierenden Limonadenherstellers werde er den Marktanteil gegen die landestypische Konkurrenz steigern.

Die Dame schmiegte sich an ihn und erklärte ebenso laut, keine Zweifel an seinem Erfolg zu haben. Als das Pärchen an ihm vorbei war, schlenderte Raschke amüsiert in einigem Abstand hinter ihnen her. Als das ungleiche Paar einen Storch auf seinem Nest beim Füttern seiner Jungen fotografierte, konnte Raschke sich einen Kommentar nicht verkneifen.

„Wenn man zu nahe herangeht, beißt der Storch und das könnte für die junge Dame unangenehme Folgen haben."

Das Paar fuhr, wie von der Tarantel gestochen, herum. Sie fühlen sich ertappt, dachte Raschke. Der Geschäftsmann musterte Raschke mit einigen misstrauischen Blicken, dann hatte er ihn als harmlosen Pilger eingestuft und quittierte den Satz mit dröhnendem Lachen, während die junge Dame etwas dümmlich dreinschaute und sich fest an ihren Begleiter schmiegte, der das sichtlich genoss.

Raschke ließ die beiden Turteltauben allein und bummelte weiter durch den Ort, wo er an einem Café auf die beiden hessischen Pilger traf, die ihm schon mehrfach über den Weg gelaufen waren. Sie waren in Eile und wollten noch weiter. Kaum waren sie gegangen, tauchten Ines und Ursel, die beiden lustigen Stuttgarterinnen, auf. Sie waren gerade angekommen und völlig überrascht, ihn hier anzutreffen.

„Du hascht gemogelt", tadelte Ines, „du bischt mit dem Bus gefahren."

Beim Café con Leche klärte er das Pilgerwunder auf. Da die beiden Frauen in den nächsten Tagen wieder zurück nach Hause fahren wollten, gab ihnen Raschke das kleine Geschenk für seine Frau, mit der Bitte, es von Stuttgart aus als Wertbrief nach Mecklenburg zu schicken. Ines und Ursel waren gerührt von so viel Vertrauen.

Während sie sich unterhielten, kam Marianne. Raschke bat sie an den Tisch.

„Komm, setz dich. Leiste uns Gesellschaft. Das ist Marianne“, stellte er die alte Dame seinen Begleiterinnen vor.

„Du bist doch der nette, junge Mann, der mir die Casa rural gezeigt hat“, begann sie die Unterhaltung, „ich bin völlig fertig und werde gleich mit dem Bus nach Leon vorfahren.“

„Sieht du Ines, nicht nur ich mogele.“

Marianne reagierte empört.

„Das ist kein Mogeln. Ich muss mich einfach ein paar Tage ausruhen. Das geht in Leon besser als hier in der Einöde.“

Ines beschwerte sich.

„Raschke, du bischt unmöglich. Hascht mich in oine peinliche Lage gebracht.“

Raschke versuchte zu beschwichtigen.

„Das war nicht meine Absicht. Darf ich euch alle noch zu einem Kaffee einladen?“

Die Damen zeigten sich versöhnt. Dann brachte er Marianne zum Bus, bedankte sich vor allem für die Bezeichnung junger Mann und half ihr beim Verladen des Gepäcks. Bestimmt zwölf Kilogramm oder mehr, schätzte er, als er den Rucksack anhob. Deutlich zu viel für die zierliche, alte Dame.

Nachdem der Bus abgefahren war, traf er in der Bar die drei Offiziere wieder. Der Jüngste von ihnen, der Raschke bereits aus seiner peinlichen Lage am Flüsschen hinter Fromista befreit hatte, konnte sich eine Bemerkung nicht verkneifen.

„Ach, sieh an, da ist ja unser schreckhafter Pilger. Du hast es ja doch noch bis hierher geschafft, ohne erschossen zu werden. Ich dachte, du würdest mit dem Bus weiterfahren."

„Falsche Lagebeurteilung, so kannst du keinen Krieg gewinnen."

„Du musst mir gerade was von falscher Lagebeurteilung erzählen", giftete der Offizier und wandte sich wieder seinen Kameraden zu. Raschke stellte fest, wie er sich ärgerte. Gerade das hatte er nicht gewollt. Diese arroganten Blödmänner bestärkten ihn in der Auffassung, dass es sich bei lang gedienten Soldaten um eine Subkultur handelte, die nur schwer zu Toleranz fähig war und ihr eigenes Verhalten als absolut hinstellte.

Die Meseta zwischen Carrion und Calzadilla war wirklich topfeben. Weizenfelder wechselten in unregelmäßiger Folge mit jungen, kaum knöchelhohen Maispflanzen ab. Gelegentlich wurden die Felder von Bewässerungskanälen durchzogen oder kleinen Pappelhainen gesäumt, die aber so weit entfernt standen, dass sie den Pilgern keinen Schatten spendeten. Die Bäume sind so exakt in Reih und Glied gepflanzt, dass die Bundeswehroffiziere ihre helle Freude daran haben müssten, dachte Raschke. Die drei Bundeswehroffiziere waren während der Rast in Ledigos an ihm vorbeigezogen. Er hatte so getan, als bemerkte er sie nicht, füllte die Wasserflaschen und aß in aller Ruhe seine obligatorische Banane, um ihnen einen Vorsprung zu geben.

Am nördlichen Horizont, ganz in der Ferne, waren in der klaren, knochentrockenen Luft hohe, schneebedeckte Berge zu erkennen. Es waren die Kantabrischen Kordilleren, welche die Hochebene der Meseta zum Golf von Biskaya abschirmten. Gelegentlich blickte Raschke zu den Bergen hinüber, um sich allein durch den Anblick von Schnee abzukühlen. Die Hitze nahm von Minute zu Minute zu. Die Haut brannte. Selbst die Sonnencreme schien nicht mehr zu schützen. Je näher er dem Ort Ledigos kam, um so mehr kleine Erhebungen gab es, an denen sich sein Auge regelrecht festsaugte. Dann senkte er wieder den Blick und starrte nur noch auf die wenigen Meter Weg vor ihm. Er zählte Schritte. Sechshundert Doppelschritte waren ein Kilometer. Dann sprach er mit sich selbst oder summte irgendwelche Melodien, die ihm gerade in den Sinn kamen. Das half. Irgendwo in einem trostlosen Nest an einem kleinen Supermercado, dem spanischen Dorfkonsum, kaufte er sich eine kleine Honigmelone. Die war nicht so schwer und einfacher zu tragen als eine sperrige Wassermelone. Die Entscheidung war falsch. Die Honigmelone war zu süß. Nach kurzer Zeit klebte ihm die Zunge am Gaumen. Er legte den Rest der Melone auf einen Stein neben dem Camino. Vielleicht nahm sie ja ein nachfolgender Pilger.

Hier in der flachen Ebene musste er nicht befürchten, von irgendwem angegriffen zu werden. Auf dem Weg lief alle hundert Meter ein Pilger und links und rechts waren die Felder auf mehrere Kilometer einzusehen. Immer wenn er den Kopf hob, waren die Erhebungen noch nicht näher gekommen. Er verfluchte seinen Entschluss, gerade heute dreißig Kilometer laufen zu wollen. Obwohl es von den Füßen her keine Probleme gab. Heute war es wieder der Kopf. Die Eintönigkeit, die dem Pilger zusetzte. Plötzlich war da nichts mehr, an das er denken konnte. Er wusste nicht, wie lange dieses Nichts andauerte. Er setzte einfach Schritt vor Schritt, ohne zu denken. Nichts war. Leere. In fast allen Büchern über den Jakobsweg war zu lesen, dass in der Meseta der Kopf frei wurde. Richtig leer. Ohne Gedanken. Er hatte sich das nicht vorstellen können. Jetzt wusste er, wie das war.

In San Nicolas del Real Camino ging nichts mehr. Nach dreiunddreißig Kilometern Pilgermarsch durch die schattenlose Meseta rebellierte der Körper. Die Fußsohlen brannten, die Muskeln verkrampften, die Waden taten weh, die Knie und der Rücken. Natürlich hatte er zu wenig getrunken. Das rächte sich jetzt. Die restlichen acht Kilometer nach Sahagun, wo er übernachten wollte, waren zu Fuß nicht mehr zu schaffen. Es blieb nur der Bus.

Wie schon in den Oca-Bergen war er gut gefüllt. Natürlich mit Pilgern. Einige von ihnen waren ihm schon Stunden vorher begegnet und hatten offensichtlich in Terradillos bereits das Handtuch geworfen. Mit einem leichten Seufzer ließ Raschke sich in den Sitz fallen. Auf dem Camino, der zuerst genau neben der Nationalstraße und dann auf dem schmalen Streifen zwischen der Straße und der Autobahn entlang führte, schleppten eine Reihe von Frauen ihre schweren Rucksäcke weiter durch die Sonne. Wieder kam bei Raschke ein Gefühl des Betrugs gegenüber den unverdrossen über den staubigen Weg wandernden Pilgern auf. Aber jeder geht den Camino de Santiago so, wie er möchte, und jeder, der im Bus saß, hatte dafür einen sinnvollen Grund. Der Weg war schwer genug trotz gelegentlicher Etappenverkürzungen.

Kaum saß Raschke bequem auf seinem Sitz, tat mit einem Schlag nichts mehr weh, was die Frage aufwarf, ob nicht tatsächlich ein Großteil der körperlichen Beschwerden in Wirklichkeit eine Frage des Kopfes waren.

Seine Gedanken schweiften ab. Waren plötzlich zu Hause bei seiner Frau. Was sie jetzt wohl ohne ihn machte? Ob er ihr fehlte? Ihm jedenfalls fehlte sie, obwohl er ihr die Strapazen und Mühen nicht zumuten würde. Am Telefon hatte sie ihm gesagt, es sei in Meck-Pomm kalt und nass. Wie sich so etwas doch umdreht. Vor wenigen Tagen noch, als er mit dem Marsch begonnen und morgens gefroren und mittags durch den Regen gelaufen war, als es in den Pyrenäen Unwetter mit Überschwemmungen und sogar Schneefall gegeben hatte, war es in Deutschland für die Jahreszeit zu warm gewesen. Jetzt war es hier heiß. Der Landschaft angemessen.

Warum war er eigentlich losgelaufen? Eine Marotte? Nein, er wollte sein bisheriges Leben einfach überdenken, Revue passieren lassen, Probleme beim Laufen abarbeiten. Bisher hatte er noch keine Geistesblitze erhalten, um in dieser Richtung etwas zu tun. Die Gedanken drehten sich um viel profanere Dinge als um den Sinn des Lebens. Eher darum, ob die Füße halten, ob es Schatten gibt, ob das Wasser reicht, ob die Herbergen nicht überfüllt oder in einem Hotel noch ein Zimmer frei ist. Und vor allem um die Vorgänge, in die er unglücklicherweise verstrickt worden war. Aber vielleicht kamen die Gedanken ja noch. Die Meseta war erst zur Hälfte bewältigt. Die Teilstücke, in denen man morgens sehen kann, wo man nachmittags ankommt, lagen ja noch vor ihm. Wie hatte es Lopez Castela in Burgos formuliert? Es kommt darauf an, nicht zu vergessen, einen Schritt vor den anderen zu setzen. Wo es nichts gibt, woran sich das Auge länger als drei Sekunden festhalten kann. Wo man versucht, den eigenen Schatten zu überholen.

Ihm fiel das Gespräch mit Matthias und Dieter vor der Bar in Belorado wieder ein. In der Meseta lernt der Pilger wieder Demut. Demut habe etwas mit Mut zu tun, hatte Dieter philosophiert. Mut, vom hohen Ross der eigenen Ansprüche an sich und seine Umwelt wieder herunterzukommen. Sich nicht selbst zum Maß aller Dinge zu machen. Wieder ein einfaches Würstchen zu werden, das froh ist, auf andere Menschen zu treffen, die es so akzeptieren, wie es ist. Einfach nur als Matthias, Dieter, Ines, Ursel oder Paul und nicht als Professor, Doktor, Direktor, Sekretärin oder Diplomingenieur. Einfach nur Pilger zu sein ohne Privilegien. Nur durch seine Persönlichkeit wirken. Durch das, wie man mit dem anderen Pilger umgeht. Das hatte Raschke an dem Tag schwer beeindruckt und ihm kam der Zweifel, ob sich diese möglicherweise neu erlernte Demut in das Leben danach übertragen lässt oder einfach aufgefressen wird von den Lebensumständen in der Heimat.

Er wurde unsanft aus seinen Gedanken gerissen, als der Bus direkt vor dem Hotel Puerta de Sahagun hielt. Raschke schnappte sich seinen Rucksack und stand einen Moment unschlüssig vor dem Gebäude, das wie ein großes Tagungshotel aussah. Das Haus sah aus, als würde eine Übernachtung sein Budget deutlich überschreiten. Aber dann gab er sich einen Ruck und marschierte durch die breite Glastür. Die junge Dame in schmucker Hoteluniform hinter dem

Tresen der Rezeption sah ihm neugierig entgegen. Allein an dem Blick erkannte er, dass Pilger hier nicht zu den tagtäglichen Gästen gehörten. Aber er bekam problemlos sein Zimmer zugewiesen und war überrascht. Für fünfundzwanzig Euro hatte er einen großen Raum mit französischem Bett, einen Schreibtisch, auf dem ein Obstkorb stand, und einen großen Flachbildfernseher, mit dem sogar deutsche Programme empfangen werden konnten. Es gab sogar einen Schuhputz- und Wäscheservice. Das Bad war mit einer luxuriösen Marmorbadewanne ausgestattet. Minuten später lag er in einem entspannenden, heißen Schaumbad. Wie war das noch mit den Gedanken zur Demut? Wieder armes Würstchen werden ohne Privilegien. Und dann das. Demütig nahm er das unerwartete Luxusgeschenk an. Jeder bekommt auf dem Weg das, was ihm gebührt, dachte er ohne Scham und genoss das Bad. Für seinen Körper wurde der Marsch nach vier bis fünf Stunden zu einer Plage. Aber für den Geist war es eine völlig neue Erfahrung, eine Befreiung. Alltagsprobleme wurden bedeutungslos und alles reduzierte sich auf das Tagesziel und die Grundbedürfnisse des Überlebens: Atmen, gehen, trinken, ums Gesundbleiben und um die Frage, ob noch ein freies Quartier gefunden wurde. An diejenigen, die ihm nach der Gesundheit oder vielleicht sogar nach dem Leben trachteten, dachte er nicht mehr. Erschien ihm plötzlich nicht mehr wichtig.

Nach dem ausgiebigen Bad machte er ein Schläfchen, um danach entspannt hinunter in die Lobby zu gehen, um sich als Belohnung für den strammen Marsch an der Bar ein kühles Bier zu gönnen. Er war der einzige Gast, der den Weg zur Bar gefunden hatte. Nach den ersten Schlucken geriet er ins Träumen und bemerkte nicht, dass sich ein weiterer

Gast zu ihm an die Bar gesellt hatte. Erst als der Neuankömmling hüstelte, schreckte Raschke auf und sah irritiert zu seinem Nachbarn hinüber. Ihn traf fast der Schlag. Wolfgang, der intime Kenner der Templergeschichte, saß neben ihm und prostete ihm zu.

„Da trifft man sich fast auf der Hälfte der Strecke wieder", grinste Wolfgang, „so ist das auf dem Camino. Wie ist es Dir bisher ergangen?"

Raschke brauchte lange für eine Antwort, so überrascht war er. Aus irgendeinem Grunde hielt er sich zurück. Er wusste nicht warum. Eigentlich war ihm Wolfgang nicht unsympathisch.

„Na ja, mit mehr oder weniger Pilgerglück bin ich über die Runden gekommen. Bin auch zweimal mit dem Bus gefahren und habe mir die Herbergen abgewöhnt. Ich brauche nachts mein eigenes Refugium. Deshalb gehe ich seit Viana in Pensionen oder Hostals."

„Oder in noble Herbergen, wie diese", ergänzte Wolfgang.

„Na, ja, die habe ich mir nach der Superetappe von Carrion als Belohnung gegönnt. Offenbar Du auch."

„Ja, ich auch. Ich habe zwar nicht so eine Superetappe hinter mir, weil ich in Terradillos übernachtet habe. Aber das Quartier dort war so miserabel, dass ich mir heute etwas gönnen wollte. Und da gehe ich an die Bar, denke an nichts Böses und wen treffe ich? Comperegrino Raschke. So spielt das Leben auf dem Camino."

Zunächst plätscherte die Unterhaltung so daher. Dann ergriff Raschke die Chance an das anzuknüpfen, was er von Wolfgang in Pamplona gehört hatte.

„Sag mir, wenn es Dir auf den Keks geht, aber ich würde gerne noch mehr über die Templer von dir hören. Ich habe so einige eindrucksvolle Kirchen und andere Hinterlassenschaften gesehen, die von dem Orden stammen. Das hat meine Neugier angestachelt. Und wer könnte besser Hintergründe erläutern als Du.“

„Etwas viel Schmeichelei, findest Du nicht?“

„Nein, ich meine es ehrlich. Dein Vortrag vor zwei Wochen hat mich sehr beeindruckt und ich hoffte schon damals, eine Gelegenheit zu finden, um mehr von dir zu hören. Ich spendiere auch eine Flasche Wein.“

„Dann bestell noch ein drittes Glas dazu. Wir bekommen gleich noch Besuch.“

Raschke hob überrascht die Augenbrauen.

„Darf man wissen wer?“

„Na klar. Eine Mitpilgerin, die ich überreden konnte, auch hier zu übernachten und für das eine Mal auf die Herberge zu verzichten. Eine sehr angenehme Frau. Ulla. Kennst Du sie?“

„Na, wenn das nicht wirklich eine Überraschung ist. Klar kenne ich sie. Ich traf sie kurz vor Estella und in Viana. Sie lief zusammen mit einem jungen Engländer.“

Wolfgang schüttelte den Kopf.

„Nein, hier auf dem Weg war sie allein. Ich denke, sie wird gleich kommen.“

Kaum hatte er ausgeredet, als Ulla die Treppe hinunterkam und auf sie zuschwebte. Sie schien ehrlich erfreut zu sein, Raschke wieder zu sehen, umarmte ihn und setzte sich dazu.

„Ich habe Wolfgang überredet, etwas über die Templer zu erzählen, deren Bauwerke uns auf Schritt und Tritt hier auf dem Jakobsweg begleiten. Wäre das auch etwas für dich?“

Ulla nickte freundlich und setzte ihr Mona-Lisa-Lächeln auf.

„Sehr gern.“

Raschke schenkte ein und Wolfgang ließ sich nicht ein weiteres Mal bitten.

„Ich knüpfe einmal da an, wo ich in Pamplona aufgehört habe. Ist das recht so?“

Raschke nickte und Ulla lächelte zustimmend, obwohl sie nicht wusste, was Wolfgang dort erzählt hatte.

„Als der Templerorden aufgelöst wurde, erhielt die Immobilien größtenteils der Johanniterorden. Von dem Gold und Silber, das in einer zentralen Schatzkasse vermutete wurde, fand man nie auch nur die geringste Spur.“

„Wie hoch war eigentlich das Barvermögen der Templer?“, fragte Ulla neugierig.

Wolfgang rieb sich nachdenklich das Kinn, bevor er antwortete.

„Aktuelle Forschungen beziffern das Gesamtvermögen in Milliardenhöhe in Euro gerechnet. Das Barvermögen war zwar deutlich weniger, liegt aber noch im dreistelligen Millionenbetrag. Der letzte Großmeister Jacques de Molay zog im Jahre 1307 vom Ordenssitz Zypern mit zehn Maultierladungen Silberdenaren, das sind geschätzte 150.000 Goldgulden, und mit dem Ordensarchiv nach Südfrankreich. Weder dieser Schatz noch das Ordensarchiv wurden gefunden.

„Du sagtest, de Moley sei nach Südfrankreich gezogen. Das ist doch sehr ungenau."

„Richtig. Eigentlich ist es de Molay nicht gewesen, sondern sein Vertrauter, Pierre de Bologne. Während de Molay in Paris eintraf, wurden Vermögen und Archiv an einen anderen Ort gebracht. Einen, der für die Templer sicher war. Und da blieben nur die spanischen Königreiche, die den Templern gegenüber aufgeschlossen waren. In dem schwer zugänglichen Tal des Rio Lobos, nahe dem kleinen Ort San Bartolome, befindet sich die größte Höhle der südlichen Pyrenäen. Sie liegt direkt gegenüber der Templer-Einsiedelei, von ihr nur durch den Fluss getrennt, der hier, ähnlich wie die Donau bei Tuttlingen, im karstigen Untergrund versickert, um nach wenigen Kilometern wieder aufzutauchen. Diese geheimnisvoll zerklüftete Landschaft hat seit Jahrhunderten immer wieder Schatzsucher und Abenteurer angelockt, die in den zahlreichen Höhlen nach verborgenen Kostbarkeiten der Tempelritter forschten. Ihre Suche blieb jedoch ergebnislos. Was aber wurde aus dem Gold und den Edelsteinen, die Molay nach Spanien brachte?

Im Canon des Rio Lobos, südlich von Logrono, mit seinen unterirdischen Verstecken, befindet sich eine Templerkirche, in deren Nähe in einer Höhle schon häufiger erfolglos nach dem Schatz der Templer gesucht wurde. Deshalb ist davon auszugehen, dass er dort ganz sicher nicht zu finden ist. Aber die Stelle ist schon ein mystischer Ort. Genau gegenüber dem Eingang der Höhle steht die Templerkapelle. Und sie steht nicht zufällig an dieser Stelle. Man hat viel darüber spekuliert, ob die Kapelle eine geheime Energiequelle abdeckt oder in einem Spannungsfeld zwischen dem Höhleneingang und einem auffälligen Steinpfeiler errichtet wurde. Es wurde alles untersucht. Dabei wurde festgestellt, dass zwischen dem Steinpfeiler und der Ostecke des Querhauses eine direkte Linie in Richtung magnetischer Nordpol verläuft und zwar ohne einen Winkelgrad Abweichung. Vermutlich haben die Templer ihre Kapelle genau nach diesem markanten Naturmerkmal ausgerichtet. Zwischen dem großen Stein und der Kapelle gibt es eine direkte Nord-Süd-Verbindung, mathematisch genau und ohne die geringste Abweichung. Erstaunlich für einen Bau aus dem angeblich finstersten Mittelalter. Noch erstaunlicher ist aber das Resultat, zu dem man nach gründlichen Berechnungen kam. Verbindet man Kap Finisterre an der Atlantikküste und Kap Creus am Mittelmeer mit einer Linie und zieht genau in der Mitte eine senkrechte Achse nach unten, dann ergibt sich hier ein Schnittpunkt, der von den äußersten Landmarken Spaniens gleich weit entfernt ist, nämlich 527 Kilometer in jeder Richtung. Exakt auf diesem Punkt liegt unsere Templerkapelle. Das ist bewusste Planung, die auf fantastisch guten Kenntnissen der Geografie beruht. Aber warum erzähle ich das? Diese Kirche ist meiner Meinung nach ein Schlüssel. Die Templer haben ihre Kirchen gern in der Nähe uralter Kultstätten oder an magisch geltenden Orten errichtet. Das musste eine Bedeutung haben. Ich glaube, in erster Linie schreckte das furchtsame Menschen, insbesondere die des Mittelalters, ab. Denn das Markenzeichen der Templer, das Tatzenkreuz, krönt weithin sichtbar den Giebel. Die Fenster haben die Form einer fünfblättrigen Rose. Jeder gläubige Christ des Mittelalters sah darin einen Hinweis auf Maria und den Rosenkranz. Im Innern der Kirche aber verwandelt sich dieses heilige Zeichen bei bestimmtem Lichteinfall zum Pentagramm, dem fünfzackigen Stern, auch Drudenfuß genannt. Wichtig sind aber die eingemeißelten Pergamentrollen. Sie weisen auf Dokumente hin, die dort unter Verschluss liegen müssen. Direkt neben den Schriftrollen befindet sich das Siegel der Templer. Es trägt die Umschrift: Secretum Templi, Geheimnis des Tempels. Nicht in allen Kirchen finden wir diese Kombination, nur in ausgewählten. So, als seien es Hinweise. Die gleichen Symbole finden sich an allen achteckigen Kirchen auf dem Jakobsweg. Und sogar an einigen alten Wegkreuzen."

Raschke meldet sich unvermittelt zu Wort.

„Jetzt kann ich mir erklären, warum Du bei Maneru an einem alten Wegkreuz herumgemessen hast. Ich sah Dich dort, als ich von Chirauqui in mein Hostal zurückwanderte."

„Genau", bestätigte Wolfgang, „deshalb bin ich auf dem Weg. Ich habe eine Theorie und die würde ich gerne durch meine Untersuchungen bestätigt wissen. Vielleicht finde ich ja Hinweise auf weitere Hinterlassenschaften der Templer."

„Zum Beispiel auf den Schatz?", wollte Raschke neugierig wissen.

„Zum Beispiel", echote Wolfgang, „aber es gibt auch noch andere Hintergründe. Ich fand in alten Unterlagen Hinweise darauf, dass die Goldminen von Las Medulas doch nicht so taub waren, wie man den Menschen des Mittelalters Glauben gemacht hat. Deshalb wurde von den Templern auch die Burg in Ponferrada gebaut. Sie diente in erster Linie der Sicherung der Goldminen und nicht der Sicherung des Pilgerweges über den Rio Sil. Das war nur die vordergründige Motivation. Die Burg direkt an die Minen zu bauen, hätte sofort den eigentlichen Zweck dieser Festung deutlich gemacht. Nein, so dumm waren die Templer nicht. Nein, die Burg musste zwar in der Nähe der Minen liegen, aber nicht direkt bei ihnen. Da bot sich Ponferrada regelrecht an. Aus nachvollziehbaren Gründen. Der Ort lag auf dem Jakobsweg. Eine Furt über einen Fluss war zu sichern. In der Nähe wurde Eisen verhüttet, was für die Waffenproduktion der Ritter wichtig war, und es gab genügend Landwirtschaft, um die Versorgung zu sichern. Auch Flachs für die Leinenproduktion wurde in der Gegend angebaut. Und sie lag nicht im Zentrum eines Königreiches wie die Templerstützpunkte in Paris oder London, sondern am Rande des Königreiches Kastilien–Leon, somit nicht im Focus von Machtinteressen. Ponferrada war für die Templer der ideale Ort. Weit außerhalb sich beneidender und eifersüchtig bekämpfender Herrschaftsbereiche, vergleichbar mit der Gegend südlich von Toulouse und Carcassonne an den Nordhängen der französischen Pyrenäen, und es gab die kurze Verbindung nach Portugal, das schon zu dieser Zeit von Kastilien–Leon weitgehend unabhängig war. Die Festung musste so stark sein, dass in ihr die Goldschätze sicher gelagert werden konnten. Deshalb machte es Sinn, wenn Jacques de Molay verfügte, die Goldreserven der Templer aus dem Süden Frankreichs nach Ponferrada zu verlagern. Und es machte auch Sinn, nur wenige Ritter mit dieser Aufgabe zu betrauen. Sieben Ritter mit ihrem Gefolge auf dem Jakobsweg waren eine vertretbare Größe, die niemanden misstrauisch machte. Irgendwann Mitte Oktober 1307 erreichte die kostbare Fracht Ponferrada."

Wolfgang machte eine kleine Pause und bestellte einige Tapas. Nach einigen Schlucken Wein schaute er fragend Ulla und Raschke an.

„Na, noch Interesse?“

Raschke nickte eifrig, während Ulla wieder nur ihr unergründliches Lächeln auflegte, was alles und nichts bedeuten konnte. Wolfgang wertete es als Zustimmung.

„Das umfangreiche Golddepot des Ordens wird in vielen alten Schriften immer wieder erwähnt, wurde aber bisher noch nicht gefunden. Das ändern auch nicht die vielen Spekulationen um Abbe Sauniere, der in seiner kleinen Kirche in Rennes de Chateau nahe Carcassonne angeblich den Schatz gefunden haben soll. Aber in keinem der ausgewerteten Schriftstücke ist die Rede von Ponferrada. Viele hielten die Theorie von dem Zentraldepot in Rennes le Chateau für die wahrscheinlichste. Und sie haben sich damit abgefunden, dass Pfarrer Sauniere es bereits geleert hat. Ich glaube das nicht. Es gibt sehr genaue Aufzeichnungen darüber, wie hoch die Ausgaben von Sauniere waren. Selbst wenn man diesen Betrag verdoppeln würde, erreicht die Summe nicht im Entferntesten den Betrag, den die Templer versteckt haben müssen. Sauniere fand ein Depot. Aber er fand nicht das Depot.“

„Gibt es diese Depots wirklich oder sind sie nur Vermutung und eher im Bereich der Sage angesiedelt?“, wagte Raschke einen Einspruch.

„Nein, keine Sage, wie ja der belegte Fund von Rennes le Chateau beweisen dürfte. Die Depots sind Realität, keine Theorie. Und lass mich noch etwas zu Ponferrada sagen. In dem ersten Schauprozess des päpstlichen Tribunals verteidigte der Generalprokurator der Templer beim Heiligen Stuhl, Pierre de Bologne, den Orden. Er war Jurist, mit den Ordensregeln und Satzungen der Templer ebenso vertraut wie mit dem kanonischen Recht. Seine Schriftsätze sind übrigens auch heute noch lesenswert. Er verschwand noch vor Ende der Verhandlung. Nach dem Studium der alten Akten in den vatikanischen Archiven steht für mich fest, Pierre de Bologne ist zusammen mit seinem Vertrauten Gil Martins und fünf weiteren Rittern über Rennes de Chateau nach Kastilien geflohen. Dort kamen sie mit großem Vermögen an und traten sofort in den Mönchsorden Calatrava ein, dem in Folge in großer Zahl andere Templer beitraten. Ausgerechnet dieser Orden übernahm die Festung Ponferrada. Gil Martins zog weiter nach Portugal, wo er Unterstützung durch das Königshaus bekam. Ordenssitz wurde die Templerburg Tomar, die fortan enge Verbindung zu Ponferrada unterhielt. So ist es ganz natürlich, dass der Templerschatz bei genau diesen beiden Burgen zu suchen ist, denn ohne Geld war die Gründung mehrerer Mönchsorden undenkbar. Deshalb dürfte der Schatz auch nicht in Rennes le Chateau geblieben sein. Es ist also viel wahrscheinlicher, dass Pfarrer Sauniere eines der kleineren oder bestenfalls mittleren Depots gefunden hatte."

Raschke hörte fasziniert zu. Wolfgang redete sich regelrecht in Rage. Der Kriminalbeamte war inzwischen sicher, dass Wolfgang nicht nur irgendein Pilger war, der zufälligerweise über ein fundiertes Wissen über die Templer verfügte. Nein. Der Mann war ein solcher Insider in dem Thema, dass er dieses Fachgebiet mindesten studiert, wenn nicht sogar darüber promoviert hatte. Wenn er jetzt noch zwei und zwei zusammenzählte, dann war nicht auszuschließen, dass Wolfgang mit den bisherigen Ereignissen in Zusammenhang stand. Nach einigen Augenblicken des Überlegens verwarf er den Gedanken wieder. Wenn das so wäre, dann gehörte Wolfgang zu denen, die ihm nach dem Leben trachteten. Und dann würde der einen Teufel tun und ihm diese Details offenbaren, die in der Tat ein hervorragendes Motiv für die bisherigen Morde und Anschläge sein könnten. Raschke nahm sich vor, beim nächsten Treffen mit Lopez Castela darüber zu diskutieren.

Wolfgang war immer noch nicht am Ende.

„Aber lassen wir die Depots, die bisher kein Mensch gefunden hat. Ich möchte, wenn es euch nicht langweilt, den Kirchenbau der Templer erwähnen. Und wenn ich dich richtig verstanden habe, so haben dich die Kirchen der Ritter fasziniert."

Raschke nickte und überlegte, wann er das erzählt hatte.

„Es gab prinzipiell drei Sorten von Templerkirchen: Einschiffige Bauten mit Tonnengewölbe, halb überkuppelte, ebenfalls einschiffige Gebäude und schließlich auch einige Zentralbauten, Kirchen mit rundem oder vieleckigem Grundriss. Am beliebtesten ist dabei der Verweis auf die Ähnlichkeit der wenigen oktagonalen Templerkirchen mit dem ebenfalls achteckigen Felsendom zu Jerusalem, der als Vorbild für die Templerbauten gedient haben soll. Die Zahl Acht symbolisiert übrigens in der jüdischen Kabbala Erneuerung und Wiedergeburt; den Anhängern mystischer Theorien galt dies lange als Beweis für das symbolistische Baukonzept der Tempelritter. Zweifel an derartigen Theorien sind gleichwohl begründet. Natürlich schrieben die Templer ihren Kirchen als Stein gewordenes Stück Himmel symbolische Bedeutung zu. Aber die achteckigen Bauten stellen eine so kleine Minderheit unter den Gotteshäusern dar, dass sie nicht als repräsentativ gelten können. Sie blieben lange Zeit unbeachtet. Aber gerade deshalb sind sie interessant. Denn nur in diesen Kirchen haben wir die eingemeißelten Pergamentrollen gefunden, womit für mich bewiesen ist, dass die achteckigen Kirchen eine besondere Bedeutung haben. Und hier schließt sich der Kreis. Ich behaupte, in den achteckigen Kirchen mit den Pergamentrollen befinden sich auch die Hinweise auf die Depots."

„Könnten die auf kleinen Steintafeln eingemeißelt sein, die sich in den Kirchen befinden?"

Wolfgang sah ihn überrascht an. Auch Ulla warf ihm einen erstaunten Blick zu.

„Wie kommst Du denn darauf?"

„Mir kam da nur so ein Gedanke", wiegelte Raschke ab, „wenn nach Deiner Theorie die eingemeißelten Pergamentrollen ein Hinweis auf den Hinweis wären, dann könnten sich die detaillierten Hinweise doch auf Stein- oder Schiefertäfelchen befinden, die in den Kirchen versteckt liegen."

„Eine interessante Vermutung. Aber die Zeiten, in denen etwas in Steintafeln gemeißelt wurde, waren nach den Römern aus der Mode gekommen. Ich denke, es waren Pergamentrollen. Ähnlich der eingemeißelten Hinweise."

Die Unterhaltung wurde abrupt beendet, weil Ulla sich verabschiedete, um ins Bett zu gehen. Raschke bedankte sich noch einmal bei Wolfgang.

„Das war ein sehr interessanter, fesselnder Vortrag. Ich hoffe, wir treffen uns im Verlauf des Weges noch öfter.

Wenn ich dann nach Hause zurückfahre, bin ich zum Thema Templer richtig fit."

„Na, ja,", wiegelte Wolfgang ab, „um zu dem Thema richtig fit zu werden, braucht es schon etwas mehr als ein paar Vorträge eines halbwegs sachkundigen Pilgers auf dem Jakobsweg. Aber es freut mich, dass es Dir gefallen hat."

Raschke verließ die Bar, ersparte sich die Treppe und fuhr mit dem Aufzug auf die dritte Etage, auf der sein Zimmer lag.

Nachdem er Sahagun durchquert und den Rio Crea überschritten hatte, stellte er fest: Er war offenbar wieder einmal der Letzte in der Ameisenreihe. Vor ihm stiefelte eine Gruppe, dem Dialekt nach aus dem Ruhrgebiet. Vermutlich Wanne-Eickel oder lateinisch Castrop-Rauxel, dachte Raschke und grinste über seinen eigenen Scherz. Die Gruppe ließ sich von einem Mietwagen begleiten, aus dem je nach Bedarf kühle Getränke hinausgereicht oder auch das ein oder andere zu schwer gewordene Gepäckstück hineingereicht wurde. Während sie eine kleine Pause machten, überholte er die Gruppe. Jetzt erkannte er die Leute. Sie hatten in Fromista in der Kirche gesungen, was vermutlich der Mörder ausgenutzt hatte, die Archivarin aus dem Museum aus Palencia umzubringen. Alle Besucher hatten sich auf die Sänger konzentriert und so nicht bemerkte, was auf der letzten Bank vor sich ging.

Gegen Mittag hatte Raschke nach gut zwanzig Kilometern sein Tagesziel, den kleinen Ort El Burgo Ranero, erreicht. Der Ort selbst war reizlos. Einige wenige neu gebaute Einfamilienhäuser vermochten nicht, das Dorf aus alten, baufälligen Häusern mit Wänden aus Lehmputz aufzuhübschen. Er war nicht nur mit dem Ort unzufrieden, sondern ärgerte sich ein wenig über sich selbst, da er heute trotz des Gewaltmarsches am Vortag noch hätte weitergehen können, wenn er nicht das Quartier im Hostal voreilig gebucht hätte. Aber nach einigen Minuten hatte er sich wieder beruhigt. Wer weiß, ob es in dem noch kleineren Reliegos ein freies Zimmer gab, und weiter wäre er sicherlich nicht gekommen.

Eine Stunde später war er froh, aufgehört zu haben. Es wurde unerträglich heiß, ja schwül. Über den Bergen, die sich im Norden am Horizont abzeichneten, bildeten sich Gewitterwolken. Beim Einkauf im Supermercado wurde Raschke von einem Einheimischen auf Deutsch angesprochen. Der Spanier, der über dreißig Jahre lang in Wiesbaden gelebt und in Frankfurt bei der Bahn gearbeitet hatte, klagte ihm sein Leid. Jetzt, nach seiner Verrentung, hatte er sich in der Heimat mit dem mühsam Ersparten ein Häuschen gebaut und war todtraurig, weil seine Frau nicht nach Spanien zurück gewollt hatte. Geduldig hörte Raschke ihm zu und versuchte ihn zu trösten. Insgeheim konnte er aber verstehen, dass die Ehefrau des Spaniers die mondäne Stadt Wiesbaden nicht mit dem Kuhkaff in der spanischen Meseta tauschen wollte.

Kaum hatte er sich von dem traurigen Julio gelöst, belegte ihn Heather, die weißhaarige, etwa sechzigjährige Australierin, die ihm noch in der Casa Paderborn aus dem Weg gegangen war, mit einer Unterhaltung. Sie war nicht unsympathisch, obwohl sie sich regelrecht aufzwang. Raschke wunderte sich, wie gut er sie trotz seiner dürftigen Englischkenntnisse verstand. Er erfuhr, sie sei Witwe und habe von ihrer Tochter die Reise geschenkt bekommen, übernachte immer in den Herbergen und finde das crazy. Raschke fand das auch, deshalb übernachtete er lieber in Hostals oder Pensionen, erklärte er. Als sie ihn unverblümt fragte, was er denn beruflich mache, log er. Er sei Rentner und habe vorher in der Verwaltung einer großen Immobilienfirma gearbeitet. Heather schien enttäuscht, so, als habe sie eine spektakulärere Antwort erwartet. Raschke war froh, dass Heather ihn überhaupt verstand, und ärgerte sich ein wenig über das Pärchen am Nebentisch, das sich über seine verdrehten Sätze und grauenhafte Grammatik köstlich amüsierte.

Nachdem Heather ihn erlöst hatte, weil sie noch im Supermercado einkaufen wollte, gesellten sich die beiden Deutschen vom Nebentisch zu ihm. Sie entschuldigten sich für ihre Heiterkeit, aber sein Englisch sei wirklich sehr spaßig gewesen. Raschke nahm die Entschuldigung an und revanchierte sich, indem er die beiden als Vater und Tochter bezeichnete. Carola und Christof, stellten sie sich vor und sie seien keinesfalls Vater und Tochter, sondern eine zufällige Pilgerbekanntschaft. Carola, Mitte dreißig, hatte Probleme mit ihrer Achillessehne. Christof, etwas jünger als Raschke, war angeblich Heilpraktiker und hatte ihr helfen können. Da er nicht so lange Etappen laufen wollte, liefen sie jetzt zusammen. Was der heilige Jakob bei seinen Pilgern nicht alles regelt, dachte Raschke. Die beiden waren in dem Hostal gegenüber der Pilgerherberge abgestiegen, in dem auch Raschke ein Zimmer angemietet hatte.

Ihre Unterhaltung wurde abgelenkt durch Pavel, einen über achtzigjährigen Pilger aus Prag. Der Pilgermethusalem war zusammen mit Heather in der Herberge abgestiegen, hatte sich an einem der Tische in unmittelbarer Nähe niedergelassen und unterhielt die Pilger, die entspannt vor der Bar in der Sonne saßen, mit allerlei kurzweiligen Geschichten aus seinem ereignisreichen Leben.

So erfuhren alle staunend, dass sein Vater KuK-Beamter im Österreichischen Kaiserreich gewesen war und kurz vor dem Anschluss Österreichs an das Deutsche Reich mit seiner Familie erst nach Paris und dann über Brasilien in die USA reiste, wo er, Pavel, Medizin studiert habe und Kardiologe geworden sei. Seit zehn Jahren lebe er wieder in seiner Geburtsstadt Prag. Nun wolle er zum Abschluss seines Lebens einmal den Jakobsweg laufen.

Der alte Mann war Raschke schon mehrfach aufgefallen, wie er vor Bars oder auf Rastplätzen mit vielen anderen Pilgern gesprochen hatte. In Viana mit der Leipzigerin, in Santo Domingo mit Matthias und der Neukaledonierin, in Burgos mit den Stuttgarterinnen und in Carrion mit den Bundeswehroffizieren und Marianne, bevor sie in den Bus gestiegen war. Nur mit ihm, Raschke, war er noch nicht ins Gespräch gekommen. So, als wolle er ihm aus dem Weg gehen. Jetzt fiel ihm ein, dass Pavel in Carrion bei seinem Gespräch mit den schneidigen Offizieren just in dem Moment vom Deutschen ins Englische wechselte, als Raschke sich an den Tisch gesetzt hatte. Schon damals hatte er das unbestimmte Gefühl gehabt, dass sich der Alte zurückzog, wenn er in die Nähe kam. Selbst in El Burgo, wo man sich nicht aus dem Weg gehen konnte, unterhielt sich Pavel nur mit Carola und Christof. Raschke ignorierte er.

Der Abend nahte. Das Licht wurde schwächer. Aber es blieb warm. Wurde richtig schwül. Das Gewitter kam bedrohlich näher. Während sich Carola, Christof und Pavel bereits in ihre Quartiere zurückgezogen hatten, blieb

Raschke noch unter dem Vordach der Bar sitzen. Er genoss es, ein wenig allein zu sein, die Blitze zu beobachten und mit offenen Augen vor sich hin zu träumen.

Am Morgen war wolkenloser Himmel. So, als hätte es nie ein Gewitter gegeben. Das nutzten viele Pilger, sich früh auf den Weg zu machen, um möglichst vor der Mittagshitze an ihr Ziel zu kommen. Wenn Raschke geglaubt hatte, die Meseta sei bisher einsam und schier grenzenlos, so musste er sich eingestehen, dass die folgenden Kilometer noch getoppt wurden. Gelegentlich war in einiger Entfernung über den Feldern ein Busch zu sehen, ansonsten verlor sich der von jungen Bäumen gesäumte Jakobsweg am Horizont im Dunst, der heute keinen Blick auf die Kantabrischen Berge im Norden gestattete und somit das weite Land noch weiter erscheinen ließ. Stupide setzte Raschke Fuß vor Fuß. Mechanisch. Er erwischte sich dabei, wie er versuchte, auf seinen eigenen Schatten zu treten. Dann summte er die Marsaillaise. Warum gerade die französische Nationalhymne, wusste er selber nicht. Es ging wie von selbst. Als er dabei einen am Wegesrand rastenden Pilger passierte, rief ihn dieser ein fröhliches „Bonjour“ nach, was Raschke in die reale Welt zurückholte.

In dem kleinen Städtchen Mansilla de Mulas traf er einige Mitpilger wieder, die er eigentlich schon weiter weg oder weiter hinter sich gewähnt hatte. Dabei waren auch die drei Bundeswehrsoldaten, auf die er wirklich hätte verzichten können. Wenn ihm bisher jemand wirklich unangenehm war, dann die drei. Das beruhte offensichtlich auf Gegenseitigkeit. Beim Vorbeigehen grüßte Raschke höflich, was von den Dreien ignoriert wurde. Jeder schaute in eine andere Richtung. Raschke fand das ausgesprochen kindisch. Aber vielleicht war das so eine Art Jakobswegkoller, der zur Hälfte der Strecke jeden einmal erwischen soll, sagte man. Bei dem einen wirkt er sich so, bei anderen anders aus.

In der Nähe der Brücke, die den kleinen Fluss Rio Elsa überspannte und von der man einen schönen Blick auf die alte Stadtmauer mit ihren Zinnen hatte, sah er Pilgersenior Pavel, der neben einem dunklen Van mit spanischem Kennzeichen stand. Die Insassen waren wegen der getönten Scheiben nicht zu erkennen. Aber die Unterhaltung schien sehr intensiv. Während der Alte, nachdem der Van abgefahren war, seine Wanderstöcke wie ein Gewehr über die Schulter legte und weiter in Richtung Leon wanderte, schlenderte Raschke zurück in die Stadt.

Vor einem kleinen Café traf er auf Christof und Carola, die trotz ihrer Verletzung ziemlich schnell unterwegs gewesen sein musste, denn sonst hätte sie noch nicht hier sein können. Die Frauen, die auf dem Camino wandern, sind zäh, dachte Raschke, sie geben erst auf, wenn wirklich nichts mehr geht.

Er setzte sich zu den beiden, die ihm sehr sympathisch waren, und tat das, was zur Lieblingsbeschäftigung der Pilger wurde, man erzählte von seinen Eindrücken und über andere Pilger. Die Treffen waren eine richtige Nachrichtenbörse. Als Raschke wie beiläufig erwähnte, er habe Pavel an der Brücke über den Rio Crea neben einem Van gesehen, konnte Christof seine Überraschung nur schwer verbergen.

„Sieh an, der Alte erzählt immer, wie langsam er wandert. Dabei lässt er sich mit dem Auto fahren."

„Das habe ich nicht gesagt“, wehrte Raschke ab, „er stand nur an dem Wagen und hat sich mit den Insassen intensiv unterhalten.“

„Überleg doch mal“, grinste Christof, „er will doch nur mit gut drei Kilometern in der Stunde gehen. Dann kann er noch gar nicht hier sein. Er müsste sogar Carola überholt haben. Oder vor sechs Uhr gestartet sein. Da hatte die Herberge aber noch geschlossen. Nein, der hat sich fahren lassen und geht nur die letzten Kilometer bis Leon zu Fuß.“

„Das hört sich an, als ob du das dem alten Mann nicht gönnst.“

„Ach was“, wehrte Christof ab, „jeder geht so, wie er will. Aber dann darf er abends in den Bars nicht so rumtönen.“

„Auch das sei ihm in seinem Alter gegönnt“, griff Carola ein, „seine Geschichten klingen an jedem Ort anders. Aber er ist ein charmanter Unterhalter und liebenswerter Mensch.“

Eric gesellte sich zu ihnen, ein christlicher Libanese aus Genf, der den Weg angeblich schon zum dritten Mal gelaufen war, in Leon aber aufhören wollte. Er kam zusammen mit einer kleinen Französin in mittleren Jahren an, die Raschke zum ersten Mal sah. Als sie sich beiläufig erkundigte, ob sie wüssten, wo denn hier im Ort die von den Templern gebaute kleine Kirche aus dem 12. Jahrhundert sei, sträubten sich bei ihm nicht nur die Nackenhaare. Kirchen aus dem 12. Jahrhundert lösten inzwischen bei ihm einen Schluckauf aus. Aber natürlich versucht man anderen Pilgern zu helfen, deshalb blätterte er unschlüssig in seinem Wanderführer, fand aber die gesuchte Kirche nicht.

Christof hatte sich inzwischen der Sache angenommen und zeigte der niedlichen Französin auf einer Karte, die er aus seiner Umhängetasche holte, den Weg zu der gesuchten Iglesia, die sich in einem südöstlich gelegenen Ort gut fünf Kilometer entfernt befinden sollte. Raschke war überrascht, dass Christof sofort wusste, welche Kirche gemeint war und wie schnell er sie auf der Karte gefunden hatte.

Die freundliche Dame bedankte und verabschiedete sich mit einer Mischung aus Französisch und Deutsch und machte sich auf den Weg, während Eric bei ihnen sitzen blieb. Raschke schaute ihr nachdenklich nach. Er überlegte einen Augenblick, ob er ihr folgen sollte, blieb dann aber sitzen. Als er sich wieder den Tischgenossen zuwandte, glaubte er für einen Moment ein spöttisches Lächeln bei Carola bemerkt zu haben. Vermutlich hatte sie seinen Blick hinter der Französin her völlig falsch gedeutet. Verlegen grinste er zurück. Die illustre Pilgerrunde löste sich auf, als ein Gewitter aufzog.

Leon

Um kurz nach fünf Uhr wurde Raschke wach und ließ zum Abschied so richtig die Türen knallen. Er war stinksauer, weil eine französische Kurzzeitpilgergruppe den Beginn ihres Marsches bis zwei Uhr ausgiebig gefeiert hatte. Wenn er geglaubt hatte, damit die Franzosen aus ihrem Schlaf geholt zu haben, sah er sich getäuscht. Die Hälfte der Gruppe stand schon auf der Straße und wartete auf den Rest.

Missmutig stapfte Raschke durch die sonntäglich schlafende Stadt und reihte sich, so wie er das hinter der Brücke über den Rio Crea übersah, relativ weit vorn in den Ameisenweg ein. Noch war es trocken. Aber mit jedem Kilometer, den er Leon näher kam, wurden die Wolken dichter. Es war drückend schwül, trotz der frühen Morgenstunden. Das nächste Gewitter war im Anmarsch. Mehrere Pilger vor ihm hatten ein Taxi angehalten, um damit der entmutigenden Strecke, die durch ein Industriegebiet führte, zu entgehen. Heute war nicht sein Tag. Das merkte er schon in den ersten Stunden. Es war das letzte Taxi. Sein Fuß schmerzte. Am Sonntag fuhren keine Busse. Und das Hotel, welches Lopez Castela für ihn gebucht hatte, befand sich am anderen Ende der Stadt kurz vor der Pilgerbrücke über den Rio Bernesga.

Sein Einmarsch in Leon stand unter keinem guten Stern. Noch während er durch die Parkanlagen am Ufer des Flusses ging, begann es wieder zu regnen. In einer Art Pilgerslalom umkurvte er die Pfützen, traf endlich in dem Hotel ein und stellte fest, sein Zimmer war noch nicht bezugsfertig. Also setzte er sich in die Hotelbar und genehmigte sich ein Bier. Selbst das schmeckte heute nicht. Er deponierte an der Rezeption seinen Rucksack, wechselte von seinen Wanderstiefeln auf Sandalen und machte sich daran, die Stadt zu besichtigen. Im Regen machte das wenig Spaß, also marschierte er zur Kathedrale. Dort war es zwar trocken, aber es war Gottesdienst, somit eine Besichtigung nicht erwünscht. Im Museum San Isidro knöpfte man ihm gleich vier Euro ab, da er seinen Pilgerausweis im Hotel gelassen hatte. Er revanchierte sich, indem er trotz Fotografierverbotes die Ausstellungsstücke ablichtete, und wurde erwischt. Es war nicht sein Tag.

Er schloss sich nach dem Disput mit dem Aufseher einer deutschen Besuchergruppe an, die von einem Museumsführer durch die Räume geführt wurde. So richtig interessierte ihn nicht, was es zu sehen gab. Aber so lange es draußen regnete, war er hier trocken. Außerdem wollte er seine vier Euro Eintritt ablaufen.

Minutenlang referierte der Führer über die Sammlung antiker Handschriften aus dem 10. Jahrhundert. Die Mauren hatten seinerzeit das Papier nach Kastilien gebracht und im Königreich wurden darauf Bibeln, Messbücher und königliche Tagebücher geschrieben. Auch die Templer hatten eine umfangreiche Bibliothek zusammengestellt, deren Reste, etwa 35.000 Bände, zur Zeit durch das Institut für römisch-westgotische Studien an der Universität Leon wissenschaftlich ausgewertet würden. Neben der Universität Leon seien auch andere spanische Universitäten, aber auch, und das erzählte der Guide mit sichtbarem Stolz, andere europäische Gelehrte intensiv daran beteiligt, die letzten Geheimnisse der Templer zu lüften. Hatte Raschke bis dahin nur mit halbem Ohr zugehört, so wurde er schlagartig aufmerksamer. So werde unter anderem untersucht, ob der goldene Kelch, den sie gerade bewundert hatten, nicht tatsächlich der lang gesuchte Heilige Gral sei. Ausgeschlossen werden könne das nicht, denn die Achatschalen des Kelchfußes und des Kelchgrundes seien erwiesenermaßen römischen Ursprungs. Aber die Forschungen seien noch nicht abgeschlossen. Zurzeit würden die Herkunft des Goldes, aus dem das Mundstück mit seiner Intarsienarbeit aus Elfenbein besteht, überprüft und Vergleiche über die künstlerische Bearbeitung gemacht, um dieses Prunkstück richtig einordnen zu können. Dazu seien extra Spezialisten aus anderen europäischen Ländern nach Leon gekommen. Die Besucher staunten und drängelten sich um das Ausstellungsstück. Interessant fand Raschke auch kleine Elfenbeinplatten und Tonkrüge aus der Zeit der Templer. Der Museumsführer erklärte den lateinischen Spruch, der in die Gefäße hineingeritzt war: *Nimm nur was nötig und denke an die folgenden Brüder.*

*

Während Raschke sich im Museum weiterbildete, fand gar nicht weit entfernt im Sitzungszimmer des Rektorats der Universität neben dem Park am Ufer des Rio Bernesga eine interessante Versammlung statt.

Nachdem alle Anwesenden ihren Kaffee bekommen hatten, für den die Sekretärin gesorgt hatte, eröffnete die Chefin die Besprechung.

„Zunächst möchte ich Ihnen die Grüße meines Mannes ausrichten. Er ist sehr angetan von den bisherigen Ergebnissen und wünscht uns weiterhin viel Erfolg. Mir ist zu Ohren gekommen, dass bei einigen von Ihnen Zweifel entstanden sind, ob unsere Arbeiten rechtmäßig sind. Grund dafür waren Medienberichte über tragische Todesfälle von

Kolleginnen und Kollegen historischer Institute. Diese Todesfälle sind bedauerlich, haben aber mit unseren Arbeiten nichts zu tun. Um jeden Zweifel an der Rechtmäßigkeit unserer Arbeiten auszuräumen, zeige ich Ihnen hier noch einmal die offizielle Erlaubnis der spanischen Regierung."

Die Chefin hob ein Schreiben, das ihr die Sekretärin zugeschoben hatte, hoch. Ganz oben stand fett und gut sichtbar: *Ministerio*. Welches es war und der folgende Text waren nicht zu erkennen. Trotzdem machte das Dokument bei den Neuankömmlingen durchaus Eindruck. Sie nickten zustimmend.

„Lieber Monsignore, wenn ich Sie bei unserem Vorgespräch richtig verstanden habe, wollen Sie heute endlich Erfolge vorweisen."

Der Angesprochene erhob sich von seinem Stuhl, stellte sich dahinter und räusperte sich noch einmal, bevor er begann.

„Ja, gestatten Sie mir, dass ich ein wenig aushole. Als Archivar des Vatikans ist mir bekannt, dass die Templer ein Schrift- und Aktenwesen, dem Umfang und der Ausführlichkeit nach mit allen Zügen einer akribischen Bürokratie, unterhielten. Die zahlreichen internationalen Besitzungen und Aktivitäten des Ordens wurden peinlich genau verwaltet, alle Vorgänge aufgezeichnet und archiviert. Es existierten Archive in allen Provinzen. Die gesammelten Dokumente betrafen nicht nur ordensinterne Schriften wie Regel, Statuenbuch und Strafkodex, sondern waren zum Großteil auch Verwaltungsvorgänge über die Ländereien, Urkunden über den Geldverleih, Kassenbücher, Inventarlisten und Schriften über die Rechtsbeziehungen der Templer.

Das Generalarchiv des Ordens sammelte die Korrespondenz der Ordensleitung mit den Provinzverwaltern, den Schriftwechsel mit Papst und Königshäusern. Kurz: alle den Orden in seiner Gesamtheit betreffenden Dokumente. In Scriptorien, Schreibstuben, wurden von Mönchen die Dokumente angefertigt, manche auch kopiert. Geschrieben wurde in Latein. Übrigens gab es in Tabara in Kastilien–Leon eine riesige Bibliothek der Templer. Es war ein vier Stockwerke hoher Turm, in dem Tausende von Dokumenten lagerten."

„Und wo sind die geblieben?"

„Ein Teil gelangte auf verschlungenen Wegen in den Vatikan, ein Teil in die Archive des spanischen Staates, ein Teil ist verschwunden und der Rest wurde verheizt, verbrannt oder anderweitig vernichtet. Nicht nur ein Beispiel dafür, dass man generell Bücher nicht verbrennen soll, sondern in diesem Fall wäre das sicher früheren Generationen hilfreich gewesen beim Auffinden des Templerschatzes. Was aber angesichts der buchhalterischen Sammelwut des Templerordens verwundert, ist die insgesamt geringe Zahl erhaltener Schriftstücke."

Einer der Anwesenden, ein Mann Ende Fünfzig, Anfang Sechzig, schnitt dem Monsignore einfach das Wort ab.

„Die geringe Zahl aufgefundener Dokumente hat zu verschiedenen Hypothesen geführt, was mit dem umfangreichen Schriftmaterial geschehen sein mag. Gerade die Vertreter okkultistischer Verschwörungstheorien haben die schlechte Aktenlage zum Anlass genommen, von einer satanischen Geheimlehre der Templer zu sprechen. Daran waren die Templer zum Teil selber schuld, als sie einen Teil ihrer Aufzeichnungen zu Beginn der Inquisition verbrannten. Die Ordensbrüder vernichteten ihre Archive, um Liquidatoren die Höhe des Vermögens zu verheimlichen."

Die Chefin wurde ungehalten.

„Professor, ich habe viel Geduld mit Ihnen, wenn Sie uns längst bekannte Dinge erzählen, die ich von Ihnen bereits mehrmals gehört habe. Kommen Sie auf den Punkt."

„Ja, gnädige Frau. Sofort. Die Elfenbeintäfelchen sind der Weg zur Lösung. Die Zeichnungen auf den Täfelchen bezeichnen nämlich Peilpunkte und Peillinien mit mindestens drei Peilungen. Deshalb entstehen diese merkwürdigen Dreiecke. Wir müssen also nur die Peilpunkte finden. Das ist der Grund, warum wir auf dem historischen Jakobsweg Meter für Meter laufen müssen. Nur so finden wir die unveränderlichen Peilpunkte, in deren Kreuzungspunkt das Depot liegt. Die Peilpunkte sind unveränderliche Landmarken, vielleicht auch nicht leicht zu verändernde Monumente der Templerzeit, von denen nach einer Zerstörung zumindest noch die Ruinen blieben. Deshalb hatte ich die Kollegen von der historio-geografischen Fakultät der Universität Santiago und unseren Archäologen gebeten, zu unterstützen. Jetzt liegt das Ergebnis unserer gemeinsamen Arbeit auf dem Tisch. Bitte, Monsignore, übernehmen Sie."

Der geistliche Würdenträger, der den letzten Ausführungen sichtlich unruhig gelauscht hatte, stand auf und winkte seinem Mitarbeiter. Der ging zu einem kleinen Metallkoffer, hob ihn auf und legte ihn mit der breiten Seite vor dem Monsignore auf den Tisch. Der Koffer war schwer.

„Ich habe hier etwas, über das ich Sie nun, da die Zeit dafür gekommen ist, ins Bild setzen muss. Es heißt zwar, wenn zwei Leute von einer Sache etwas wissen, ist sie nicht länger ein Geheimnis. Doch ein viel ärgerer Feind für den Zusammenhalt unserer Gemeinschaft sind Gerüchte und das, was sie anrichten können“, steigerte der Geistliche die Spannung.

Dann öffnete er, wie in Zeitlupe, fast andächtig den Deckel. Es wurde mucksmäuschenstill. Den Inhalt verbarg ein schwarzes Samttuch, welches vorsichtig zurückgeschlagen wurde. Ein Aufstöhnen ging durch die kleine Gesellschaft. Eine stattliche Anzahl von Gold- und Silbermünzen wurde sichtbar. Die Chefin ließ sich einige Münzen geben und starrte sie mit leuchtenden Augen an. Fast streichelnd fuhr sie mit dem Finger über die Geldstücke mit dem Templerkreuz und der Prägung von Ferdinand II. von Leon. Dann reichte sie die Stücke weiter an die weißhaarige, alte Dame, die sie stumm und ehrfürchtig entgegennahm. Sprachlos starrten alle den kleinen Schatz an.

Die Chefin gewann als Erste die Fassung zurück. Sie erhob sich, ging zu dem Monsignore hinüber. Vorsichtig, so als habe sie Angst, etwas zu zerbrechen, griff sie in den Koffer und ließ die kleinen, flachen Münzen durch die Hände rollen. Dann ging sie wie in Trance zu ihrem Platz zurück. Einer nach dem anderen wiederholte die Zeremonie.

„Das ist die Frucht unserer gemeinsamen Arbeit“, erklärte voller Stolz der Geistliche, „es sind genau 3153 Goldgulden. Jeder von etwas mehr als 3 Gramm. Der reine Goldwert dürfte etwa 200.000 € betragen. Der genaue Goldgehalt und damit der tatsächliche Wert des Fundes ist noch zu bestimmen. Aber das ist erst der Anfang. Die Ausbeute aus den ersten drei Depots, die wir gefunden haben. Die anderen suchen wir noch.“

„Wo haben Sie diese Münzen gefunden?“, wollte die Chefin wissen. Bevor der Monsignore etwas sagen konnte, ergriff der Professor das Wort.

„Selbstverständlich, gnädige Frau.“

Er machte eine kleine Kunstpause und genoss offensichtlich die nervöse Unruhe, die in dem kleinen Kreis entstand.

„An allen Legenden ist ein wahrer Kern. Und deshalb sind der Monsignore und ich der Legende nachgegangen, die sich um den kleinen Ort Terradillos de los Templarios rankt, einem heute trostlosen Nest mit knapp hundert Einwohnern zwischen Carrion und Sahagun. Der Ort gehörte, wie der Name schon sagt, zum Herrschaftsbereich der Templer. Er war schon im Mittelalter landwirtschaftlich geprägt und weist keine Besonderheiten auf. Weder architektonisch noch geografisch. Ein schlichter Ort mitten in der flachen Meseta. Aber er liegt auf dem Jakobsweg. Und die Legende besagt, dass genau dort, in dieser Einöde, von den Templern das Huhn begraben wurde, das goldene Eier legt.“

„So ein dummes Gerede ist doch nicht ernst zu nehmen.“

„Sehen Sie, gnädige Frau, das ist der Punkt. Wie kommt es zu so einer Legende in einem so trostlosen Kaff?“

„Dummes Gerede eben.“

„Eben nicht. Sicherlich wird es dieses Huhn ebenso wenig gegeben haben wie das gebratene Huhn, das in Santo Domingo dem Richter vom Teller geflogen ist. Aber was ist, wenn ein mittelalterlicher Einwohner beobachtet hat, wie die Templer etwas vergraben haben?“

„Dann wird er es ausgegraben haben, als die Ritter weiterzogen.“

„Möglich“, sinnierte der Professor, „aber wenig wahrscheinlich. Die Templer waren die Herren des Ortes und die Beweglichkeit der Leute damals war lange nicht so hoch wie heute. Er konnte nicht einfach ausgraben, was die Herren des Ortes vergraben hatten. Vor allem dann, wenn es nicht möglich war, unbemerkt an das Versteck heranzukommen. Ausgehend von diesen Überlegungen haben der Monsignore und ich intensiv nach Unterlagen über die Gebäude der Templer geforscht und tatsächlich ein Haus gefunden, das früher die Ritterherberge war. Der genaue Ort tut jetzt nichts zu Sache. Aber wir haben uns in die Lage der ehemaligen Ritter versetzt und darüber nachgedacht, wo wir in ihrer Situation etwas verstecken würden. Dort haben wir gesucht. Und siehe da. Was kam zum Vorschein? Ein Tonkrug in der Form eines Huhns. Im Bauch fast zweitausend Goldmünzen. Wir haben das Huhn gefunden, das die goldenen Eier gelegt hat. Außen an dem Krug fanden wir Reste von Federkielen. So dass wir davon ausgehen, dass er in einem Balg gesteckt hat. Für einen heimlichen Beobachter könnte es tatsächlich so ausgesehen haben, als wenn die Templer Goldmünzen aus einem Huhn geholt haben.“

„Fast zu schön, um wahr zu sein“, unterbracht die Chefin, „aber das will ich gar nicht weiter erörtern. Wir haben einen ersten Erfolg und wissen nun, dass wir richtig liegen. Den großen Schatz der Templer gibt es also nicht. Wo befanden sich die anderen Fundorte?“

„Einer nicht weit von Puente la Reina und ein anderer zwischen Torres del Rio und Viana in einer Schlucht.“

„Es sind also tatsächlich viele kleine Schätze und davon wollen wir so viele bergen, wie es nur möglich ist. Bis dahin bitte ich Sie, uns den Goldgehalt zu ermitteln. Aber wir haben noch einige andere Dinge zu besprechen, die mir ernstlich Sorge bereiten."

Sie schaute in die Runde und fixierte zwei jüngere Männer, die sich um Sicherheitsfragen, wie sie das nannte, zu kümmern hatten.

„Es ist einfach unglaublich. Unsere Experten für Sicherheit haben es bisher nicht geschafft, den Deutschen auszuschalten. Der Eine von Ihnen kann mit dem Messer offenbar nur Brötchen schneiden. Und was sich der Andere geleistet hat, war noch schlimmer. Was haben Sie sich nur dabei gedacht, einen Unbeteiligten zu erschießen. Ich hatte ausdrücklich angeordnet, alles wie Unfälle aussehen zu lassen."

„Chefin, ich habe eine Jagdflinte benutzt. Gejagt und gewildert wird in den Oca-Bergen seit Jahrhunderten. Die Sache kann also immer als Jagdunfall eingestuft werden. Außerdem haben Sie selbst gesagt, dass der Typ mit seinem leuchtend roten Anorak und dem weithin erkennbaren Sombrero nicht zu verwechseln ist. Dass er seinen Hut verschenkt hat, konnte doch kein Mensch ahnen."

„Von wegen Jagdunfall. Sie halten die Polizei wohl für naiv? Machen Sie bloß nicht den Fehler, die spanische Polizei zu unterschätzen. Ich nehme das ab heute selbst in die Hand. Sie handeln ab sofort nicht mehr selbstständig, sondern stimmen sich vor jeder Aktion mit mir ab. Das gilt für Sie beide. Verstanden?"

„Und was ist mit dem da?"

Einer der beiden Gescholtenen zeigte auf den kleinen, drahtigen Mann, der neben dem Monsignore saß.

„Er ist Mitarbeiter des Monsignore. Der entscheidet, was der Mann macht und was nicht."

Der Mann war noch nicht zufrieden.

„Gut, dass Sie den Pfaffen erwähnen. Ich bin irritiert, dass Sie hier vor dem Typen so offen reden. Ich halte ihn für einen Unsicherheitsfaktor."

„Ich erwarte von Ihnen den nötigen Respekt. Der Mann ist weder Pfaffe noch Typ. Der Monsignore gehört mit zum Team. Was er hört, fällt unter das Beichtgeheimnis, oder?"

„Sie missverstehen das Sakrament der Buße, gnädige Frau. Für eine Beichte ist es erforderlich, Reue zu zeigen, und ich erkennen niemanden hier am Tisch, auf den das zutrifft."

„Sehen Sie, er ist ein Unsicherheitsfaktor."

„Seien Sie endlich still", befahl die Chefin ungehalten, „wer hier bleibt und wer nicht, entscheide ich. Ich erwarte unbedingte Loyalität für mich, für die gemeinsame Sache und gegenüber den Mitgliedern der Gruppe. Und zwar in dieser Reihenfolge. Der Monsignore hat großen Anteil daran, dass wir hier sitzen, und ich habe keinen Zweifel, dass er sich an diese Reihenfolge hält. Die von ihm vertretene Institution erhält einen Teil dessen, was wir finden. Ergo hat er ureigenstes Interesse an einer erfolgreichen Aktion. Ich akzeptiere es, wenn wir uns innerhalb unserer Gruppe um Details streiten. Aber ich erwarte absolute Solidarität, wenn ein Angriff gegen uns von dritter Seite kommt. Haben wir uns verstanden? Ich denke, Sie machen sich unnötige Sorgen."

Der Sicherheitsexperte wollte sich immer noch nicht geschlagen geben, aber ihr herrischer Wink ließ ihn schweigen. Mit wütendem Blick lehnte er sich in seinem Sessel zurück. Aber jetzt war es der Monsignore, der sich noch einmal meldete.

„Nehmen Sie es mir nicht übel, aber ich habe noch eine Frage an Ihren Mitarbeiter."

Mit einer Handbewegung stimmte sie zu.

„Senor, was macht Sie eigentlich so sicher, dass eine Exekution der richtige Weg ist, den Pilger auszuschalten? Wenn es ihm gelingen sollte, Ihnen die Waffe aus der Hand zu schlagen, sind nicht nur Sie gefährdet, sondern unser ganzes Unternehmen. Wo sehen Sie den Vorteil?"

„Wissen Sie, was mein Vorteil ist? Nein? Ich will es Ihnen sagen. Fast alle, die einen anderen Menschen töten, wollen vorher noch mit ihm reden. Ihre Überlegenheit ausspielen. Erzählen, warum sie das jetzt tun müssen. Dieses unnötige Gequatsche ist die Chance für das Opfer. Sei es durch Unaufmerksamkeit des Schützen oder durch Zeitgewinn. So etwas gibt es bei mir nicht. Ich lasse mich weder durch Flehen beeindrucken noch durch Gequatsche ablenken. Mein Opfer muss nicht wissen, warum ich es töte. Es kann sowieso hinterher nichts mehr mit seinem Wissen anfangen. Ich erledige meinen Auftrag schnell und ohne Worte. Dadurch gewinne ich Zeit, schnell und unbemerkt wieder zu verschwinden. Das ist das Geheimnis, warum ich bisher nicht erwischt wurde. So einfach ist das."

Der Begleiter des Monsignore lächelte tiefgründig. Es sah so aus, als wolle mit einem fast unmerklichen Kopfnicken zustimmen, während der Monsignore seinen Unmut nur schwer hinter dem undurchdringlichen Gesicht zu verstecken vermochte.

„Sie spielen sich zum Herrn über Leben und Tod auf. Die Kirche bewertet einen Mord als schwerwiegenden Eingriff in die Herrschaftsrechte Gottes über Leben und Tod.“

„Wie bitte? Verstehe ich Sie richtig? Ihr Unmut ist doch gespielt. Einfach nur scheinheilig. Würde so etwas im Auftrag der Kirche passieren, dann wäre das in Ordnung. Ja? Wenn ich das mache, ist es ein Eingriff in die Herrschaftsrechte Ihres Gottes und damit ein Verbrechen. Nein, so einfach kommen Sie mir nicht davon. Die Kirche geht doch davon aus, dass Gott alles lenkt. Richtig?“

„Richtig“, bestätigte der Monsignore.

„Na gut, dann ist es auch das Werk des Allmächtigen, wenn ein Mensch einen anderen tötet. Es wird somit der Wille Gottes umgesetzt, der sich lediglich eines Werkzeugs bedient. Was ist denn dann die Sünde? Ist es Sünde, Werkzeug Gottes zu sein? Nach Ihrer Theorie erfüllt ein Mörder Gottes Wille.“

„Sie versündigen sich. Das, was Sie sagen, ist Ketzerei.“

„Mag sein. Aber weichen Sie nicht aus, das ist nach Ihrer Auffassung auch Gottes Wille. Oder sehe ich das falsch?“

„Das sehen Sie völlig falsch.“

„Dann klären Sie mich doch auf, Monsignore. Die Kirche hat es in den vergangenen zweitausend Jahren zu allen Zeiten bestens verstanden, den naiv-kindlichen Gottesglauben der Menschen zum eigenen Vorteil auszunutzen. Diejenigen, die dabei mit ihrem Leben bezahlten, wurden mit der Unsterblichkeit im Himmelreich getröstet. Wo, lieber Monsignore, ist da bitte der Unterschied zu den fanatischen muslimischen Selbstmordattentätern, denen von ihren Geistlichen als Lohn und Dank ein sofortiger Platz im

Paradies versprochen wird? Und wie steht es mit der Jesuitenregel: Der Zweck heiligt die Mittel?“

„Sie gehören offenbar keiner Glaubensrichtung an, wenn man den Glauben an den Mammon einmal unberücksichtigt lässt“, spöttelte der Priester.

Jetzt griff die Chefin ein.

„Sie haben es nötig, verehrter Monsignore. Wenn so mancher Erblasser wüsste, was die Kirche mit seinem Kapital anfängt, würde er sich im Grabe herumdrehen. Mir scheint, manchem Kirchenmann ist das Ansammeln irdischer Schätze wichtiger als sein Seelenheil im Himmel.“

„Nein, es gibt einen großen Unterschied. Sie wollen den erwarteten Reichtum ganz allein für sich. Ich vertrete eine Institution, der ein großer Teil des zu erwartenden Vermögens zusteht. So gehört auch das Gold der Templer der Kirche, die es segensreich zum Wohl der Armen einsetzen kann.“

„Ich höre wohl nicht richtig. Wer glaubt noch an Wunder.“

„Madam, ich sehe, Sie tragen als Brosche eine weiße Lilie. Das ist eine Blume mit zwei Bedeutungen. Als Zeichen für den Tod finden wir sie sehr oft als Grabbeigabe. Sie ist aber auch das Zeichen der Unschuld. Für welche Alternative stehen denn Sie?“

Die Chefin ersparte sich eine Antwort auf die Frage und schwenkte um.

„Schluss jetzt. Wir haben uns um andere Dinge zu kümmern. An anderer Stelle zu anderer Zeit können Sie Ihren Disput fortsetzen“, erklärte sie in ungewohnt scharfem Ton, „ich will von diesem unproduktiven und unnützen Gerede nichts mehr hören. Jeder in diesem Kreis hat seine Aufgabe. Wer die nicht hundertprozentig erfüllt, bringt das ganze Unternehmen in Gefahr und wir haben alle gemeinsam den Schaden. Ich denke, das will niemand hier im Raum. Also, hören wir endlich auf, uns anzugiften. Wir sind mit dem deutschen Pilger noch nicht fertig. Wie heißt er noch?"

„Raschke," antwortete der Professor, der den Disput unbewegt verfolgt hatte, wie aus der Pistole geschossen.

„Richtig. Raschke. Es ist mir übrigens unerklärlich, dass es bisher nicht möglich war, ihn auszuschalten. Ich denke, Sie haben die langjährige Erfahrung eines Soldaten? Oder sollte ich mich in Ihnen getäuscht haben? Es wäre schade."

Der Angesprochene blieb gegen seine Gewohnheit ziemlich gelassen. Er erklärte, welche Zufälle ihn an der Durchführung seiner Aufgabe gehindert hatten, und war sicher, in Kürze diese Aufgabe zur Zufriedenheit der Chefin erledigt zu haben.

„Ich habe mir von dem Mann ein eigenes Bild gemacht", erklärte die Chefin, „der dürfte doch nicht so schwierig aus dem Weg zu räumen sein. Mit etwas Glück wäre mir das sogar gelungen."

„Mit etwas Glück mir auch", konterte er, „aber ich werde mich darum kümmern."

„Das will ich schwer hoffen. Sonst muss ich Ihnen den Auftrag entziehen und darüber nachdenken, ob ich nicht auch Ihr Salär drastisch kürze."

Mit einer Handbewegung entließ sie die beiden Sicherheitsexperten, während der Professor und der Monsignore, der seinen Begleiter ebenfalls entlassen hatte, noch blieben.

Die drei setzten sich wieder an den Tisch und steckten die Köpfe zusammen. Der Professor legte die Elfenbeintafeln auf den Tisch, die vom Monsignore intensiv begutachtet wurden.

„Das sind die Tafeln, die wir bisher gefunden beziehungsweise erhalten haben“, erläuterte der Wissenschaftler unnötigerweise. Der Priester ergänzte ohne aufzublicken.

„Weitere dürften in der kleinen Kirche San Salvador del Monte Irago in Rabanal del Camino zu finden sein. Die Kirche ist von den Templern errichtet worden und befindet sich noch im Originalzustand. Sie liegt exakt zwischen Astorga und Ponferrada. Sie wird von deutschen Benediktinern betreut, die daneben ein kleines Kloster betreiben. Wie ich gehört habe, werden seit einigen Wochen dort Ausgrabungen vorgenommen, die nicht mit unserem Institut abgesprochen wurden und von Madrid in enger Verbindung mit dem deutschen Stammsitz der Mönche in Sankt Odilien vorgenommen werden. Ich hatte bisher keine Möglichkeit, dort einzugreifen. Mein Erscheinen vor Ort würde sofort Misstrauen auslösen. Ich habe meinen Mitarbeiter als Pilger getarnt vorbeilaufen lassen. Er hat berichtet, die Apsis sei bisher nicht verändert worden und nur die Gräber unter dem Boden des Kirchenschiffs geöffnet worden. Die Kirche ist frei zugänglich; die Ausgrabungsstätte nur unzureichend gesichert. Es dürfte somit kein Problem sein, unbemerkt das Täfelchen zu entfernen. Eine Störung durch die Mönche ist nicht zu erwarten. Sie befinden sich zurzeit alle auf einem Seminar in Deutschland.“

Aus seinem Aktenkoffer holte er Unterlagen, blätterte darin, bis er gefunden hatte, was er suchte. Neugierig äugte der Professor auf die uralten Pergamentblätter mit handschriftlichen Aufzeichnungen, die aus den Archiven des Vatikans stammten und vorsichtig wie rohe Eier auf den Tisch gelegt wurden.

„Die Texte sind in lateinischer Sprache“, erklärte der Monsignore überflüssigerweise, „und sie wurden von Mönchen mit der Hand geschrieben.“

„Mit was denn sonst“, murrte der Professor. Der Priester ignorierte die sarkastische Bemerkung.

„Sie beziehen sich allesamt auf den Jakobsweg hier in Spanien, und zwar, das ist interessant, nur auf den Weg, den wir heute Camino frances nennen. Die Nordroute oder alle anderen Wege, die es gibt, finden keine Erwähnung. Meine Forschungen haben eindeutig ergeben, dass es Papiere sind, die der Komtur der Templer von Ponferrada in Auftrag gegeben hat. Bei der Auflösung des Ordens wurden sie, als altes Messbuch getarnt, durch einen Legaten des Papstes nach Rom gebracht. Deshalb hat auch die kastilische Krone seinerzeit keine Einwände vorgebracht. In Rom hatte sich niemand mehr um die Auswertung gekümmert, da der Legat direkt nach seiner Ankunft verstarb. Das angebliche Messbuch wurde ohne Auswertung im Archiv deponiert. Erst nachdem wir ins Gespräch gekommen waren, verehrter Professor, wurden die alten Schriften aus Spanien von mir einer genaueren Untersuchung unterzogen. Ich hatte das Messbuch bereits als irrelevant beiseite gelegt. Nur zufällig, bevor ich es zurück in die Sammlung bringen wollte, entdeckte ich beim flüchtigen Durchblättern den tatsächlichen Inhalt. Für einen oberflächlichen Betrachter ist es eine Aufzählung der Templerkirchen am Camino de Santiago. So eine Art historischer Wanderführer. Auf den ersten Blick zwar interessant, aber nicht weiter relevant. Erst bei genauerer Betrachtung und im Vergleich mit anderen Aufzeichnungen stellte sich heraus, dass die aufgeführten Kirchen, Geländemarken und Entfernungsangaben in einem bestimmten Verhältnis zueinander stehen. Leider erschließen sich die Aufzeichnungen nicht durch eine theoretische Betrachtung. Eine Zuordnung ist nur möglich, wenn jede Kirche nach den Korrespondenzzeichen untersucht wird. Das lässt nur den Schluss zu, an den Orten wurden nicht für jedermann bestimmte Materialien von nicht unerheblichem Wert versteckt oder deponiert. Insofern decken sich meine Forschungen mit den von Ihnen gemachten Feststellungen. Mit einer Ausnahme."

„Und die wäre?", erklang es fast gleichzeitig von der Chefin und dem Professor.

„Es muss tatsächlich ein größeres, möglicherweise das zentrale Versteck geben. Und ich könnte mir vorstellen, dass es hier in der Nähe ist."

Der Geistliche tippte mit dem Finger auf eine Stelle der Landkarte, die neben ihm auf dem Tisch lag. Die Chefin und der Professor schauten interessiert hin. Aber der Maßstab der Karte ließ nicht zu, den Ort zu identifizieren.

„Warum haben Sie denn nicht versucht, ohne unsere Beteiligung das Rätsel aufzulösen?", wandte die Chefin ein.

„Das liegt doch auf der Hand, gnädige Frau. In dem Moment, wo der Vatikan oder eine ihm auch nur im Entferntesten zuzuordnende Organisation aktiv geworden wäre, hätten in den zuständigen spanischen Institutionen alle Alarmglocken geklingelt. Unter dem Strich würde die Kirche leer ausgehen und alles an den spanischen Staat fallen. Warum sollte ich das jetzt leichtfertig aufs Spiel setzen? Sicherlich werden wir mit Ihnen den Erlös teilen müssen, aber das sichert uns zumindest einen Anteil, den wir auf anderem Wege nicht bekommen hätten. Aus diesem Grunde bin ich natürlich sehr daran interessiert, dass unser Unternehmen von Erfolg gekrönt ist. Sie verstehen?"

„Oh, das verstehe ich sehr gut, lieber Monsignore", lächelte die Chefin, „deshalb bin ich auch sicher, dass unsere unorthodoxen Methoden, jedes Sicherheitsrisiko gegen Null zu bringen, von Ihnen problemlos mitgetragen werden. Sehe ich das richtig?"

„Im Prinzip schon. Nur scheinen mir Ihre Leute nicht den richtigen Erfolg zu haben. Ich vermag zwar immer noch nicht richtig nachzuvollziehen, warum ein einzelner Pilger unser Unternehmen in Gefahr bringen könnte, aber die Beurteilung dazu überlasse ich Ihnen voll und ganz. Ich kann Ihnen zusätzlich eine effektive Hilfe anbieten. Natürlich nur, wenn Sie wollen."

Die Chefin hatte bei seiner letzten Bemerkung interessiert aufgemerkt.

„Wie könnte diese Hilfe denn aussehen?"

„Mein Begleiter, den ich zur Unterstützung bei der Bergung und Sicherung meines Anteils eingeplant hatte, ist Laienbruder einer französischen Bruderschaft, mir ganz persönlich verbunden und hundertprozentig zuverlässig. Er hat durch schlimme Kriegserlebnisse in Afrika zu Gott gefunden. Er wurde durch die Bemühungen des Vatikans, insbesondere durch meinen persönlichen Einsatz, aus einer lebensbedrohlichen Situation gerettet und hat daraufhin sein weiteres Leben ganz in den Dienst der Mutter Kirche gestellt. Er erledigt Aufträge jeder Art. Diskret, schnell und ohne Fragen zu stellen, wenn diese Aufträge von mir kommen."

„Würde er auch einen gefährlichen Zeugen ausschalten?", warf die Chefin ein.

„Wenn es nicht anders möglich und im Sinne der Kirche unvermeidbar wäre, ja. Allerdings würde ich ihm niemals den Auftrag zum Töten geben. Ich pfusche dem Herrgott nicht ins Handwerk."

„Natürlich nicht. Das dachte ich mir schon. Aber ich nehme Ihre Hilfe gerne an und würde ihm sogar selbst die Zielperson zeigen. Sechs Augen und sechs Hände erreichen mehr als vier. Ich habe übrigens schon vor einigen Tagen meine Sekretärin und meinen Fahrer beauftragt, den Deutschen unter Kontrolle zu halten. So kennen wir seinen Aufenthalt und können unserer Pläne danach ausrichten. Meine Mutter unterstützt sie dabei. Ich konnte es ihr nicht ausreden. Sie findet es spannend, in ihrem Alter noch mit einem Rucksack über den Jakobsweg zu laufen. Sollten Sie ihnen unterwegs begegnen, wundern Sie sich bitte nicht."

Rabanal

Der Regen, ein typischer Landregen, nicht besonders stark, dafür stetig, fiel seit Stunden ununterbrochen. Pilger um Pilger zogen in Regenponchos gehüllt an der Cafeteria des Hotels vorbei, in dem Raschke missmutig seinen Café con Leche schlürfte. Eigentlich hatte er wenig Lust, bei diesem Sauwetter loszulaufen. Er beruhigte sich damit, erst einmal in Leon einkaufen zu wollen, und deshalb abwarten müsse, da die Geschäfte erst um zehn Uhr öffneten. Vielleicht hatte der Regen bis dahin ja aufgehört. Um zehn Uhr saß er noch immer in der Cafeteria und das Wetter hatte sich auch noch nicht geändert. Missgelaunt nahm Raschke seinen Rucksack, hängte sich den Regenponcho über und trottete durch die sich langsam belebende Großstadt, hier und da einen verspäteten Pilger treffend. Nur wenige erwiderten seinen Gruß nach einem guten Weg. Offenbar fühlten sie sich veralbert. Er hastete vorbei an Gruppen organisierter Besucher, die sich von einem professionellen Führer die Sehenswürdigkeiten der Stadt erklären ließen. Es wurde ein Slalomlauf, um zu vermeiden, dass ihm die zahlreichen Schirme nicht in die Augen piekten.

In dem kleinen Laden, in dem er sich ein besonderes Geschenk für seine Frau erhoffte, so hatten es am Sonntag die Auslagen versprochen, fand er nicht das, was er erwartet hatte. Dumm gelaufen. Wie vor einer Woche in Burgos liefen auch heute die Pilger mit gut drei Stunden Vorsprung vor ihm her. Das Fiasko, das er vor sieben Tagen erlebt hatte, wollte er sich nicht noch einmal gönnen. Deshalb nahm er den Bus und fuhr, warm und trocken, die ersten zwanzig Kilometer dieser Tagesetappe nach Hospital de Orbigo. Dort stieg er aus und war wieder im Zeitplan. Außerdem hatte es inzwischen aufgehört zu regnen.

„Heiliger Jakobus, du schenkst deinen Pilgern zur richtigen Zeit die richtige Idee und den richtigen Bus", murmelte Raschke und hatte gegenüber den Regenpilgern noch nicht einmal ein schlechtes Gewissen. Am späten Nachmittag traf er in Astorga ein. Die Pilgerherberge war bereits randvoll mit durchnässten Pilgern. So roch es auch. Deshalb machte sich Raschke auf die Suche nach einer Pension. Er irrte in der Innenstadt umher, fragte schließlich einen Streifenpolizisten, der ihm den Weg zu einem Wohnheim für emeritierte katholische Geistliche zeigte, wo es tatsächlich ein Zimmer für ausschließlich männliche Pilger gab. Kaum hatte er seine Sachen abgelegt, fing der Regen wieder an. Trotzdem gönnte Raschke sich eine ausgedehnte Stadtbesichtigung. Die alten, gut erhaltenen römischen Anlagen mit ihren für ihre Zeit ungemein fortschrittlichen Heizungs- und Abwasseranlagen waren ebenso beeindruckend wie der an ein Märchenschloss erinnernde Bischofspalast, den der Architekt Gaudi entworfen und in dem nie ein Bischof gewohnt hatte.

Auf der Suche nach einem Internetcafé traf er überraschend auf Marianne. Sie schien glücklich, ihn zu sehen, und überredete ihn zu einem Schwätzchen bei Kaffee oder Tee im Hotel Gaudi, dem ersten Haus am Platze. Die sympathische, weißhaarige, alte Dame mit der für eine Pilgerin ungewöhnlich gepflegten Frisur war recht gut aufgelegt und erzählte, sie sei sechsundsiebzig Jahre und bereits seit Ende April auf dem Camino unterwegs. In der Meseta hätten ihre Beine nicht mehr so gewollt, wie geplant, weshalb sie auf Anraten eines Arztes hier in Astorga eine mehrtägige Pause gemacht und sich sogar einen Friseurbesuch gegönnt habe. Morgen wolle sie allerdings weiter nach Rabanal.

Es wurde ein kurzweiliger Nachmittag, weil auch Raschke froh war, sich längere Zeit wieder einmal locker, ohne Probleme, einfach nur über Gott und die Welt unterhalten zu können. Auf so eine zwanglose Unterhaltung hatte er sich auf den letzten Kilometern vor Astorga richtig gefreut.

Lopez Castela hatte sich nicht gemeldet und von seinen Leuten hatte er weder einen gesehen noch einen erkannt. Wer sich nicht meldet, dem geht's gut, sagte sich Raschke und hoffte, dass die merkwürdigen Vorfälle vorbei waren und ihm eine weitere Beteiligung erspart blieb. Es wurde langsam belastend, nicht einfach nur Pilger, sondern Zielobjekt von irgendwelchen Kriminellen zu sein. Kaum hatte er den Gedanken zu Ende gedacht, da klingelte das Telefon. Das konnte nur Lopez Castela sein. Raschke überlegte einige Sekunden, ob er an den Apparat gehen sollte, dann entschied er sich dafür. Es konnte ja wichtig sein. War es auch. Lopez Castela schien überrascht, Raschke bereits in Astorga zu erreichen.

„Aha, Sie haben wohl wieder mit dem bequemen Bus den unbequemen Weg abgekürzt?", kommentierte er süffisant die Nachricht, „sind wohl nicht mehr gut zu Fuß?"

Raschke verkniff sich die Beantwortung der ohnehin rhetorisch gemeinten Frage und ließ den Spanier weiterreden.

„Es gibt eine neue Leiche. Eine Mitarbeiterin der Universität Bordeaux, die in einer Kirche südlich von Mansilla gefunden wurde. Erwürgt, wie die Archivarin in Fromista."

Es folgte eine detaillierte Personenbeschreibung. Raschke lief es abwechselnd heiß und kalt über den Rücken.

„Die kenne ich!"

„Wie, die kenne ich? Aber wie konnte ich vergessen? Sie kannten bisher alle Toten oder haben sie gefunden. Langsam mache ich mir doch meine Gedanken."

Raschke ignorierte den Sarkasmus

„Die Frau habe ich in Mansilla getroffen. Sie kam zusammen mit einem libanesischen Pilger, ich glaube, er nannte sich Eric, an meinen Tisch im Straßencafé. Dort saß ich mit Christof und Carola. Die Französin fragte uns nach dem Weg zu dieser Kirche. Christof zeigte ihr auf einer Karte, wie sie zu gehen hatte. Dann ging sie allein weiter."

„Ist ihr jemand gefolgt?"

„Ich wollte erst mitgehen, bin dann aber geblieben. Ich habe keinen gesehen, der hinter ihr hergegangen ist."

„Wir müssen uns unbedingt wieder treffen", schlug Lopez Castela vor, „ich denke an Villafranca del Bierzo."

„Warum nicht schon in Ponferrada? Heute ist Montag. Ich kann am Mittwoch dort sein."

„Donnerstag. Wir treffen uns am Donnerstag in Villafranca. Ponferrada ist eine Industriestadt und kein Ort, an dem sich ein Pilger länger aufhalten müsste. Nein, ich bestelle Ihnen im Hotel Parador in Villafranca ein Zimmer."

Raschke war es recht. Aber der Spanier hatte ein Treffen in Ponferrada so schnell abgelehnt, dass Raschke irgendetwas dahinter vermutete. Für so etwas hatte er in langen Berufsjahren ein Gespür entwickelt. Aber wenn dort eine Gefahr für ihn bestehen würde, hätte es ihm Lopez Castela bestimmt gesagt. Deshalb nahm er sich vor, die Templerburg in Ponferrada zu besichtigen. Die Zeit musste sein.

In aller Herrgottsfrühe verließ Raschke das Sacerdotum, das Wohnheim der Priester. Kaum hatte er die Stadt verlassen, ging es langsam, aber stetig bergauf. Eine Besichtigung des Dorfs Polvozares, das als Kulisse einer spanischen Fernsehsoap à la Lindenstraße gedient hatte, schenkte er sich. Erst in El Ganso machte er in einer kleinen Bar mit dem für den Camino unpassenden, aber originellen Namen *Cowboyranch* Rast. Gemeinsam mit einigen Fahrradpilgern aus Italien, die bei jedem Ankommenden aus ihrer Gruppe ein großes Hallo veranstalteten, so als hätten sie sich wochenlang nicht gesehen, genoss er den obligatorischen Café con Leche und kaute an einem überdimensionierten Bocadillo con Queso, der für drei Pilger gereicht hätte. So saß er eine ganze Weile und beobachtete jeden, der auf dem Jakobsweg an der Bar vorbeizog. Es war niemand dabei, der ihm schon einmal begegnet war.

Gestärkt pilgerte er eine halbe Stunde später allein weiter über den Weg, der durch die karge Gebirgslandschaft der Marguateria immer bergauf zwischen blühenden Ginsterbüschen hindurch nach Rabanal führte. Obwohl er recht früh eintraf, nahm er hier Quartier. Nur wenige andere Pilger blieben. Fast alle wollten weiter nach Foncebadon zum Cruz de Ferro oder noch bis El Acebo. Ihm hatten zwanzig Kilometer bergauf gereicht.

Eine von deutschen Patres geführte Benediktinerabtei sollte sich hier befinden. Kaum zu glauben. Denn nur zwei kleine, eher unscheinbare Kirchen waren zu sehen. Dazu gesellten sich zwei Pilgerherbergen, zwei Gasthöfe, ein Supermercado mit zwanzig Quadratmetern Verkaufsfläche, eine Bar und vielleicht dreißig bewohnte Häuser. Langsam löste er sich von dem Gedanken, dass die Abtei so groß sein müsse wie Maria Laach in der Eifel oder Kloster Weltenburg an der Donau.

Hinter einer uralten Kirche neben der Pilgerherberge entdeckte er an einem unscheinbaren grauen Feldsteinhaus ein Schild. *Benediktinerabtei Sankt Ottilien* war darauf zu lesen. Und dass es sich um eine Zweigniederlassung des bayerischen Klosters Sankt Ottilien aus der Nähe von Landsberg am Lech handelte. Die Mönche boten sogar Exerzitien in ihrem Kloster an. Zwei oder drei Tage Einkehr gegen Spende. Raschke überlegte, ob er dieses Angebot annehmen sollte. Drei Tage Klosterleben ohne Handy und ohne Verbindung zur Außenwelt. Ein durchaus reizvoller Gedanke. Er verwarf den Gedanken wieder. Zum einen würde Lopez Castela einen Herzkasper kriegen, wenn er jetzt nichts mehr von ihm hören würde, zum anderen stand auf einer Hinweistafel ein handschriftlicher Vermerk, die Mönche seien derzeit in Bayern und deshalb gäbe es weder Exerzitien noch Pilgermessen mit gregorianischem Gesang.

Enttäuscht schlenderte er die wenigen Meter zur Kirche hinüber, die zu seiner Überraschung offen war. Verwundert blieb er stehen, nachdem er die Tür geöffnet hatte. Er war allein. Kein anderer Pilger hatte bisher den Weg in das Gotteshaus gefunden. Das spärliche Licht, das durch ein kleines, trübes Fenster in den Innenraum fiel, erzeugte ein geheimnisvolles Zwielicht. Die kleine Kirche war durch einen provisorischen Bauzaun in der Hälfte geteilt. Im hinteren Raum der Kirche, der Westseite, war ein Notaltar aufgebaut. Davor befanden sich einige Bankreihen. Auf der gegenüberliegenden Ostseite befand sich eine Apsis, ähnlich der in den Kirchen von Eunate und Torres del Rio. In der Apsis, dort, wo sich der Altar befunden hatte, hing ein altes Templerkreuz. Der Kirchenboden darunter war abgetragen. Links und rechts waren alte, leere Steinsärge zu erkennen. Die Deckel waren entfernt. Neben den Särgen ragten einige Gebeine, Arm- und Beinknochen, Teile eines Beckens und ein Schädel aus dem Boden. In dem diffusen Licht war das nichts für zarte Gemüter. Raschkes Augen wanderten in die Apsis und jetzt erst gruselte es ihn. Links neben dem Kreuz war an der gleichen Stelle wie in Eunate ein Stein aus der Mauer entfernt worden. Der Brocken lag auf dem Boden direkt neben einem Schädelknochen. In dem Dämmerlicht sah es aus, als würden die leeren Augenhöhlen den Stein vorwurfsvoll anstarren. Raschke schluckte unwillkürlich, während er gebannt die Apsis und das Loch in der Wand fixierte. Gedanken kreisten in seinem Kopf. Es wurde ihm kalt. Als in diesem Moment mehrere andere Pilger durch die schmale Tür in die Kirche drängelten, ging er langsam wieder hinaus. Auf einem kleinen Tischchen neben dem Ausgang trug er sich in das Besucherbuch ein und nahm einen mehrsprachigen Prospekt mit. Vor dem Eingang las er, dass die kleine Kirche im 11. Jahrhundert von den Templern errichtete worden war. Vorsichtig sah Raschke sich um. Würde er einen seiner bisherigen Mitpilger entdecken, die er mit den Morden in Verbindung brachte? Aber es lief ihm keiner über den Weg. Er setzte sich auf eine Bank unter einem schattigen Baum um nachzudenken. Aber dazu kam es nicht. Ein Pilger aus Witten gesellte sich zu ihm. Er war ebenfalls enttäuscht, weil es keine Möglichkeit zu Exerzitien gab, und zwang ihm einen small talk auf, den er mit mäßigem Interesse verfolgte. Erst als der Wittener erzählte, es habe auf dem Camino einen Toten gegeben, merkte Raschke auf. Er lud den Comperegrino zu einem Kaffee in die nahe gelegene Bar ein. Vorsichtig horchte er seinen Mitpilger aus um zu erfahren, was dieser wusste. Aber das war nicht viel. Der Mann war nicht selbst dabeigewesen, sondern wusste alles nur vom Hörensagen. Der Italiener soll durch ein Unwetter umgekommen sein, erzählte man sich unter den Pilgern. Raschke heuchelte Erstaunen und Bedauern. Als Raschke die Bar verließ, um zu seinem Hostal zu gehen, wurde er von hinten angesprochen. Die Stimme kannte er. Wie von der Tarantel gestochen fuhr er herum. Marianne stand vor ihm. Mit charmantem Lächeln erklärte sie, bereits vor sechs Uhr in Astorga losgelaufen und seit dreizehn Uhr in Rabanal zu sein. Raschke durchzuckte es wie ein Blitz. Wenn das stimmte, hätte er sie irgendwo überholen müssen. Hatte er aber nicht. Und auf den letzten sieben Kilometern hätte sie sich auch nicht verstecken können. Wer weiß, wie sie nach Rabanal gekommen war. Zu Fuß jedenfalls nicht. Irgendetwas konnte an ihrer Geschichte nicht stimmen. Vielleicht sah er ja Gespenster. Aber er beschloss, deutlich wachsamer zu sein, als er es in der letzten Zeit gewesen war.

Ponferrada

Die Nacht wurde unruhig. Bis um Mitternacht war in dem Gastraum des Hostals Radau. In dem hellhörigen Haus dröhnte der Krach bis hinauf in sein Zimmer unter dem Dach. Die schrägen Fenster hatte er geöffnet, weil es sonst sehr stickig wurde. Kaum waren die Gäste gegangen, als ein Blitz die Nacht erhellte. Innerhalb weniger Minuten ging ein schweres Gewitter nieder. Erst Regen, dann Hagel trommelten auf die Fensterscheiben. So heftig war das Unwetter, dass Raschke befürchtete, sie könnten zu Bruch gehen. Bis drei Uhr früh ließ sich das Gewitter Zeit, dann zog es über den Berg nach Ponferrada weiter. Dorthin, wo Raschke am nächsten Tag sein wollte. Deshalb stand er schon um sechs Uhr auf, aß eine Banane, trank ein Glas Wasser, nahm seinen Rucksack und marschierte los. Der Regen hatte aufgehört. Zunächst ging es entlang der Straße sechs Kilometer bergauf bis Foncebadon. Langsam und mit kleinen Schritten, wie ihm ein Mitpilger geraten hatte. Das bedeutete auch, nur drei Kilometer in der Stunde zu bewältigen. Maximal. Als der Weg, der durch den Gewitterregen mit Pfützen übersät war, zu schlammig wurde, ging er auf der Straße weiter. Er hatte noch nicht ganz zwei Kilometer geschafft, als er die drohende Regenfront bemerkte, die ziemlich zügig von Astorga auf ihn zugezogen kam. Sein Schritt wurde zusehends schneller. Vielleicht schaffte er es noch, trocken bis zu einer Bar in Foncebadon zu kommen. Er fiel in einen Sechserschritt. Sechs Kilometer in der Stunde. Und das bergauf. Vor drei Wochen wäre das für ihn eine unvorstellbare Geschwindigkeit gewesen. Er keuchte. Der Schweiß durchnässte seine Sachen binnen weniger

Minuten. Gut fünfhundert Meter vor dem kleinen Bergdorf setzte schlagartig heftiger Regen ein. Mitten auf der Straße, dem Unwetter schutzlos ausgeliefert, nahm der den Rucksack ab, holte den Regenponcho heraus, warf sich den Rucksack wieder über und zog den Regenponcho darüber. In der Eile hatte er vergessen, das Rucksackfach aufzumachen. Also Poncho wieder herunter, Fach aufziehen und die Prozedur noch einmal von vorn. Das, was bisher nicht nass war, war es jetzt. Eigentlich hätte er es bleiben lassen können, denn er war voll durchnässt. Grinsend fuhren einige spanische Bauarbeiter in ihren Geländewagen vorbei und zeigten ihm den Stinkefinger. Hinten in den Autos saßen Pilger, die sich so trocken zum Cruz de Ferro transportieren ließen. Ihn nahmen sie nicht mit. Er war vermutlich zu nass. Also quälte Raschke sich die letzten Meter bis zur Bar in Foncebadon, wo er von den Pilgern, die dort übernachtet hatten, mitleidig angesehen wurde. Er pellte sich aus seinen nassen Sachen, setzte sich an die Heizung und bekam ein Frühstück, das für zwei gereicht hätte.

Er hatte die erste Tasse Kaffee noch nicht ausgetrunken, als die Tür aufging und Marianne erschien. Raschke kam ins Grübeln. Dafür, dass Marianne knapp eine halbe Stunde im strömenden Regen gelaufen sein musste, war sie noch recht trocken. Die alte Dame grüßte höflich, setzte sich aber nicht zu ihm, sondern trank, ohne ihren Rucksack abzunehmen, am Tresen einen Kaffee im Stehen und ging wieder. Raschke schaute ihr leicht irritiert hinterher. Warum wartete sie nicht?

Zehn Minuten später hatte der Regen aufgehört. Es war nur noch nebelig. Sofort packte er seine Sachen ein, verstaute den Regenponcho und tauchte in die trübe Brühe ein, in der die anderen Pilger bereits verschwunden waren.

Das Cruz de Ferro war nach Eunate der zweite symbolträchtige Ort, den er auf dem Jakobsweg erreichen wollte. Aber es wurde ihm schwer gemacht. Mehr als zwei Kilometer führte der nasse, rutschige Weg bergauf. Er sah das Kreuz nicht, sondern musste es im Nebel fast ertasten. Plötzlich und unerwartet tauchte der Steinhaufen mit dem Eisenkreuz auf dem hohen Eichenstamm in der grauen Nebelsuppe auf. Er kletterte den kleinen Hügel über die vielen kleinen und größeren Steine bis zum Kreuz hoch. Die größeren Steine waren mehrere Kilogramm schwer. Niemals hatte die ein Pilger von zu Hause aus bis nach hier oben geschleppt. Die Steine waren nur wenige Meter entfernt aufgelesen und hier abgelegt worden. Aber sollte jeder so machen, wie er wollte. Seinen Stein hatte er aus Rostock mitgenommen. Dafür war er auch eher klein ausgefallen. Er legte seinen Stein direkt am Fuß des Kreuzes ab, ließ sich dabei von einem Italiener fotografieren und ging weiter. Ponferrada hieß sein Ziel. Noch gut fünfundzwanzig Kilometer. Das meiste davon bergab. Zunächst ging es aber weiter bergauf, dann ein Abstieg zur völlig überfüllten Primitivherberge Monjarin und wieder hinauf. Sechs Kilometer im steten auf und ab. Und dann war es geschafft. Der Himmel klarte auf und Raschke genoss am Pass Cerezales, an der höchsten Stelle seiner Pilgerwanderung, auf 1.532 Metern, den weiten Blick hinaus ins Bierzo, die fruchtbare Gegend um Ponferrada.

Tief unten im Tal war die Stadt bereits zu erkennen. So sehr sich die Radpilger darauf freuten, auf der abschüssigen Straße in gut dreißig Minuten Ponferrada erreicht zu haben, so schwer tat Raschke sich, mit dem steilen, steinigen und durch die Nässe rutschigen Weg. Nach wenigen Minuten tat ihm sein rechtes Knie unerträglich weh. Bei einer unglücklichen Bewegung hatte er sich zudem die Leiste gezerrt. Von der Landschaft sah er wenig. Starr hatte er seinen Blick auf den schmalen Weg vor seinen Füßen gerichtet. Nur Fuß vor Fuß kam er voran. Und genau das rettete ihn vor einen bösen Sturz. Quer über den Camino, von einem Gebüsch aus rotblühender Glockenheide fast verborgen, bemerkte er einen dünnen Draht im letzten Augenblick, bevor er sich darin verfangen konnte. Es war eine Drahtschlinge unter einem Stein festgeklemmt und die Öse wurde durch einen Heidekrautstrunk offen gehalten. So wie es seit Generationen Wilderer machen, um auf einem Wildwechsel ihre Beute zu fangen. Wäre er in die Öse getreten, so hätte sie sich unweigerlich zugezogen. Ein böser Sturz in die Steine auf dem steilen Abhang wäre die Folge gewesen. Mit dem schweren Rucksack auf dem Rücken musste ein solcher Sturz das Aus auf dem Camino sein. Ausgerechnet an dieser Stelle war die Straße, auf der die Radpilger zu Tal sausten und auf der gelegentlich ein Auto fuhr, ziemlich weit entfernt. Welcher Idiot stellt direkt am Camino Fallen auf? Oder sollte das wieder ein Anschlag auf ihn gewesen sein? Einige hundert Meter unter ihm stakten vorsichtig andere Pilger auf die Häuser von El Acebo zu. Wenn er sich nicht täuschte, war eine davon Marianne, deren roter Regenumhang unverwechselbar leuchtete. Waren die Pilger einen anderen Weg gegangen? War er im Heidekraut vom richtigen Weg abgekommen? Raschke blickte sich suchend um. Er sah weder einen anderen Weg noch befand sich jemand in der Nähe. Allerdings boten die recht hohen Heidebüsche eine gute Möglichkeit, sich zu verstecken, wenn man es wollte. In einiger Entfernung hinter ihm kamen die drei Italiener, von denen ihn einer am Cruz de Ferro fotografiert hatte, dahinter waren noch zwei Pilger zu erkennen.

Raschke räumte vorsichtig den Draht weg und ging aufmerksam weiter. Für die Schönheit der Landschaft hatte er noch immer keinen Blick, zu sehr konzentrierte er sich auf den Pfad. Zu allem Ungemach fing es wieder an zu regnen. Er blieb stehen und kramte umständlich seinen Poncho hervor, streifte ihn über und sah sich um. Die Italiener waren verschwunden. Vorsichtig wanderte er weiter den steilen Weg hinunter. Es waren nur noch wenige hundert Meter bis zum Dorf El Acebo, als er hinter einem Ginsterbusch auf Marianne traf. Sie schien nicht überrascht und quälte sich ebenfalls in ihren Poncho. In diesem Moment wurden sie von den zwei Pilgern überholt, die Raschke vor einiger Zeit noch hinter den Italienern gesehen hatte. Es waren ein älterer, offenbar schwerhöriger Spanier und ein Jüngerer mit einem langen, gebogenen Pilgerstab, der ununterbrochen lautstark auf seinen Begleiter einredete. Marianne kannte die beiden merkwürdigen, so ungleichen Pilger. Auf Raschkes Frage erklärte sie, dass ihr die beiden schon beim Aufstieg nach Rabanal durch ihr Gebrülle auf den Geist gegangen seien, sie ihnen aber nicht hätte aus dem Weg gehen können. Sie ließen den lautstarken Wanderern einen Vorsprung, dann setzten sie gemeinsam ihren Weg bis zum Ortsanfang fort. Unter dem Vordach einer kleinen Kapelle machten sie Halt, um sich ein wenig von dem anstrengenden Abstieg zu erholen. Dort standen schon mehrere andere Pilger, die ebenfalls damit beschäftigt waren, ihre Regenbekleidung aus den Rucksäcken zu ziehen.

Raschke beachtete sie nicht weiter, während Marianne die Wartenden interessiert musterte. Der anfangs leichte Regen hatte sich inzwischen zu einem Unwetter entwickelt. Es goss in Strömen. Marianne wollte in El Acebo bleiben, Raschke nicht. So verabschiedete er sich und ging allein die Straße durch den Ort hinunter. Noch siebzehn Kilometer waren es bis Ponferrada. Bergab sollten die in drei Stunden geschafft sein. Aber im Regen wurde daraus nichts. In Riego de Ambros waren Schuhe und Hose völlig durchnässt und die Muskeln kalt. Sie begannen zu verkrampfen. In einer Pension bekam Raschke ein Zimmer, zog sich aus, legte sich ins Bett, zog die Decke bis zum Hals und war Sekunden später eingeschlafen.

Als er aufwachte, hatte der Regen aufgehört. Eine wunderbare Sicht hatte er aus seinem Fenster in der Stube unter dem Dach. Hinter Ponferrada konnte er die Berge sehen, über die er in zwei Tagen nach Galizien wandern wollte. Keine zweihundert Kilometer waren es noch bis Santiago. An sein Treffen mit Lopez Castela in Villafranca dachte er in diesem Moment nicht. Er war glücklich, das Cruz de Ferro geschafft und die Drahtschlinge früh genug entdeckt zu haben.

Es musste noch eine zweite gegeben haben. Als Raschke am Abend in der kleinen Bar in Riego, bei exzellenten Langostinos à la plancha, mit gerade eingetroffenen Pilgern aus Koblenz ins Gespräch kam, erfuhr er, dass eine Pilgerin aus Argentinien in eine Drahtschlinge getreten, gestürzt sei und sich schwer den Arm verletzt hatte. Einige Italiener hätten sie bis El Acebo begleitet, von wo sie aus ins Krankenhaus gekommen sei.

Am nächsten Morgen war Raschke in aller Herrgottsfrühe losgelaufen und drei Stunden später in Ponferrada eingetroffen. Leider war die Templerburg nicht zu besichtigen. Sie wurde gerade umfangreich restauriert. Aber selbst von außen machte sie einen imposanten Eindruck. Als Kind hatte er eine alte Ritterburg aus Pappe gehabt und damit gespielt. Genau so wie hier im Original hatte er die Burg aus Kindertagen in Erinnerung. Er würde gern einen Ruhetag einlegen. Ponferrada gefiel ihm. Im Gegensatz zu Lopez Castela, der die Stadt offenbar nicht sonderlich mochte.

An der Plaza Virgen de la Encina beobachtete er von einem Café unter Bogengängen das Kommen und Gehen. Mit einem Mal zuckte er zusammen und versuchte, sich im Schatten eines der Pfeiler unsichtbar zu machen. Aus einer kleinen Gasse, die zum Rathaus führte, kamen Wolfgang und Ulla. Der Engländer mit dem knackigen Hintern war wieder in ihrer Begleitung. Sie setzten sich schräg gegenüber in ein Straßencafé und zwar so, dass sie den Platz im Auge behielten. Zwischen Ulla und Wolfgang entwickelte sich ein intensives Gespräch, an dem sich Richard nicht beteiligte. Vermutlich unterhielten sie sich in Deutsch. Der Brite beobachtete sichtlich gelangweilt das bunte Treiben auf der Plaza. Mehrfach streifte dabei sein Blick die Tische unter den Bogengängen, wobei nicht zu erkennen war, ob er Raschke bemerkt hatte. Im Verlauf der Unterhaltung zog Wolfgang eine Karte aus einer Umhängetasche und faltete sie umständlich auseinander. Mit einem spitzen Gegenstand tippte er auf der Karte herum und erläuterte seine Anmerkungen. Ulla beugte sich über die Karte, sah einige Augenblicke interessiert auf das Papier, nickte und lehnte sich dann zurück, ohne das Papier weiter zu beachten. Wolfgang tippte weiterhin auf verschiedenen Stellen herum und dozierte, von Ulla hin und wieder unterbrochen, was ihn offensichtlich aus dem Konzept brachte. Sie machte sich ab und zu irgendwelche Notizen in einem Prospekt, den sie aus ihrer Handtasche gezogen hatte. Nach wenigen Minuten beendete Ulla mit einer energischen Handbewegung den Redefluss ihres Begleiters, der enttäuscht seine Karte wieder einsteckte. Kurz danach stand sie auf und ging, grußlos wie es schien, in die Kirche Virgen de Encina, in der eine Ausstellung über den Jakobsweg gezeigt wurde. Raschke grinste. Ja, Ulla war eine selbstbewusste Frau, das hatte jetzt wohl auch Wolfgang feststellen müssen. Ein wenig wunderte er sich darüber, warum Richard nicht Ulla folgte. Hing er doch sonst wie eine Klette an seiner Begleiterin. Als der Engländer die Rechnung bezahlte und ohne Eile Seite an Seite mit Wolfgang die Treppen hinunter zur Brücke über den Rio Sil ging, war Raschke drauf und dran, den beiden zu folgen. Doch dann ließ er es. Sie hatten ihn offenbar nicht bemerkt und er wollte es nicht riskieren, zu guter Letzt noch aufzufallen. Er entschloss sich, Ulla in die Ausstellung zu folgen.

Die Kirche diente nur noch als Museum. Gemälde, Holzschnitzereien, Paramente und Artefakte aus mehr als tausend Jahren waren zu bewundern. Der Innenraum befand sich in einem dunklen Zwielicht. Lediglich die Exponate waren angestrahlt. Die Rückwand des ehemaligen Hauptaltars bestand aus einer einzigartigen Holzschnitzerei, die in ihren einzelnen Elementen beleuchtet und über Lautsprecher erklärt wurden. Es waren Sitzbänke aufgestellt, auf denen die staunenden Besucher Platz nehmen und den Erläuterungen lauschen konnten. Raschke äugte vorsichtig um eine Sichtblende. Auf der letzten Sitzbank, von wo man den besten Blick auf das Kunstwerk hatte, saß Ulla. Sie lauschte aufmerksam den Erläuterungen und spielte gedankenverloren mit dem Prospekt, in dem sie sich auf der Plaza Notizen gemacht hatte. Raschke zog sich wieder zurück und tat so, als ob ihn Holzschnitzereien und silberne Prozessionskreuze aus dem 15. Jahrhundert besonders interessierten. Faszinierend fand er eine Figur, lebensgroß in Kalkstein gehauen, die Christus nach der Kreuzabnahme zeigte. Der helle Stein, die leicht grünliche Tönung der Gesichtshaut und des Unterarms, die Blutspuren am Kopf, Oberkörper und Beinen sowie die Lanzenstichwunde im Brustkorb waren so realistisch dargestellt, dass bei der vorhandenen Beleuchtung der Eindruck entstand, dort liege tatsächlich eine Leiche. Während Raschke auf den Corpus starrte, bemerkte er im Augenwinkel, wie Ulla den Altarraum verließ, um in die hinteren Ausstellungsräume zu gehen. Einer ungewissen Eingebung zufolge schaute Raschke noch einmal hinter die Sichtblende und bemerkte auf der Sitzbank, wo eben noch Ulla gesessen hatte, den Prospekt. Den musste sie vergessen oder absichtlich liegengelassen haben. Aber niemand kümmerte sich um den Flyer. Ohne sich um die erstaunten Blicke zu kümmern, zwängte sich Raschke nach einigen Minuten in der letzten Reihe an den Besuchern vorbei, nahm den Prospekt und drängelte sich wieder hinaus. Sein Herz schlug bis zum Hals. Er ging zum Erstaunen der Museumsaufsicht am Eingang wieder hinaus und zurück in das Café unter den Kolonnaden. Dann begann er aufgeregt in dem Prospekt mit Sehenswürdigkeiten der Landschaft rund um Ponferrada zu blättern. Er fand auf den Seiten neben Sehenswürdigkeiten kleine Kreuze, die mit

Kugelschreiber dort hinein gemalt waren. So waren die Kirchen Santo Tomas des las Ollas, Santiago de Villafranca und Santa Maria de Vizbayo ebenso gekennzeichnet wie die Goldminen von Las Medulas und die Castillos de Cornatel und Sarracin. Bei allen handelte es sich um Orte und Gebäude aus der Zeit des 11. bis 13. Jahrhunderts, wenn man von den Goldminen absah, die aus der Römerzeit stammten. Mehr gab das kleine Heft nicht her. Trotzdem nahm er sich vor, es am kommenden Abend an Lopez Castela weiterzugeben.

Abends auf der Plaza Ayuntamiento traf er vor einer kleinen Bar neben der Touristeninformation alte Bekannte. Zuerst stieß er auf die taffe Frau aus Neukaledonien. Mit ihrer gewinnenden Art war die Frau ihm sehr sympathisch. Sie plauderten eine ganze Weile miteinander und Raschke überlegte, ob er sie nicht zum Abendessen in ein kleines Restaurant einladen sollten, um sie näher kennenzulernen. Der Plan, so er überhaupt einer gewesen war, zerplatzte, als überraschend Heather an den Tisch kam, Raschke herzlich umarmte und sich dafür entschuldigte, seine Tischdame entführen zu müssen. Sie habe eine reizende Bluse entdeckt und brauche unbedingt und auf der Stelle ihren Rat. Die Neukaledonierin ließ sich nicht lange bitten und so saß Raschke wenige Sekunden später wieder allein am Tisch und schaute etwas belämmert den Damen nach, die ziemlich vertraut untergehakt in einer Modeboutique der gehobenen Art verschwanden.

Aber er blieb nicht lange allein. Kaum war Heather mit Begleitung in dem Geschäft verschwunden, traf er Dieter, den tiefsinnigen Württemberger, und zum guten Schluss gesellte sich noch einer der Bundeswehroffiziere dazu, die er in Fromista getroffen hatte. Allein, ohne seine zwei Begleiter, war er ein ganz netter, umgänglicher Kerl. Sie unterhielten sich über dieses und jenes, hauptsächlich über Erfahrungen, die jeder auf dem Camino gemacht hatte.

Da die Damen nicht zurückkamen, machte sich Raschke zurück zum Hotel. In einer der Altstadtgassen geriet er in eine Open-Air-Fete mit Livemusik, Freibier und gratis Tortillas. Die Musik war gut, das Bier, die Tortillas und die Stimmung auch. So blieb er einige Zeit, zumal er ja in einem Hotel wohnte und den Zapfenstreich in der Herberge nicht beachten musste.

Villafranca del Bierzo

Noch in der öden Industrievorstadt nahm er den Bus nach Cacabelos. Mehrere andere Pilger taten es ihm gleich. Kurz vor Cacabelos hielt der Bus überraschend inmitten von Weingärten auf der Nationalstraße an einer Kontrollstelle der Polizei. Raschke versuchte neugierig festzustellen, weshalb gerade hier kontrolliert wurde, konnte aber nichts erkennen. In diesem Moment klingelte sein Handy. Es war Lopez Castela.

„Senor Raschke, wo sind Sie?“

„Ich pilgere gerade nach Villafranca. Wir wollten uns dort heute treffen.“

„Na, dann schauen Sie doch mal aus dem Fenster.“

„Aus welchem?“

„Na, aus dem, an dem Sie gerade sitzen. Oder haben Sie beim Pilgern mehrere Busfenster dabei?“

Raschke bekam einen roten Kopf wie ein Schüler, der von seinem Lehrer beim Mogeln erwischt worden war.

„Der Pilger, den Sie gerade sehen, bin nicht ich. Ich bin gar nicht da.“

„Toll. Ich wollte auch immer schon in eine andere Dimension wechseln.“

„Der Mensch sieht, was er glaubt. Er soll aber nicht alles glauben, was er sieht.“

„Ich verlasse mich auf mein inneres Auge.“

„Und was erschließt sich dem blinden Seher?“

„Sie werden auf dem Camino zu einem Philosophen. Ich bin tatsächlich beeindruckt.“

Raschke wollte dem albernen Spiel ein Ende machen und wurde wieder sachlich.

„Wie haben Sie mich gefunden?“

„Santiago ist mir erschienen und wusste, wo ich Sie finde.“

„Sagen Sie jetzt nicht, die Straßensperre ist wegen mir eingerichtet worden.“

Lopez Castelà lachte laut auf.

„Nein, Senor Raschke, das wäre zu viel Ehre. Wie sagten Sie einmal? Zufall. Bei der Polizei ist der Zufall Pate des Erfolgs. Ich war auf dem Weg nach Villafranca und stehe ebenfalls in der Kontrolle, schaue aus dem Fenster und wen sehe ich im Bus? Meinen mühsam durch die Weinberge pilgernden deutschen Kollegen.“

„Ich wollte in Cacabelos wieder aussteigen und bis Villafrancà laufen. Wollte mir nur die öde Industrievorstadt ersparen.“

„Natürlich. Nur die öde Industrievorstadt“, spottete Lopez Castela, „wollen Sie aussteigen und mit mir weiterfahren.“

„Sparen Sie sich Ihre Ironie. Ich werde erst in Cacabelos aussteigen und dann laufen“, stellte sich Raschke störrisch. Aus Prinzip, obwohl er sich in dem zivilen Polizeiwagen sicherlich schon in Ruhe hätte unterhalten können. In diesem Augenblick wurde der Bus durchgewinkt, während der Wagen von Lopez Castela in der Warteschlange stehen blieb.

In Cacabelos stieg Raschke aus, schaute sich nach dem Wagen von Lopez Castela um und als er ihn nicht entdeckte, marschierte er los, hielt sich auf dem gut besuchten Trödelmarkt nicht auf und wanderte durch Weinberge nach Villafranca. Der Spanier war immer noch nicht eingetroffen, deshalb legte Raschke sich aufs Ohr, auch um seine Leiste zu schonen, die seit dem Regenabstieg von Cruz de Ferro nach El Acebo noch immer schmerzte. Es behinderte ihn beim Gehen mehr, als ihm lieb war.

Erst am Abend holte ihn Lopez Castela von seinem Zimmer ab. Er wollte sich wohl vergewissern, ob sein deutscher Kollege angemessen untergebracht worden war. Gemeinsam gingen sie in den Comedor, den Speisesaal, wo ihnen das Pilgermenü serviert wurde. Es gab Suppe, Fisch und als Dessert ein Kompott aus eingelegten Süßkirschen. Offenbar eine Spezialität von Villafranca. Die einzigen Pilger, die Raschke im Speisesaal entdeckte, waren ein älterer Brite mit seiner jungen Frau und einem Kleinkind, zu denen sich Patrick gesellt hatte, mit dem er zu Beginn seines Weges das Zimmer hatte teilen dürfen. Sie waren so in ihr Gespräch vertieft, dass sie Raschke und seinen Begleiter nicht wahrnahmen.

Nach dem kulinarischen ließ der offizielle Teil nicht lange auf sich warten. Raschke schob Lopez Castela mit einigen Erläuterungen den Prospekt zu, beschrieb die Drahtfalle auf dem Abstieg vom Cruz de Ferro und erzählte, dass eine Pilgerin aus Argentinien in ihr schwer gestürzt und in ein Krankenhaus nach Ponferrada gekommen sei. Lopez Castela machte sich Notizen und telefonierte im Anschluss eine Zeit lang. Nachdem der das Handy abgeschaltet hatte, war er ernst.

„Das ist zweifellos ein Anschlag gewesen und ich bin nicht sehr glücklich darüber, dass die Kollegen, die als getarnte

Pilger ein wenig auf Sie aufpassen sollten, hier versagt haben.“

Raschke war ein wenig irritiert. Es waren also tatsächlich spanische Polizeibeamte auf dem Camino, die über ihn wachen sollten. Er ging in Gedanken alle Personen durch. Es blieben nur die zwei Spanier übrig, die sich laut unterhalten hatten. Er fragte ganz direkt, ob die beiden lautstarken Zeitgenossen Polizisten gewesen seien, aber der Spanier hielt sich bedeckt. Seine Reaktion war nicht eindeutig, deshalb unterstellte Raschke, dass es so war. Dabei hatte er die Polizeipilger bereits zu den potenziell Tatverdächtigen gezählt. So konnte man sich täuschen. Blieb die Frage, wer die Fallen angebracht hatte. Denn das konnte ja erst unmittelbar vor seinem Abstieg geschehen sein, sonst wäre möglicherweise ein anderer Pilger vor ihm in die Schlinge hineingetreten und der Überraschungseffekt dahin gewesen. Der Täter hatte zudem nicht die Möglichkeit gehabt, die zweite Schlinge zu entfernen. Oder es war ihm egal gewesen. Deshalb war die Argentinierin in sie hineingeraten. Aber, die Polizeipilger mussten den Sturz der Argentinierin mitbekommen haben. Warum hatten sie ihrem Chef nichts erzählt? Raschke wurde durch Lopez Castela wieder aus seinen Gedanken gerissen, der ihm den Stand seiner Ermittlungen mitteilte.

„Lieber Kollege, ich bin ganz sicher, wir sind einem Komplott auf der Spur. Die Mitarbeiter der in Mansilla getöteten Wissenschaftlerinnen haben uns erzählt, sie hätten sich zuletzt mit Forschungen nach dem Vermögen des Templerordens befasst und enge Verbindungen zu Universitäten in Frankreich, England und Deutschland gepflegt. Es sei sogar versucht worden, mit den Archiven des Vatikans in Kontakt zu treten. Allerdings ohne Ergebnis. Interessant waren Aussagen, nach denen das Vermögen in bisher nicht aufgefundenen Depots versteckt wurde. Die Hinweise auf die Verstecke habe es in den Templerkirchen gegeben. Die Ermordete habe kurz vor der Lösung gestanden, hatte aber alle Erkenntnisse darüber für sich behalten. Das heißt, sie hat sie auf ihrem Computer. Natürlich gesichert. Zur Zeit versuchen unsere Spezialisten in Madrid, den Code zu knacken.

Ich habe nach dieser Vernehmung sofort Madrid unterrichtet. Hier geht es um viel Geld. Und daran ist natürlich der spanische Staat interessiert, wie Sie sich vorstellen können."

„Mmh, das kann ich mit gut denken", grinste Raschke.

„Ich werde von hier aus wieder in die Hauptstadt fahren. Bericht erstatten. Außerdem brauche ich Unterstützung für exekutive Maßnahmen. Wir sind schließlich bald in Galizien und ich komme aus Navarra. Da sind die örtlichen Kollegen immer ein wenig verschnupft, wenn ein fremder Hahn auf ihrem Mist kräht."

„Auch das kann ich mir gut vorstellen. Das ist bei uns nicht anders. Sie erwähnten vorhin so ganz nebenbei den Vatikan. Was hat der denn damit zu tun?"

Lopez Castelà lachte verhalten.

„Das habe ich die Wissenschaftler auch gefragt und zur Antwort bekommen, dass bei der Vernichtung der Templer der Vatikan seine Finger mit im Spiel hatte. Die Akten des Ordens seien in seinen Archiven verschwunden. Seriöse, vor allem aber erfolgreiche Forschungen sind somit ohne den Vatikan nicht möglich."

„Wenn dann noch viel Geld im Spiel ist, muss dessen Interesse unterstellt werden. Das geht aber nicht offiziell, da Spanien das Vorgriffsrecht hätte. Also wird die Teilnahme an den Forschungen verweigert und versucht, ohne spanische Beteiligung an das Gold zu kommen. Sehe ich das richtig?“

Der Spanier verzog keine Miene.

„Wir befinden uns hier im Lande ihrer Allerkatholischen Majestät. Sie werden sicher verstehen, wenn ich dazu nichts sage. Spekulationen helfen bei den Ermittlungen nicht weiter und Glaubensfragen sind Sache der Kirche. Ich richte mich jedenfalls auf alle Eventualitäten ein. Genügt Ihnen das?“

Raschke nickte, während Lopez fortfuhr.

„Die nun kommende Strecke durch das enge Valcarcetal und den gefährlich steilen Weg nach OCebreiro hinauf sollten Sie sich sparen. Hier ist es unmöglich, Sie zu schützen.“

„Das war auch bisher nicht möglich und dieses Teilstück ist eine Schlüsselstelle des Camino. Davon erzählt jeder Pilger noch seinen Enkeln. Wer hier nicht gegangen ist, ist den Camino nicht gegangen. Ich will Ihnen aber versprechen, den Camino duro – den schweren Weg – über die Berge nach Trabadelo nicht zu gehen, sondern mich nur im Tal zu bewegen.“

„Claro, den bequemen Weg. Aber entscheidend sind die letzten hundert Kilometer. Alles andere ist Beiwerk. Deshalb lasse ich Sie durch einen Kollegen aus Villafranca bis kurz vor OCebreiro fahren. Den letzten Kilometer können Sie ja dann noch hoch laufen, um ihr Gewissen zu beruhigen.“

„Lieber Herr Kollege, ich möchte nicht. Ich will morgen die Straße entlang bis Ruitelan und übermorgen den Weg hinauf zum OCebreiro gehen. Wenn Ihre Kollegen mich beschützen wollen, müssen sie mitlaufen oder oben auf mich warten. Aber ich glaube nicht, dass auf der schweren Strecke etwas passiert. Das könnten potenzielle Mörder einfacher haben."

Lopez Castela wischte den Einwand weg.

„Wenn das so wäre, warum gab es dann den Anschlag auf dem schwierigen Abstieg vom Cruz de Ferro? Nein, nein. Das ist kein Grund. Ich gehe nach wie vor davon aus, ein Anschlag auf Sie soll als Unfall gelten. Und so etwas lässt sich in einem schwierigen Gelände deutlich besser arrangieren. Sie wissen inzwischen, Ihr Gegner ist bei der Erreichung seiner Ziele nicht gerade zimperlich."

Raschke setzte seinen Mecklenburger Dickkopf auf und blieb störrisch.

„Ich bleibe dabei. Ich gehe. Wenn Sie mit dem nicht zimperlichen Gegner den Vatikan gemeint haben, kann ich dazu nur schwer was sagen. Aber generell sollte die Kirche eigentlich den Menschen Orientierung und Hilfe geben, so wie ich das hier auf dem Camino auch kennengelernt habe und nicht Furcht verbreiten."

Lopez Castela seufzte vernehmlich.

„Was soll man machen? Anlegen werde ich mich mit ihr ganz sicher nicht. Ich bin nicht ihr Feind und will das auch bestimmt nicht werden. Die Kirche hat alle ihre Feinde überlebt. Auch die selbst produzierten. Feinde braucht sie nämlich, weil die in gewisser Hinsicht das Profil schärfen."

„Ein Sprichwort in Deutschland sagt, wer keine Feinde hat, hat es im Leben nicht weit gebracht. So betrachtet hat es die Kirche in den letzten zweitausend Jahren sehr weit gebracht."

Lopez Castela kommentierte die Bemerkung nicht weiter. Ihm war diese Diskussion erkennbar unangenehm, deshalb unterließ Raschke es auch, weiter zu sticheln. So wandten sich die beiden Kriminalisten den Notizen auf dem Prospekt zu. Der Spanier tippte auf die Kritzeleien.

„So, wie ich das sehe, handelt es sich ausnahmslos um Orte, an denen Templer gewirkt und gelebt haben. Sehen Sie hier die Burg von Sarracin, unter der Sie vorbeilaufen werden, wenn Sie tatsächlich laufen und sich nicht noch mal mein Angebot überlegen. Erbaut von den Templern diente sie angeblich dem Schutz der Pilger. Aber so hoch über dem Weg?

Oder die Medulas, in denen schon die Römer Gold abbauten. Die Templer haben behauptet, die Minen seien taub, ausgebeutet. Auch hier habe ich Zweifel.

Das Castillo von Cornatel, aus dem Besitz der Tempelritter, ist so auf einen Bergkamm gebaut worden, dass es uneinnehmbar ist. So ein Aufwand, nur um Pilger zu schützen?

Zu den Kirchen San Tomas de las Ollas und Santa Maria de Vizbayo will ich gar nichts mehr sagen. Sie stammen alle aus der Templerzeit und sind bisher nicht restauriert worden.

Dass alles zeigt mir, Ihre Mitpilgerin Ulla hat wahrscheinlich etwas mit dem Komplott zu tun. Ich werde veranlassen, dass die gekennzeichneten Orte besonders überwacht und verdächtige Personen in ihrer Nähe überprüft werden. Aber alle Objekte der Templer unter Beobachtung stellen zu lassen, ist unmöglich. Von hier bis Santiago gibt es unzählige Wegkreuze, Kapellen, Grabstellen und Burgen. Und gerade in Galizien ist vieles ursprünglicher geblieben als in Kastilien, Navarra oder Aragon. Selbst die Sprache ist kaum zu verstehen. Die Gegend ist und war immer schon Spanisch-Sibirien."

„Trotzdem laufe ich weiter."

„Ja, ich habe verstanden. Je mehr Argumente ich gegen Ihren einmal gefassten Entschluss vorbringe, desto störrischer halten Sie daran fest. Deshalb lassen Sie uns wie bisher in Verbindung bleiben. Ein bis zwei Tage, bevor Sie in Santiago sind, rufen Sie mich an, ich lasse Ihnen in der Altstadt in einem kleinen Hotel ein Zimmer reservieren oder wollen Sie im Hotel Parador direkt an der Kathedrale übernachten?"

„Ich fürchte, dafür reichen meine Mittel nicht aus und die spanische Polizei wird mir das Zimmer nicht bezahlen, oder?"

„Nein, wird sie nicht", bestätigte Lopez Castela grinsend, „aber viele Pilger machen das, um sich für die Entbehrungen zu belohnen."

Nach einigen Gläsern Wein verabschiedete sich der Spanier, wünschte Buen Camino und Raschke ging zu Bett, um am nächsten Tag für den Marsch über die alte Nationalstraße durch das Valcarcetal nach Las Herrerias fit zu sein.

O Cebreiro

Entspannt wanderte Raschke vorbei an verschiedenen Herbergen, von denen ihm nur die in Vega de Valcarce in Erinnerung blieb, weil sie von Brasilianerinnen geführt wurde, die ihre Fahne gehisst hatten und wo es laut und lustig zuging, was Scharen von jungen, vornehmlich männlichen Pilgern magisch angezogen hatte. Dabei war nicht klar, ob die jungen Männer tatsächlich Pilger waren oder nicht allein nur wegen der jungen Brasilianerinnen dort übernachten wollten.

Er ließ sich Zeit und so ging der Tag zur Neige, ohne dass er bislang ein Quartier gefunden hatte. Je weiter er an den steilen Anstieg nach OCebreiro kam, desto voller wurden in dem engen Tal die Herbergen. Ab Vega de Valcarce waren sämtliche Herbergen, Pensionen, Hostals und Privatunterkünfte bis zum letzten Platz belegt. Er hatte das schon geahnt, als er die Menge von Pilgern sah, die mit ihm den von der Fahrbahn der Landstraße abgeteilten Pilgerweg durch das idyllische Tal hoch marschierten. Im letzten Moment erwischte er in Ruitelan noch einen randvoll mit Pilgern besetzten Kleinbus, der nach Piedrafita fuhr. Dort hoffte er, ebenso wie die anderen Pilger, noch ein Zimmer zu finden. Aber auch dort waren die wenigen Hotels bereits belegt. Hier übernachteten die Fahrradpilger. In der einzigen Bar, in der es außer ein paar dürftigen Tapas nichts zu essen, sondern nur zu trinken gab, kam er mit einem Fahrradpilger ins Gespräch, der von Lissabon nach Santiago gefahren war und weiter nach Lörrach wollte. Der junge Mann schwärmte von Santiago und gab ihm Tipps, was er sich unbedingt ansehen müsse und nicht verpassen dürfe.

Die Begeisterung war ansteckend und Raschke begann, sich auf sein Ziel zu freuen. Der junge Mann führte ihn zu seiner Pension, in der es tatsächlich noch ein freies Zimmer gab.

Um halb sieben Uhr verließ er sein Quartier. Er fröstelte. Es war kalt auf dem Pass. Nur wenig über dem Gefrierpunkt. Die sechs Kilometer bis O Cebreiro versprachen zügiges Vorankommen, obwohl 450 Höhenmeter zu absolvieren waren. Aber je höher er kam, desto dichter wurde der Nebel und umso kälter wurde es. Er war froh, seine Armlinge übergezogen zu haben, die er jetzt als Handschuhersatz über die Finger zog. Der feuchte Nebel kroch in die Kleidung und vermischte sich mit dem Schweiß zu einer undefinierbaren Duftmischung. Aber so war das eben. Pilger rochen nicht sehr frisch. Schon gar nicht, wenn sie die Schuhe auszogen oder sich schweiß- und regennass an eine Heizung setzten, um sich aufzuwärmen. Nasse Hunde waren nichts dagegen. Die Hospitaleros und Barbesitzer auf dem Camino kannten das.

Kurz vor O Cebreiro, dem kleinen, ursprünglichen Bergdorf an der Grenze zwischen Kastilien und Galizien, wurde aus dem Nebel ein alles durchdringender Regen. In der Kirche bewunderte er den Galizischen Gral, einen goldenen Kelch, der allerdings nichts mit dem bis heute verschollenen Heiligen Gral zu tun hat. Er zündete zwei Kerzen an, sprach ein kleines Gebet und steuerte danach die gegenüberliegende Herberge an, in der sich eine Bar befand, wo er sich aufwärmen wollte.

Dort saß zu seiner Überraschung Carola am Tresen, die gerade ihr Frühstück verzehrte. Neben ihr standen Christof und ein weiterer Pilger, den sie als Michael, beziehungsweise Michel, vorstellte. Raschke musterte den Fremden. Er kam ihm irgendwie bekannt vor, obwohl er sicher war, ihn während der bisherigen Wanderung noch nicht getroffen zu haben. Carola war sichtlich überrascht, Raschke zu sehen. Es schien ihr nicht angenehm zu sein, denn sie wechselte mit ihm nur einige belanglose Worte, verabschiedete sich, ohne ihr Frühstück aufgegessen zu haben, um, wie sie sagte, ihren Rucksack zu holen. Sie kam nicht wieder. Etwas verwundert blieb Raschke zurück, da sich auch Christof und Michel kurz danach verabschiedeten. So trank er, ein wenig traurig, allein seinen Kaffee, aß einen großen, süßen Croissont, maß seinen Blutzuckerwert und setzte sich, da ihm dieser zu hoch erschien, noch eine Insulinspritze. Danach kramte er seinen Poncho heraus und zog zusätzlich Regengamaschen über, um so den Widrigkeiten der Witterung besser trotzen zu können. Unter dem Vordach vor der Tür traf er auf Christof, der wie immer unverbindlich freundlich war.

„Was ist heute dein Ziel?“

Raschke sah keinen Grund, ihm das zu verschweigen, zumal es auf der bevorstehenden Strecke keine allzu großen Varianten gab. Er zeigte in das nasse Nebelmeer.

„Ich denke bis Samos zu laufen, wenn das Wetter mitspielt. Dort im Kloster soll es abends die gregorianischen Gesänge geben, die ich in Rabanal verpasst habe.“

Christof räusperte sich.

„Mmh, ich habe eben gesehen, wie du dich gespritzt hast. Bist du Diabetiker?“

„Tja, so ist das eben. Mit dem Alter kommen die Leiden. Bei mir ist es Diabetes. Aber so schlimm ist es auch wieder nicht. Man muss eben auf sich aufpassen und in sich hineinhören. Dann kann man die Krankheit problemlos bewältigen.“

„Wem sagst du das. Wir sind Leidensgenossen“, grinste Christof, „ich spritze auch.“

„Na prima, dann können wir uns gegenseitig mit Insulin aushelfen, wenn es zu knapp werden sollte.“

Christof lachte.

„Wenn wir zusammen laufen würden, ginge das. Aber du läufst ja immer allein.“

„Bisher ja, aber vielleicht können wir die restlichen Etappen zusammen gehen und gemeinsam in Santiago einlaufen?“

Christof zog überrascht die Augenbrauen hoch.

„Von mir aus gern“, gab er zu bedenken, „aber ich laufe bereits mit Carola und Michel. Ich will die beiden erst fragen, ob ihnen das angenehm ist.“

„Claro, das kann ich verstehen. War auch nur so ein Gedanke. Überlegt es euch. Ich würde mich freuen. In Triacastela oder Samos sehen wir uns bestimmt wieder. Buen Camino.“

Damit verabschiedete sich Raschke, ließ den offensichtlich verblüfften Mitpilger unter dem Vordach zurück und ging los. In seinem Kopf kreisten die Gedanken und so achtete er nicht auf den Weg, als er zwischen den grauen Häusern im grauen Nebel verschwand. Nach wenigen Metern erreichte er die Straße, die von Pietrafita an O Cebreiro vorbei weiter in die Berge führte. Er war auf der breiten Teerstraße zügig vorangekommen, wobei ihm nicht aufgefallen war, dass ihm keine Pilger begegneten. Auch

Fahrzeuge fuhren nicht. Es war schließlich Pfingstsamstagmorgen. An einem solchen Tag pflegten die Spanier lange zu schlafen. Und wer sollte in einem solchen Sauwetter auch nach O Cebreiro fahren wollen? Raschke wurde unruhig. Zu lange waren ihm die gelben Pfeile, die untrüglichen Hinweiszeichen des Camino, nicht mehr aufgefallen. Außerdem dauerte ihm der Aufstieg zu lange. Laut Pilgerführer hätte er höchstens 500 Meter lang sein dürfen. Jetzt lief er aber schon über eine halbe Stunde bergauf durch den dichter werdenden Nebel, in den sich mehr und mehr leichter Schneegriesel mischte. Schnee in Spanien. Ende Mai, Anfang Juni. So hatte er sich Spanien nicht vorgestellt.

In diesem Moment kam von vorn ein Fahrzeug der Forstverwaltung, wie die Aufschrift auswies. Der Fahrer bedeutete Raschke anzuhalten.

„Hola, Peregrino, aqui es no el Camino Santiago – hier ist nicht der Jakobsweg. Sie müssen zurück und über einen Weg durch den Wald den Berg hinunter."

Raschke machte kehrt und hoffte, der Fahrer würde ihn bis zu diesem Abzweig mitnehmen. Die Hoffnung trog. Der Fahrer nahm ihn nicht mit, sondern fuhr zwanzig Minuten langsam vor ihm her, hielt plötzlich an und zeigte den schmalen Weg, der sich zwischen dunklen Bäumen im Nebelwald verlor.

„En el direccion – in diese Richtung", erklärte der Forstarbeiter. Wo schickt der Mann mich hin?, überlegte Raschke. Wenn ich im dichten Nebel den Weg verfehle, irre ich noch in den nächsten Tagen wie Hänsel auf der Suche nach Gretel durch den galizischen Hochwald. Seinen fragenden, Hilfe suchenden Blick bestätigte der Spanier nur mit einem „Si, si. Alli abajo – dort hinunter." Dann trat er aufs Gas und war Sekunden später im Nebelgrau verschwunden.

„Wenigstens etwas", murmelte Raschke, ohne sich bedanken zu können. Nach einigen hundert Metern vorsichtigen Tastens über den schmalen Weg, der nur unwesentlich breiter war als ein Wildwechsel, hörte der Schneegriesel auf und wurde wieder zu Regen. Als er den schützenden Wald verließ, kam als Ersatz für den Schnee der Sturm von vorn, schob ihm den Regenponcho hoch und Minuten später war die Hose von den Oberschenkeln bis zu den Regengamaschen völlig durchnässt. Schlimmer noch. Der Kapillareffekt bewirkte, dass das Wasser die Hose hinab driftete, die Socken erreichte und langsam in die Schuhe kroch. Außerdem ging es wieder bergauf. Die Selbstgespräche schwankten zwischen Fluchen und Beten, wobei sich beides in etwa die Waage hielt. Nach fast einer Stunde erreichte er den Camino nahe Linares, wo er sich in die Ameisenkolonne der Pilger einreihte, die heute nicht so dicht gestaffelt war wie an trockenen Tagen. Die fehlenden Ameisen fuhren gerade in Taxis an den Unermüdlichen vorbei, verschämt auf die dem Camino abgewandte Straßenseite schauend. Nachdem die Taxikarawane verschwunden war, wurde es einsam auf dem Weg.

„Warum tue ich mir solch einen Scheiß eigentlich an? Warum habe ich nicht das Angebot von Lopez Castela angenommen und mich im Polizeiauto fahren lassen?", murmelte Raschke immer wieder vor sich hin, ohne sich selbst eine Antwort zu geben.

Der Wind peitschte immer heftiger. Die Finger wurden langsam klamm. Es wurde schwierig, die Wanderstöcke festzuhalten. Immer wieder wechselte er von dem verschlammten Jakobsweg auf die Straße und zurück. Auf der Straße nervte ihn der Asphalt und auf dem Camino der Schlamm und die rutschigen Felsen. Zeit wurde relativ. Der Schritt war das Maß aller Dinge. Nur schemenhaft nahm er am Alto Poio das Denkmal für einen Pilger wahr, der sich gegen den Wind stemmte. Endlich tauchte vor ihm aus Nebel und Regen zwischen kleinen, von Feldsteinmauern begrenzten Weiden der Ort Fonfria auf. Dreckig, grau, stinkig. Hier war der Camino ein einziges Schlammbad. Erde vom Rand des Weges war auf den Weg gespült worden, mischte sich mit Kuhscheiße, Stroh, Mist, Hühnerdreck, Hundekot und Schafsköttel zu einer zähen, klebrigen Masse, der die Pilger auch durch vorsichtiges Staken nicht entgehen konnten. Mitten in diesem Inferno aus Schmutz und Gestank stand eine Bauersfrau. Sie bot dem Vorbeihastenden eine frische Tortilla an. Caliente – warm, wie sie sagte, als sie ein darüber gehängtes Küchentuch zurückschlug. Das Angebot erzeugte bei ihm einen Würgereiz. Er winkte so freundlich, wie es nur ging, ab und marschierte weiter durch den Dreck, um die restlichen neun Kilometer nach Triacastela möglichst schnell hinter sich zu bringen. Zu allem Überfluss begann sein Zeh, an dem er sich bei der Pediküre am Vorabend in die Nagelhaut geschnitten hatte, höllisch zu brennen. Die Nässe und der Abstieg hatten ihn entzündet. Jeder Schritt schmerzte und der Weg wurde auch in Viduelo nicht besser. Offenbar war kurz vorher eine Kuhherde über den Weg getrieben worden. Bis hinunter in den kleinen Ort Triacastela. Dort angekommen, war er fertig. Humpelnd suchte er sich in einer kleinen, dafür teuren Pension ein Zimmer und hakte den Tag ab. Nichts war passiert. Nichts Ungewöhnliches hatte er bemerkt und bis auf Carola und Christof niemanden getroffen, den er kannte.

Aus irgendeinem Grund war Raschke danach, am Abend in die Pilgermesse zu gehen. Die kleine, romanische Kirche, die genau in das Schema der mysteriösen Jakobswegmörder passte, war vor gar nicht langer Zeit renoviert worden. Sie war voll mit Pilgern. Etwa sechzig Leute hatten sich eingefunden. Ob das wegen des Pfingstfeiertags war oder seinen Grund in der schwierigen Bergetappe hatte, war ihm nicht klar. Da er hinten in der letzten Reihe stand, hatte er einen guten Überblick über die Anwesenden. Und jetzt sah er doch einige Bekannte. Ziemlich weit vorn, in einer der ersten Bänke, saßen Heather neben der Neukaledonierin und daneben Carola und Marianne. Die anderen Pilger waren ihm unbekannt. Sicherlich hatte er den einen oder anderen schon einmal gesehen, aber keinen Kontakt gehabt. Der Gottesdienst war ergreifend. Der Priester, seiner Kapuze über dem Messgewand nach ein Benediktiner oder Kapuzinermönch, bezog die Anwesenden in die Liturgie mit ein. Gedanken zum Jakobsweg hatte er in vielen Sprachen auf Papierbögen geschrieben und verteilte sie, indem er jeden Pilger nach seinem Herkunftsland fragte. Anschließend bat er einige Pilger aus verschiedenen Ländern zu sich nach vorn an den Altar, damit sie die Lesung in ihrer Heimatsprache vornehmen. Zu Pfingsten und auf dem Camino ein nicht unpfiffiger Gedanke. So lasen nacheinander vor: ein Spanier, ein Deutscher, ein Niederländer, ein Brite und ein Italiener. Ein Franzose weigerte sich und für einen Japaner, der sich an seiner Stelle meldete, hatte er leider keinen Text. Während der Kommunion sangen Pilgerinnen aus den USA, unterstützt von einem englischen Tenor, das Ave Maria so ergreifend, dass nicht nur Raschke die Tränen die Wangen hinunterliefen.

Nach dem in sechs Sprachen erteilten Pilgersegen gingen die meisten sehr ergriffen und nachdenklich aus dem Gotteshaus. Vor der Kirchentür traf Raschke auf Heather und gratulierte ihr zum 60. Geburtstag. Sie hatte ihn in Rabanal, einen Tag nach seinem Aufenthalt, in einer Gaststätte mit vielen anderen Pilgern gefeiert.

„I missed you“, flüsterte sie ihm ins Ohr, als er ihr gratulierte und sie ihm als Dankeschön einen Kuss auf die Wange hauchte. So gut es ging, radebrechte er auf Englisch, dass er am Cruz de Ferro auf sie gewartet hatte, was sie aber mit einem Lachen bestritt. Nach einem zarten Küsschen links und rechts auf die Wangen verschwand Heather zusammen mit Carola, die vor dem Kirchplatz gewartet hatte, in einer der kleinen Gassen. Merkwürdigerweise hatte sie sich von Raschke ferngehalten, solange der sich mit der Australierin unterhielt. Verstehe mir einer die Frauen, dachte er, während er sich auf den Weg zur Pilgerherberge machte, in der es einen kostenlosen Internetzugang geben sollte. Zu seiner Überraschung traf er dort die Frau aus Französisch-Polynesien, deren Vornamen er immer noch nicht kannte. Sie saß an dem großen Esstisch mitten im Aufenthaltsraum und machte sich eifrig Notizen in ihr Tagebuch. Dabei hatte sie neben sich den gleichen Prospekt liegen, den Raschke schon bei Ulla in Ponferrada gesehen hatte. Als er zu ihr an den Tisch kam, schloss sie ihre Aufzeichnungen und steckte sie ohne Hast in ihre Umhängetasche, begrüßte Raschke freundlich und war ihm behilflich, den PC so einzustellen, dass er problemlos eine Email nach Hause schreiben konnte. Er nahm sich vor, sie hinterher nach ihrem Vornamen zu fragen. Als er mit seiner Email fertig war und sich umdrehte, war die Neukaledonierin verschwunden.

Er humpelte in sein Quartier zurück, wo er auf seinem Flur zu seiner Überraschung Carola traf. Sie wohnte in der gleichen Pension. Christof und Michel seien bereits nach Samos gelaufen, erklärte sie. Raschke startete einen erneuten Versuch, mit Carola ins Gespräch zu kommen, und lud sie in die kleine Bar am Ende der Gasse auf einen Wein ein, rechnete aber insgeheim mit einer Ablehnung. Zu seiner grenzenlosen Überraschung willigte sie ein.

„Hat Christof dich gefragt, ob ich mich auf den letzten Kilometern bis Santiago eurer kleinen Gruppe anschließen kann?"

„Ja, hat er. Ich würde mich freuen."

„Und Michel?"

„Weiß ich nicht. Ich denke aber nicht, dass er etwas dagegen hat. Wir haben ihn auch erst in Villafranca kennengelernt. Er ist eigentlich Franzose und stammt aus dem Elsass."

„Irgendwie kommt er mir bekannt vor, obwohl ich sicher bin, ihn bisher noch nicht getroffen zu haben."

Carola gluckste amüsiert.

„Mir ging das genau so, als ich ihn kennenlernte. Er hat große Ähnlichkeit mit Henry Fonda."

Raschke lacht befreit auf.

„In der Tat. Und ich habe mir den Kopf zerbrochen, woher ich ihn kenne. Jetzt weiß ich es. Aus dem Kino."

Raschke humpelte zum Tresen, um dort noch zwei neue Gläser Wein zu holen.

„Du humpelst? Hast du dich verletzt?“, erkundigte sich Carola mitfühlend, als er an den Tisch zurückhinkte.

„Nein, das ist das Ergebnis eigener Dummheit. Ich habe mir gestern Abend die Nagelhaut am Zeh eingeschnitten. Die Wunde hat sich bei der Nässe heute entzündet. Jetzt kann ich kaum richtig auftreten.“

„Ich habe ein kleines Fläschchen reinen Alkohol bei mir. Damit kannst du die Wunde reinigen und morgen bestimmt weiterlaufen. Du kannst mir ja beim Wandern Gesellschaft leisten, wenn du willst.“

Den ersten Gedanken begrüßte er. Er hatte alternativ vorgehabt, sich über seinen Zeh zu pinkeln. Ein altes Soldatenheilmittel mit dem Effekt, kleine Entzündungen zurückzudrängen. Aber es musste schon der eigene Urin sein. Die Methode mit dem Alkohol gefiel ihm aber besser. Der zweite Gedanke war ihm nicht so angenehm. Deshalb zog er die Zeitkarte.

„Gerne. Ich will morgen um halb sieben loslaufen. Ist dir das recht?“

Carola verzog wie erwartet den Mund.

„Nein, das ist mir nicht recht. Ich laufe nie ohne Frühstück los. Vielleicht wartest du einfach, bis ich gefrühstückt habe. Wie wär´s?“

„Das ist aber schlecht“, bedauerte Raschke, „ich laufe immer ohne Frühstück los und hole das nach sechs oder sieben Kilometern in einer Bar nach. Vielleicht treffen wir uns ja dort und laufen dann gemeinsam weiter.“

Das war offenbar nicht nach Carolas Geschmack und sie zog sich beleidigt zurück. Den Alkohol musste er abschreiben. So blieb ihm nichts anderes übrig, als sich über den Zeh zu pinkeln. Ein Bidet im Badezimmer erschien ihm das geeignete Sanitärmöbel dafür.

Beim Aufstehen stellte er fest, dass er tatsächlich wieder laufen konnte. Der Zeh war zwar nicht völlig in Ordnung. Aber was war auf dem Camino schon völlig in Ordnung? Da es wieder recht kalt war und zu nieseln begann, entschied sich Raschke dafür, den längeren Weg über die Landstraße nach Samos zu laufen. Außerdem hatte er so die Chance, im Notfall ein Auto oder einen Bus zu erwischen. Im Pilgerführer stand: Stetig bergab. Wo der Autor gelaufen war, erschloss sich ihm nicht. Hier jedenfalls nicht, denn es ging Auf und Ab. Auf dem Camino war alles subjektiv.

Zweimal musste Raschke sich an die Leitplanke drücken, da grinsende Lkw-Fahrer einen Spaß daran hatten, ihn, den einsamen Pilger, von der Straße zu scheuchen. Sie waren wohl der Meinung, Pilger gehörten auf den Camino und nicht auf die Carretera. Dass die Pilger womöglich einen triftigen Grund haben könnten, die unattraktive Straße dem auch noch mehrere Kilometer kürzeren Camino vorzuziehen, kam ihnen offenbar nicht in den Sinn. Als dann aber ein in seinem Rücken heranrauschender Lkw direkt hinter ihm auf die Hupe drückte, ihm vor Schreck fast das Herz stehen blieb und der Winddruck ihn fast über die Leitplanke gedrückt hätte, nutzte Raschke die nächste Gelegenheit, auf den Schotterweg entlang eines kleinen Baches zu wechseln. Dabei kam ihm blitzartig ein Gedanke. Das wäre die Gelegenheit gewesen, ihn aus dem Weg zu räumen. Ein unglücklicher Unfall auf einer Landstraße, auf der Pilger eigentlich nicht laufen sollten. Er scheute sich, den Gedanken zu Ende zu denken und ein leichter Schauer lief über seinen Rücken. Er schimpfte mit sich, so leichtsinnig gewesen zu sein.

Sarria

Nach fast sechs Stunden hatte er es geschafft. Sarria war erreicht. Die letzten 111 Kilometer lagen vor ihm, wie auf einem Hinweisschild in roter Schrift auf grauem Granit zu lesen war. Raschke überlegte, noch ein paar Kilometer, vielleicht bis Barbadelo, zuzulegen. Aber genau in diesem Moment begann sein Zeh wieder zu schmerzen. Also doch Pause. In der Stadt war es kein Problem, ein Quartier zu finden, wo er seinen Zeh mit einem Desinfektionsmittel aus der Apotheke versorgte. Sein Handy klingelte zu ungewohnter Zeit. Das versprach nichts Gutes. In der Tat war Lopez Castela am anderen Ende der Leitung.

„Na, Herr Kollege, leben wir noch?"

„Ja, wir leben noch, wie ich höre."

Am anderen Ende hörte er ein Lachen.

„Wie war das Wetter am O Cebreiro?"

„Was soll ich sagen, typisch spanisches Wetter. So wie ich es bisher ausgiebig genießen durfte. Regen, Schneeschauer, Sturm und nur gelegentlich ein paar Sonnenstrahlen"

„Seien Sie froh, dass der Camino nicht zentimeterhoch unter Wasser steht wie das Gebiet um Madrid."

„Na, Sie sind gut. Viel hat nicht daran gefehlt. Ich habe mir jedenfalls eine Tageszeitung gekauft, um damit meine Wanderstiefel zu trocknen."

„Ja, ja, ich weiß. Je schlechter das Papier, desto besser die Trocknung. Papel hygienico – Klopapier hätte es doch auch getan."

„Naturalmente, perro buscando dos rollos grande – natürlich, aber ich hätte zwei große Rollen gebraucht."

Lopez Castela reagierte sofort und sprach Spanisch weiter. Sein Satz endete mit: Etiendo?

„No entiendo - ich verstehe nicht“, musste Raschke zerknirscht zugeben und Lopez Castela war wieder versöhnt.

„Ist Ihnen auf den letzten beiden Etappen etwas Besonderes aufgefallen?“

„Nein, ich hatte mit mir zu tun und von Personen, über die wir bisher gesprochen haben, habe ich nur Carola wieder getroffen.“

„Sonst wirklich niemanden?“, zweifelte Lopez Castela.

„Ach so, ja richtig. Da waren noch die Pilgerin aus Neukaledonien, Christof und Heather aus Perth. Das ist jetzt aber wirklich alles.“

„Na, das ist doch was.“

„Sie sagen das so, als ob Sie mehr wissen. Lassen Sie mich nicht dumm sterben.“

„Ich will Sie überhaupt nicht sterben lassen. Aber meine Leute waren nicht untätig. Sie haben sich ein wenig um Ihre Mitpilger gekümmert.“

Lopez Castela gluckste vor Lachen. Er fand das offensichtlich spaßig, was Raschke nicht nachvollziehen konnte.

„Eine Australierin mit Namen Heather feierte in Rabanal ihren 60. Geburtstag mit allen Pilgern, die gerade in der Herberge oder im Hostal waren. Darunter auch eine ältere deutsche Pilgerin, Anne oder so ähnlich, einige Australier oder Amerikaner und Franzosen. Ein richtiges buntes

Pilgergemisch. Natürlich waren zwei meiner Leute dabei. Sie gelten ja auch als Pilger. Auf dem Camino ist es offenbar Mode, Quotenspanier zu Pilgerfeten einzuladen. Sozusagen als Reminiszenz an das Gastgeberland. Ach ja, auch eine Französin, ich glaube Linda hieß sie, war dabei. Sie hat lange sehr vertraut mit einer Deutschen mit Namen Carola zusammengesessen. Einer meiner Leute, zugegeben ein richtiger Macho, behauptete, es habe ausgesehen wie eine lesbische Beziehung."

Raschke bekam einen Hustenanfall.

„Nur, weil sie vertraut nebeneinander saßen? He! Das sind Pilger. Man freut sich, wenn man abends andere trifft, die man von der vorherigen Strecke kennt. Deswegen muss man doch nicht gleich schwul oder lesbisch sein."

„Selbst wenn, wäre es uns egal. Oder hätten Sie damit ein Problem?"

„Nein. Da denke ich preußisch. Jeder soll nach seiner Fasson selig werden. Aber was war weiter?"

„Eigentlich nichts. Außer dass ich mit einem meiner Leute schwer geschimpft habe, weil er Sie erst im Schneeregen laufen ließ und Sie dann auch noch allein durch den einsamen Waldweg laufen ließ, anstatt Sie mitzunehmen. Ich befürchte einfach, dass man Sie auf den letzten hundert Kilometern doch noch aus dem Verkehr ziehen will."

„Dann war der merkwürdige Forstarbeiter einer Ihrer Leute? Ich hätte ihn erwürgen können, weil er mich durch die Kälte und den Sturm hinter dem Auto herlaufen ließ. Ich hatte mich schon gewundert, warum der Typ so viel Zeit hatte. Er ist mir dafür noch eine Flasche Wein schuldig. Was sage ich: zwei Flaschen."

„Senor Raschke. Der Mann hält Sie für einen Pilger und Pilger müssen laufen und nicht fahren. So und nicht anders kennt er das. Das wird nichts mit den zwei Flaschen Wein. Meine Standpauke hat gereicht."

Lopez Castela bat seinen deutschen Kollegen noch einmal eindringlich, auf sich aufzupassen und wachsam zu bleiben. Vor allen Dingen auf den kommenden Etappen.

„In den unübersichtlichen Wäldern Galiziens gibt es ungezählte Möglichkeiten, Sie unbemerkt verschwinden zu lassen. Ich will nichts mehr riskieren und werde Sie mit meinen Leuten so gut es geht unter Wind halten."

„Bitte Senor Lopez Castela, ich möchte nicht im Pulk über den Camino laufen."

„Ich verspreche Ihnen, Sie werden Ihre Schatten nicht bemerken. Aber ein 24-Stunden-Sorglospaket kann ich einfach nicht garantieren."

Mit der Zusage, ihn sofort wieder anzurufen, wenn es etwas Neues gebe, verabschiedete sich der spanische Kriminalist. Raschke hatte es vermieden, Lopez Castela zu beichten, dass er selbst den Vorstoß unternommen hatte, mit seiner Kontrolleurin zusammen weiterzulaufen. Er war sich sicher, der Spanier hätte ihm das mit allen Mitteln auszureden versucht.

*

Im ersten Haus am Platze in Sarria, einem modernen Viersternehotel, saß die Chefin mit ihren Mitarbeitern beim gemeinsamen Essen in einem kleinen, separaten Raum.

Der Geistliche war für seine Verhältnisse richtig euphorisch.

„Madame, zwei weitere Depots haben sich als Volltreffer erwiesen. Wir haben weitere Tonkrüge mit insgesamt mehr als viertausend Münzen gefunden, mehr als zwölf Kilo Gold. Unsere Mitarbeiter sind bereits dabei, unter Aufsicht des Professors und meines Begleiters die Funde zu prüfen und zu sichern. Unser Unternehmen steuert einem vollen Erfolg entgegen. Außerdem haben wir drei weitere Depots lokalisiert, konnten aber noch nicht an sie heran, weil sich die spanische Polizei in der Nähe aufhält. Die Polizisten stören unsere Kreise gewaltig. Ich schließe nicht aus, dass der deutsche Pilger da seine Finger im Spiel hat. Warum ist der noch nicht ausgeschaltet?"

Die Chefin blickte von einem zum anderen, wobei ihr Blick an den beiden Sicherheitsexperten hängen blieb.

„Ja, warum ist der noch nicht ausgeschaltet?"

„Chefin, zum einen haben wir den Professor beim Bergen der Depots unterstützen müssen, zum anderen waren ja Ihr Fahrer und Ihre Sekretärin in seiner Nähe. Die hätten doch durchaus die Gelegenheit gehabt, ihn auszuschalten."

„Nein. Das ist Ihre Aufgabe. Lassen Sie meine Sekretärin und meinen Fahrer aus dem Spiel. Seien Sie froh, dass sie nahe an dem Mann dran sind und wir über seinen Aufenthalt informiert sind. Er ist übrigens heute hier in Sarria. Seien Sie also vorsichtig, wenn Sie in die Stadt gehen. Morgen wird er weiter nach Portomarin laufen. Wenn er dort ankommt, was ich nicht hoffe."

„Chefin, wir arbeiten bereits an einem Plan, wie wir ihn bis dahin aus dem Verkehr ziehen."

„Ich habe auch einen", erklärte die Chefin, „der Mann ist Diabetiker. Da hätten wir doch eine hervorragende Möglichkeit, ihn aus dem Weg zu schaffen. Eine Überdosis Insulin verursacht den Tod und baut sich danach vollständig ab. Er bekommt eine Überdosis aus seinem eigenen Bestand. Durch den Insulinschock wird er bewusstlos und stürzt. Alles wird wie ein Unglücksfall oder eigene Dummheit aussehen. Er hat nicht aufgepasst. Niemand wird auf den Gedanken kommen, dass es ein Mord war. Das kann kein Gerichtsmediziner auf der Welt mehr nachweisen. Perfekt, einfach perfekt."

Der Geistliche hatte einen Einwand.

„Das ist pure Theorie. Der Mann kann mit seiner Krankheit umgehen. Sonst würde er nicht das Risiko einer solch strapaziösen Pilgerreise auf sich nehmen. Wenn er gegessen hat oder schnell Süßes isst, klappt das nicht mit dem Zuckerschock. Ich bin selbst Diabetiker und weiß, wie das ist."

Der Wortführer der Sicherheitsexperten grinste unverschämt.

„Wir können es ja bei Ihnen einmal testen."

Es hätte nicht viel gefehlt und der Monsignore wäre aus der Rolle gefallen. Nur mit Mühe ließ er sich von einer älteren, weißhaarigen Dame zurückhalten.

„Um eine Injektion zu setzen, muss man nahe an ihn heran. Das wird nur dem gelingen, zu dem er Vertrauen hat. Vielleicht hat er das zu Ihrer Sekretärin oder Ihrem Fahrer als Mitpilger."

„Ich habe auch sein Vertrauen", unterbrach die Weißhaarige, „aber ich wüsste nicht, wie es mir gelingen sollte, ihm gegen seinen Willen eine Spritze zu geben."

„Ich denke, dass er mir auch vertraut“, ergänzte der Monsignore, „schließlich habe ich ja bei ihm schon einmal den barmherzigen Samariter gespielt. Aber als Mann des Herrn steht es mir nicht zu, selbst Hand anzulegen.“

„Das ich nicht lache“, spöttelte die Chefin, „ich bin gerührt zu hören, zu wem der Mann alles Vertrauen gefasst hat. Ich sollte mich auch noch einreihen.“

Der Professor mischte sich ein.

„Das mit dem Insulin ist nichts. Das ist so eine typische Frauenidee. Würde einer Frau auch am ehesten gelingen. Die geht mit Raschke ins Bett und wenn er nach dem Sex müde ist, verpasst sie ihm die Injektion. Das wäre doch die ideale Aufgabe für Ihre Sekretärin.“

Entsetzt sah die Sekretärin den Professor an. Sie wollte gerade empört antworten, als die Chefin ihr beruhigend die Hand auf den Unterarm legte.

„Professor, es ist Aufgabe unserer Sicherheitsexperten, Raschke aus dem Weg zu räumen. Dafür werden Sie bezahlt. Was meine Sekretärin macht oder nicht macht, entscheide ich ganz allein. Da redet mir noch nicht einmal mein Mann hinein. Keinesfalls wird sie sich prostituieren, nur um Ihnen die Arbeit abzunehmen. Und wie schon gesagt, es war ein Vorschlag. Ob Sie den umsetzen oder ob Sie sich etwas anderes einfallen lassen, ist mir egal. Nur tun sollten Sie endlich was. Es wird allerhöchste Zeit. Meine Geduld ist am Ende. Die Erfolglosigkeit der beiden gefährdet das Unternehmen.“

„Es gibt noch eine andere Möglichkeit“, meldete sich der Monsignore noch einmal zu Wort. Die anderen sahen ihn erstaunt an.

„Und die wäre?“, fragte Antonio neugierig.

„Saxitoxin.“

„Wäre es zu viel verlangt zu erläutern, was Sie mit ihren lateinischen Ausdrücken meinen?“

„Saxitoxin ist ein Gift, das von Blaualgen produziert wird, die von Muscheln gefressen werden. Für die Muscheln ist es ungefährlich. Für den Menschen, der die Muschel isst, nicht. Bei uns in Italien, aber auch hier in Spanien, gibt es jährlich knapp Zehntausend dieser Vergiftungen.“

„Halten Sie es für möglich, dass wir eine vergiftete Muschel gezielt einsetzen können?“, erkundigte sich neugierig die Chefin.

„Das ist eher unwahrscheinlich. Dazu müsste man vorher etwa fünfhunderttausend Muscheln chemisch untersuchen lassen. So hoch ist die Wahrscheinlichkeit, eine vergiftete Muschel zu erwischen.“

„Schön, dass wir mal drüber gesprochen haben.“

„So würde ich das nicht sagen. Das Gift kann auch chemisch hergestellt werden, ist aber sehr schwer zu beschaffen. Aber ich will gerne einmal meinen Mitarbeiter fragen. Der hat in solchen Sachen immer gute Verbindungen.“

„Aber dazu müsste man den Deutschen erst einmal dazu bringen, Muscheln zu essen. Vielleicht mag er die gar nicht. Nein, mir ist das alles zu theoretisch. Ich bin für handfestere Methoden“, winkte die Chefin ab. Aber jetzt meldete sich die Weißhaarige.

„Ich habe mit ihm ja bereits gegessen und weiß, dass er Meeresfrüchte isst. In Burgos sah ich ihn beim Moulinero, einer kleinen Bar, in der ausschließlich Muschelgerichte angeboten werden. Es könnte also klappen."

„Heißt das, Mutter, du würdest die Aufgabe wirklich übernehmen wollen? Nein, das kann ich nicht zulassen. Ich bin sicher, es gibt einen anderen Weg."

Galizien

Raschke verließ auf dem Weg über die schmale Brücke an der Bahnlinie die Stadt Sarria, genoss die singenden Vögel und beobachtete eine kleine Feldmaus, die vor ihm her am Rand des Weges lief, um erst nach etlichen gemeinsamen Metern im Gras zu verschwinden. Hinter sich hörte er andere Pilger über Wurzeln stolpern. Ein steiler Anstieg ließ ihn richtig schnaufen, während einige junge Leute lockeren Schrittes an ihm vorbeizogen. Die Landschaft erinnerte ihn ein wenig an die Eifel nahe Monschau. Ein Mosaik aus Hecken, Natursteinmauern aus grauem Schiefer, kleinen Eichenwäldern, Feldern und Wiesen. In den Tälern murmelten zahlreiche Bäche, die Pilger auf großen Feldsteinen überqueren mussten. Zwischen den Schottersteinen der Wege sprudelte aus kleinen Quellen dem Wanderer das Wasser entgegen. An den Bachrändern leuchteten gelbe Lilien. Von den Eichen hingen Flechten und Moose herab.

Schon seit längerer Zeit hatte ihn kein Pilger mehr überholt. Die Schnellläufer waren vorbei. So wanderte er allein auf den Kilometerstein zu, auf dem die magische 100 stand. Nur noch hundert Kilometer bis Santiago. Ab da war die Entfernung nur noch zweistellig. Noch vier Tage und er war am Ziel seiner langen Reise.

So als ob der heilige Jakob ihm hier noch einmal ein Zeichen setzen wollte, fing es erneut an zu regnen. Raschke kramte umständlich den Poncho heraus und hüllte sich ein. Kaum war er regenfertig, hörte es wieder auf zu tröpfeln.

„Der Heilige verarscht mich“, murmelte Raschke, pellte sich wieder aus und trottete weiter. Im Viertelstundenabstand wiederholte sich das Spiel.

Der Weg wand sich durch die üppig grüne, unübersichtliche Landschaft. Nur einige kläffende Hunde in den wenigen Dörfern nahmen Notiz von dem einsamen Pilger, ganz im Gegensatz zu den gelegentlich auftauchenden Bauern, die sich noch nicht einmal bequemten, den Tagesgruß zu erwidern.

Nach einem recht abenteuerlichen Wegstück, bei dem Raschke über schmale Granitsteine durch ein von einem klaren Bächlein durchflossenes Schotterfeld balancieren musste, kam er in einen Hohlweg, der durch einen dunklen Eichenhain führte. Links und rechts des Weges lugten aus den Spalten mehr als ein Meter hoher Natursteinmauern allerlei Pflanzen hervor. Unvermittelt kam aus einer schmalen Öffnung in der Mauer ein Kampfhund, machte einige Schritte, drehte sich zu Raschke um und blieb mitten auf dem Weg stehen. Ein Mastino, schoss es Raschke durch den Kopf. Der hat mir gerade noch gefehlt. Bisher hatte es auf dem ganzen Weg keine Probleme mit Hunden gegeben. Der hier aber sah gefährlich aus, wie er mitten auf dem Weg stand und ihm entgegenstarrte. Raschke ließ seine Wanderstöcke fallen. Nicht vor Schreck oder Angst, sondern um besser in seiner Tasche nach dem Pfefferspray kramen zu können, das er speziell für solche Fälle mitgenommen hatte. Während er immer hektischer suchte, begann der Hund langsam auf ihn zuzutraben. In diesem Moment erkannte Raschke den Briten, der im Halbdunkel zwischen den Eichen auf der anderen Seite der Feldsteinmauer stand und die Szene beobachtete. Wo der Brite war, konnte auch Ulla nicht weit sein, dachte Raschke und wollte gerade nach ihr rufen, als an dem Weg, wo der Hund hergekommen war, mit ausdruckslosem Gesicht der Mann im Trenchcoat erschien, eine Hundepfeife im Mund und beide Hände lässig in den Taschen. Ein Handy klingelte. Als sei dies sein Startzeichen gewesen, trabte der Hund schneller auf Raschke zu. Noch wenige Meter und er würde zum Sprung ansetzen. Raschke hatte sein Pfefferspray immer noch nicht gefunden und nahm schützend die Arme hoch, weil er jeden Moment den Sprung des Hundes erwartete, als plötzlich ein Schuss fiel. Raschke blieb fast das Herz stehen. Er erwartete den Schmerz oder das Dunkel. Aber er fühlte nichts. Adrenalin schoss durch seinen Körper. Er war keines kontrollierten Gedankens fähig. Wie in Zeitlupe sah er den Hund, der gerade zum Sprung ansetzte, nach vorne wegknicken und in den Dreck fallen. Der massige Körper überschlug sich, rutschte, vom eigenen Schwung getragen, noch einen Meter über den Schotter, blieb genau vor seinen Füßen liegen, zuckte noch mehrmals, dann streckten sich die Läufe. Das Tier war tot. Wie gebannt starrte Raschke auf den toten Hund und nahm kaum wahr, was um ihn herum passierte.

Der Brite war bei dem Schuss oder Sekunden vorher zwischen den Eichen verschwunden. Der Trenchcoatmann, der dem Hund langsam gefolgt war, versuchte nach einem Moment der Schreckensstarre zurück in die sichere Deckung der Mauer zu laufen, hinter der er hervorgekommen war. In diesem Moment rannte ein athletischer Mann im dunklen Sweetshirt und Wanderhose mit gezogener Waffe an Raschke vorbei und verfolgte den Fliehenden. Der blieb mit seinem Mantel an einem Stein in der Mauer hängen, zog seine Hand aus der Tasche, hatte plötzlich eine

Waffe in der Hand und zielte auf seinen Verfolger. Raschke ließ sich instinktiv fallen und kam neben der Hundeleiche zu liegen. In den nächsten Schuss mischte sich ein lauter Schrei, der in jammerndes Stöhnen überging. Noch immer am Boden liegend, mit der Nase im Dreck und dem Rucksack im Genick, hörte Raschke das charakteristische metallische Ratschen, das immer dann entsteht, wenn Handschellen einrasten. Jetzt blickte er auf.

Der junge Wanderer hob gerade ein Handy auf, das dem Festgenommenen aus der Tasche gefallen sein musste, blickte auf das Display und hielt es dem Verletzten wortlos unter die Nase. Der reagierte nicht, sondern starrte an dem Beamten vorbei ins Leere, wobei er stöhnend versuchte, trotz der Handschellen seine Hände auf die Verletzung an der Schulter zu pressen. Der Spanier kümmerte sich nicht um ihn, sondern half Raschke auf die Beine. Mühsam, durch den Rucksack behindert, stemmte er sich am Arm des Helfers hoch. Dabei konnte er einen Blick auf das Display des Handys werfen. *Plan autorizado. Muy exito.– Plan genehmigt. Viel Erfolg* war zu lesen.

Ein zweiter Spanier, ähnlich angezogen wie sein Retter, hastete atemlos auf sie zu und bedeutete Raschke, er möge weiterwandern. Raschke zögerte. Aber die energische Handbewegung ließ es ihm ratsam erscheinen, die Aufforderung nicht zu ignorieren. Ein weiterer Spanier kam, unterhielt sich kurz mit den anderen beiden, grüßte Raschke freundlich, zog ihn mit sich und begleitete ihn die nächsten Minuten. Das war Raschke angenehm, denn der Brite ging ihm nicht aus dem Sinn. Während sie gemeinsam über den Camino wanderten, wollte ein Gespräch nicht so richtig aufkommen. Deshalb stellte Raschke seine Kommunikationsversuche ein und wanderte schweigend neben seinem Begleiter her. Kurz vor Portomarin, als sie auf Pilger trafen, die gerade ihre Rast beendet hatten, machte sein Begleiter unvermittelt kehrt, ließ ihn kommentarlos allein und verschwand in einer kleinen, dunklen Gasse zwischen den Häusern eines kleinen Weilers. Raschke schaute ihm einen Moment irritiert hinterher, drehte sich dann aber um und wanderte noch immer wie in Trance weiter nach Portomarin. Auf einer Holzbank in einem kleinen Park mit Blick auf den Stausee blieb Raschke sitzen. Jetzt fand er Zeit, die Eindrücke zu verarbeiten. Die Stille des Parks und die beruhigende Aussicht auf das ruhige Wasser, aus dem die steinigen Mauern einiger Ruinen ragten, tat das Ihrige. Kaum hatte er sich gesammelt, als sein Handy klingelte. Lopez Castela war am Apparat.

„Ich konnte es nicht verantworten, Sie alleine laufen zu lassen. Meine Leute hatten Sie im Auge. Das war wohl auch ganz gut so. Der Bogart-Verschnitt ist im Krankenhaus unter Bewachung. Wir werden uns um ihn kümmern. Ich kann mir vorstellen, dass unsere Argumente ihn überzeugen und er es als vorteilhaft ansieht, mit uns zusammenzuarbeiten."

Raschke konnte sich vorstellen, was Lopez Castela damit meinte, hatte aber keine Lust, der Sache nachzugehen.

„Was ist mit dem Briten?"

„Was soll damit sein?"

„Den hatte ich auch am Tatort gesehen."

„Meine Leute nicht. Aber ich will sie gerne noch einmal fragen. Ich komme auf Sie zu. Bleiben Sie, wo Sie sind."

Dann legte er auf.

„Wo soll ich denn jetzt noch hin?", knurrte Raschke unfreundlich. Aber das hatte Lopez Castela schon nicht mehr gehört. Da Raschke keine Lust hatte, in sein Hotelzimmer zu gehen, streifte er durch die Stadt. Im Centro salud suchte er noch einmal den Arzt auf, der sich den entzündeten Zeh ansah, der ihn nicht sonderlich beeindruckte. Vermutlich hatte er Füße schon in deutlich schlechterem Zustand gesehen. Er murmelte irgendwas, was Raschke nicht verstand, träufelte Betaisodona auf die Entzündung und verband den Zeh.

„Nicht so fest verbinden. Meine Zehen haben sich in den letzten 56 Jahren an die Blutzirkulation gewöhnt", beschwerte sich Raschke.

„Nun mal nicht so mädchenhaft", erklärte der junge Arzt zur Überraschung des Deutschen in seiner Muttersprache, „eine Amputation wäre schmerzhafter."

Raschke trottete zu seinem Hotel, legte das Gepäck ab und ging einkaufen. An der Kasse traf er Christof.

„Hey, Comperegrino. Um ein Haar hätten wir uns hier nicht mehr getroffen."

Christof sah ihn überrascht und verständnislos an.

„Wirklich. Kurz hinter Rozas hätte mich fast ein Hund gefressen."

Christofs Grinsen wurde unverschämt.

„Dann hätten wir dich finden müssen. So schnell wäre selbst der größte Hund nicht mit der Mahlzeit fertig gewesen."

Raschke setzte eine beleidigte Mine auf.

„Ich glaube, du nimmst mich nicht ernst."

„Doch, doch“, beeilte sich Christof zu bestätigen, „was ist denn passiert?“

Raschke glaubte herauszuhören, das Interesse seines Mitpilgers käme etwas gekünstelt herüber.

„Mitten im Hohlweg stand plötzlich ein Kampfhund und versperrte mir den Weg.“

„Und wie bist du an ihm vorbeigekommen?“

Jetzt merkte Raschke, dass er einen Fehler gemacht hatte. Er konnte unmöglich erzählen, dass ein Polizist den Hund erschossen und den Trenchcoatmann festgenommen hatte. Und wenn er es nicht war, dann klang die Geschichte so, als wolle er ein Pilgermärchen erzählen.

Christof bemerkte sein Zögern und setzte nach.

„Na, was ist. Hat dir der böse, böse Hund noch immer die Sprache verschlagen?“

Raschke war klar, er musste Zeit gewinnen, um sich eine plausibel klingende Story einfallen zu lassen.

„Ich erzähle sie gleich beim Essen, wenn die anderen dabei sind.“

Christof nickte verwundert.

„Meinetwegen. Wir treffen Carola und Michel in der kleinen Bar gegenüber der Kirche. Die wird von einem Spanier, der lange in Frankfurt gearbeitet hatte, geführt.

Dort eingetroffen, warteten Michel und Carola bereits, die nicht überrascht schienen, als Christof ihn mitbrachte.

Raschke bekam Zweifel, ob die Information von Lopez Castela zu Carola wirklich zutreffend war.

„Hola, schaut euch Raschke einmal genau an. Er wäre fast von einem Hund gefressen worden“, platzte Christof, vor Heiterkeit glucksend, in die Runde.

Carola reagierte erschreckt, wie Raschke zu erkennen glaubte, während Michel ihn neugierig musterte. Um Zeit zu sparen für die Geschichte, bestellte Raschke sich erst etwas zum Essen und dazu einen Martini mit Eis.

„Nun erzähl schon“, forderte ihn Christof auf, „lass uns nicht dumm sterben. Du hast im Supermercado den Mund gespitzt, jetzt musst du auch pfeifen.“

„Also, kurz hinter Rozas, dort, wo es durch den Hohlweg zwischen den Feldsteinmauern ging, stand plötzlich ein Mastino mitten auf dem Weg. Weit und breit war niemand zu sehen. Auch kein anderer Pilger. Ich ...“

„Na, klar“, unterbrach Christof, „die wollten sich ja nicht fressen lassen.“

Ein energischer Blick von Michel ließ ihn wieder verstummen, obwohl er noch etwas sagen wollte.

„... ich habe versucht, mein Pfefferspray aus der Tasche zu kramen, aber ihr könnt euch vorstellen, dass man das in der Aufregung nicht findet. So ging mir das auch. Als ich glaubte, es zu haben, hielt ich eine Banane in der Hand.“

Die drei brachen in so lautes, schallendes Gelächter aus, dass die Pilger an den anderen Tischen irritiert zu ihnen herübersahen. Raschke spielte den Beleidigten.

„Ja, ja, lacht nur. Mir war in dem Moment nicht danach zu Mute.“

„Und?“, wollte Michel wissen, „hat der Hund die Banane gefressen?“

Das Gelächter begann erneut. Raschke wartete, bis sich seine Begleiter beruhigt hatten.

„Also, ich glaube, ich lasse euch dumm sterben. Ihr macht euch über meine Angst lustig.“

„Nein, nein. Nicht über deine Angst. Nur über die Situation, wie du da mit der Banane in der Hand vor einem Mastino stehst. Eine Wurst wäre vielleicht besser gewesen.“

Wieder begann das Gelächter.

Raschke stocherte in den Muscheln herum, die er sich zu seinem Martini nicht ganz stilecht bestellt hatte. In diesem Moment kam Marianne in die Bar, musterte die Anwesenden und steuerte direkt auf den Tisch zu, an dem Raschke mit seinen drei Begleitern saß.

„Hola, wie ich sehe, habt ihr viel Spaß. Darf ich mich zu euch setzen?“

„Hallo, Marianne“, begrüßten sie wie aus einem Munde die alte Dame und Michel forderte sie auf, sich zu setzten.

„Raschke erzählt gerade die Geschichte seiner wundersamen Errettung vor einem Wolf, der gerne Bananen frisst.“

Marianne fühlte sich veralbert. Etwas ungläubig blickte sie von einem zum anderen. Carola stand auf, nahm sie in den Arm und zog sie auf den Stuhl.

„Komm, Marianne, lass dich von den blöden Kerlen nicht auf den Arm nehmen. Sie meinen nicht dich, sondern haben Raschke auf der Rolle. Der erzählt gerade eine wirklich komische Geschichte.“

„Raschke erzählt eine komische Geschichte?“, wunderte sich Marianne, „das ist ja wirklich was Neues. Bisher habe ich ihn eher maulfaul und nicht als Geschichtenerzähler kennengelernt."

„Mag sein, aber wenn er erzählt, dann nicht gerade glaubhaft. Es hört sich so an, als wolle er sich wichtig machen."

„Wichtig machen? Na hör mal. Das habe ich nicht nötig. Ich sage jetzt gar nichts mehr."

„Ach, du Armer", tröstete ihn Carola, nahm ihn in den Arm und hauchte ihm einen Kuss auf die Wange, „nun erzähl schon. Wir sind wirklich gespannt, wie du den Mastino besiegt hast."

„Ich habe ihn nicht besiegt. Es endete ganz unspektakulär, weil aus einem Feldweg sein Herrchen auftauchte und ihn zurückpfiff."

„Oh, das ist aber schade", konnte es sich Christof nicht verkneifen, „ich hätte gerne noch etwas über Siegfried gehört, wie er den Drachen besiegt."

Während die anderen alle grinsten, blieb Marianne ernst.

„Wo sagst du, war das?"

„Kurz hinter Rozas, im Hohlweg zwischen den Feldsteinmauern."

„Und du bist wirklich nicht verletzt?"

„Nein. Warum fragst du?"

„Weil ich Schüsse gehört und genau an der Stelle, die du beschrieben hast, auf den Steinen Blut gesehen habe. Außerdem waren zwei junge Männer damit beschäftigt, ein Tier wegzutragen. Ich habe sie für Jäger gehalten, die ein erlegtes Wild trugen."

Die anderen hörten sofort auf zu lachen und sahen die alte Dame überrascht an.

„Jetzt ist keine Jagdsaison“, warf Michel lakonisch ein und sah etwas merkwürdig zu Raschke hinüber. Der zuckte nur mit den Schultern.

„Ich habe keine Schüsse gehört und auch keine Jäger gesehen. Ich war froh, dass der Weg wieder frei war und ich weiter nach Portomarin wandern konnte.“

„Wie sahen die Männer aus?“, erkundigte sich Carola.

„Ach weißt du, ich war zu weit weg und ohne meine Brille konnte ich sie nicht genau erkennen. Außerdem waren sie wenig später im Wald verschwunden.“

„Hast du ein Auto gesehen?“

„Ein Auto? Auf dem Camino? Nein. Aber ich habe mir ja keine weiteren Gedanken mehr dazu gemacht. Ich dachte an Jäger. Ich wollte auch schnell weg, damit sie nicht schießen, wenn ich noch in der Nähe bin.“

Raschke war froh, einigermaßen glimpflich aus seiner unvorsichtigen Erzählung herausgekommen zu sein. Um etwas mehr Zeit zu gewinnen, verabschiedete er sich zur Toilette und blieb dort länger, als es notwendig gewesen wäre. Als er zurückkam, waren nicht nur seine Muscheln unansehnlich, die Unterhaltung hatte inzwischen auch zu anderen Themen gewechselt, was ihm sehr recht war. Den Teller mit den Muscheln stellte er, als die anderen durch einen Streit zwischen einem bayerischen Pilger und dem Wirt über die Bezahlung abgelenkt waren, auf den Boden, wo eine der unzähligen Katzen schon sehnsüchtig wartete. Ruck zuck hatte sich das hungrige Tier über die unverhoffte Mahlzeit hergemacht. Den sauber abgeleckten Teller stellte

Raschke wieder auf den Tisch. Bei einigen weiteren Gläsern Wein und einer weiteren Portion Gambas mit Knoblauch wurde es ein gemütlicher Abend, der ihn von den vergangenen Ereignissen ablenkte. Seine Zechkumpane hatten sich in der Bar einquartiert, in der sie zusammengesessen hatten. Deshalb humpelte Raschke schwankend zu fortgeschrittener Stunde allein in sein Hotel zurück. Als er an der Kirchentreppe vorbeikam, sah er an der untersten Stufe eine verendete Katze liegen. Er blieb einen Moment stehen. Das Tier sah so aus, wie die Katze, die ihm in der Bar um die Beine gestrichen war.

„Arme Miezi, hat wohl was Falsches gefressen", murmelte er und wankte weiter.

Er schlief schlecht. Ob es am Knoblauch, am Wein, am Sturm oder an den Ereignissen lag, war ihm nicht klar. Aber als er aufstand, fühlte er sich wie gerädert. Dazu kam schlechte Laune, weil er wieder bei Sauwetter auf die Piste musste. Sicher, er war jetzt in Galizien und das ist nun einmal das regenreichste Gebiet in Spanien. Aber bisher waren alle Landschaften in Nordspanien regensicher und Sonnenschein war Bückware gewesen.

Auf dem Camino herrschte ein regelrechter Pilgerauftrieb. Noch nie zuvor hatte er morgens so viele neue Gesichter gesehen. Außerdem war plötzlich die Guardia Civil überall präsent. Polizisten standen an Bars und in Nebenstraßen, patroullierten ohne Unterlass auf der Nationalstraße neben dem Pilgerweg, der ständig bergauf führte. Hinter jeder Kurve ging es weiter nach oben. Nie hinunter. Vierzehn Kilometer lang. Mal kam ein kurzer, steiler Abstieg, um danach wieder hinauf zu führen. Raschke begann erneut Schritte zu zählen. Während er vor sich hintrottete, überholten ihn ununterbrochen junge Spanier. Studenten oder Gymnasiasten, vielleicht Polizeischüler. Mit hohem Tempo und ohne Gepäck. Wo sie ihre Rucksäcke hatten, wurde ihm klar, als er in Palas de Rei eintraf. Direkt am Ortseingang war eine neue Herberge gebaut worden. Davor standen fünf oder sechs PKW, aus denen jede Menge Rucksäcke in die Herberge getragen wurden. Als Raschke sich dort seinen Pilgerstempel holen wollte, wurde ihm schon an der Tür bedeutet: Completo – belegt. Da er nur einen Stempel in seinem Pilgerpass haben wollte, war der Hospitalero beruhigt, gab ihm das Gewünschte und schloss hinter ihm die Tür ab.

Im Ort fand Raschke problemlos das Hotel Benilde. Er lief direkt darauf zu. Die Senora am Empfang war freundlich, hilfsbereit und Internet gab es gratis. Und das alles für zwanzig Euro. Das hatte was. Nur eine Bar gab es in dem Haus nicht. Also streifte Raschke durch die kleine Stadt. Eher durch Zufall traf er in einem Restaurant auf Christof und Michel. Dazu gesellte sich auch wieder Carola, die erfreut schien, Raschke zu sehen. Der war sich nicht ganz klar darüber, ob er die drei oder die drei ihn gefunden hatten. Es wurde wieder ein zwangloser Abend bei Gambas, Kohlsuppe und Wein.

Der erste Tag im Juni war nebelig, aber nicht kalt. Ohne Eile wanderte Raschke um acht Uhr los und hatte, weil es nicht regnete, endlich einen Blick für die kleinen Details am Rande der Strecke. Ihm fiel auf, dass auf den letzten Kilometern deutlich mehr Pilger zu Tode gekommen waren, als auf der gesamten bisherigen Strecke. Viele Gedenktafeln, einige sogar ziemlich aufwendig in Bronze waren links und rechts des Weges aufgestellt, auf denen Pilger selbstgepflückte Feldblumen oder Steine abgelegt hatten.

Zwanzig Kilometer vor Santiago suchte er sich in Rua ein Hostal und bekam tatsächlich noch ein Zimmer. Die Gaststube war voll mit Einheimischen, ein untrügliches Zeichen für eine gute Küche. Im Gastraum angelte Raschke sich eine Illustrierte, bestellte seinen obligatorischen Martini mit Eis und ließ sich entspannt in einen Sessel nahe der Rezeption fallen. Er dachte nach. Aus seinen Gedanken wurde er mit einem Schlag gerissen, als Christof, Michel und kurz danach auch Carola an der Rezeption erschienen.

„Holla, Comperegrino, schön Dich zu sehen. Wir haben auf den letzten Kilometern offenbar eine einheitliche Etappenlänge und die gleichen Quartiere gebucht“, begrüßte ihn Christof, während die anderen beiden nach einem kurzen Gruß auf ihren Zimmern verschwanden. Raschke nickte verwundert. Hier in Rua gab es etliche Hotels und dieses lag auch noch etwas abseits des Weges. Aber an Zufälle mochte er, vor allem, wenn sie eine Art Regelmäßigkeit annahmen, nicht recht glauben. Er ging noch einmal in Gedanken die Strecke von Arzua bis zum Hostal durch. Es waren ungeheuer viele Pilger auf dem Jakobsweg gewesen. Alle fünfzig Meter war einer gelaufen, geritten oder mit dem Rad gefahren. Sicherlich hätten die zahlreichen kleinen Wälder, die engen Täler mit den verwunschenen Bächen und den winzigen Sümpfen mit ihren vielen gelben Wasserlilien so manche Möglichkeit geboten, ihn auf den letzten Kilometern aus dem Verkehr zu ziehen. Aber das wäre natürlich nur ohne Zeugen gegangen und heute unmöglich gewesen. Auf den letzten zwanzig Kilometern würde sich die Lage morgen nicht verändern. Da war Raschke sich sicher. Wenn es noch jemand auf ihn absehen wollte, dann musste das entweder in der kommenden Nacht oder in Santiago geschehen. Darauf galt es sich einzurichten. Er war mit sich unzufrieden. Was hatte er eigentlich erreicht? Nichts. Er hatte auf dem ganzen Weg den Lockvogel gespielt. Aber konkret konnte er kein Ergebnis vorweisen, wenn man mal von der Festnahme des Bogart-Verschnitts absah. Eigentlich müsste ihm inzwischen klar sein, wer seiner Mitpilger die Finger im Spiel hatte. Aber außer einigen dürftigen Verdachtsmomenten hatte er nichts Konkretes herausbekommen.

Von Lopez Castela hatte er seit zwei Tagen nichts mehr gehört und wusste nicht, ob das gut oder schlecht war. Raschke spielte einen Moment mit dem Gedanken anzurufen. Aber dann ließ er es doch. Er hatte sich zum Dämmerschoppen mit einigen anderen, für ihn neuen Pilgern aus Holland und Hamburg im Garten verabredet. Als er die Treppe in den Hof hinuntersteigen wollte, glaubte er seinen Namen zu hören. Er blickte sich verwundert um. Alle Türen auf dem Flur waren geschlossen, niemand zu sehen. Raschke dachte, jetzt ist es so weit. Es spricht mit mir. Vorsichtig ging er weiter und blickte um eine Ecke, wo der Flur einen Knick machte und sich zu einem kleinen Aufenthaltsraum erweiterte, von dem die kleine, steile Eisentreppe in den Garten hinunterführte. Dort standen breit grinsend Carola und Christof. Sie winkten ihm zu und bedeuteten, ihnen in den Garten zu folgen. Raschke fiel in dem Moment ein, dass er seine tropfnasse Hose in die Abendsonne hängen könnte, entschuldigte sich einen Moment und holte das wichtige Wanderutensil aus seinem Zimmer. In der einen Hand die Hose, in der anderen Hand den Bügel, balancierte Raschke die steile Treppe hinab in den Garten, in dem Carola schon damit beschäftigt war, mehrere Plastikstühle um einen ebensolchen Tisch zu gruppieren.

Plötzlich erhielt Raschke einen Stoß in den Rücken. Ein Adrenalinstoß schoss durch seinen Körper. Nicht dass er seine Hose losließ, um sich am Geländer abzufangen. Nein, er hielt sie krampfhaft fest und wischte mit ihr das rostige Geländer blank. Die nasse Hose bewirkte aber auch, dass der Fall gebremst wurde, und so stolperte er rutschend am Geländer nach unten, ohne zu stürzen oder sich zu verletzen. Entsetzt starrte Carola ihm entgegen. An einem Nebentisch saßen die beiden Holländer und die zwei Hamburger, die den Vorfall erschreckt beobachteten. Als Raschke die Treppe heruntergestolpert und mit einem satten Plumps auf dem Rasen zu liegen kam, klatschten sie Beifall zu der mäßig gelungenen Rolle, mit der er seinen Aufprall zu mindern versuchte.

„Na, nach der langen Wanderung wohl etwas schwach auf den Beinen, wie?“, versuchte einer der Gäste im Garten, der sich als Dieter vorstellte, dem Vorfall etwas Lustiges abzugewinnen. Vermutlich aus Verlegenheit, um überhaupt etwas zu sagen.

„Irgendwer hat mich gestoßen“, erklärte Raschke seine Einlage und schielte zur Treppe. Dort befand sich niemand. Auf seinen fragenden Blick kam von den Gartengästen nur Schulterzucken.

„Wir haben niemanden gesehen“, erklärte Dieter, während sein Begleiter nur lakonisch meinte, dass es wohl doch die schwachen Beine gewesen sein dürften.

Raschke hob seine Hose wieder auf und stellte fest, das rostige Geländer hatte eine breite, braune Spur auf dem Stoff hinterlassen. Das würde morgen von anderen mit Sicherheit falsch gedeutet und so beschloss er, die Hose noch einmal zu waschen. Also stieg er vorsichtig die Treppe wieder hoch und ging zu seinem Zimmer. Dabei achtete er auf jedes Geräusch. Es war weder etwas zu sehen noch etwas zu hören.

Auch nachdem er die Hose mehrmals kräftig geschrubbt hatte, war die Bremsspur noch immer zu erkennen. Aber nur, wenn man genau hinsah. Er hörte auf mit Schrubben. Wer sah auf dem Camino schon genau hin? Als er wieder in den Garten ging, vergewisserte er sich vor der Treppe, ob ihm jemand folgte, ging dann erst die eisernen Stufen hinunter und hing die Hose in die abendliche Sonne. Inzwischen hatten es sich am Tisch neben Carola auch Michel und Christof bequem gemacht. Sie hatten ihm einen freien Stuhl an den Tisch gestellt und ein kalter Sidre stand auch schon dort. Für einen Moment überlegte Raschke, ob er einen Vorkoster brauchte oder das Getränk unter dem Vorwand seiner Tollpatschigkeit verschütten sollte. Er nahm aber dann doch die Einladung an. Im Beisein von Zeugen würden sie sich keine weitere Attacke leisten können. So machte er gute Miene zum bösen Spiel und trank mit. Die beiden deutschen Pilger waren Brüder und rissen das Gespräch an sich. Nach wenigen Minuten wussten alle, was für tolle Kerle sie waren. Mehrmals ließen sie heraushängen, dass sie Urenkel eines namhaften Großreeders aus der Kaiserzeit seien, und hofften, einer der Anwesenden würde mit Erstaunen oder Ehrfurcht in der Stimme nachhaken. Aber da hatten sie mit Zitronen gehandelt. Auf dem Camino sind

Titel, Herkunft und Vermögen unwichtig. Alle sind gleichberechtigte Pilger und nicht Generaldirektor, Manager, Stewardess oder Unterwäschemodel.

„Auf einer Pilgerreise sind alle Pilger unisex", brachte Michel seinen Lieblingsspruch an, den aber nicht alle bestätigen konnten oder wollten.

„Aber in den meisten Herbergen stimmt das. Keine getrennten Schlafsäle, keine getrennten Duschen und so weiter. Auch die sonst auf längeren Wanderungen oft festzustellenden Hahnenkämpfe um die Hennen oder Stutenbissigkeit um die Hengste habe ich auf dem Camino nicht festgestellt", ergänzte Michel leidenschaftslos.

Einer der beiden Hamburger schleppte eine Flasche Wein an.

„Es ist ein alter Wein, genießen wir ihn. Ich spendiere ihn, weil wir ja morgen unser aller Ziel erreichen werden. Da ist ein guter, alter Tropfen genau das Richtige."

„Ach, ich wäre bei den alten Weinen sehr vorsichtig", dämpfte Michel die Euphorie, „es ist ein bekannter Trick der Kellereien, alten Weinen beim Neuverkorken, die alten Korken halten nämlich nur etwas über 50 Jahre, Portwein zuzusetzen, um so verlorengegangene Süße zurückzugewinnen. Im Klartext heißt das, du zahlst teures Geld für einen billigen Portwein."

„Du wirst mir doch wohl nicht unterstellen, ich könnte schlechten von gutem Wein nicht unterscheiden?"

Beleidigt sah der Hamburger zu Michel hinüber, der wieder das *Spiel-mir-das-Lied-vom-Tod*-Lächeln in den Mundwinkeln hatte. Raschke hätte sich vor Lachen auf die Schenkel hauen können, hielt sich aber zurück.

Nach etlichen ermüdenden Geschichten aus der Hamburger Gesellschaft und der Behauptung, es mache kulturell Sinn, zu Konzerten mal eben nach New York oder nach Sydney zu fliegen, um den seltenen Kunstgenuss zu erleben, verabschiedeten sich nach und nach die Teilnehmer der Runde mit dem Argument, morgen sei der Ankunftstag in Santiago und darauf wolle man sich mental vorbereiten.

In seinem Zimmer versuchte Raschke mit Lopez Castela zu telefonieren, was ihm nicht gelang. Der Spanier war nicht zu erreichen. Zum ersten Mal auf der langen Wanderung.

Labacolla

Raschke war entgegen seiner Gewohnheit erst um acht Uhr wieder auf den Beinen. Aber es war ja auch ein besonderer Tag. Heute würde er in Santiago ankommen. Das Ende der Pilgerwanderung stand bevor. Er hatte es fast geschafft. Trotz aller Widrigkeiten. Da durfte man am letzten Tag ruhig etwas später aufstehen.

Wie an allen Tagen vorher wollte er ohne Frühstück losmarschieren. Seinen Plan, gemeinsam mit Carola, Christof und Michel zu laufen, hatte er aufgegeben. Ein unbestimmtes Gefühl hielt ihn davon ab. Deshalb aß er auf dem Zimmer nur die Hälfte seiner obligatorische Banane, packte den Rest in seine Umhängetasche und trank ein Glas Wasser dazu. Nachdem er sich vergewissert hatte, alles eingepackt zu haben, versuchte er Lopez Castela über Handy zu erreichen, bekam aber, wie schon am Vorabend, keine Verbindung. Er legte sich noch einmal aufs Bett und dachte nach.

Von Wolfgang, den er zwischenzeitlich sehr stark verdächtigte, hatte er seit Ponferrada nichts mehr gesehen. Auch Ulla war ihm zuletzt in dieser Stadt begegnet, in der die Neukaledonierin und Heather so vertraut miteinander einkaufen gegangen waren. Die beiden waren ihm noch in Triacastela über den Weg gelaufen. Das waren Pilgerinnen, sonst nichts. Aber die Frauen hatte er ohnehin nicht wirklich auf der Rechnung. Aber das Mausgesicht natürlich. An dem war Lopez Castela schon dran. Wer blieb? Nur noch die drei in seiner Nähe. Oder ein großer Unbekannter. Nach allem, was in den letzten Tagen seit O Cebreiro passiert war, konnte er Carola und Christof nicht außen vor lassen. Da half alle Sympathie für die beiden Mitpilger nicht. Er nahm sich vor, die beiden zur Rede zu stellen. Möglichst noch vor Santiago.

Mit einem Ruck setzte er sich wieder auf. Es war für seine Verhältnisse spät geworden, als er seinen Rucksack schulterte und die Treppe zum Restaurant hinunter ging. Seine Mitpilger saßen bereits bei dem immer gleichen Frühstück mit Orangensaft, Milchkaffee, Zwieback mit Butter und Marmelade und einem süßen Hörnchen. Bis sie damit fertig waren, wollte Raschke schon die ersten zwei bis drei Kilometer hinter sich gebracht haben und in Pedrouzo sein. Christof, Carola und Michel saßen an einem Tisch und hatten die Treppe im Blick. Als er den Raum betrat, schien es ihm, als ob die beiden erschrocken waren, ihn noch zu sehen. Dann aber nickten sie ihm freundlich zu. Er ging an den Tisch, verabschiedete sich, wünschte noch einen kurzweiligen Weg und gutes Ankommen in Santiago. Man werde sich sicherlich auf dem Platz vor der Kathedrale treffen. Am Tisch neben dem Ausgang rüstete das niederländisches Pilgerpaar auch gerade zum Aufbruch. Bei ihnen saß der mausgesichtige Pilger, der sich wegdrehte, als Raschke an den Niederländern vorbeidrängelte.

In diesem Moment fiel dem Kriminalhauptkommissar siedendheiß ein, dass immer etwas Unangenehmes passiert war, wenn sich dieser Mann in der Nähe befand. Er hatte sich in der Kirche von Santo Domingo genau in dem Moment an ihm vorbeigedrückt, als er den Stich in den Rücken bekommen hatte. In Fromista war er in der Kirche gewesen, als die Spanierin erdrosselt wurde. Er hatte am Ortseingang in El Acebo gestanden, dort, wo kurz vorher die Drahtschlingen auf dem Weg lagen. Jetzt saß er beim Frühstück in dem Hotel, wo ihn der Stoß eines Unbekannten in den Rücken fast eine steile Treppe hinabstürzen ließ. Raschke beschloss spontan, sich den beiden Niederländern anzuschließen, um die nächsten Kilometer gemeinsam zu laufen. Die hatten nichts dagegen und so machten sie sich zu dritt auf den Weg.

Die Strecke zog sich. Der Camino war vor einigen Jahren um den Flughafen herumgeleitet worden und hatte sich dadurch beträchtlich verlängert. Vielleicht waren deshalb die Kilometersteine, die in Galizien alle fünfhundert Meter die verbleibende Entfernung bis nach Santiago anzeigten, entfernt worden. Schnaufend stapfte Raschke neben den leichtfüßigeren Niederländern den steilen Hang durch einen teilweise abgeholzten Eukalypthuswald zum Flughafen hinauf. Als sie am Ende der Landebahn an der Befeuerungsanlage angekommen waren, musste Raschke seine Begleiter ziehen lassen. Er konnte deren hohes Tempo nicht mehr mithalten. Außerdem bekam er Hunger, setzte sich auf einen Feldstein, um den Rest seiner Banane zu essen. Das Wasser in seiner Plastikflasche war warm, schmeckte schal und er wässerte damit die dürftig neben seinem Stein sprießenden Grashalme. Ein erneuter Versuch, Lopez Castela zu erreichen, scheiterte. Wieder meldete sich der Spanier nicht. Raschke wurde unruhig. Was war passiert? Noch niemals auf dem langen Weg hatte ihn der Spanier im Stich gelassen. Beunruhigt nahm Raschke seine Wanderung wieder auf. Als er in Villamaior an einem Hinweisschild auf eine Casa rural mit Restaurant kurz hinter Lavacolla vorbeilief, entschloss er sich, vom rechten Weg abzubiegen, um dort einzukehren. Ihm war jetzt, gut zehn Kilometer vor dem Ziel, nach einem Kaffee und einem herzhaften Bocadillo mit Schinken.

Die ziemlich große Casa rural lag etwas abseits des Camino und schien fest in der Hand einer spanischen Männergruppe. Pilger waren es nicht, denn im Innenhof stand eine Vielzahl von Fahrzeugen, darunter einige Fahrzeuge der Guardia civil. Daneben saßen an den Frühstückstischen mehr als dreißig teilweise uniformierte Männer und einige Frauen. Bei Raschke schrillten die Alarmglocken. Einen solchen Auftrieb kannte er aus eigenem Erleben. Ähnlich hatte es ausgesehen, als er mit den Kollegen einen größeren Einsatz vorbereitet hatte. Gemeinsames Quartier in relativer Nähe zum Einsatzort, komplette Anmietung des Hotels, um ungestört zu sein, und ein Parkplatz, der nicht von jedermann eingesehen werden konnte. Unschlüssig blieb der Deutsche einen Moment lang vor dem großen Eingangstor stehen, dann fasste er sich ein Herz und ging hinein. Einem hungrigen Peregrino würde in Spanien und so kurz vor Santiago schon nicht die Tür gewiesen, glaubte er.

Kaum hatte er den Innenhof betreten, als sich alle Köpfe der Anwesenden wie auf ein Zeichen hin zu ihm umdrehten. Von einem der Tische stand ein kräftiger Spanier mit strengem Gesichtsausdruck auf und steuerte auf ihn zu.

„Senor, esta es una sogedad cerrada, por favor abadone el terreno – dies ist eine geschlossene Gesellschaft, bitte verlassen Sie das Gelände."

Raschke tat so, als verstehe er nicht und versuchte zu erklären, nur einen Kaffee trinken und etwas essen zu wollen. Sein Gegenüber wiederholte die Aufforderung zu verschwinden etwas energischer. Ein weiterer, bulliger Spanier stand auf und näherte sich mit grimmigem Gesicht, um seinen Kollegen zu unterstützen. Raschke sah sich schon im Geiste im schmerzhaften Polizeigriff vom Gelände geführt, als ein lautes „alto – Halt“ die beiden von ihrem Plan zurückhielt. Sie blieben stehen und schauten überrascht zur Tür des Restaurants, von wo der Befehl gekommen war. Dort stand ein Uniformierter mit viel Gold am Revers. Lopez Castela. Raschke musste zweimal hinsehen, weil er ihn in seiner Uniform mit allen Orden und Ehrenzeichen fast nicht erkannt hätte. Ohne die Zerberusse weiter zu beachten, steuerte der Deutsche auf seinen spanischen Kollegen zu. Die beiden begrüßten sich freundlich, wobei es Raschke auffiel, dass Lopez Castela deutlich distanzierter war als sonst. Klar, dachte der Deutsche, vor seinen Untergebenen muss er auf Abstand bedacht sein. Die Bekanntschaft zwischen ihnen war ja nicht offiziell. Die anderen Anwesenden in dem Raum, der Uniform nach höhere Polizeioffiziere, äugten neugierig zu Lopez Castela hinüber, der sich höchstpersönlich um einen Pilger kümmerte. Ihnen war anzusehen, was sie dachten. Was bemüht sich der Chef um einen hergelaufenen, dreckigen, stinkigen Pilger, der seinen Café con Leche auch in einer anderen Bar nehmen kann.

Lopez Castela führte den Deutschen in einen kleinen Nebenraum, wo sie ungestört und unbeobachtet reden konnten.

„Ich habe dauernd versucht, Sie zu erreichen. Aber Ihr Handy war offenbar abgeschaltet. Ich wollte Ihnen dringend erzählen, dass es noch einen Anschlag gegen mich gab.“

Lopez Castela nickte ernst, ohne aber Anstalten zu machen, nähere Einzelheiten zu erfragen. Er wirkte ein wenig geistesabwesend.

„Das kam ja nicht unerwartet. Aber es ist ja gut gegangen, sonst wären Sie nicht hier. Wie haben Sie uns gefunden?"

Raschke war irritiert, wie oberflächlich Lopez Castela mit der Information umging, so als ging sie ihn nichts an.

„Zufall. Ich wollte abseits des Camino eigentlich nur mein Frühstück einnehmen."

Lopez Castela nickte und schaute nervös auf die Uhr.

„Lieber Kollege, ich entschuldige mich dafür, dass ich heute wenig Zeit habe. Aber wir erwarten noch Besuch aus Madrid. So kurz vor einem Zugriff ist das nicht angenehm, wie Sie sich sicherlich vorstellen können."

Raschke nickte. Das konnte er sich gut vorstellen. Vor einem exekutiven Zugriff hatte man andere Sorgen, als sich um Großkopfete zu kümmern. Und dann kommt einem auch noch ein ausländischer Kollege in die Quere. Trotzdem forschte der Deutsche weiter nach.

„Wenn ich richtig verstanden habe, wollen Sie zugreifen?"

„Ja, noch heute. In Santiago. Wir werden dem bösen Spiel ein Ende machen. Der Trenchcoatmann, wie Sie ihn nennen, Antonio Ramos, hat gesungen wie ein Kanarienvogel. Deshalb wissen wir jetzt, wo und wann sich die Gruppe in Santiago trifft."

„Das ist doch erfreulich. Kann ich mit dabei sein?"

„Das hat mir noch gefehlt", wiegelte der Spanier ab, „das ist jetzt einzig und allein meine Aufgabe. Wie sollte ich meinen Vorgesetzten und den Kollegen begründen, dass ein deutscher Peregrino an einem Einsatz der spanischen Polizei teilnimmt. Nein, das schlagen Sie sich mal aus dem Kopf."

Raschke war es fast peinlich, überhaupt gefragt zu haben, da er sich vorstellen konnte, wie er reagiert hätte, wenn in Deutschland ein spanischer Urlauber gebeten hätte, an einem Einsatz der deutschen Polizei teilzunehmen. Das lag nahe an einem unsittlichen Antrag. Deshalb hob er die Arme.

„Entschuldigung, dass ich gefragt habe. Natürlich will ich nicht direkt dabei sein. Aber das Ergebnis interessiert mich verständlicherweise schon. Werden Sie es mir sagen?"

„Das verspreche ich Ihnen", nickte Lopez Castela, „aber haben Sie bitte Verständnis, wenn das nicht heute sein wird."

„Claro. Aber gestatten Sie mir noch eine Frage. Ist es in Spanien üblich, in Uniform mit allen Orden und Ehrenzeichen in einen Einsatz zu gehen?"

„Nein. Das ist auch in Spanien nicht üblich", lachte der Spanier, „aber, wie gesagt, ich erwarte jeden Moment meine Vorgesetzten und einige hohe Regierungsbeamte aus Madrid. Deshalb die Kostümierung."

Raschke konnte seine Verwunderung nicht verbergen.

„Habe ich richtig gehört? Hohe Regierungsbeamte? Was wollen die denn in einem solchen Einsatz. Die stören doch nur, wissen alles besser und wenn es schlecht läuft, geht das Ergebnis den Bach hinunter."

„Ich kann Ihnen keine Details erklären, dafür fehlt jetzt die Zeit. Nur so viel. Es könnte in dem Fall diplomatische Verwicklungen geben, deren Bewältigung man mir allein nicht zutraut."

Raschke unterbrach.

„Mit der Deutschen Botschaft? Womöglich wegen mir?"

Lopez Castela trat unruhig von einem Bein aufs andere.

„Nein, nein. Sie sind davon nicht betroffen. Ersparen Sie mir Einzelheiten. Aber die Sache ist sehr delikat. Es darf nichts, aber auch gar nichts in die Presse gelangen. Wenn ja, gibt es einen Riesenskandal über die Grenzen unseres Landes hinaus. Das wäre mit absoluter Sicherheit mein Karriereende. Außerdem geht es um Geld. Viel Geld für unser Land und ...“

Lopez Castela wurde unterbrochen. Der junge Beamte, den Raschke schon in Maneru und später gesehen hatte, streckte den Kopf durch die Tür.

„Jefe, el general en jefe y el embajador venir – Der kommandierende General und der Botschafter kommen.“

Lopez Castela nickte.

„So, lieber Kollege, jetzt muss ich Sie allein lassen. Ich melde mich ganz bestimmt. Warten Sie noch einen Moment, bis ich mit der Delegation im Saal bin, genießen Sie noch ein Stück der hervorragenden Tarta Santiago und dann gehen Sie bitte. Ich habe übrigens im Hotel Alameda, am Rande der Altstadt, nicht weit vom Gebäude der Policia National, ein Zimmer für Sie bestellt. Melden Sie sich bei Senor Juan und berufen Sie sich auf mich. Buen Camino. Weit ist es ja nicht mehr.“

Raschke wartete, bis Lopez Castela den Raum verlassen hatte, und äugte vorsichtig durch ein Fenster in den Innenhof. Dort hatten sich die Polizisten militärisch exakt aufgestellt. Der Chef der Kripo von Pamplona erklärte noch einige Sätze. Als drei große, schwarze Limousinen in den Hof einfuhren, drehte er sich um und nahm Haltung an. Sechs junge Beamte rissen die Wagenschläge auf und salutierten, als der General mit seinen Begleitern, darunter ein hoher geistlicher Würdenträger, vermutlich ein Kardinal, wie an der purpurfarbigen Schärpe und dem Käppi zu erkennen war, ausstiegen. Nach der Meldung bat Lopez Castela die Herren in das Restaurant.

Nachdem alle verschwunden waren, schlich sich der deutsche Kriminalhauptkommissar wie ein Dieb aus dem Zimmer, wo ihn auf dem Flur schon eine adrett gekleidete Dame empfing. Sie lotste ihn in die Küche. Dort erhielt er seinen Kaffee und das versprochene große Stück einer Tarta Santiago, eines für die Region typischen saftigen Mandelkuchens. Schnell verzehrte er sein verspätetes Frühstück in Anwesenheit der unruhig von einem Fuß auf den anderen trampelnden Dame, die ihn, kaum dass er den letzten Bissen hinuntergewürgt hatte, beim Personalausgang hinausließ.

Mit gemischten Gefühlen ging Raschke zum Camino zurück und ordnete sich kurz vor einer laut diskutierenden Gruppe italienischer Pilger wieder auf dem Camino ein. Das Gezeter störte ihn. Um den Abstand zu vergrößern, wurde er schneller, als er eigentlich wollte. Aber selbst in fünfhundert Metern Entfernung war die lautstarke Truppe noch zu hören. Nach ihm quälend lang erscheinenden fünf Kilometern über eine Vorstadtstraße am Gebäude des galizischen Fernsehens entlang, hatte Raschke knapp eine Stunde später Monte Gozo erreicht. Die letzte Station vor Santiago. Den Berg der Freunde, wie er auch genannt wurde, weil man von dort bereits die Dächer der Kathedrale sehen können sollte. Er sah außer einigen Bäumen, welche die Sicht auf die Stadt versperrten, nichts. An einer kleinen Kapelle unterhalb des Denkmals, das zu Ehren des Besuchs von Papst Johannes Paul II errichtet worden war, machte er Rast, drückte sich selbst den letzten Stempel in den Pilgerpass, kaufte am

Kiosk etwas zu trinken und setzte sich mit seinem Becher auf eine kleine Mauer neben der Kapelle. Kaum hatte er seine durchgeschwitzte Weste zum Trocknen in die Sonne gelegt, trafen auch schon die lautstarken Italiener ein und mischten die bunte Pilgergesellschaft aus aller Herren Länder an der Kapelle richtig auf. Nicht wenige verdrehten gequält ihre Augen. Aber es war eben der Berg der Freude.

Das bunte Treiben ließ ihn unaufmerksam werden. Er schloss die Augen. Erst als hinter seinem Rücken ein trockener Ast zerbrach, schreckte er auf und blickte sich um. Der kleine Mausgesichtige kam, wie ihm schien diabolisch grinsend, auf ihn zu. In der Hand hatte er eine Drahtschlinge. Raschke war unfähig, sich zu bewegen. Wie das Kaninchen die Schlange, starrte er dem grinsenden Mausgesicht entgegen. Plötzlich drehte der Mann ab, stopfte die Schlinge hastig in seine Hosentasche und verschwand eilig hinter der Kapelle. Schreckensstarr blickte Raschke zu der Stelle, wo das Mausgesicht verschwunden war.

„He, Raschke, was machst du denn noch hier?"

Der Deutsche wurde aus seiner Starre gerissen.

„Wir dachten, du wärst schon am Ziel angekommen?"

Irritiert blickte er sich um. Grinsend kamen seine drei Mitpilger Carola, Christof und Michel auf ihn zu.

„Was ist denn mit dir los? Ist dir nicht gut? Du bist ja ganz bleich. Hast du was Falsches gegessen?", erkundigte sich mitfühlend neugierig Carola.

„Nein, ich glaubte, ich hätte gerade eine Erscheinung gehabt", antwortete Raschke. Christof sah ihn nur merkwürdig an, während Michel verhalten lächelnd den Mund verzog. Dabei sah er tatsächlich genauso aus wie Henry

Fonda in der Szene unter dem Galgen in dem Film *Spiel mir das Lied vom Tod*, als er dem kleinen Jungen die Mundharmonika in den Mund stopfte.

„Tja, viele Pilger haben eine Erscheinung. Vermehrt in der Nähe von Wallfahrtsorten. Bei dir heute. Kurz vor dem Ziel."

Raschke fand die Bemerkung wenig erheiternd, während sich die anderen vor Lachen auf ihre Schenkel schlugen.

„Gestern hatte ich schon das Gefühl, dass es mit mir spricht. Danach kam der Treppensturz. Was kommt jetzt?"

„Ach, du Armer", tröstete Carola, „ich mache einen Vorschlag. Wir gehen die letzten fünf Kilometer zusammen und passen auf dich auf."

„Danke für das Angebot. Aber bist du wirklich davon überzeugt, dass ich Aufpasser brauche?"

„Hast du denn nicht schon häufiger auf dem Camino einen gehabt?", konterte Carola mit einer Gegenfrage, die Raschke ziemlich unvorbereitet traf. Was sollte er antworten? Was meinte sie damit? Aber er wurde einer Antwort enthoben, denn die Frage war rhetorisch.

„Alle Pilger hatten auf ihrer Wanderung doch Santiago, der auf sie aufpasste, um in der einen oder anderen Situation zu helfen. Du nicht?"

„Doch, doch", beeilte sich Raschke zu versichern, wobei ihm ein Stein vom Herzen fiel. Christof hatte sich derweil auf den Weg gemacht, um an dem kleinen Kiosk Kaffee zu holen. Als nach kurzer Zeit der nächste Schwarm lautstarker Pilger am Berg der Freude ankam, schnallten sie sich, wie fast alle anderen, ihren Rucksack über und marschierten in

Richtung Santiago. Dabei hatten sie ein Leuchten in den Augen. Alle schienen die letzten Kilometer zu genießen. Kaum einer sagte ein Wort. Jeder hing den eigenen Gedanken nach.

Santiago de Compostela

Steil ging es hinab nach Santiago über die Brücke der Umgehungsautobahn und durch die Vorstadt, immer den gelben Pfeilen nach Richtung Zentrum. Niemand kümmerte sich um die eintreffenden Pilger. Niemand grüßte. Niemand schien interessiert. Wäre wohl auch zuviel verlangt. Einlaufende oder besser einschleichende Pilger gehörten zum täglichen Stadtbild. Wenn man jeden Gruß erwidern wollte, bliebe man ununterbrochen dran. Also wurden die Ankömmlinge einfach ignoriert. Sehr zu deren Leidwesen, weil sich viele nach der wochenlangen Anstrengung etwas mehr Aufmerksamkeit erhofft hatten.

Kurz vor der Innenstadt wollten Michel und Raschke zur Kathedrale, Carola und Christof aber zuerst zu ihrem Hotel.

„Ich würde mich freuen, wenn wir die letzten Meter unserer gemeinsamen Pilgerreise zusammen bis zur Kathedrale wandern“, hielt Michel die beiden zurück, „das hätte doch was, wenn wir alle vier gleichzeitig den Endpunkt erreichen würden, in die Pilgermesse gehen, uns danach noch einmal gemeinsam zum Essen zusammenfinden und erst dann voneinander verabschieden. Ich lade euch auch zum Essen ein.“

„Das ist ein guter Vorschlag“, pflichtete ihm Raschke bei, „wir haben auf den letzten hundert Kilometer so vieles zusammen erlebt, dass ein derartiges Ende der Reise doch was hat. Meint ihr nicht auch? Den Wein spendiere ich.“

Carola und Christof fühlten sich überrumpelt. Sie zögerten.

„Eigentlich wollte ich mich erst frisch machen und das Gepäck ablegen, bevor ich in die Kirche gehe“, versuchte Carola noch eine Ausflucht, während Christof schwieg.

„Der Heilige Jakob kennt das. Er liebt seine Pilger so, wie sie ihn erreichen. Außerdem ist er schon gut zweitausend Jahre tot und so alte Leichen riechen auch nicht gut.“

„So alte Leichen riechen überhaupt nicht mehr“, entgegnete Carola spitz, „ich hatte auch nicht an den Heiligen gedacht, sondern an die vielen anderen Menschen, für die das eine Zumutung wäre.“

„Nun übertreib mal nicht, eine so schlimme Aura verbreiten wir nun wirklich nicht. Gebt euch einen Ruck. Es ist ja nicht mehr weit. Und nach dem Essen habt ihr genug Zeit, euch frisch zu machen. Nun? Was ist?“

Carola und Christof zögerten immer noch. Michel nahm die Mitpilgerin in den Arm.

„Komm, Mädchen, wir haben in der letzten Zeit so viel gemeinsam erlebt und erfahren, lass uns die letzte, die schönste Erfahrung der Pilgerwanderung auch gemeinsam machen.“

„Halb zog er sie, halb sank sie hin“, spöttelte Raschke, während sich Christof noch immer abwartend zurückhielt. Carola sträubte sich noch immer.

„Schade“, bedauerte Michel, „es wäre eine alles abrundende Sache gewesen. Komm, Raschke, dann gehen wenigstens wir beide.“

„Kommt, gebt euch endlich einen Ruck und gönnt unserem Senior das gemeinsame Erleben zum Abschluss“, bat Raschke noch einmal. Als die beiden immer noch zögerten, drehte er sich um und ging Michel hinterher, der schon in die Rua San Pedro eingebogen war, die direkt zum Porta do Camino, dem Eingangstor der Jakobspilger in die Altstadt, führte. Sie hatten das Tor noch nicht ganz erreicht, als Carola und Christof atemlos zu ihnen aufschlossen. Gerührt nahm Michel die Mitpilgerin in den Arm. Raschke klopfte Christof anerkennend auf die Schulter.

„Das war eine kluge Entscheidung“, orakelte er.

Nebeneinander, wie die Musketiere in einem Historienschinken, gingen sie durch die Porta in die Altstadt und zwischen den beeindruckenden, alten Häusern durch die mit Einheimischen, Pilgern und Touristen belebten Gassen mit vielen kleinen Geschäften und Bars zur großen Treppe, die auf die Praza da Quintana hinunterführt.

Der Platz war belebt. Straßenmusiker spielten, Pilger räkelten sich auf Steinbänken in der Sonne und Touristen genossen in den Cafés das bunte Bild.

Durch den Seiteneingang betraten die vier die Kathedrale, um dort die Figur des Heiligen Jakob hinter dem Hauptaltar zu umarmen und so das Ende der Pilgerwanderung zu besiegeln. Dass der nicht allein auf sie gewartet hatte, zeigte sich, als sie sich in einer langen Reihe von Pilgern hinten anstellen mussten, die alle Gleiches vor hatten. Wie auf dem gesamten Camino waren auch hier alle Pilger gleich. Die Fußpilger mit ihrer knappen Million von Schritten ebenso wie die Buspilger, deren bequemer, klimatisierter Bus nur gut einhundert Meter entfernt auf dem Parkplatz stand. In dem einen oder anderen Fall erregten die Fußpilger den Unwillen der Tagestouristen, denn sie rochen nach Pilger. Das war das, was Carola offenbar gefürchtet hatte.

„Also“, mokierte sich lautstark eine deutsche Buspilgerin mit frisch gefönter Frisur und seidigem Glanz im blonden Haar, „es ist empörend, wie dreckig und stinkig hier einige zum Heiligen wollen. Soviel Zeit muss doch wohl sein, dass man sich vorher duscht und umzieht.“

Michel ignorierte die Bemerkung, während Carola peinlich berührt zu einer Seitenkapelle hinüberschaute, in der eine polnische Pilgergruppe einen Gottesdienst feierte. Raschke stieg direkt hinter der blasierten Dame die Treppe zum Heiligen hinauf. Er hatte ungute Gedanken. Eines Pilgers mit seiner Erfahrung unwürdig. Als er sah, wie sie mit einem Taschentuch über die Stelle wischte, die der vor ihr gehende Christof berührt hatte, überlegte er für einen Moment, ob er der blöden Tussi nicht einen Tritt in den Hintern geben sollte.

„Es ist schon komisch, da läuft man Hunderte von Kilometern, lernt eine ganze Menge über zwischenmenschliches Verhalten und regt sich in einem solchen Moment, der eigentlich als Abschluss der Pilgerschaft die ungeteilte Aufmerksamkeit haben müsste, über einen derartigen Pipikram auf. Was hast du eigentlich gelernt, Raschke?“, murmelte er vor sich hin.

Als sie wieder zusammen auf der anderen Seite des Hauptaltars standen, beobachtete Michel Raschke mit seinem Henry-Fonda-Grinsen.

„Was hast du vorgehabt?“

„Was soll ich vorgehabt haben? Ich habe den Heiligen umarmt.“

Das Grinsen Michels verstärkte sich.

„Ich hatte den Eindruck, dass du der Blondine in der Kirche unter den Augen des Heiligen etwas antust.“

Raschke schmunzelte.

„Nicht unter seinen Augen. Hinter seinem Rücken. Aber ich habe mich zurückhalten können.“

„Ist dir aber sicher schwergefallen.“

„Ja, ist es mir. Aber Selbstbeherrschung ist das, was ich auf dem Camino gelernt habe.“

„Ich bin stolz auf dich.“

Die anderen beiden waren schon zu den für Fußpilger abgeteilten Bänken im vorderen Kirchenschiff gegangen, hatten zwei Plätze mühsam freigehalten, auf die sich jetzt Raschke und Michel zwängten. Die Rucksäcke stellten sie in den Gang.

Kurz vor Beginn der Pilgermesse erschien eine Nonne, die mit engelsgleicher Stimme mehrere kurze Liedtexte mit den Gläubigen einstudierte. Raschke ließ sich von der eigenartigen Stimmung einfangen. Als dann die Pilgermesse mit dem deutschen Kirchenlied *Großer Gott wir loben Dich, Herr wir preisen Deine Stärke* begann, kam er sich plötzlich vor, als sei er allein in der Kirche. Mit lauter Stimme sang er, der dieses Lied in seiner Kindheit letztmalig gesungen hatte, text- und melodiesicher mit. Es war wie eine Befreiung. So, als ob eine Last von ihm abgefallen sei.

Als sie nach gut einer Stunde aus der kühlen Kathedrale durch den Haupteingang wieder ins Freie traten, überflutete sie das helle Sonnenlicht. Blinzelnd gingen die vier vorsichtig die Steintreppen zum Praza do Obradoiro, dem großen Platz vor der Kathedrale hinunter, auf dem ein geschäftiges

Treiben herrschte. Ununterbrochen waren Freudenschreie zu hören, wenn sich Pilger strahlend in die Arme fielen. Ihnen ging es nicht anders. Sie beglückwünschten sich mit Tränen in den Augen gegenseitig zu der überstandenen Tortur. Kaum hatten sie ihre Umarmungen gelöst, als mit leuchtenden Augen eine kleine Italienerin auf Raschke zukam und ihn wie einen alten Freund umarmte. Die beiden Hamburger vom Vortag waren gar nicht hanseatisch distanziert und fielen ihm ebenso um den Hals wie das niederländische Ehepaar. Einen bärtigen Mitpilger aus Mannheim und einen aus Köln ebenso wie Jesus Maria, den Portugiesen und den alten Engländer mit seiner jungen Frau und dem Kind. Er traf Jochen ebenso wie den Japaner, der in der Kirche von Triacastela so gerne die Lesung in seiner Muttersprache vorgelesen hätte, die brasilianische Mädchengruppe, Dieter aus Ravensburg, einen der drei Bundeswehroffiziere, den er zuletzt in Ponferrada gesehen und zu seiner ganz besonderen Überraschung Claudia aus Meck-Pomm, mit der er zusammen einen Spanischkurs besucht hatte. Er fiel Ulla, der Pilgerin mit dem noch immer weißen Schal um den Hals und schließlich auch noch Marianne, die ihre Fußprobleme endlich behoben hatte.

Fast alle hatten irgendwie ein wenig gemogelt, aber das machte sie nur noch sympathischer. Jeder hatte es getan und jeder hatte für das Motiv des anderen Verständnis, weil sie ähnliche Erlebnisse, ähnliche Gefühle und fast identische Verhaltensweisen gelernt hatten. Alle waren irgendwann in die Kirchen gegangen, hatten die Herbergen satt und sich in Hostals oder Pensionen eingemietet. Aber alle waren am Ende glücklich, es geschafft zu haben.

Nach all den Begrüßungszeremonien zogen Raschke, Carola, Christof und Michel zum Pilgerbüro neben der Kathedrale, um sich ihre Urkunden abzuholen. Sie reihten sich in eine lange Schlange Wartender mit und ohne Gepäck ein. Mitten drin dröhnten die Italiener. Für alle nervig, stampften die angetrunkenen jungen Männer im Takt mit ihren Wanderstöcken auf den Holzboden und krakeelten an einem Ort, der für die Langstreckenpilger schon etwas Erhebendes hatte. Als Raschke endlich an die Reihe kam, wurden die Stempel im Pilgerpass akribisch überprüft und endlich hielt Raschke die begehrte Pilgerurkunde in den Händen. Die vier trafen unter einem Bogengang gegenüber dem Eingang des Pilgerbüros wieder zusammen. Carola schien nervös. Sie schaute auf die Uhr.

„Jetzt will ich mich aber endlich frisch machen", beharrte sie so eindringlich auf ihrer schon vor Stunden vorgebrachten Forderung. Christof unterstützte sie.

„Das möchte ich auch."

„Jetzt gehen wir erst gemeinsam etwas essen", bestimmte Michel in einem keine Widerrede zulassenden Ton, den man von ihm bisher nicht gewohnt war.

„Ich habe aber keinen großen Hunger", wagte Carola noch einen vergeblichen Fluchtversuch.

„Du kannst ja eine Kleinigkeit essen", bestand Michel weiter auf seinem Plan. Carola gab sich noch nicht geschlagen.

„Christof und ich haben noch einen Termin. Wenn wir nicht pünktlich sind, gibt es Ärger mit ..."

Den Rest verstand Raschke nicht mehr, da er von Christof abgelenkt wurde.

„He, du Schwerenöter. Hast du was mit Carola?“

Christof spielte den Ahnungslosen.

„Ich? Wieso? Nein. Wie kommst du darauf?“

„Wenn ich sie gerade richtig verstanden habe, habt ihr beide jetzt einen Termin.“

„Das musst du falsch verstanden haben.“

Raschke durchzuckte es wie ein Blitz und er schoss ins Blaue.

„Nein, das habe ich nicht. Wartet euer Chef auf euch?“

Michel und Carola waren bereits ein Stück vorgelaufen. Sie achteten nicht auf Raschke und Christof. Carola redete ununterbrochen auf Michel ein, der ihr vertraut den Arm um die Schulter gelegt hatte.

Christof blieb wie vom Blitz getroffen stehen. Mit weit aufgerissenen Augen starrte er Raschke an. Seine Hände zitterten. Er rang sichtlich nach Worten.

„Welcher Chef. Was meinst du?“

Christof stotterte mehr, als dass er sprach.

„Ach, tu nicht so. Ich weiß mehr über euch, als ihr denkt. Vielleicht wäre es sinnvoll, wenn wir uns mal in aller Ruhe unterhalten würden. Nur mit dir und Carola.“

Christof schwieg. Es arbeitete hinter seiner Stirn. Langsam folgte er Michel und Carola, die schon etliche Meter voraus die Rua Xelmirez hinaufgegangen waren. Raschke beobachtete ihn und trottete hinter ihm her. Plötzlich drehte sich Christof um.

„Heute abend. Wo treffen wir dich?“

Raschke nannte ihm sein Hotel.

„Kommt ganz einfach. Jederzeit. Auch mitten in der Nacht. Aber jetzt lass Michel und Carola nicht warten."

Christof verzog ein wenig säuerlich das Gesicht.

Michel führte sie zielsicher, so als sei er schon häufiger hier gewesen, durch die enge, steile Gasse hinauf zum Praza Universidade. Die Tische draußen vor dem Restaurant waren bis auf den letzten Platz besetzt. Aber ihr Senior lotste sie hinein, wo sie einen reservierten Tisch vorfanden. Während Raschke noch überlegte, wann Michel das arrangiert haben könnte, kam schon eilfertig der Kellner, um die Bestellung aufzunehmen. Die kennen sich, schoss es Raschke durch den Kopf. Auch die Art, wie Michel mit Carola redete, ließ mehr als nur eine zufällige Pilgerbekanntschaft vermuten. Christof tat so, als bemerke er das nicht und kümmerte sich um Raschke.

„Ich will noch weiter nach Finisterre. Allerdings mit dem Bus, nicht zu Fuß. Kommt ihr …", teilte er leutselig mit einem kaum sichtbaren Augenzwinkern mit und brach ab, als Carola ihn mit einem strafenden Blick ansah. Michel winkte ab.

„Ich fliege nach Hause. Auf meine Begleitung musst du verzichten. Aber, was ist mit Raschke?"

Der blickte von seiner Karte auf, weil er nur mit halbem Ohr zugehört hatte.

„Was soll mit mir sein?"

„Hast du Lust, unseren Pilgerbruder Christof nach Finisterre zu begleiten, um am Ende der Welt aufs Meer zu sehen?", säuselte Michel. Raschke winkte ab.

„Wie ihr euch vorstellen könnt, ist mir als Mecklenburger der Blick aufs Wasser nicht sehr fremd. Deswegen muss ich nicht noch hundert Kilometer nach Finisterre fahren.“

Keiner drängte ihn, keiner bedauerte seine Entscheidung. Christof tat so, als habe er nicht zugehört, und Carola schien sogar über die Absage erfreut.

*

Im kleinen Sitzungssaal in der Historischen Fakultät der Universität in Santiago hatten sie sich wieder versammelt. Die Chefin, ihre Mutter, die weißhaarige alte Dame, der Monsignore, der Mausgesichtige und einer der Sicherheitsexperten sowie die Wissenschaftler, die bereits in Leon für das Unternehmen gearbeitet hatten. An der Wand hinter dem Stuhl des Monsignore stand ein mittelgroßer Metallkoffer. So, dass der Mausgesichtige ihn immer im Auge behalten konnte. Auf den Tischen standen Sektgläser und einige Flaschen Champagner in ihren Kühlern. Die Chefin sah nervös auf die Uhr. Sie schien ein wenig ungehalten, während alle anderen eher gelöster Stimmung und sehr zufrieden waren. Schließlich blickte sie zu der weißhaarigen Dame hinüber.

„Liebe Mam, kannst du mir vielleicht erklären, wo meine Sekretärin und mein Fahrer bleiben? Sie müssten längst hier sein. Du hast sie unterwegs doch noch einmal getroffen und mit ihnen gesprochen. Haben Sie dir etwas gesagt, warum sich ihr Kommen verzögert? Es kann doch nicht so lange dauern, von Rua bis nach Santiago zu wandern.“

„Nein, mein liebes Kind, sie haben mir nichts gesagt. Vielleicht sind sie noch in der Kirche?“

„Wo sollen sie sein? In der Kirche? Was soll das denn?“

„Nun ja“, mischte sich der Monsignore ein, „Pilger gehen nach ihrem Eintreffen in Santiago in die Kathedrale. Warum nicht auch Ihre Mitarbeiter.“

„Ich muss doch sehr bitten“, empörte sich die Chefin, „die beiden wissen doch genau, wo wir sind und vor allem, wann wir uns treffen wollten. Ich kann mir nicht vorstellen, dass sie von meiner Weisung abweichen. Ebenso Antonio. Wo ist der denn? Richard, Sie waren mit ihm zusammen. Wo ist er?“

Der junge Engländer, einer der Sicherheitsexperten, schien sich nicht recht wohl in seiner Rolle zu fühlen. Er rutschte unruhig auf seinem Stuhl hin und her.

„Nun ja, wir haben uns letztmalig kurz hinter Sarria gesehen. Er wollte endlich den Deutschen aus dem Weg räumen. Danach habe ich ihn nicht mehr gesehen.“

„Ich weiß, der Plan mit dem Hund. Scheint aber nicht geklappt zu haben. Aber wo ist er jetzt?“

„Vielleicht ist es ihm peinlich gewesen und er hat sich abgesetzt.“

„Er hat sich was? Abgesetzt? Wohin denn ohne Geld? Sein Honorar hätte er erst heute bekommen. Nein. Wo ist er?“

Richard zuckte mit den Schultern.

„Ich weiß es nicht. Ich habe ihn seither nicht mehr gesehen. Vielleicht ist er ja noch dabei, weitere Depots auszugraben.“

„Nein, bei uns ist er nicht gewesen, obwohl wir ihn gut hätten gebrauchen können“, erklärte der Monsignore

Der Begleiter des Geistlichen kniff seine kleinen Mausaugen noch enger zusammen, als er es ohnehin schon tat. Er beugte sich zu seinem Chef und flüsterte ihm etwas zu.

„Dürfen wir hören, was Sie Wichtiges mitzuteilen haben?"

Die Chefin schien ernstlich böse zu werden.

„Mein Mitarbeiter hat die Vermutung geäußert, dass der Mann uns bei der Polizei verraten haben könnte. Denken Sie an Judas. Er bekam für seinen Verrat dreißig Silberlinge."

Die Chefin wurde leichenblass.

„Hat er einen konkreten Verdacht?"

Der Mausgesichtige schüttelte den Kopf.

„Dann verbitte ich mir derartige Unterstellungen."

„Entschuldigung, wenn ich frage, warum sollte uns jemand bei der Polizei verraten? Ich denke, wir haben eine offizielle Erlaubnis, nach den Depots der Templer zu suchen", meldete sich ein Wissenschaftler zu Wort.

„Senor O`Pino, natürlich haben wir die Genehmigung. Ich habe Sie Ihnen ja bereits in Leon gezeigt, wenn ich mich nicht irre. Ich weiß auch nicht, was der Mitarbeiter unseres verehrten Monsignore meint", wiegelte die Chefin ab.

Währenddessen gab der Monsignore seinem Mitarbeiter einen kleinen Wink, worauf der Mausgesichtige aufstand und das Sitzungszimmer grußlos verließ.

„Ich habe ihn gebeten, draußen nach den Fehlenden zu suchen. Vielleicht haben sie in diesem verwinkelten Gebäude ja das Sitzungszimmer nicht gefunden. Er kommt bestimmt gleich mit den Vermissten zurück", erklärte der Geistliche auf den fragenden Blick der Chefin.

„Nun gut, fangen wir also ohne die drei, nein vier, an. Monsignore, bitte."

„Danke, gnädige Frau. Zunächst darf ich für die, die es noch nicht wissen, erklären, dass Professor Wolfgang Deckert einem tragischen Unglücksfall zum Opfer gefallen ist. Beim Auffinden des Depots, über das ich nachher noch etwas sagen werde, stürzte er so unglücklich, dass er sich das Genick brach. Mein Begleiter und ich konnten leider nichts mehr für ihn tun. Deshalb habe ich es übernommen, hier über den Stand der Suche zu referieren."

Die weißhaarige ältere Dame unterbrach den Vortrag. Sie hatte hektische rote Flecken im Gesicht, so aufgeregt war Sie.

„Mein liebes Kind", wand sie sich an ihre Tochter, „warum hast du mir noch nichts von diesem Ort gesagt oder ihn mir gezeigt? Das ist unverzeihlich."

„Liebe Mam, leider habe ich diesen sagenhaften Ort noch nicht kennenlernen dürfen. Bisher waren nur Professor Deckert und der Monsignore mit seinem Begleiter dort. Ich wurde gestern von Professor Deckert fernmündlich unterrichtet. Es sollte für alle eine Überraschung werden. Mir scheint, es ist gelungen. Aber bitte, Monsignore, spannen Sie uns nicht auf die Folter. Wo genau befindet sich das von der ganzen Welt gesuchte Depot?"

„Hier an diesem Platz"; der Monsignore hielt eine Karte von Nordspanien hoch, die aber so klein war, dass keiner wirklich erkennen konnte, auf welchen Ort er mit dem Finger tippte. Jedenfalls irgendwo westlich von Ponferrada.

„An diesem Ort befindet sich das so lang gesuchte Zentraldepot. Das gibt es also tatsächlich. So wie ich es immer behauptet habe. Dort liegt, wie ich es mit eigenen Augen gesehen habe, wahrscheinlich mehr als eine Tonne Gold. Wie gesagt, ich habe das Lager gesehen, konnte aber mit meinem Mitarbeiter nur einen kleinen Teil bergen. "

Die Chefin unterbrach, sichtlich ungehalten.

„Monsignore, was ist denn das? Warum haben Sie nicht alles gesichert. Man lässt doch nicht Gold für mehr als zehn Millionen Euro unbeaufsichtigt in der Erde liegen."

Der Geistliche schien beleidigt zu sein.

„Gnädige Frau, lassen Sie mich doch in aller Ruhe berichten. Vielleicht erleichtert es auch Ihnen das Verständnis, wie schwierig es sein dürfte, dieses letzte Depot für uns zu erschließen. Allein schon die Größenordnung ist imposant. Die trägt man nicht so einfach im Pilotenkoffer weg. Wie gesagt, einen kleinen Teil haben wir ja bereits. Er befindet sich auf dem Weg zur Yacht Ihres Mannes. Nur einige Anschauungsexemplare habe ich hier in dem Koffer. Aber lassen Sie mich weiter erzählen. Wir haben bis heute zwölf kleinere und ein größeres Depot gefunden. Mit Goldgulden von sehr hohem Reinheitsgehalt, wie Madame Messmer herausgefunden hat. Hinzu kommen noch etliche Silbermünzen. Das ist ein Erfolg, an den wir in unseren kühnsten Träumen nicht geglaubt haben. Für die Bergung benötigen wir einen neuen Plan, über den wir hier und jetzt diskutieren sollten."

„Ja, dass werden wir müssen", griff die Chefin ein, „und wie ich Sie kenne, haben Sie zumindest schon einen Vorschlag. Ich möchte Sie aber bitten damit zu warten, bis ich von der Toilette zurück bin."

Die Chefin nahm ihre Handtasche und verließ den Sitzungssaal, während sich die anderen leise unterhielten. Die Weißhaarige bat, die Karte, die der Geistliche wieder vor sich auf den Tisch gelegt hatte, genauer ansehen zu dürfen. Als sie danach griff, zog er sie zurück.

„Es wird Sie nicht schlauer machen. Ich habe die Stelle nicht besonders gekennzeichnet. Nur ich kenne den Ort, mein Mitarbeiter und Deckert. Und Deckert ist leider von uns gegangen."

„Ach, wie praktisch. Ich wundere mich, dass Sie gekommen sind. Wenn Sie Ihr Wissen um das Depot für sich behalten hätten, wären wir hier leer ausgegangen."

„Das ist der Unterschied zwischen Ihnen und mir", entgegnete der Monsignore in aller Ruhe, „denn die Institution, die ich vertrete, pflegt sich an Absprachen zu halten. Im Guten wie im Schlechten. Damit hat sie zweitausend Jahre überlebt."

„Ja, ich vergaß. Warten wir, bis meine Tochter zurück ist. Vielleicht sollten wir aber trotzdem die Champagnerflaschen öffnen, um mit einem kleinen Gläschen auf den bisherigen Erfolg anzustoßen. Richard, wenn ich Sie bitten darf, das Öffnen zu übernehmen?"

In diesem Moment war das Stampfen schwerer Stiefel auf den steinernen Platten des Flures zu vernehmen. Sekunden später wurde die Tür aufgerissen, prallte mit einem lauten Knall gegen die Wand und zwei schwer bewaffnete uniformierte Polizisten stürmten in den Raum. Sie richteten ihre Maschinenpistolen auf die wie erstarrt dasitzenden Personen. In der Tür erschien Lopez Castela

„Alto. Nadie se agitado – Halt, niemand bewegt sich."

Die Aufforderung schien überflüssig zu sein. Selbst Ricardo war, die gerade geöffnete Champagnerflasche mit dem herausperlenden Getränk in der Hand, wie die anderen starr vor Schreck.

„Senoras y senores. Sie sind verhaftet. Leisten Sie keinen Widerstand. Sie werden ins Kommissariat gebracht. Ihre Effekten sind beschlagnahmt."

Als erster gewann der Monsignore seine Fassung wieder.

„Senor Comisario. Ich genieße diplomatische Immunität und protestiere gegen meine Verhaftung."

„Sie sind verhaftet. Ihren Status klären wir auf dem Kommissariat. Wenn Sie sich sträuben, werde ich Ihnen ebenso wie den anderen Handschellen anlegen lassen. Ein Monsignore in Handschellen. Das wäre ein gefundenes Fressen für die Medien. Nicht wahr? Also, leisten Sie keinen Widerstand, dann können sie ohne Eisen an den Händen mitkommen. Was ist?"

„Ich komme freiwillig mit. Aber das wird für Sie ein Nachspiel haben, das kann ich Ihnen versichern. Meine Koffer da hinten an der Wand sind Diplomatengepäck. Ich verbiete Ihnen, sie zu öffnen."

„Auch das werden wir auf dem Kommissariat klären. Bitte nach Ihnen."

*

Die vier Pilger hatten ihr Essen noch nicht erhalten, als sie von hektischem Gerenne auf dem Platz direkt vor ihrem kleinen Restaurant abgelenkt wurden. Die Gäste an den Tischen vor dem Lokal waren teilweise aufgesprungen und schauten neugierig auf Polizeieinsatzkräfte, welche überraschend von allen Seiten auf den Platz gefahren waren, die Zugänge zu allen Gassen abgeriegelt hatten und in das Universitätsgebäude stürmten.

Als die Wagen der Polizei vorfuhren, sprang Carola spontan auf und eilte zur Tür. Christof rannte ihr sofort nach und zog sie wieder an den Tisch zurück. Michel blieb, ebenso wie Raschke, relativ ruhig. Beide äugten neugierig aus dem Fenster, hielten sich aber zurück. Raschke war sofort klar, gegenüber in der Universität hatte Lopez Castela mit seiner Truppe zugeschlagen.

„Die spanische Polizei zeigt uns, wie schnell und effektiv sie arbeiten kann", kommentierte Raschke die Aktion. Michel nickte.

„Da hat man schon von gehört. Die sind sehr effektiv. Aber wir sollten uns da lieber heraushalten."

Christof begleitete die leichenblasse Carola wieder an den Tisch.

„Na, Mädchen, ist dir schlecht geworden? Hat dich die spanische Polizei so erschreckt? War doch eine schöne Show als Begleitung zu unserem Essen", spottete Michel.

Carola brachte kein Wort heraus.

„Dass du so ruhig bleiben kannst. Mir wird ganz anders, wenn ich das sehe", giftete Christof unerwartet heftig. Michel sah ihn tadelnd an.

„Wir sollten zufrieden sein, wenn die Polizei effektiv arbeitet. Dann wissen wir uns alle gut beschützt", warf Raschke ein, um die Lage zu entspannen. Carola hatte sich derweil zur Toilette entschuldigt. Raschke bemerkte, dass auch Christof sein Essen, das inzwischen serviert worden war, kaum anrührte. Carola ohnehin nicht. Als sie von den Servicios zurückkam, war ihr anzusehen, sie hatte sich übergeben. Michel beugte sich zu Raschke hinüber.

„Ob sie schwanger ist?“, flüsterte er.

„Frag sie doch. Am Essen kann es ja nicht liegen.“

Ihre Aufmerksamkeit wurde wieder auf den Platz gelenkt. Aus einem Fenster an der Seite des Gebäudes versuchte ein kleiner, drahtiger Mann zu entkommen, sprang aber genau vor die Füße eines Polizisten, der sich geistesgegenwärtig auf ihn warf, ihn fesselte und in den Polizeiwagen verfrachtete.

Wenige Minuten später schleppten die Polizisten mehrere Metallkoffer in einen Einsatzwagen, dann folgten eine Reihe Personen, die jede einzeln in einem Polizeifahrzeug verschwanden. Als Letzte erschienen ein hoher Polizeioffizier in Begleitung eines Monsignore. Sie stiegen in eine zivile Limousine und entfernten sich. So schnell, wie der Spuk begonnen hatte, so schnell war er auch wieder vorbei.

Michel und Raschke hatten mit Interesse verfolgt, was draußen vor sich gegangen war. Carola und Christof schien das nicht so sonderlich zu beeindrucken. Als wieder Ruhe eintrat, setzte Michel wieder sein Henry-Fonda-Grinsen auf und aß scheinbar mit Appetit weiter, während sich Raschke seine Seezunge schmecken ließ. Aber so richtig wollte keine Pilgerabschiedsstimmung mehr aufkommen. Deshalb verabschiedeten sie sich bald voneinander, umarmten sich noch einmal und wünschten sich für die Zukunft alles Gute.

Raschke sah Carola und Christof nach, wie sie in Richtung Praza de Galizia verschwanden. Michel wollte ins Hotel Parador neben der Kathedrale. Als Belohnung für die Pilgerreise. Sozusagen als krönender Abschluss vor dem Rückflug nach Hause, hatte er gesagt.

Raschke hatte es nicht weit. Zwei Gassen weiter war sein Hotel. Auf dem Weg dorthin stieß er fast mit der Neukaledonierin zusammen.

„Hast du Lust mit mir essen zu gehen?“, schlug sie vor.

„Das tut mir leid, ich habe gerade gegessen. Aber auf einen Kaffee würde ich schon mitkommen.“

„Nein, das finde ich nicht gut. Ich esse und du sitzt mit einem Kaffee dabei? Vielleicht ein anderes Mal.“

Sie winkte ab und ging, selbstbewusst den Kopf erhoben, ohne Eile die Straße hinauf, wo sie in dem Gewimmel von Touristen, Pilgern und Einheimischen verschwand, den verdutzten Raschke hinter sich zurücklassend. Der war eigentlich ganz froh darüber, denn er hoffte, von seinem Hotelzimmer aus eine Verbindung zu Lopez Castela zu bekommen. Zu neugierig war er darauf, wie denn die Aktion gelaufen war.

*

Im Gebäude der Policia National an der Avenida de Rodrigo Padron war hektische Betriebsamkeit. Ein Polizeifahrzeug nach dem anderen fuhr auf den stark bewachten Hof. Gefangene wurden einzeln zu den Zellen gebracht und die Beamten von Lopez Castela bereiteten die Vernehmungen vor. Der Kripochef von Pamplona begleitete den Monsignore in das Gebäude, um ihn persönlich zu vernehmen. Schweigend stiegen sie die Treppen in den ersten Stock hinauf, wo im Zimmer des Polizeichefs der General sein Quartier genommen hatte und wartete.

Lopez Castela ließ den Geistlichen unter Bewachung eines Beamten im Vernehmungszimmer zurück, um zuerst seinem Vorgesetzten Bericht zu erstatten. Das Zimmer war gut gefüllt. Neben dem General hinter dem Schreibtisch hatten der Polizeichef von Santiago, ein Kardinal und mehrere Regierungsbeamte an dem Besprechungstisch Platz genommen. Neugierig sahen sie Lopez Castela an.

„Herr General, ich melde Ihnen den Vollzug. Wir haben neun Personen festgenommen, darunter einen Monsignore, der behauptet, er habe diplomatischen Status. Ihm gehört der schwere Metallkoffer, den wir sichergestellt haben. Er behauptet, das sei Diplomatengepäck, ist aber nicht gekennzeichnet. Drei der gesuchten Personen haben wir nicht gefunden, darunter die Chefin des Komplotts."

„Nun ja, dann können wir also nicht ganz zufrieden sein", nörgelte der General.

„Wir fahnden bereits nach den anderen."

„Gut. Bringen Sie bitte den Monsignore und den Metallkoffer zu mir. Ich werde mich, zusammen mit seiner Eminenz, Kardinal Rincon, persönlich darum kümmern. Sie beaufsichtigen wieder Ihre Leute und bringen Sie mir so schnell wie möglich die anderen Personen."

Lopez Castela war sauer. Den Monsignore hätte er gerne noch etwas in die Mangel genommen. Aber es half nichts. Den Befehlen seines Generals hatte er Folge zu leisten. Im Lagezentrum waren ein Dutzend Unformierte damit beschäftigt, Unmengen von Papier zu bewegen, Telefone zu bedienen, Notizen zu fertigen und Asservate einzutüten. In die Fahndung nach der Chefin, ihrer Sekretärin und dem Fahrer musste er sich nicht einmischen. Das lief automatisch, war Routine. Seinen Stellvertreter wies er an, den Befehl des Generals umzusetzen und ging weiter in das Zimmer, in dem der Mausgesichtige vernommen wurde. Die Vernehmung war schon in vollem Gange.

Das Mausgesicht regierte keineswegs verstockt auf die Vorhalte, die ihm gemacht wurde. Er schien alle Vorwürfe auf die leichte Schulter zu nehmen. So, als könne ihm nichts passieren.

„Die Sache in Pamplona war ein Unglücksfall. Das war nicht gewollt. Im Übrigen hatte ich damit nichts zu tun. Das war Antonio. Der Idiot mit dem Bogart-Tick."

„Dummerweise wurde die Sache beobachtet."

„Ja, und der Zeuge muss bei der Polizei gewesen sein. Wir konnten aber keine Polizei gebrauchen. Natürlich auch keine Zeugen."

„Konsequenterweise musste er umgebracht werden."

„Das ist doch dummes Zeug. Er sollte verschwinden. Nach Hause fahren oder Pause machen. Maximal einen Krankenhausaufenthalt genießen. Aber der blöde Antonio setzte immer Ausschalten mit Umbringen gleich."

„Sie waren mit Ihrem Freund Antonio und Richard für die Beseitigung aller Schwierigkeiten zuständig. Das wissen wir inzwischen."

„Falsch. Antonio und Richard sind weder meine Freunde, noch war ich für irgendetwas zuständig. Ich bin Mitarbeiter des Monsignore. Nicht mehr, aber auch nicht weniger."

„Und was war die Aufgabe von Antonio und Richard?"

„Das waren die Sicherheitsexperten. Sie waren dem Unternehmen, von wem auch immer, als die richtigen

Männer empfohlen worden. Laienschauspieler mit einer großen Klappe, wenn Sie mich fragen. So ganz sauber haben die in Eunate nicht gearbeitet, sonst wäre die Tote nicht so schnell gefunden worden. Und dann die Personenbeschreibung des Zeugen. Zum Weinen. Wissen Sie, was Antonio sagte? Der Zeuge sah aus, wie ein Pilger eben so aussieht. Mit Hut, Rucksack und Wanderstöcken. Um die Fünfzig mit Bart. Ein ganz normaler Pilger eben."

Das Mausgesicht schüttelte angewidert den Kopf.

„So sehen mehr als die Hälfte aller männlichen Pilger aus. Antonio und sein Companero haben dann versucht, ihn aus dem Weg zu räumen, als er den steilen Anstieg nach Maneru hinaufging. Sie haben mehrere Betonröhren den Hang hinabrollen lassen, die ihn aber offenbar verfehlten, und ihn danach aus den Augen verloren."

„So richtig hatten die Jungs das wohl nicht im Griff", kritisierte überheblich das Mausgesicht.

„Nun halten Sie mal die Luft an", mischte sich Lopez Castela ein, „es geht hier nicht um Antonio und Richard. Es geht um Sie und um das, für das Sie verantwortlich sind."

„Ach, und was werfen Sie mir vor?"

„Sie haben für ein kriminelles Unternehmen gearbeitet und versucht, einen deutschen Pilger umzubringen."

„Quatsch, ich habe ihn nicht umbringen wollen. Ich wollte ihn nur erschrecken. Ist für mich eine Art Sport."

Lopez Castela unterbrach und wurde laut.

„Sie Dreckskerl. Sie bringen Menschen um und halten das für eine Art Sport. Sie mieses Schwein."

„Senor, ich verbitte mir derartige Beleidigungen. Können Sie mir das beweisen, was Sie mir vorgeworfen haben?“

„Und ob ich das kann“, bluffte Lopez Castela, „und deshalb sollte Ihnen klar sein, dass Sie nur ein Geständnis retten kann.“

Das Mausgesicht grinste unverschämt.

„Was sollte ich denn gestehen? Pilger erschrecken? Oder aus einem Fenster springen, anstatt den Ausgang zu benutzen? Nein. Ich habe nichts zu gestehen. Das, was mir Ihre Leute vorgeworfen haben, ich hätte mehrere Menschen umgebracht, ist absurd. Ich habe niemanden ermordet. Deshalb können Sie mir auch nichts beweisen. Außerdem habe ich diplomatischen Status. Wenn Sie keine diplomatischen Verwicklungen haben wollen, sollten Sie mich wieder laufen lassen.“

„Nicht jeder Ganove ist Diplomat. Sie sind Belgier. Wo haben Sie denn Ihren Diplomatenpass.“

„Und nicht jeder Diplomat ist ein Ganove. Den Pass verwahrt mein Vorgesetzter, der Monsignore. Wenn Sie telefonieren, ist die Sache innerhalb von Minuten geklärt.“

Die Selbstsicherheit des belgischen Mausgesichts irritierte Lopez Castela.

„Für welches Land sind Sie denn diplomatisch tätig.“

Der Belgier grinste hochmütig, seine Fingernägel betrachtend.

„Ich bin für den Vatikan tätig.“

Wenn ihn die dreiste Behauptung überrascht hatte, so ließ sich der spanische Kriminalist das nicht anmerken.

„Na, das lässt sich ja gleich klären“, brummte der Kripochef, überließ das Mausgesicht wieder seinen Beamten und ging ein Stockwerk höher, wo sich ja im Büro des Polizeichefs von Santiago der Kardinal, der Vertreter des Heiligens Stuhls beim König, aufhielt.

„Gut, dass Sie gerade kommen, verehrter Lopez Castela“, empfing ihn der General, „der Diplomatenpass unseres verehrten Monsignore ist in Ordnung. Ich habe die Verhaftung bereits rückgängig gemacht. Kardinal Rincon wird ihn mitnehmen.“

„Mitnehmen. Natürlich“, murmelte Lopez Castela.

„Was haben Sie gesagt?“, wollte der General wissen.

„Ach, nichts von Bedeutung.“

Ohne eine Gemütsbewegung hatte der Monsignore zugehört, der am Fenster stand und hinaussah.

„Ich nehme an, der verehrte Monsignore hat auch keine Angaben gemacht“, mutmaßte Lopez Castela.

„Sie nehmen richtig an. Das habe ich nicht anders erwartet. Und Sie sicherlich auch nicht“, erklärte der General, „aber er hat einige interessante Dinge über seine Forschungsarbeit in den Archiven des Vatikans erzählt. Wirklich interessant. Das hat selbst seine Eminenz, der Kardinal, nicht gewusst.“

Lopez Castela ging nicht darauf ein. Ihn interessierte vielmehr der Inhalt der sichergestellten Gepäckstücke.

„Und was ist mit den Koffern?“

„Die nehme ich in Verwahrung. Sie werden nach Madrid gebracht. Dort wird darüber entschieden, ob es sich tatsächlich um Diplomatengepäck handelt oder nicht. Wenn nicht schon Kardinal Rincon das hier klären kann. Sie, verehrter Lopez Castela, sind fürs Erste von den Koffern entlastet."

Der Einsatzleiter nickte müde.

„Darf man denn erfahren, was in den schweren Koffern drin ist?"

„Aber, aber", kritisierte der General, „ich hatte es doch bereits gesagt und wiederhole mich ungern. Noch ist zu klären, was Diplomatengepäck ist und was nicht. Und jetzt sollten Sie sich wieder um die anderen Verhafteten kümmern."

„Gestatten Sie mir noch eine Frage?"

„Ja, bitte?"

„General, der Belgier behauptet, ebenfalls diplomatischen Status zu besitzen, kann aber keinen Pass vorweisen und beruft sich auf den Monsignore."

Der General sah den Monsignore an.

„Excellenz, können Sie das gleich klären oder müssen wir den Kardinal bemühen?"

„Nein, das kann ich sofort klären."

Der Geistliche zog aus seiner Soutane einen Pass und legte ihn auf den Schreibtisch. Der General nahm das Dokument, blätterte es durch und zeigte Lopez Castela das Bild.

„Ist das der Mann?"

Lopez Castela erkannte sofort das Mausgesicht und bestätigte.

„Na, was warten Sie noch. Lassen Sie den Mann zu mir bringen. Ich werde ihn zusammen mit dem Monsignore an Kardinal Rincon übergeben."

Lopez Castela wurde mit einem Mal speiübel, als er sah, wie der General den Pass zuklappte und ihn, ohne sich den Namen notiert zu haben, an den Monsignore zurückgab. Wortlos grüßte er militärisch korrekt und verließ den Raum, um den Befehl seines Vorgesetzten auszuführen.

Auf dem Flur klingelte sein Handy. Raschke war am Apparat.

„Herzlichen Glückwunsch zu der gelungenen Aktion."

„Woher wissen Sie ...?"

„Ja, halten Sie sich fest. Ich saß gerade mit einigen Pilgern zufällig in dem Restaurant gegenüber der Universität und konnte den Einsatz hautnah mitverfolgen. Schnell, unspektakulär und von zufälligen Beobachtern kaum mitzubekommen. Wirklich gut."

„Ganz zufällig saßen Sie da. So, so. Aber danke für die Blumen. Nur, ich habe jetzt sehr viel zu tun, wie Sie sich denken können."

„Kann ich. Das können Sie mir wirklich glauben. Wenn ich Sie unterstützen kann bei der Identifikation oder zur Plausibilität von Aussagen, komme ich gern."

Lopez Castela wollte zuerst spontan ablehnen, dann kam ihm aber doch der Gedanke, dass der deutsche Kollege in dem einen oder anderen Fall helfen könnte.

„In Ordnung, ich lasse Sie abholen. Wo sind Sie jetzt?"

„Im Hotel Alameda."

Zehn Minuten später begrüßten sich die Kriminalisten persönlich. Lopez Castela führte Raschke in ein separates Zimmer und informierte ihn kurz über das, was in der Universität abgelaufen war. Die Namen der Festgenommenen sagten ihm nichts und sehen konnte er die Festgenommenen nicht. Eine entsprechende Bitte überhörte Lopez Castela, der den Deutschen wieder allein ließ, um sich um eine Frau Benneter zu kümmern, die zur Vernehmung in das Nebenzimmer gebracht worden war. Dort saß die weißhaarige, sehr vornehm aussehende, alte Dame auf einem einfachen Holzstuhl, vor einer Polizistin, die bereits eifrig etwas in einen Computer tippte.

„Ich mache die Vernehmung selbst", ordnete Lopez Castela an, „Frau Kollegin, Sie schreiben weiter."

Die junge Beamtin zog leicht den Kopf zwischen die Schultern und schrieb eifrig weiter.

„Wie einfallslos. Erst die Zelle und jetzt noch ein graues Zimmer", beschwerte sich die alte Dame. Sie hatte demonstrativ das Zimmer von einer Ecke zur anderen gemustert. Ihre Abneigung war an den heruntergezogenen Mundwinkeln deutlich abzulesen.

„Was haben Sie erwartet? Eine Suite im Parador-Hotel?"

„Werden Sie nicht zynisch. Sie werden doch wohl einen angemesseneren Raum haben als diesen. Hier wird man ja depressiv. Ich weiß noch immer nicht, was Sie von mir wollen."

„Ach, wirklich nicht? Senora Benneter, ich beschuldige Sie, das Jakobsweg-Komplott initiiert und finanziert zu haben, um sich zum Nachteil des spanischen Staates zu bereichern. Außerdem werfe ich Ihnen vor, den Tod von fünf Menschen und mehrere Mordversuche zumindest billigend in Kauf genommen zu haben, um ihre Pläne zu realisieren."

Trotzig sah die Frau den Kriminalbeamten an.

„Das ist doch dummes Zeug. Ich war nicht auf dem Jakobsweg. Ich bin gestern erst mit dem Flugzeug von London hier eingetroffen."

Lopez Castela reagierte ärgerlich. Er wollte seinen Trumpf, den deutschen Kriminalbeamten, noch nicht ins Spiel bringen. Bei dessen Erscheinen würde sie nicht mehr leugnen können, auf dem Camino gewesen zu sein. Dafür hatten sie sich zu oft getroffen. Deshalb versuchte er erst einmal zu provozieren.

„Ach, sitzen Sie doch nicht einfach da und tun so, als seien Sie so leer wie der Stausee von Portomarin."

„Der war voll."

„Ach, wirklich? Woher wissen Sie das denn, wenn Sie nicht auf dem Camino de Santiago gewesen sein wollen?"

Die weißhaarige alte Dame zuckte zusammen. Sie merkte ihren Fehler, als sie spontan geantwortet hatte. Ihre Kiefer mahlten, während sie nachdachte.

„Beim Landeanflug sind wir über den See geflogen, da habe ich das gesehen."

„So, so, beim Landeanflug gesehen", echote der Spanier höhnisch, „Senora, der Landeanflug führt nicht über Portomarin. Sie lügen. Und genau das sollten Sie nicht tun, wenn Sie mich bei guter Laune halten wollen."

„Wollen Sie mir drohen?"

„Das habe ich nicht nötig. Sie befinden sich nämlich nicht in der Lage, mit mir Katz und Maus spielen zu können. Sie sitzen hier nicht wegen eines Kaufhausdiebstahls. Deshalb wäre es besser, Sie verhielten sich kooperativ."

Die Augen der Frau begannen unruhig zu flackern. Zum ersten Mal war so etwas wie Angst in ihrem Blick zu erkennen. Trotzdem wollt sie sich nicht so leicht geschlagen geben.

„Ich habe niemanden ermordet."

In diesem Moment erschien ein Beamter und reichte Lopez Castela mehrere Schriftstücke. Der Spanier überflog sie.

„Sie sind zumindest mitverantwortlich. Das ergibt sich aus den Vernehmungen von Antonio und Ricardo. Wollen Sie einen Blick hineinwerfen?"

Er schob ihr die Papiere über den Tisch zu. Die alte Dame warf nur einen flüchtigen Blick auf die vor ihr liegenden Papiere. Lächelnd schüttelte sie mit dem Kopf.

„Sie glauben doch wohl nicht, was die beiden erzählen?"

„Oh doch. Ich halte die Angaben für sehr glaubhaft. Besonders die Aussage von Antonio. Der belastet Sie auch. Und dass der die Wahrheit gesagt hat, zeigt allein die Tatsache, dass wir Sie geschnappt haben. Die Fakten sprechen also wohl eindeutig für sich. Und es würde Ihnen gut zu Gesicht stehen, dazu etwas zu sagen.

Die alte Dame wurde ernst.

„Mein Mann hat sein ganzes Leben dem Schatz der Templer gewidmet. Auf dem Sterbebett habe ich ihm versprechen müssen, sein Lebenswerk zu vollenden. Ich unterstützte daher Forschungsvorhaben verschiedener Universitäten, die sich mit den Templern befassen. Meine Tochter koordiniert die Forschungen und leitete die Aktion."

„Und wo ist Ihre Tochter jetzt?"

„Das weiß ich nicht. Die Termine meiner Tochter kenne ich nicht. Die kennen nur ihre Sekretärin und ihr Fahrer."

Lopez Castela lief rot an. Er beugte sich etwas vor, um die arrogant lächelnde Frau zu fixieren.

„Ich gebe Ihnen eine letzte Chance, mit mir zu kooperieren. Sie haben wohl noch nicht realisiert, in welcher prekären Lage Sie sich befinden. Ich habe keine Skrupel, Sie in eine Zelle zu sperren. Und glauben Sie mir, spanische Gefängniszellen sind noch trister als dieser Raum hier."

„Wollen Sie mir wieder drohen?"

„Nein. Ich sage nur, was Sie erwartet."

„Ich werde Ihre sehr fragwürdige Gastfreundschaft nicht lange in Anspruch nehmen. Ich habe einflussreiche Freunde. Sie kennen ja Erik Bandera. Er ist ein guter Bekannter des Ministerpräsidenten und des Außenministers. Und meine Rechtsanwälte werden schon dafür sorgen, dass ich diesen Raum bald wieder mit einem Hotelzimmer tauschen kann."

„Auf Bandera würde ich nicht einen Euro wetten. Der wird auch eingesperrt."

„Da wäre ich an Ihrer Stelle nicht so sicher."

„Wo ist eigentlich Professor Wolfgang Deckert?"

Die Weißhaarige lachte rau.

„Den können Sie nichts mehr fragen. Der ist tot. Vielleicht sagt Ihnen der Monsignore ja, wo Sie ihn finden."

Bevor der Spanier wegen der schnippischen Bemerkung explodieren konnte, wurde das Gespräch unterbrochen, weil ein Beamter seinem Chef einen Zettel zuschob. Lopez Castelà las und hatte sichtlich Mühe, seine Beherrschung zu behalten.

„Nochmals frage ich Sie. Wo ist Ihre Tochter?", herrschte er mit hochrotem Kopf die Dame an, stemmte sich mit den Fäusten auf den Tisch und beugte sich so tief zu Senora Benneter hinunter, dass sich ihre Gesichter fast berührten. Die weißhaarige Dame lehnte sich so weit es ging auf ihrem Stuhl zurück, um die Distanz wieder zu vergrößern.

„Ich werde Ihnen gar nichts mehr erzählen und wo meine Tochter ist, weiß ich nicht. Und jetzt sage ich nichts mehr. Sie Rüpel."

„Gut, wie Sie wollen."

Der Kripochef wandte sich an die Beamtin am Fenster.

„Sie bringen Senora Benneter in die Zelle mit den sieben Prostituierten, die gestern Nacht festgenommen wurden. Das wird sie auf andere Gedanken bringen."

„Mein Herr, das werden Sie nicht wagen."

„Sie glauben gar nicht, was ich alles wage."

Die alte Dame verlor ihre zur Schau getragene Fassung. Sie begann zu schreien. Die Polizistin, die sich bisher eifrig jedes Wort mitgeschrieben hatte, ergriff sie rüde am Arm und zog sie von ihrem Stuhl hoch.

„Vamos, Senora Benneter, en el celda – kommen Sie. Ab in die Zelle."

Mit aufgerissenen Augen, so als ob sie es noch immer nicht fassen konnte, ließ sich Heather Benneter abführen.

Lopez Castela atmete schwer durch. Dann ging er in das Nebenzimmer, in dem Raschke schon ungeduldig wartete.

Gespannt sah er den spanischen Kripochef an und erkannte an dessen Miene sofort, dass er erfolglos gewesen war.

„Na, was sagt sie?“, fragte Raschke trotzdem neugierig, obwohl er die Antwort schon erahnte.

„Nichts. Heather Benneter sagt nichts. Sie schützt ihre Tochter und sagt uns nicht, wo wir sie finden können. Blut ist eben dicker als Wasser.“

Raschke blieb vor Überraschung der Mund offen stehen. So, als ob er nicht glauben konnte, was Lopez Castela gerade gesagt hatte.

„Welchen Namen haben Sie gerade gesagt?“

„Heather Benneter.“

Raschke war wie erschlagen. Mit vielem hatte er gerechnet. Aber nicht damit, dass die sehr sympathische Mitpilgerin Heather aus Australien zu dem Komplott gehören sollte.

„Was aber viel interessanter ist, Kollege Raschke. Wolfgang Deckert soll tot sein. Behauptet zumindest Senora Benneter. Genaueres soll der Monsignore wissen. Ich befürchte aber, der sagt nichts dazu.“

Raschke saß auf seinem Stuhl und glaubte, Lopez Castela habe ihn auf den Kopf geschlagen. Tausend Gedanken kreisten ungeordnet in seinem Schädel. Mitpilger Wolfgang, der in Pamplona und Sahagun mit seinen Kenntnissen über die Templer geglänzt hatte, gehörte tatsächlich mit zu den Schmieden des Jakobswegkomplotts. Tief im Innern hatte er es seit Ponferrada geahnt, aber verdrängt, weil er ihn nicht mehr gesehen hatte. Jetzt wusste er, warum.

„Ich wäre mir nicht so sicher, dass er tot ist. Wenn nicht, läuft er uns zusammen mit der Tochter von Heather wieder über den Weg. Und wer ist ihre Tochter? Etwa Ulla?"

„Nein. Linda. Linda Trufeaux. Das wissen wir von Antonio. Aber sie sagt nicht, wo wir sie finden können. Angeblich kennen nur ihre Sekretärin und ihr Fahrer ihre Termine. Das war das Einzige, was ich ihr habe entlocken können. Kennen Sie Linda Trufeaux?"

„Nein, nie gehört."

„Das hilft uns nicht weiter. Die beiden haben wir nicht."

„Dabei war ich vermutlich mit den beiden während der Aktion an der Uni ganz in Ihrer Nähe."

„Wie bitte? Das müssen Sie mir erklären."

„Ich bin doch die letzten Etappen mit Carola und Christof zusammen auf dem Camino gelaufen. Wir haben den Abschluss der Pilgerwanderung zusammen gefeiert und saßen beim Essen, als Sie genau gegenüber in der Uni die Ganoven aufgemischt haben".

„Und was hilft uns das jetzt? Ich hätte die beiden ebenfalls liebend gern mitgenommen. Aber Sie mussten ja gepflegt Essen, anstatt uns einen Hinweis zu geben."

„Hola, Herr Kollege. Nun mal langsam. Sie glauben doch nicht, dass ich vom Essen aufspringe, aus dem Restaurant laufe, mit den Armen wedele, Ihnen in die Parade fahre und rufe: Huhu, da sind noch zwei in der Bar. Bitte nicht vergessen."

Lopez Castela lächelte verlegen.

„Danke, Herr Kollege. Sie haben ja Recht. Das wäre wirklich nicht gegangen. Aber wo sind die beiden geblieben? Sie sind der Schlüssel zur Linda Trufeaux."

Raschke zuckte bedauernd mit den Schultern.

„Das weiß ich auch nicht. Verschwunden im Trubel der Stadt Santiago."

Lopez Castela sah seinen deutschen Kollegen mit zweifelndem Blick an.

„Sie verschweigen mir doch nichts?"

„Was sollte ich Ihnen verschweigen? Nein. Für mich ist das Lockvogeldasein vorbei. Ich fahre morgen früh nach Finisterre.

„Gut, tun Sie das. Trotzdem sollten wir in Verbindung bleiben. Und seien Sie wachsam. Sowohl der Monsignore, als auch sein mausgesichtiger Begleiter wurden auf Weisung meines Generals an den Vertreter des Heiligen Stuhls übergeben. Ich kann nicht ausschließen, dass sie schon wieder frei sind. Genauso wie Erik Bandera, der Freund von Heather Benneter. Und das nur, weil sich ein guter Bekannter, der zufälligerweise hohes Mitglied in unserer Politikerriege ist, für ihn stark gemacht hat. Sie können sich vorstellen, wie enttäuschend das für mich ist."

„Ja, so ist das Leben. Die Kleinen hängt man und die Großen lässt man laufen. Wahrscheinlich war übergeordnetes Staatsinteresse der Grund. Richtig?"

„Naturalmente."

„Na dann, Senor Lopez Castela, hoffen wir auf ein Neues in Finisterre."

„Ja, auf ein Neues. Mein Fahrer holt Sie in der Frühe ab und bringt Sie zur Estation de Autobuses. Adios.“

Finisterre

Das Telefon im Zimmer von Raschke schrillte penetrant. Verschlafen tastete der deutsche Kriminalkommissar auf Pilgerschaft nach dem Hörer.

„Ja. bitte. - Äh, digame".

„Senor Raschke, soy el Chofer de Comisario Lopez Castela - ich bin der Fahrer von Lopez Castela. Ich soll Sie zur Estation de Autobuses bringen. Sie wollen nach Finisterre."

Fluchend quälte sich Raschke mit dem Telefonhörer am Ohr aus dem Bett. Er suchte nach Worten.

„Soy en diez minutos en el Rezeption - ich bin in zehn Minuten an der Rezeption."

Er knallte den Hörer auf die Gabel, stürmte ins Bad, raffte seine Sachen zusammen und schaffte alles fast auf einmal. Waschen, Zähne putzen, auf der Toilette sitzen, Socken anziehen. Gott sei Dank war sein Rucksack gepackt. Das heißt, er hatte ihn noch gar nicht ausgepackt und tatsächlich stand er nach zehn Minuten unten am Empfang, wo der Fahrer wartete. Er wollte bezahlen, aber die Receptionista winkte ab und gab ihm nur sein Paket Wäsche, das inzwischen aus der Wäscherei zurückgekommen war.

„Todo pagado - alles bezahlt."

„A quien - von wem?"

Die Receptionista deutete mit dem Kopf auf den jungen Fahrer, der grinsend den Kopf schüttelte.

„No, no. Senor Lopez Castela."

„Das liebe ich. So kann das weitergehen. Ich schicke ab sofort alle Rechnungen an Lopez Castela."

Der Fahrer sah ihn fragend an, weil er nichts verstanden hatte, aber Raschke schüttelte nur den Kopf.

„Arriba – auf geht's."

Er lief mit seinem Rucksack auf dem Rücken und den Wanderstöcken in der Hand hinter dem Fahrer her. Der Wagen stand in der angrenzenden Gasse im Parkverbot, was der Fahrer geflissentlich übersehen hatte. Kaum saß Raschke, da brauste der junge Mann schon los. Er kannte weder rote Ampeln, noch interessierten ihn Fußgängerüberwege.

„So fährt also die spanische Polizei, das erzähle ich den Kollegen. Die werden Augen machen", redete Raschke wieder zu sich selbst.

So schnell, wie er den Busbahnhof erreichte, hätte es auch das schnellste Taxi nicht geschafft. Vor allem nicht so billig.

Als er ausstieg und sich für die zügige Fahrt bedankte, reichte ihm der Fahrer einen Umschlag.

„El billete ida, esta pagado – der Fahrschein. Einfache Fahrt. Ist bezahlt."

„Naturalmente de Lopez Castela."

„Si, senor. Buen viaje – gute Reise."

„Richten Sie Ihrem Chef meinen Dank aus."

Der Fahrer zögerte mit der Abfahrt und schaute ihn aus der offenen Tür fragend an. Der junge Polizist hatte ihn nicht verstanden. Als Raschke abwinkte, nickte er freundlich, dann brauste er auch schon wieder davon. Raschke trabte in den Busbahnhof. Er musste ins Basement hinunter und erreichte den Bus nach Finisterre gerade in dem Moment, als die Türen geschlossen werden sollten. Schnaufend quälte er sich mit seinem Rucksack in Vorhalte durch den engen Gang, vorbei an den voll mit müden Pilgern besetzten Reihen. Niemand nahm von ihm Notiz. Sein gebuchter Platz befand sich in der letzten Reihe. Er zwängte sich auf den freien Sitz und fluchte.

„So ein Scheiß, kein Gepäckfach."

„Raschke, ich denke, du hast auf dem Jakobsweg Gelassenheit gelernt."

Überrascht schielte er zur Seite und hielt seinen Rucksack, krampfhaft auf dem Schoß fest.

„Marianne. Ist das eine Freude! Damit habe ich nicht gerechnet."

„Tja, unverhofft kommt oft."

„Der Spruch könnte von mir sein."

„Ist er. Den habe ich mir gut gemerkt."

„Ich mir auch", meldete sich der Sitznachbar von der anderen Seite. Raschke erkannte sofort die Stimme. Trotzdem drehte er sich schwerfällig um, weil ihn der Rucksack auf dem Schoß hinderte und tat überrascht.

„Christof. Na, wenn das wirklich kein Zufall ist, dass wir die Plätze zusammen hier in der letzten Reihe haben. Jetzt fehlt eigentlich nur noch Carola. Wollte sie nicht mit?"

„Doch, sie sitzt ein paar Reihen weiter vorn am Fenster. Du bist an ihr vorbeigegangen. Hast sie aber wohl nicht gesehen."

Raschke reckte den Hals und entdeckte die Mitpilgerin, die sich intensiv mit ihrer Nachbarin unterhielt, drei Reihen weiter vorn.

„Schön euch zu sehen. Wird bestimmt ein toller Ausflug."

„Ich denke, einem Mecklenburger gibt ein Blick aufs Meer nichts", stichelte Christof.

„Was schert mich mein Geschwätz von gestern. Ich kann mich einfach nicht von euch trennen. Ihr seid mir ans Herz gewachsen."

Christof verschluckte sich an einem Schluck Wasser, den er sich gerade aus seiner Flasche gegönnt hatte. Als er sich wieder erholt hatte, sah er seinen Nachbarn durchdringend an.

„Das nehme ich dir nicht ab. Das hat einen anderen Grund. Hat das was mit mir und Carola zu tun?"

„Wie kommst du denn darauf?"

„Ach, tu mir den Gefallen und halte uns nicht für bescheuert. Du weißt doch, was läuft."

Raschke wollte sich weiter dumm stellen, obwohl er ahnte, dass er das nicht mehr lange durchhalten konnte. Vielleicht wäre es doch besser, mit Christof Klartext zu reden. Dies war eine gute Gelegenheit. Christof allein, ohne Carola. Möglicherweise war das ein Fingerzeig von San Tiago. Was sollte auch schon passieren? Hier im Bus bestimmt nichts. Und in Finisterre? Wohl auch nichts. Er sah Christof lange schweigend an. Dessen durch den Hustenanfall rotes Gesicht hatte wieder eine normale Farbe angenommen.

„Was interessiert dich?", hielt er sich mit seiner Frage alle Wege offen.

„Wer bist du wirklich, Raschke, oder besser, was bist du. Und komm mir nicht mit einfachem Jakobspilger."

Raschke äugte zu Marianne hinüber. Die hatte die Augen geschlossen und schien zu schlafen, während der Bus eintönig brummend über die Carretera Richtung La Coruna fuhr.

„Eigentlich bin ich wirklich nur ein einfacher Jakobspilger. Zumindest bin ich als solcher in Pamplona eingetroffen. Dort wurde ich Zeuge eines Mordes. Als Kriminalbeamter, der ich in Mecklenburg nun einmal bin, lässt mich so etwas nicht kalt. Wie du dir sicher vorstellen kannst. Ich habe mich mit der Polizei in Pamplona in Verbindung gesetzt und arbeite seither mit ihr zusammen, um den oder die Täter hinter Schloss und Riegel zu bringen. Reicht dir das?"

Christof war bleich geworden. Alles Blut schien ihm aus dem Gesicht gewichen zu sein. Er stotterte leicht, als er nachfragte.

„Heißt das, du hast von Anfang an gewusst, dass du gejagt wurdest?"

„Ja. Das habe ich gewusst. Und ich habe ebenso bewusst darauf geachtet, wer mir ans Leder wollte."

„Dann hast du auch gewusst, was gestern passierte?"

„Nein, das habe ich nicht gewusst. Die spanische Polizei hat mich natürlich nicht in alles eingeweiht, was sie plante oder erreichen wollte. Mir selber ging es nur darum, die zu erwischen, die mich erwischen wollten."

„Sitzt du deshalb hier bei uns im Bus."

„Meinst du, dass ich das müsste?"

„Das war keine Antwort auf meine Frage."

„Die beantworte ich dir erst, wenn du mir erzählt hast, wer du bist, was du machst und vor allem, was du willst. Und komm mir nicht damit, du wärst ein einfacher Jakobspilger."

Marianne rutschte mit geschlossenen Augen näher an Raschke heran. Sieh an, sieh an, dachte er. Sie tut nur so, als ob sie schläft. Dabei ist sie neugierig wie eine Katze.

Christof war in sich zusammengesunken. Er brütete vor sich hin. Sein Atem ging schwer. Er rang mit sich.

„Was ist für mich und Carola drin, wenn ich dir das sage, was du wissen willst."

„Hör zu, lieber Christof, ich bin deutscher Kriminalbeamter, kein spanischer. Ich habe hier keine Zuständigkeiten, kann dir also keine Versprechungen machen. Aber ich muss mich hier auch nicht an die spanische Prozessordnung halten. Ich kenne sie noch nicht einmal. Das heißt, ich bin einzig und allein meinem Gewissen unterworfen. Reicht das?"

„Habe ich eine Wahl?"

„Natürlich. Du kannst mir was sagen. Du kannst es auch bleiben lassen."

„Hast du noch Kontakt zur spanischen Polizei?"

„Jederzeit. Ein Zeichen von mir und sie sind hier", haute Raschke auf den Putz.

„Das heißt, sie beobachten dich?"

„Lieber Christof, so fragt man Leute aus. Ich denke, ich habe genug gesagt. Jetzt bist du an der Reihe."

Sie wurden kräftig durchgeschüttelt, als der Bus in eine schmale Nebenstraße einfuhr. Die Wälder links und rechts der Straße sahen grauenhaft aus, da in ihnen im Herbst des vergangenen Jahres riesige Waldbrände getobt hatten, die auch das eine oder andere Wohnhaus nicht verschont hatten. Die elende Schaukelei hatte alle anderen Businsassen aus ihren Schläfchen gerissen, nur offenbar Marianne nicht. Sie schien das Gespräch neben ihr für äußerst spannend zu halten oder hatte wirklich einen gesunden Schlaf. Carola hatte mehrmals über ihre Schulter nach hinten geschaut. Sie schien über das Gespräch, das Raschke und Christof führten, beunruhigt, obwohl sie nichts verstanden haben konnte. Die konzentrierten Gesichter der Männer sagten ihr wohl, dass es ein ernstes Gespräch war. Raschke merkte, dass Christof noch immer mit sich rang.

„Komm, Christof, gib dir einen Ruck. Danach ist dir leichter. Glaube mir."

„Wenn ich erzähle, dann betrifft es nicht nur mich allein."

„Ich weiß. Es betrifft auch Carola."

„Ja. Und ich glaube nicht, dass ihr das recht ist."

„Da kann ich dir nicht helfen. Aber letztlich entscheidet jeder für sich. Carola hat die gleiche Chance wie du. Kurz gesagt, du redest nur für dich. Ich glaube übrigens nicht, dass ihr mir viel Neues erzählen könnt."

Der letzte Satz war ein Schuss ins Blaue. Aber er verfehlte seine Wirkung nicht. Christof hatte Tränen in den Augen.

„Glaub mir, wir haben dir auch nichts Böses tun wollen. Wir sollten dich nur beobachten. Dich unter Kontrolle halten. Mitteilen, was du tust und mit wem du Kontakt hast."

„An wen?"

Christof fiel auf seinem Sitz ins sich zusammen. Nach einigen Sekunden des Schweigens richtete er sich wieder auf. Es ging ganz offensichtlich ein Ruck durch ihn.

„Für unsere Chefin. Wir arbeiten für die Benneterstiftung. Genauer gesagt für die Vizepräsidentin. Sie hat uns unsere Aufträge gegeben. Ich bin ihr Fahrer."

„Und Carola ist ihre Sekretärin", warf Raschke ein.

Christof nickte müde.

„Und sie ist meine Schwester."

Raschke blieb vor Überraschung der Mund offen stehen.

„Habe ich richtig gehört? Sie ist was? Deine Schwester?"

„Ja. Sie arbeitet schon seit einigen Jahren für die Benneterstiftung. Hat sich dort von einer einfachen Schreibkraft zur Chefsekretärin gemausert. Dort hat sie das Leben, von dem sie geträumt hat. Wir stammen aus einfachen Verhältnissen und sind in einem kleinen Ort in Dithmarschen aufgewachsen. Carola hatte schon als kleines Mädchen ein Ziel. Nur nicht im Dorf versauern. Nur keinen festen Wohnsitz, ständig unterwegs. Die Welt kennenlernen. Keine festen Bindungen. Das alles hat sie bei der Benneter-Stiftung. Sie liebt dieses Leben und ist dafür ihrer Chefin unendlich dankbar. Nach dem Tod unserer Eltern war ich die einzige Verbindung nach zu Hause. Ich blieb ihr Halt in der Not. Und als ich arbeitslos wurde, beschaffte sie mir den Job als Fahrer bei ihrer Chefin. Wir waren und sind sehr zufrieden. Es gibt eine gute Bezahlung, eine kostenfreie Wohnung in dem Haus der Stiftung und bei den vielen Reisen kostenlose Hotelaufenthalte. So lernen wir die Welt kennen Das ist natürlich ein Anreiz."

„Aber das rechtfertigt doch nicht, andere umzubringen.“

„Wir haben keinen umgebracht“, empörte sich Christof.

„Aber ihr habt für eine Organisation gearbeitet, die zur Erreichung ihrer Ziele im wahrsten Sinne des Wortes über Leichen gegangen ist.“

„Das war nicht immer so. Das musst du mir glauben. Das hat erst hier in Spanien angefangen. Mit dem dummen Unfall in Pamplona. Den du gesehen hast. Plötzlich sind alle regelrecht ausgetickt. Haben nur noch Angst gehabt, dass der Erfolg, der zum Greifen nah war, in Frage gestellt wurde. Aber warum erzähl ich das? Du weißt es ja schon. Warum soll ich dann noch weiter erzählen?“

„Weil ich wissen will, wer mich auf dem Weg umbringen wollte und vor allem, wer den unschuldigen Italiener ermordete, dem ich bei Donna Felisa in Logrono meinen Hut schenkte. Wer Frauen grausam erschlug oder erwürgte und einen Mann von der Brücke in einen reißenden Fluss stieß. Weil ich wissen will, wer auf mich geschossen hat, wer mir in den Rücken stach, mich eine steile Treppe hinunterstürzen wollte, mir schwere Betonrohre in den Weg rollte, mit Drahtschlingen zu Fall bringen wollte und einen Kampfhund auf mich hetzte. Willst du noch mehr Gründe hören?“

In diesem Moment reagierte Marianne.

„Das mit den Drahtschlingen kann ich bestätigen. Da hatten wir uns gerade wieder einmal getroffen und die Trixi aus Buenos Aires ist da hineingetreten. Das war in El Acebo. Stimmt´s?“

„Marianne, du hast gelauscht. Das tut aber keine anständige Frau“, tadelte Raschke die sympathische alte Dame, die sich sofort verteidigte, „aber es stimmt.“

Christof hatte die kleine Pause genutzt, seine Gedanken zu sammeln.

„Raschke, du musst mir glauben. Carola und ich hatten damit nichts zu tun."

„Wir reden hier nicht über Glaubensfragen, sondern über Fakten. Und Fakt ist, dass ihr mich auch nicht gewarnt habt."

„Nein. Aber wir haben oft auch nicht gewusst, wann was gegen dich unternommen wurde. Wir haben es erst im Nachhinein erfahren. Carola hat sich sogar persönlich geweigert, etwas gegen dich zu unternehmen. Das mit dem Gift war Heather, nicht Carola."

„Was für ein Gift?"

„Na, in den Muscheln in Portomarin."

Jetzt dämmerte es Raschke. Er hatte die Muscheln auf den Boden gestellt, wo sie von einer Katze gefressen wurden. An das tote Tier auf der Kirchentreppe konnte er sich jetzt wieder erinnern.

„Ihr habe das gewusst und hättet mich die Muscheln essen lassen?"

„Nein, Carola hatte schon eine Limonade in der Hand, um sie über das Essen zu gießen. Bevor sie das machen konnte, hast du die Muscheln bereits unter den Tisch gestellt."

„Kann sein, kann nicht sein. Warum habt ihr euch dafür hergegeben? Damit habt ihr Euch mitschuldig gemacht. Ist euch das nicht klar?"

„Wir haben das alles nur gemacht, weil du unseren Plan gefährdet hast."

„Ach ja, welchen Plan denn?"

„Das Gold der Templer auf dem Jakobsweg zu finden und zu bergen."

„Ach Gott, nein, wie rührend. Das haben seit Jahrhunderten Tausende von Schatzsuchern vergeblich versucht. Und? Habt ihr was gefunden?"

„Ja. Das haben wir und zwar nicht zu knapp. Es war ein rentables Unternehmen", erklärte Christof nicht ohne Stolz in der Stimme.

„Warum seid ihr nicht ausgestiegen. Habt deutlich gemacht, dass ihr mit den Morden nichts zu tun haben wollt?"

Raschke hätte sich ohrfeigen können für die fast schon dumme Frage, die eines Kriminalisten nicht würdig war. Aber jetzt war sie raus.

„Ich denke du bist Realist", erstaunte sich Christof, „das sind unsere Arbeitgeber. Das ist wie eine Familie. Von denen bekamen wir unser Geld, unsere Unterkunft. Das gibt man doch nicht einfach auf. Immer in der Hoffnung, es fällt nicht auf und man kommt gut aus der Sache heraus. Außerdem haben wir selber ja niemanden umgebracht. Wir haben noch nicht einmal gesehen, wie einer umgebracht wurde. Wir haben immer nur davon gehört, dass jemand zu Tode kam. Wir wussten nicht einmal, wer umgebracht werden sollte. Das hat sich vermutlich immer ganz spontan entwickelt. Bis auf dich. Da wurde mehrfach versucht, dich auszuschalten, wie es hieß. Damit war nicht gemeint, dich zu töten."

„So, so. Nicht unbedingt. Aber es wäre auch von euch billigend in Kauf genommen worden, wenn es passiert wäre. Oder? Und war es das ganze Unternehmen wert, dass dafür etliche Menschen ihr Leben ließen und meines gefährdet war?“

„Ich will darüber nicht philosophieren. Das hilft uns jetzt nicht weiter. Das Unternehmen ist gescheitert. Das weißt du. Carola ist fast ausgerastet, als sie vom Restaurant gesehen hat, wie die Polizei unsere Gruppe verhaftete. Und ich war wie gelähmt.“

„Aber nicht so gelähmt, dass ihr heute nicht nach Finisterre fahren wollt. Ich habe mich gefragt, warum? Das macht keinen Sinn, wenn alle aus eurer Gruppe verhaftet wurden. Wärt ihr die einzig Übriggebliebenen, dann hättet ihr den nächsten Flieger außer Landes nehmen müssen. Habt ihr aber nicht. Und als ich erfuhr, dass eure Chefin, wie heißt sie noch?, Linda Trufeaux?, entkommen war, habe ich mir so meine Gedanken gemacht. Wo ist sie? Wo trefft ihr sie? Und warum fahrt ihr mit dem Bus und nicht mit Eurer Chefin oder einem Taxi?

Christof begann zu zittern. Er hielt seine linke Hand mit der rechten fest.

„Wir treffen sie in Finisterre. Am Hafen. Der Chef holt sie dort mit seiner Yacht ab, die bisher in Noià lag. Dort ist aber zuviel Polizei.“

„Und ihr wollt mit an Bord?“

Christof nickte.

„Das halte ich für keine gute Idee. Ich mache euch einen anderen Vorschlag. Ihr fahrt nicht mit, sondern helft, die Chefin und den Chef zu fassen. Ich bin sicher, das wird die spanische Polizei honorieren. Ich werde ein gutes Wort für euch einlegen. Was allerdings darauf folgt, weiß ich nicht. Aber ich bin sicher, es wird nicht so dramatisch, als wenn ihr an Bord geht. Auf dem Schiff gehört ihr zum engsten Täterkreis. Und eins kann ich mit Bestimmtheit sagen. Die spanische Polizei ist nicht zimperlich, wenn es darum geht, Schiffe aufzubringen. Das haben die seit dem Mittelalter geübt. Darin werden sie nur noch von den Engländern übertroffen. Was kommt, ist jahrelanger Knast. Das ist mein Angebot. Du kannst es dir überlegen und mit Carola besprechen. Bis wir Finisterre erreicht haben, ist noch etwas Zeit. Ist das ein Angebot?"

„Ich werde es mit Carola besprechen", nickte Christof und zwängte sich nach vorn. Im Gang hockte er sich neben seine Schwester. Sie beugte sich zu ihm hinunter, sah mehrmals erschreckt zu Raschke nach hinten und hielt Christofs Hand. Während Raschke die Geschwister aus den Augenwinkeln heraus beobachtete, plauderte er mit seiner Nachbarin.

„Na, Marianne. Was ist? Wollen wir zusammen zum Cabo gehen?"

Die alte Dame wehrte ab.

„Du bist ganz schön theatralisch, Raschke. Aber ich gehe erst Morgen zum Cabo. Heute suche ich mir eine kleine Casa rural und sehe mir den Hafen an."

Raschke streichelte seiner Nachbarin zärtlich über den Arm.

„Schade, Marianne, ich wäre gern mit dir zum Ende der Welt gelaufen."

Die alte Dame lächelte. Es sah ein wenig verlegen aus. Dann schob sie resolut Raschkes Hand von ihrem Arm.

„Da kommst du mehr als fünfzig Jahre zu spät, Raschke."

Wenig später bog der Bus von der Straße, die zum Faro, dem Leuchtturm am Kap Finisterre, führte, in den kleinen Fischerhafen ab und hielt vor einem Supermercado. Ein kleiner Teil der Pilger stieg zusammen mit Raschke aus, die anderen fuhren weiter bis zum Hafen. Mit ihnen Marianne, Christof und Carola. Raschke zuckte müde mit den Schultern, dann ging er in den kleinen Laden, kaufte sich einige Bananen und einen Bocadillo, um am Cabo sein verspätetes Frühstück nachzuholen. Als er im Regal eine Flasche flüssigen Grillanzünder entdeckte, nahm er sie auch noch mit. Dann machte er sich auf den Weg die Straße entlang. Er achtete nicht darauf, ob ihm jemand folgte. Weit vorne liefen drei oder vier Pilger, die sich sofort auf den Weg gemacht hatten. Tausend Gedanken gingen ihm im Kopf herum.

Nach wenigen Hundert Metern, er hatte gerade die letzten Häuser des Fischerortes passiert, blieb er stehen und sah zum Hafen zurück. Dort dümpelte eine ansehnliche Yacht. Bei Ermittlungen in einem Yachthafen in Meck-Pomm hatte ihm ein Eigner anvertraut, dass der laufende Meter fast eine halbe Million Euro kostet. Demnach dürfte das Schiff von Linda Trufeaux gut und gerne fünfzehn Millionen gekostet haben. Es war niemand an Bord zu sehen. Raschke griff zum Handy. Lopez Castela meldete sich sofort.

„Hola, Senor Raschke. Gut in Finisterre angekommen?“

Raschke blieb kurz angebunden. Er bedankte sich zunächst für die beglichene Rechung und die Fahrkarte. Dann teilte er mit, dass er die Sekretärin und den Fahrer von Linda Trufeaux im Bus nach Finisterre getroffen habe.

„Ich habe Christof ins Gewissen geredet und er hat mir mitgeteilt, dass die Chefin von ihrem Mann mit einer Yacht abgeholt wird. Im Hafen dümpelt tatsächlich eine hochseetaugliche Yacht, mit französischer Flagge am Heck, wenn ich mich nicht sehr täusche. Mit etwas Glück können Sie das Schiff noch vor Erreichen der internationalen Gewässer aufbringen."

Lopez Castela brummte irgendetwas auf Spanisch, dann war die Leitung tot.

„Danke, Raschke, das war eine hervorragende Information. Gut gemacht", brummelte der Deutsche in die tote Handyleitung und setzte sich auf die Stufen eines Templerkreuzes, neben dem eine steile Treppe an den Häusern vorbei hinunter zum Hafen führte. Vielleicht sollte er doch hinuntersteigen und vom Hafen aus versuchen, die Yacht an der Ausfahrt zu hindern. Aber wie konnte er das allein bewältigen? Was hatte Christof gesagt? Der Chef hat Finisterre deshalb ausgewählt, weil keine Polizei oder Küstenwache hier liegt. Nur einige Fischer, die sich um Gastyachten nicht kümmern. Raschke war klar, von den Fischern konnte er keine Hilfe erwarten. Dafür sprach er zu wenig spanisch. Die würden ihn nur für verrückt halten. Bestenfalls ignorieren, schlimmstenfalls festhalten und einsperren. Nein, die Yacht aufzuhalten war einzig und allein Sache von Lopez Castela.

Er stand auf, nahm sein Gepäck auf und trottete auf der schmalen Straße hinauf zum Cabo. Eine halbe Stunde später stand Raschke an dem Kilometerstein mit der berühmten Null. Hier ging es nicht mehr weiter. Die Straße, der Jakobsweg, war zu Ende. Hinter dem Leuchtturm fiel die Küste gut zweihundert Meter steil zum Atlantik ab. Hier war der westlichste Punkt des eurasischen Kontinents. Fast andächtig umrundete er den Leuchtturm, nahm den Rucksack ab, legte seine Wanderstöcke daneben und ließ sich, mit dem Rücken an die Umfassungsmauer gelehnt, nieder. Während er die wenigen Pilger beobachtete, die auf einem Stein einen Teil ihrer Wandersachen verbrannten und sich dabei fotografierten, kaute er an seinem Frühstück. Er war traurig, dass Christof und Carola auf sein Angebot nicht eingegangen waren. Jeder war eben seines eigenen Glückes Schmied.

Die Pilger verschwanden wieder und er hatte gerade seine letzte Banane mit einem Schluck Wasser hinuntergewürgt, als er ein Schnellboot der spanischen Küstenwache sah, das sich der Bucht von Finisterre von Süden mit hoher Fahrt näherte, wie die schäumende Bugwelle und die hoch aufgeworfene Hecksee verriet. Von Norden knatterte ein Hubschrauber heran. Bewundernswert, wie schnell Lopez Castela reagiert und vor allem, was er bewegt, dachte der deutsche Kriminalbeamte. Er verließ seinen Sitzplatz, um nahe der Steilküste sehen zu können, was passieren würde, als er seinen Namen hörte.

„Hallo, Raschke, hast du was gegen die Gesellschaft von zwei Comperegrinos?"

Raschke verschlug es die Sprache. Atemlos kamen Christof und Carola auf ihn zugelaufen.

„Ich freue mich wirklich. Hatte nicht mehr mit euch gerechnet. Es war eine kluge Entscheidung. Schaut mal, was gerade passiert."

Er zeigte auf die Bucht, aus der gerade die weiße Yacht versuchte, den freien Atlantik zu erreichen, während der

Hubschrauber dicht über ihr hing und das Schnellboot mit hoher Fahrt versuchte, den Weg zu verlegen.

„Wir haben es beobachtet, und sind froh, hier zu sein."

Carola fiel ihm heulend um den Hals und auch Christof konnte seine Tränen nicht zurückhalten.

„Es tut mir so leid, was passiert ist. Ich entschuldige mich ganz, ganz heftig dafür. Kannst du mir verzeihen", schluchzte Carola, während ihm Christof fast die Hand zerquetschte.

„Schon passiert", gab Raschke sich großzügig, „ich werde ein gutes Wort für Euch bei den spanischen Kollegen einlegen und Santiago bitten, dass es helfen möge."

Zusammen beobachteten sie von hoher Warte, wie sich vier Männer aus dem Hubschrauber auf das Deck der Yacht abseilen wollten. Das Boot reagierte mit einer heftigen Kursänderung. Sekunden später zerplatzte eine rote Leuchtkugel, die von dem Küstenwachboot abgeschossen worden war, direkt vor dem Fahrstand, und die Yacht verringerte ihre Fahrt. Der Küstenwachkreuzer nahm ebenfalls seine Fahrt zurück, um längsseits zu gehen. Wieder versuchten die vier aus dem Hubschrauber auf das Achterdeck zu springen. Zwei Mann hatten es bereits geschafft, als die Yacht unvermittelt einen Satz nach vorn machte und mit hoher Fahrt ablief. Die beiden abgeseilten Männer verloren ihr Gleichgewicht und fielen ins Wasser, aus dem sie von dem Küstenwachboot herausgefischt wurden. Das Manöver schien tatsächlich der Yacht die Möglichkeit zu geben, sich in internationale Gewässer zu retten, als Schüsse fielen. Sie waren deutlich oben auf den Felsen am Leuchtturm zu hören. Carola kniff Raschke heftig in den Arm.

„Autsch, kannst du nicht Christof kneifen?"

„Hat sie schon", meldete der sich.

„Michel ist verrückt", flüsterte Carola, „der hat doch keine Chance und macht alles noch Schlimmer."

„Michel? Welcher Michel? Etwa unser Mitpilger?"

Raschke griff Carola an die Schultern und schüttelte sie.

„Sag schon. Welchen Michel meinst du?"

„Ja. Unseren Michel. Michel Trufeaux. Er ist unser Chef."

Raschke ließ Carola los. Baute sich drohend vor Christof auf.

„Michel? Warum hast du mir das nicht gesagt?"

Ein dumpfer Schlag von See her ließ sie hinunter aufs Wasser blicken. Die Yacht hatte ihre Fahrt verloren und war gerade von dem Küstenwachboot mittschiffs gerammt worden. Uniformierte enterten mit gezogenen Waffen die Yacht und verschwanden unter Deck. Deutlich hörten sie, wie Schüsse fielen. Carola drehte sich um, weil sie das Drama nicht mehr sehen wollte, während Raschke und Christof, der sich so einer peinlichen Antwort enthoben sah, fasziniert auf die Szene starrten.

Carolas Schrei ließ sie herumfahren.

„Nein! Nicht! Das ist sinnlos!"

Hämisch grinsend mit einem blitzenden, großen Kampfmesser in der Rechten kam der Mausgesichtige auf ihn zu, während Carola, an seinem Arm zerrend, versuchte, ihn zurückzuhalten. Hatten Christof und Carola den Mausgesichtigen hierher geführt? Wieso war er überhaupt frei? Lopez Castela hatte ihn doch verhaftet. Die Gedanken wirbelten in seinem Kopf. Aber dann wurde er ganz ruhig und sah dem kleinen, gefährlich mit dem Messer fuchtelnden Mann entgegen. Unmerklich verlagerte er sein stattliches Gewicht auf ein linkes Bein.

Der kleine Mitarbeiter des Monsignore hielt noch immer mit seiner linken Hand Carola auf Distanz. Sie störte ihn gewaltig. Er wollte sie los werden. Als das nicht gelang, schüttelte er sie mit einem heftigen Stoß wie eine lästige Fliege ab und holte aus, um Raschke mit einem schnellen Schnitt den Hals aufzuschlitzen. Der deutsche Polizist reagierte automatisch. Sein rechter Arm ging nach oben, um Hals und Kopf zu schützen. Das rechte Bein ging ebenfalls nach oben und traf den Angreifer voll im Schritt.

Christof reagierte ebenso schnell. Er stieß Raschke heftig gegen die Schulter, so dass der zur Seite taumelte. Fast gleichzeitig schob Carola den Mörder, dem durch den entscheidenden Tritt des Deutschen schlagartig Luft und Kraft fehlten, auf den Felsen zu. Röchelnd stolperte er an Raschke vorbei. Das triumphierende Grinsen gefror ihm im Gesicht. Mit rudernden Armen versuchte er vergeblich das Gleichgewicht zu halten, traf dabei Carola mit dem Messer in den Bauch. Dann stürzte er und rutschte wie in Zeitlupe über die Felskante nach unten. Seine Finger fanden an den runden Steinen keinen Halt mehr. Der Berufskiller stürzte in die Tiefe. Sein Schrei klang so, als würde er seine ganze Wut, seinen Hass, seine Enttäuschung hineinlegen. Als der Schrei abbrach, blickte Raschke vorsichtig über die Felskante nach unten. Auf einem größeren Felsen, der von den Wellen des Atlantik umspült wurde, lag merkwürdig verdreht der Körper des Mausgesichtigen.

Schwer atmend blickte sich der Kriminalbeamte um. Christof hatte sich über Carola gebeugt. Sie lag auf dem Rücken, hatte die Beine angewinkelt und ihre Hände über dem Bauch gefaltet. Zwischen ihren Finger quoll Blut.

Gemeinsam hoben sie die junge Frau auf und trugen sie die wenigen Meter zum Parkplatz, auf dem gerade ein Wohnmobil aus Deutschland angekommen war. Der Fahrer stand neben seiner offenen Wagentür und starrte ihnen verwundert entgegen.

„Bitte helfen Sie, wir haben eine schwer verletzte Pilgerin. Sie muss dringend ins Krankenhaus. Ihr Partner fährt mit."

Er musste die Bitte nicht zweimal äußern. Der Camper half, ohne zu fragen. Carola wurde aufs Bett gelegt und die mütterliche Frau des Campers blieb bei ihr sitzen. Als Christof in den Wagen einstieg, winkte er Raschke noch einmal zu.

„Buen Camino, Comperegrino", rief der dem davonfahrenden Wohnwagen nach, obwohl ihn Christof nicht mehr hören konnte. Dann griff Raschke zum Handy und berichtete Lopez Castela vom Ende des Mausgesichtigen.

„Carola wurde dabei schwer verletzt. Ein deutscher Camper hat sie mit seinem Wohnmobil ins Krankenhaus, wahrscheinlich nach Cee, gefahren. Christof begleitet sie. Wenn Ihre Männer sie greifen, bedenken Sie, die beiden haben mir zwar indirekt nach dem Leben getrachtet, es mir letztendlich aber auch gerettet."

„Das können Sie zu gegebener Zeit als Zeuge vor einem spanischen Gericht wiederholen. Allerdings müssen wir die beiden erst einmal haben. Bleiben Sie vor Ort. Ich bin mit meinen Leuten in gut einer Stunde bei Ihnen."

Der Deutsche teilte dem Spanier noch das Kennzeichen des Wohnmobils mit, das Carola und Christof mitgenommen hatte, dann setzte er sich auf die Felsen und sah zu der Yacht und dem Polizeiboot hinunter, die nebeneinander am Eingang der Bucht nach Finisterre in der Dünung dümpelten. Niemand zeigte sich auf den Decks. Ein friedliches Bild. Der Hubschrauber hatte sich schon wieder entfernt.

Lopez Castela war pünktlich. Während seine Männer zu dem Mausgesichtigen abstiegen, gesellte er sich zu Raschke und legte ihm vertraut den Arm um die Schulter.

„Ja, lieber Kollege. Das ist ja gerade noch einmal gut gegangen. Jetzt ist es endgültig vorbei."

„Na, hoffen wir."

„Ja, ist es. Ich habe Bericht vom Boot bekommen. Michel Trufeaux ist tot. Seine Frau Linda ist ebenfalls der irdischen Gerechtigkeit entzogen."

„Wie ist das passiert?"

„Sie haben sich selbst erschossen. Meine Leute konnten sie nicht daran hindern."

„Schrecklich."

„Na ja, ich habe wenig Mitgefühl. Sie waren für den Tod mehrerer Menschen verantwortlich. Und sie haben auf unsere Polizisten geschossen, obwohl sie keine Chance mehr hatten. Das war eigentlich ein Suizid, wenn ich das mal so ausdrücken darf. Sie haben die Polizei zum Werkzeug gemacht und sich erschießen lassen."

„Mich berührt das schon, wenn ich daran denke, dass ich die letzten Tage mit Michel Trufeaux zusammen gewandert bin und ihn sogar in mein Herz geschlossen habe. Gestern haben wir noch zusammen gegessen und dabei Ihre Aktion beobachtet. Er hat sich nichts anmerken lassen."

„Ja, er war durch und durch Profi. Hat bisher immer gewonnen und nie verloren. Schon eine faszinierende Person. Genauso wie seine Frau, die das Jakobsweg-Komplott leitete."

„Wo kamen sie eigentlich her? Aus Frankreich? Die Yacht hatte eine französische Flagge."

„Wenn Sie so wollen, ja. Aber aus einer Überseeprovinz. Aus Neukaledonien."

Bevor Raschke sich von seiner Überraschung erholen konnte, kam der Fahrer von Lopez Castela hinter dem Leuchtturm auf sie zu, blieb in angemessener Entfernung stehen und winkte seinem Vorgesetzten. Der Kripochef bat Raschke, einen Moment zu warten, ging zu dem jungen Beamten hinüber und sprach mit ihm. Nach wenigen Minuten kam er zurück.

„Der Mann ist tot. Zerschmettert. Er steht jetzt vor seinem himmlischen Richter. Der wird entscheiden, was mit ihm passiert."

„Einen unbeugsamen, irdischen Richter und ein richtiges spanisches Gefängnis hätte ich ihm schon gegönnt", knurrte Raschke.

„Höre ich da leise Kritik an dem humanen, spanischen Strafvollzug heraus?"

„Nein, Herr Kollege, das würde ich mir nie erlauben. Was geschieht mit den anderen?"

„Tja, vor der irdischen Gerichtsbarkeit hilft zwar nur Gottvertrauen. Aber ich bin sicher, sie werden ein gerechtes Urteil erhalten."

„Auch Carola und Christof?"

„Nach denen suchen wir noch. Im Krankenhaus von Cee waren sie nicht."

„Und der Monsignore?"

Lopez Castela zuckte mit den Schultern.

„Der Vertreter des Heiligen Stuhls beim König hat sich seiner angenommen. Auf das, was mit ihm passiert, hat Spanien keinen Einfluss."

„Und was ist mit dem Gold?"

„Das bekommt der spanische Staat."

„Alles?"

Lopez Castela zuckte wieder mit den Schultern.

„Ach, wissen Sie, lieber Kollege, was auf Regierungsebene wie mit wem, warum und mit welchem Ergebnis ausgehandelt wird, hat uns kleine Beamte nicht zu interessieren. Ich glaube aber fest an eine gerechte Lösung. Sonst könnte ich meine Aufgabe nicht erfüllen. Geht es Ihnen nicht genau so?"

Raschke ersparte sich eine Antwort und nickte nur.

Der Spanier legte ihm seinen Arm um die Schulter und so standen sie einige Minuten schweigend nebeneinander und starrten auf den wie flüssiges Blei unter ihnen liegenden Atlantik. Jose Lopez Castela gab sich einen Ruck, löste den Arm von der Schulter seines deutschen Kollegen, ergriff seine Rechte und hielt sie fest.

„Lieber Herr Raschke, es wird Zeit Abschied zu nehmen. Die letzten Wochen waren nicht leicht. Nicht für mich. Und ganz bestimmt nicht für Sie. Deshalb bin ich über den guten Ausgang sehr froh. Ein wenig tut es mir leid, wenn Sie auf dem Pilgerweg nicht das für sich umsetzen konnten, was Sie sich vorgenommen haben. Aber vielleicht war das auch die Lehre, die Ihnen Santiago, der heilige Jakob, geben wollte. Es hat jedenfalls Spaß gemacht, so unkompliziert mit Ihnen zusammengearbeitet zu haben. Leider wird es kein offizielles Dankeschön des spanischen Staates geben, weil nur mein direkter Vorgesetzter und einige wenige meiner Mitarbeiter von unserer Verbindung wussten. Aber ich versichere, Sie haben uns sehr geholfen. Dafür sage ich Ihnen Dank. Vielleicht werden Sie die Pilgerwanderung noch einmal unter anderen Vorzeichen wiederholen. Wenn Sie das machen und dabei durch Pamplona kommen, würde ich mich sehr freuen, wenn Sie bei mir hereinschauen würden. Jetzt wünsche ich Ihnen eine glückliche Heimreise nach Mecklenburg. Buen camino."

Ein letztes Händeschütteln und dann ging Jose Lopez Castelà langsam, ohne auf eine Erwiderung des Deutschen zu warten, zu seinem Wagen, der mit dem Fahrer auf dem Parkplatz vor dem Leuchtturm wartete. Raschke sah ihm nach, bis der Spanier um die Mauerecke verschwand. Jetzt war niemand mehr da. Kein Pilger, kein Tourist, kein Einheimischer. Er war allein. Allein mit sich und der Welt, am Ende der Welt.

„Das war es also", murmelte er vor sich hin. Spürte einen Kloß im Hals. Mehr als vier Wochen hatte er den Lockvogel gespielt, mehrere Anschläge überlebt und war trotz allem am Ziel angekommen.

Raschke drehte sich um und sah auf das Meer hinaus. Tief unten auf dem Wasser zog eine kleine Segeljacht unter vollem Leinen vorbei Richtung Norden. Der einsame Pilger setzte sich seufzend auf den Befestigungssockel eines steinernen Kreuzes. Tief im Westen ging der blutrote Sonnenball langsam im Meer unter. Dort, wo Amerika liegen musste. Als der obere Rand der Sonne am Horizont verschwand, glaubte er für einen Sekundenbruchteil einen grünen Blitz gesehen zu haben. Grün, wie die Farbe der Hoffnung.

Er nahm seinen Rucksack, aus dem er seine Wandersandalen hervorzog, die er immer dann benutzt hatte, wenn die groben Wanderstiefel nass waren oder zu sehr gedrückt hatten, und stellte sie neben sich auf den steinigen Boden. Zögernd löste er die Schuhbänder, zog die Stiefel stöhnend aus, stellte sie auf einen Felsen vor sich, stopfte seine Wandersocken hinein und wartete, bis die letzten Strahlen der Sonne verschwunden waren. Es dauerte nicht lange, bis das Abendrot der tiefen Schwärze der Nacht gewichen war. Jetzt, als nur noch der helle Lichtfinger des Leuchtturms gelegentlich durch die Nacht streifte, übergoss er seine Stiefel mit dem in Finisterre gekauften Grillanzünder und zündete sie an. Ein wenig wehmütig schaute er zu, wie die Flamme an den Schuhen, die ihn treu die fast achthundert Kilometer bis hierher getragen hatten, hoch züngelte. Als sie lichterloh brannten, setzte er sich und starrte in die Flamme auf dem Felsen unter dem Kreuz am Ende der Welt. Als sie erlosch, erhob sich Raschke. Das war es also, was vom Leben mit seinen Freuden und Anstrengungen blieb. Ein kleines Häufchen Asche, das der aufkommende Wind leise aufs Meer hinaus blies. Versonnen schaute er der kleinen

Staubfahne hinterher, wie sie sich im Dunkel der Nacht über dem Meer verlor. Mit einer energischen Bewegung, so als ob er sich selbst in die Realität zurückholen wollte, stand er auf, schnallte seinen Rucksack auf den Rücken, nahm die Wanderstöcke in die Hand und ging so kraftvoll, wie es seine Sandalen zuließen, zurück in die Nacht. Zurück nach Osten. Zurück nach Hause. Dorthin, wo er hingehörte. Er wusste, seine Frau würde sich freuen, ihn zu sehen und vielleicht freute sie sich auch über das, was er erzählen konnte.

Ulrich Hinse, 1947 in Münster geboren, greift auf eine lange Berufserfahrung als Kriminalbeamter zurück (Bundeskriminalamt, Landeskriminalamt Mecklenburg-Vorpommern, Referent für Polizeiliche Prävention im Innenministerium Mecklenburg-Vorpommern). In Mecklenburg-Vorpommern baute er den Staatsschutz auf.

Im Jahre 2007, kurz nach seiner Pensionierung, pilgerte er zu Fuß den Camino frances von Pamplona nach Santiago de Compostela und im Jahre 2008 den Nordweg von Ribadeo.

Im Jahre 2002 veröffentlichte er seinen ersten Roman. 2005 wurde er Krimipreisträger der 10. Schweriner Literaturtage und gewann mehrere Krimiwettbewerbe in Norddeutschland.

Bibliografie (Auswahl):

Wer will schon nach Meck-Pomm? Scheunen-Verlag, Kückenshagen 2002. EDITION digital, Pinnow 2013 (E-Book)

Blutiger Raps. Scheunen-Verlag, Kückenshagen 2003. EDITION digital, Pinnow 2013 (E-Book)

Die 13. Plage. Godewind-Verlag, Wismar 2006. EDITION digital, Pinnow 2013 (E-Book)

Ein Mecklenburger auf dem Jakobsweg. WiedenVerlag, Schwerin 2007. EDITION digital, Pinnow 2014 (E-Book)

Das Jakobsweg-Komplott. Scheunen-Verlag, Kückenshagen 2009. EDITION digital, Pinnow 2016.

Das Gold der Templer. Ein historischer Roman über den Verbleib des Templerschatzes anno domini 1307 (Das Gold der Templer, Teil 1). EDITION digital, Pinnow 2014

Die Petermännchenpuppe. EDITION digital, Pinnow 2014

Falsches Spiel. EDITION digital, Pinnow 2014

Der Glatteisagent. Eine Geschichte aus der Zeit des Kalten Krieges. EDITION digital, Pinnow 2015

Schweriner Mordgeschichten.
EDITION digital, Pinnow 2015

Der Traum des Templers und seine Reise über das Atlantische Meer. Ein historischer Roman über die Südamerikareise der Templer (Das Gold der Templer, Teil 2). EDITION digital, Pinnow 2015

Das Gold der Andentempler. Ein historischer Roman über den Aufenthalt der Templer bei dem Volk der Chachapoya in den Anden (Das Gold der Templer,Teil 3). EDITION digital, Pinnow 2017

Veröffentlichung von Kriminalerzählungen in Anthologien

Blutiger Raps
E-Book, ISBN 978-3-86394-350-9

In diesem Buch schildert der Autor, der vor einigen Jahren als Kriminaldirektor die Staatsschutzabteilung des Landeskriminalamtes in Mecklenburg-Vorpommern leitete, die Auseinandersetzung zwischen einer gewaltbereiten rechtsextremen Skinheadkameradschaft und einer linksautonomen Wohngemeinschaft, sowie die Versuche der Gesellschaft, ein wirksames Mittel gegen die eskalierende Gewalt zu finden.

Ohne sich um die Gesellschaft und die Gesetze zu kümmern, machen die radikalen Jugendlichen ihr Ding. Da werden Graffiti geschmiert, Friedhöfe geschändet, es wird gekifft, aufeinander eingeprügelt und Obdachlose werden ermordet. Ohne Rücksicht. Bis sich die radikalen Jugendlichen mit den Falschen anlegen. Während die offiziellen Präventionsgruppen diskutieren, ohne zu Ergebnissen zu kommen, handelt die russische Mafia.

Ein spannender Roman, der sich an tatsächlichen Ereignissen in Mecklenburg-Vorpommern orientiert und bei dem ein Teil der Gewalttäter ein blutiges Ende findet.

Fortsetzungsroman: Die 13. Plage oder Wessen Brot ich esse

Die 13. Plage oder Wessen Brot ich esse

E-Book, ISBN 978-3-86394-352-3

Die 13. Plage der Menschheit – das ist der internationale Terrorismus heute.

Um seine große Liebe Jenny aus einem Bordell zu befreien, schließt Boomer einen Pakt mit dem Teufel. Unvermittelt finden sich die beiden in einem Ausbildungslager der al-Qaida wieder, wo Boomer zum Sprengstoffspezialisten wird.

Um zurück nach Europa zu kommen, schließen sie sich einer Terrorgruppe an und bereiten sich mit ihr auf einen Anschlag in Nordeuropa vor. Als Jenny erkennt, dass ihre Heimat Mecklenburg-Vorpommern ins Fadenkreuz gerät, sucht sie Hilfe bei Kriminalhauptkommissar Raschke, einem Erzfeind aus vergangenen Tagen. Doch kann sie das Schicksal aufhalten?

Ein packender Roman vor einem hochaktuellen Hintergrund. Wer in dem Roman „Blutiger Raps" sich fragte, ob Jenny und Boomer die Flucht aus dem russischen Gefangenenlager überlebt haben, kann in diesem Buch das weitere, schwere Schicksal der beiden Jugendlichen verfolgen.

Fortsetzung von: Blutiger Raps

Das Gold der Templer

Ein historischer Roman über den Verbleib des Templerschatzes anno domini 1307

Das Gold der Templer, Teil 1

ISBN 978-3-86394-603-6 (Buch)
ISBN 978-3-86394-601-2 (E-Book)

Jaques de Molay, der Großmeister des in der ganzen Welt des Orients und des Okzidents bekannten, geschätzten aber auch gefürchteten Templerordens war entsetzt. Sein Orden sollte aufgelöst, die Ritter verhaftet werden und das riesige Vermögen der französischen Krone zufallen. Die Haftbefehle waren bereits ausgestellt und an alle Gouverneure und Bischöfe in Frankreich verteilt worden. Am Freitag, dem 13. Oktober 1307, sollen in den Morgenstunden überall im Land die Vasallen des Königs jeden Templer festnehmen und einkerkern.

Alle Templer zu retten scheint dem Großmeister nicht mehr möglich. Deshalb stellt er in aller Eile drei Maultierkarawanen zusammen, die mit wenigen Leuten das Archiv und das Gold in Sicherheit bringen sollen. Eine Karawane ist für England bestimmt, eine soll über See nach Portugal gehen und eine weitere auf die Festung der Templer nach Ponferrada in Spanien gebracht werden.

Der junge flandrische Tempelritter Jan van Koninck hat zusammen mit dem Stellvertreter des Großmeisters die Ehre, die Karawane nach Spanien in Sicherheit zu bringen, als in den Pyrenäen sein Mentor erschlagen wird. Die Verantwortung lastet ab sofort auf seinen Schultern. Gelingt es ihm wirklich, die kleine Karawane gegen alle Widerstände im Winter über die Pyrenäen zu bringen und Ponferrada zu erreichen?

Eine stattliche Anzahl französischer Soldaten, geführt von einem alten Landsknecht, hat sich auf seine Spur gesetzt. Und auch innerhalb der sonst eingeschworenen Templer gibt es Widerstände. Es erscheint mehr als fraglich, das Gold vor dem gierigen französischen König Philipp IV. und seiner nicht viel besseren Frau Johanna von Navarra in Sicherheit zu bringen.

Ein Roman aus der Zeit des finsteren Mittelalters, in der es ehrenhafte Ritter aber ebenso viele Schurken gab.

699 Jahre später versucht in dem Roman „Das Jakobsweg-Komplott" eine skrupellose Gruppe, das Gold zu finden.

Der Traum des Templers und seine Reise über das Atlantische Meer

Ein historischer Roman über die Südamerikareise der Templer

Das Gold der Templer, Teil 2

ISBN 978-3-95655-609-8 (Buch)
ISBN 978-3-95655-610-4 (E-Book)

Joao Lourenço, ein Templer, der als Johann Laurenz in der Nähe von Aachen groß wurde, hatte im Auftrag des Großmeisters Jaques de Molay einen Teil des Templervermögens nach Portugal gebracht. Mit Vertrauten des König Dionysius gelingt es, den in vielen christlichen Ländern verfolgten Templern eine neue Heimat in Portugal zu sichern und sie als Orden der Christusritter zu etablieren. Von dem Bischof von Lamego hört Joao, dass in Cordoba durch muslimische und jüdische Gelehrte Astronomie, Geografie und Kartenzeichnen unterrichtet wird. Das interessiert ihn und er studiert die für Christen neuen Wissenschaften. Er kommt zu der Überzeugung, dass die Erde keine Scheibe, sondern eine Kugel und auch Jerusalem nicht der Nabel der Welt ist, wie es die christlichen Mönche vermittelten. Er ist sicher, dass hinter dem Horizont des Atlantischen Meeres im Westen noch anderes Land liegen muss. Joao träumt davon, dorthin zu fahren. Er erwirbt ein schnelles Templerschiff, lässt es durch Handwerker des Ordens umbauen und wirbt Templerbrüder an, die mit ihm ins Unbekannte fahren wollen. Joao Lourenço realisiert seinen Traum. Mit den herbstlichen Passatwinden fahren sie übers Meer nach Westen.

Ein Roman aus der Zeit des tiefsten Mittelalters mit ehrenhaften Rittern, dogmatischen Klerikern, gelehrten Muslimen und erfinderischen Juden. Und natürlich mit fiesen Schurken.

Das Gold der Andentempler

Ein historischer Roman über den Aufenthalt der Templer bei dem Volk der Chachapoya in den Anden

Das Gold der Templer, Teil 3

ISBN 978-3-95655-782-8 (Buch)
ISBN 978-3-95655-783-5 (E-Book)

Pablo de Alvares war ein Ritter des Templerordens, der, in Asturien geboren, seinem Vater ins Heilige Land gefolgt war. Dort konnte er sich aus der Festung Akkon retten und mit dem Großmeister Jaques de Molay nach Paris kommen. Von dort zog er mit Joao Lourenco nach Portugal, um das Gold der Templer vor König Philipp dem Schönen in Sicherheit zu bringen. Einem Eid zufolge, den er seinem greisen Vater geleistet hatte, folgte er Joao Lourenco mit dem Gold der Templer über das atlantische Meer. Dort zerstritt er sich mit seinem Ordensbruder und lockte den größten Teil der Schiffsbesatzung hinein in den Urwald, in dem er das Paradies vermutete.

Mit den Händlern der Chachapoya gelangten sie nach langer Fahrt auf dem Amazonas zu den Anden, wo die Eingeborenen wohnten und sie herzlich aufnahmen. Bei einem Überfall raubten die Inka das gesamte Gold.

Pablo macht sich auf die Suche und stellt fest, wie wenig Interesse seine Ordensbrüder haben, den Schatz wiederzufinden. Selbst sein treuer Gefolgsmann Ragnar, ein hünenhafter Normanne, fällt ihm in den Rücken und verlässt ihn. So macht Pablo de Alvares sich allein auf die Suche. Er lernt dabei die Steinstraßen der Inka, die Beerdigungsriten der Chachapoya, deren Festung Kuelap, den Goctafall - den größten Wasserfall der Erde – und die Goldschmiede der Anden, die Tairona kennen. Als die Inka die Festung Kuelap angreifen, um die Chachapoya zu unterwerfen, trifft Pablo de Alvares wieder auf den Normannen Ragnar. Es kommt zu einem Kampf auf Leben und Tod.

Das Jakobsweg-Komplott

Kriminalerzählung über das Gold der Templer

Das Gold der Templer, Teil 4

ISBN 978-3-95655-745-3 (Buch)
ISBN 978-3-95655-354-7 (E-Book)

Mysteriöse Morde lassen die Pilger auf dem Jakobsweg von den Pyrenäen bis Santiago de Compostela erschaudern. Zufällig wurde einer der Pilger, der deutsche Kriminalhauptkommissar Raschke aus Mecklenburg-Vorpommern, Zeuge einer Tat. Zunächst scheint die Begegnung zufällig. Dann jedoch beginnt eine Mordserie, die parallel zur Pilgerwanderung des Polizisten geschieht. Auch auf Raschke, der offenbar als lästiger Zeuge beseitigt werden soll, werden Anschläge verübt. Für die spanische Polizei wird der Deutsche zum Lockvogel, der sie zu den Tätern führen soll. Schon bald zeichnet sich ab, dass es bei den Morden um das verschwundene Gold der Templer geht und die Jagd nach dem Killer erst in Santiago de Compostela zu Ende sein könnte. Gelingt der spanischen Polizei rechtzeitig die Entlarvung der Täter und Hintermänner oder schaffen es die einfallsreichen Mörder, den deutschen Pilger aus dem Weg zu räumen?

Ein spannender Krimi über den Jakobsweg und das Mysterium des Templerschatzes, der 699 Jahre früher versteckt wurde, wie in dem Roman „Das Gold der Templer“ beschrieben.

Ein Mecklenburger auf dem Jakobsweg
Von Pamplona nach Santiago de Compostela vom 3. Mai 2007 bis 8. Juni 2007

E-Book, ISBN 978-3-86394-465-0

Wandern oder pilgern? Wo liegt der Unterschied? Mit dem Rucksack von A nach B laufen kann man auch in Deutschland, genauso weit und ebenso lange. Dafür muss man nicht extra nach Spanien reisen. Stimmt. Trotzdem gibt es einen Unterschied.

Zusammen mit Menschen jeden Alters und aus aller Welt auf demselben Weg, mit einem geneinsamen Ziel, eine kollektive Erfahrung gewinnen, macht den Unterschied aus. Und, der Jakobsweg ist ein Erlebnis, das zwischen Magie und allzu Menschlichem liegt. Der Weg wird zum Spiegelbild des eigenen Lebens. Er kennt keine Kompromisse. Er ist beschwerlich. Jeden Tag. Jeden Tag anders. Er ist schön, abwechslungsreich, langweilig und öde. So wie das Leben auch.

Den Jakobsweg gelaufen zu sein wird niemand vergessen. Es handelt sich nicht umsonst um den Weg zum Sternenfeld, nach Compostela.

Wer will schon nach Meck-Pomm?
Autobiografischer Roman

E-Book, ISBN 978-3-86394-348-6

Zuerst war es der Titel, der neugierig machte. Dann war es das Bild. Ein Elefant auf dem Weg nach Mecklenburg-Vorpommern? Ein Tierbuch? Hier hat ein Polizeibeamter seine privaten und dienstlichen Erlebnisse aus den Jahren nach der Wende zu Papier gebracht. Zugegebenermaßen ein Wessi. Wer aber nun geglaubt hat, hier rechnet ein frustrierter Wessi mit den Ossis ab, liegt total falsch.

Sehr offen beschreibt der Autor, bis vor wenigen Jahren Leiter der Staatsschutzabteilung des Landeskriminalamtes in Meck-Pomm, seine Beweggründe, in den Nordosten der Republik überzusiedeln. Das Buch lebt von dem Wechsel zwischen dienstlichen Erfahrungen einerseits und privaten Erlebnissen andererseits, die mit dem Umzug aus dem Rheinland in ein kleines mecklenburgisches Dorf bei Schwerin verbunden waren. In emotionaler Nähe zu den erlebten Ereignissen berichtet Hinse von den Schwierigkeiten, Befremdlichkeiten, aber auch von lustigen Begebenheiten, die sich in den mehr als zehn Jahren seit der Wende ergeben hatten. Überraschend freimütig nennt er Kollegen beim Namen, schildert er dienstliche und private Ereignisse. So setzt er sich durchaus kritisch mit den Ereignissen von Rostock-Lichtenhagen und Bad Kleinen auseinander.

Die nachdenklichen Geschichten erlauben gelegentlich mit spürbarem Zynismus und Sarkasmus einen Blick hinter die Kulissen der Polizeiarbeit. Wobei sich durch die Erzählungen die Zahl seiner Freunde vermutlich verringert haben dürfte.

Die heiteren Episoden beschreiben mit zutiefst menschlicher Sicht die positiven und negativen Erfahrungen, die gesammelt wurden, nachdem der Autor von Deutschland nach Deutschland gezogen war.

Am Schluss kommt Hinse zu dem Ergebnis, und hier erschließt sich, warum der Titel einen Elefanten zeigt, dass sowohl ein „dickes Fell" als auch ein hohes Maß an Sensibilität erforderlich waren, um nicht zu resignieren oder zum Fremden in einem Umfeld zu werden, das letztlich ihn und das er angenommen hat.

Das Buch ist nicht nur für Polizeibeamte aus Mecklenburg-Vorpommern interessant. Es dürfte sich manch einer wiederfinden oder auch in seinen Urteilen oder Vorurteilen bestätigt sehen. Aber das Buch ist weder ein Wendereport noch ein Polizeireport. Es sind ganz einfach die Geschichten des täglichen Lebens, die jeder von uns erlebt, aber keiner aufschreibt.

Die Petermännchenpuppe

Pinnowkrimi

ISBN 978-3-86394-609-8 (Buch)

ISBN 978-3-86394-607-4 (E-Book)

Das Grauen geht um in dem kleinen Dorf Pinnow wenige Kilometer östlich des Schweriner Sees. Innerhalb kürzester Zeit werden mehrere Tote in der näheren Umgebung gefunden. Bei allen befindet sich eine Stoffpuppe, die in Schwerin als Andenken an den Schlossgeist verkauft wird. Das Petermännchen.

Die Kriminalisten um Raschke, den Leiter der Mordkommission Schwerin, ermitteln hektisch, aber es finden sich so gut wie keine Hinweise oder Spuren. Es ist zum Verzweifeln. Eigentlich könnte es nur ein Einwohner des kleinen Örtchens Pinnow sein. Einer, der auch im Winter mit dem Fahrrad fährt. Es gibt Hinweise, aber keine Beweise.

Als dann noch das Mitglied einer Rockergang zu Tode kommt, die in einem Nachbarort ihr Quartier hat, mischen plötzlich noch ganz andere bei den Ermittlungen mit. Die Polizei gerät unter Druck.

Gelingt es dem Ersten Kriminalhauptkommissar Raschke mit seinen Leuten, den Täter festzunehmen, bevor die Sache eskaliert?

Ein spannender Krimi aus der Gegend in und um Schwerin.

Falsches Spiel
Pinnowkrimi

ISBN 978-3-86394-610-4 (E-Book)

ISBN 978-3-86394-612-8 (Buch)

Hauptkommissar Raschke ermittelt wieder. Dieses Mal hat er sich richtig festgebissen. Nicht die Beweise, sondern sein Bauchgefühl sagt ihm, wer der Täter ist. Davon lässt er sich nicht abbringen, denn sein Bauch ist schon beachtlich.

EKHK Raschke kann einfach nicht glauben, dass die Frau seines Täters angeblich genau in dem Moment über Bord ging, als ihr Mann unter Deck war. Angeblich durch den Rammstoß eines anderen Bootes, das nur sein Täter gesehen haben will.

Als dann noch ein Toter gefunden wird, der mit seinem Verdächtigen in einer sehr dubiosen Verbindung stand, wird sein Jagdeifer richtig angeregt.

Ein spannender Krimi aus Pinnow, dem Südende des Schweriner Sees und der Umgebung von Schwerin.

Der Glatteisagent
Eine Geschichte aus der Zeit des Kalten Krieges

ISBN 978-3-95655-252-6 (Buch)

ISBN 978-3-95655-248-9 (E-Book)

Der Roman beruht auf wahren Begebenheiten Ende der 1970er, Anfang der 1980er Jahre. Vorbild für die Hauptfigur ist ein tatsächlich existierender „Kundschafter des Friedens", den Hinse in seinem spannenden Roman beim richtigen Namen nennt: Reiner Paul Fülle, seit 1964 für das MfS tätig. Bis zu seiner Enttarnung und Verhaftung am 19. Januar 1979 lieferte „Klaus", so sein Deckname, Informationen über seinen brisanten Arbeitsplatz – den Forschungsreaktor Karlsruhe, wo eine Anlage zur Wiederaufarbeitung von Uran und Plutonium gebaut wurde. Würde die Bundesrepublik Atombomben bauen, fragte sich der andere deutsche Staat.

„Bitte, Herr Fülle", so Minister Mielke, „nehmen Sie doch neben mir Platz". Nach dieser Einladung war Reiner Fülle sehr stolz auf diese besondere Wertschätzung, den Ehrenplatz neben dem Chef der DDR-Staatssicherheit zugewiesen bekommen zu haben. Und damit nicht genug. Noch vor Beginn des Essens, das der Minister für erfolgreiche, aber von einem Überläufer enttarnte Kundschafter gab, wurden Orden verteilt. Und den höchsten von allen bekam wiederum Fülle. Im Auftrag des Staatsratsvorsitzenden Erich Honecker übergab ihm Staatssicherheitsminister Mielke den Vaterländischen Verdienstorden in Gold, die höchste Auszeichnung, die es neben dem Karl-Marx-Orden in der DDR gab.

Schweriner Mordgeschichten

EKHK Raschke ermittelt

ISBN 978-3-95655-253-3 (Buch)

ISBN 978-3-95655-254-0 (E-Book)

Für die Freunde des Schweriner Kriminalkommissars Raschke aus Godern wurden in dem neuesten Buch von Ulrich Hinse insgesamt 12 kleine und große Geschichten des beliebten Kriminalisten zusammengefasst. Es geht von dem perfekten Mord über das Geheimnis des Modderteichs in Pinnow bis hin zu Ermittlungen des Schweriner Kommissars in der Türkei. Allein oder mit seinen Kolleginnen und Kollegen versucht der beleibte EKHK Raschke mit mehr oder weniger Erfolg den oder die Täter von Verbrechen zu überführen. Es wird wieder spannend, wenn Raschke ermittelt.

Zum Schluss hat der Autor mit seiner Feststellung „Wir waren Helden“ eine Geschichte zum Nachdenken oder zum Schmunzeln, ganz wie man möchte, angefügt.